Rebeccas Reise – Der Ruf des Kristalls

Joe Hanna Schwarz

AF211681

REBECCAS REISE
Der Ruf des Kristalls

Joe Hanna Schwarz

Umschlaggestaltung: Zitronenzart Buchdesign (www.zitronen-zart.com)
Unter Verwendung von:
© WONGSAKORN /stock.adobe.com,
© Kundra/stock.adobe.com,
©terentyevner55/stock.adobe.com,
© Forenius/stock.adobe.com, © Ana Lo/stock.adobe.com

Druck: Libri Plureos GmbH,
In de Tarpen 42, 22848 Norderstedt

ISBN: 978-3-7693-6820-8

Verlag: BoD · Books on Demand GmbH, Überseering 33, 22297 Hamburg, bod@bod.de

Für Daniel

»Die älteste und stärkste Emotion der
Menschheit ist die Angst, und die
älteste und stärkste Form der Angst ist die
Angst vor dem Unbekannten.«

H.P. Lovecraft über das Unbekannte

INHALT

VORWORT

Die meisten Reisen beginnen mit einer Entscheidung. Ein Ziel vor Augen, ein Plan in der Hand, ein klarer Weg, den es zu beschreiten gilt. Doch meine Reise begann anders – sie begann mit einem Fall. Nicht nur einem körperlichen, sondern einem tiefen, alles durchdringenden Einbruch ins Unbekannte.

Was mich erwartete, war keine Karte, die ich studieren oder verstehen konnte, keine Wegweiser, die mir die Richtung wiesen. Stattdessen fand ich mich allein in einer Welt wieder, die fremdartig und unergründlich war.

War das, was ich sah, Wirklichkeit? Waren die Gefühle, die mich durchströmten, echt? Oder hatte ich in jenem Moment, in dem ich gefallen war, die Grenze zu etwas anderem überschritten – hinein in etwas, das jenseits aller Vertrautheit lag?

Hier, in diesen Zeilen, fängt meine Geschichte an.

Sie führt an Orte, an denen sich die Realität aufzulösen scheint, erzählt von Augenblicken, in denen Hoffnung und Angst untrennbar miteinander verwoben sind, und auf eine Reise, die alles infrage stellt: Wer ich bin, woran ich glaube und was sich jenseits der Grenzen meines Verstandes verbirgt.

Das hier ist kein Versuch, auf alles Antworten zu

geben. Sie ist vielmehr eine Einladung, mit mir zusammen in die Dunkelheit zu blicken, um zu sehen, was dort lauert.

In einer neuen Welt. Und in uns selbst.

Wer weiß? Vielleicht erkennen wir am Ende, dass die größte Macht nicht die Flucht vor der Finsternis ist, sondern der Mut, ihr entgegenzutreten.

Bist du bereit? Dann folge mir.

Deine Becca

PROLOG
Der Reiter

Dichter Nebel kroch über den Waldboden, ein Schleier, der die Welt in unheimliche, beinahe greifbare Stille tauchte. Das fahle Licht des Halbmonds verlor sich in der Dunkelheit, während silbrige Schwaden um knorrige Wurzeln und verwitterte Baumstümpfe glitten.

Die beklemmende Ruhe schien den Wald erstickt zu haben. Kein Rascheln von Blättern, kein Ruf eines Vogels durchbrach die Stille. Winterkahle Birken reckten ihre Äste wie klagende Finger gen Himmel.

Das Klappern von Hufen zerriss die unheilvolle Atmosphäre – ein unerbittlicher Rhythmus, der wie der Pulsschlag eines stolpernden Herzens klang.

Gustan trieb sein Pferd voran, und der eisige Wind zerrte an seinem Mantel. Der Stoff bot kaum Schutz vor der durchdringenden Kälte, und die Härchen auf seinen Armen stellten sich auf. Nicht der Frost ließ ihm die Kehle zuschnüren – sondern die Angst.

Er verstärkte den Griff um die Zügel und warf einen nervösen Blick über die Schulter. Hinter ihm lag Dunkelheit, aber das Gefühl, beobachtet zu werden, ließ

ihn nicht los.

Sein Pferd scheute, als sich neben ihm ein Schwarm Vögel laut flatternd in die Lüfte erhob – aufgeschreckt durch ihn und seinen wilden Ritt. Die Bedrängnis in Gustan wuchs, drängte sich in jede Faser seines Körpers.

Sein Atem brannte ihm in der Lunge, während sich der schmale Pfad vor ihm wie eine schwarze Schlange durch die Finsternis wand.

Mit klammen Fingern tastete er unter seinem Mantel nach der kleinen Fracht, die er verbissen beschützte. Das Bündel, kaum größer als ein Schädel, fühlte sich für ihn an, als wöge es eine ganze Welt. Trotz der klirrenden Kälte strahlte es eine eigenartige Wärme aus, die ihn weiter antrieb.

Ein flüsternder Zweifel nagte an ihm: Was, wenn es längst zu spät war?

Der kalte Schweiß rann in feinen Linien seinen Rücken hinab. Sein schwarzer Mantel flatterte stark im Wind, versuchte, sich von seinem Träger zu lösen.

Ein heftiger Ruck fuhr durch das Pferd, als es über eine Wurzel stolperte. Für einen endlosen Augenblick schien es zu stürzen, aber mit einem verzweifelten Sprung fing es sich wieder und setzte seinen rasenden Galopp fort.

Gustan klammerte sich mit all seiner Kraft an die Mähne des Tieres, als sein Gleichgewicht gefährlich ins Wanken geriet. Seine Kapuze rutschte in diesem Augenblick zurück und enthüllte sein Gesicht.

Schweißnasse Haarsträhnen klebten an seiner Stirn, die

von tiefen Falten der Erschöpfung und Angst gezeichnet war. Die Wangenknochen traten durch seine angespannten Züge noch markanter hervor, und die vom Frost gerötete Haut spannte sich über sein Gesicht.

Vor ihm tauchte eine Weggabelung auf.

Ohne zu zögern, riss Gustan die Zügel nach links. Das Pferd schnaubte protestierend, gehorchte aber und bog mit angespannter Muskulatur in die enge Kurve ein. Seine Hufen trommelten laut auf dem Boden.

Mit einem Satz durchbrach er die Baumgrenze und gelangte auf eine Wiese. Felsen ragten wie Mahnmale aus dem Boden hervor, groteske Gebilde, die im fahlen Mondlicht unheilvoll schimmerten.

Die Wiese ging in schroffe Felsen über. Der steinige Untergrund brachte die Hufe des Pferdes ins Straucheln, doch es hielt seinen Kurs. Jeder Schritt war ein Kampf gegen das Rutschen, dennoch preschte das Tier immer weiter.

Der Pfad vor ihnen wurde steil und gnadenlos, mit losen Geröllbrocken übersät, die bei jedem Tritt unter den Hufen wegrollten, und forderte von ihm jede verbliebene Kraft.

Ein Brüllen zerriss die Nacht und durchschlug Gustans fieberhafte Konzentration. Ein Laut, der tief aus der Erde zu kommen schien. Er war kehlig, alles durchdringend, und die Luft um ihn herum begann zu vibrieren.

Er wirbelte herum, suchte panisch die Dunkelheit ab und tastete nach dem Ursprung. Das Pferd spürte die

Bedrohung ebenfalls und verlangsamte den Schritt, seine bebenden Flanken zeigten die Spannung, die sich wie eine unsichtbare Schlinge um sie beide zusammenzog.

»Hüah! Schneller, mein Junge!«, brüllte Gustan mit verbissener Entschlossenheit und trieb das Pferd mit den Fersen an. Jede Faser seines Körpers schrie nach Flucht, doch dies war kein Moment für Zweifel, Schmerz oder Erschöpfung.

Sein Instinkt – roh und unfehlbar – war alles, was ihn noch am Leben hielt.

Der Rappe stürmte den Abhang hinunter. Für einen schrecklich langen Moment rutschte das Tier, als hätte der Boden jeglichen Halt verloren, aber mit einem kräftigen Satz fing es sich wieder.

Das Tempo war nicht länger zu halten – der Weg wurde enger, unübersichtlicher, und Gustan zügelte das Pferd widerwillig, als eine scharfe Rechtskurve ihn beinahe aus dem Sattel riss.

Plötzlich wurde das dumpfe Grollen, das ihn schon seit einigen Augenblicken begleitete, ohrenbetäubend – das Meer. Schwarz und unbändig tobten die Wellen in einer verborgenen Bucht, die von mächtigen Felsformationen umringt war. Die schäumende Gischt stob mit jeder Welle empor, als wären es die ruhelosen Geister vergessener Seelen, die sich in silbernen Schleiern aufbäumten, nur um im Schatten der Dunkelheit zu vergehen. Der Anblick fraß sich in seine rastlosen Gedanken und trieb sie noch weiter ins Chaos. Der Nebel, der ihn auf Schritt und Tritt verfolgt hatte, schien an

diesem Ort innezuhalten, sich zurückzuziehen, als ob das Meer ihn mit einem stillen Befehl verdrängt hätte. Über den Wellen spannte der Mond einen silbernen Pfad.

»Weiter, nur noch ein Stück!«, keuchte Gustan, seine Worte ein verzweifelter Atemstoß. Die Klippenwände um sie herum schienen sich enger zu ziehen, als der Wind mit unbändiger Kraft an seinem Mantel zerrte, als wolle er ihn samt Reiter vom Sattel reißen.

Der Rappe kämpfte mit der Last auf seinem Rücken und der unbarmherzigen Schwerkraft. Mit jedem Schritt rutschten die Hufe über die scharfkantigen Felsen, und das Schnaufen des erschöpften Tieres klang wie ein Hämmern in seinen Ohren.

Er wusste, dass er nicht länger reiten konnte.

Mit einem entschlossenen Ruck zügelte er sein Pferd und glitt mit einer Mischung aus Dringlichkeit und Eleganz aus dem Sattel. Mit den Stiefeln landete er hart auf dem felsigen Boden, und ein stechender Schmerz schoss durch seine Beine. Er biss die Zähne zusammen, zog den Rappen näher zu sich heran und schob sich und das Tier mit zähem Willen weiter nach unten.

Gustan hielt die Zügel fest umklammert. Unter seiner Berührung zuckten die erschöpften Muskeln des Tieres, doch es gehorchte ihm. Gezielt griff er in die Satteltasche und ertastete das zusammengerollte Pergament, das dort sicher verwahrt lag.

Der Wachsverschluss war unversehrt, das Siegel schimmerte schwach im bleichen Licht des Mondes.

Mit hastigen, aber vorsichtigen Bewegungen ließ er das zusammengefaltete Papier in die verborgene Tasche seines Mantels gleiten. Dann trat er vor seinen treuen Rappen, seine freie Hand glitt über die feuchten, zuckenden Nüstern. Das Tier senkte den Kopf, und in seinen dunklen Augen lag eine stille, unmissverständliche Traurigkeit, als wüsste es, dass dies ein Abschied war.

Gustan spürte einen schmerzhaften Stich in der Brust – ein Echo seiner eigenen Schuld und die bittere Gewissheit, dass er seinen treuesten Gefährten zurücklassen musste.

Mit einer müden, fast zärtlichen Geste legte er seine Stirn an dessen warme Nüstern. Er schloss die Augen, ließ die Vertrautheit dieses Augenblicks in sich einsinken – die letzte Verbindung zu seinem Rappen, der ihm durch unzählige Gefahren gefolgt war.

»Verzeih mir, mein treuer Freund«, flüsterte er, seine Stimme rau und gebrochen von Schuld und ungesagten Worten. »Hier trennen sich unsere Wege.«

Er öffnete die Schnallen und ließ das lederne Geschirr auf den Boden gleiten, wo es dumpf aufschlug. Der Sattel folgte, schwer wie ein Symbol der Bürden, die sie gemeinsam getragen hatten. Das Wiehern des Rappen, kaum mehr als ein schmerzerfüllter Nachhall, wurde vom heulenden Wind verschluckt. Es war ein klagender Laut, der in der Nacht verhallte.

Jeder Schritt war ein Kampf auf dem tückischen Boden. Die glitschigen Steine unter seinen Stiefeln waren vom Salz des Meeres und einer dünnen Schicht Algen

überzogen, die ihn immer wieder ins Straucheln brachten. Mehrmals geriet er ins Wanken, schaffte es jedoch jedes Mal, das Gleichgewicht zu halten, obwohl seine Beine vor Anstrengung zitterten. Das Bündel in seinen Armen schien mit jeder Sekunde schwerer zu werden – eine doppelte Bürde, die ihn auslaugte und zugleich antrieb. Sein Atem ging in hastigen, schmerzhaften Stößen, und die eiskalte Nachtluft schnitt wie Klingen durch seine Kehle. Er zwang sich weiter, Schritt für Schritt, während die Kälte wie ein unsichtbarer Feind in seinen Gliedern wütete.

Die Zeit dehnte sich ins Unermessliche, und endlich entdeckte er etwas in der Weite des Ozeans. Ein kleines Ruderboot, kaum mehr als ein dunkler Schatten auf den wilden Wellen, tauchte aus der Schwärze auf. Erneut verschwand es hinter den Kämmen, nur um kurz darauf wieder sichtbar zu werden.

Das Boot schien in der endlosen Dunkelheit zu verschwinden, dem Nichts entgegen. Doch er erkannte den täuschenden Tanz der Wogen – ein trügerischer Rhythmus, der das schwankende Gefährt mal zurückzog, mal vorwärts warf, wie ein Pfeil, der immer wieder neu gespannt wurde. Ein Hauch von Erleichterung durchbrach die angespannte Härte seines Gesichts – ein flüchtiges Lächeln, ein unbewusster Reflex. Für den Bruchteil eines Augenblicks erlaubte er sich, zu hoffen.

Er holte tief Luft, seine Brust hob und senkte sich unter der Last der Kälte und Erschöpfung. Mit einem letzten Aufbäumen seiner Kräfte rannte er los.

»Schneller, verdammt!«, flüsterte er angespannt. Es war weniger eine Aufforderung, vielmehr ein Mantra, das ihn vorwärts trieb.

Der Fahrer kämpfte mit jedem Ruderschlag gegen die tobenden Fluten, als die Kapuze seine Gestalt in Schatten verbarg. Gustan hielt das Boot im Blick, seine Beine gespannt, bereit loszuspringen, sobald sich die Gelegenheit bot.

Ein schrilles Wiehern zerriss die Luft und übertönte sogar die ohrenbetäubende Brandung – sein Pferd. Der Laut hallte wie ein Stich in seiner Brust wider. Seine Entschlossenheit schwankte, doch er zwang sich, den Blick nicht abzuwenden. Das Ziel, das vor ihm lag, war das Einzige, was zählte.

Ohne zu zögern, lief er ins Wasser. Die Kälte biss unerbittlich in seine Beine, kroch höher, bis sie seinen Bauch wie einen eisernen Griff umklammerte.

Sein Keuchen vermischte sich mit dem unaufhörlichen Rauschen der Wellen, zitternd führte er die Finger zum schweren Mantel. Mit bebenden Händen zog er das winzige Päckchen hervor, das die ganze Zeit wie ein letzter Anker in seinen Armen gelegen hatte.

Als ein schwacher Hauch von Wärme seinen kalten Fingern begegnete, stockte sein Atem. Diese unerwartete, lebendige Hitze schnitt durch die alles durchdringende Kälte und ließ einen Moment lang Hoffnung in ihm aufflammen. Sein Blick blieb an dem Bündel haften, und eine Welle roher Emotionen durchströmte ihn – Erleichterung, Angst, unerschütterlicher Wille. Die Wärme, die von dem in Stoff gehüllten Etwas ausging,

ließ ihn klarer sehen, zwang ihn, weiterzugehen. Nicht für sich selbst, sondern für das, was er trug – das, was nicht verloren gehen durfte. Sein Herzschlag, vor Schmerz unregelmäßig, fand einen neuen Rhythmus.

Es schien eine Ewigkeit zu dauern, bis er das Boot erreichte. Mit letzter Anstrengung packte er den Rand, zog das schwankende Gefährt näher zu sich, während das Wasser wild schäumte. Der Ruderer beugte sich vor, ruhig, aber gezielt. Kein Wort fiel, nur ein kurzer, intensiver Blick wurde getauscht, bevor der Ruderer die wertvolle Fracht entgegennahm – So vorsichtig, bewusst über den Wert dessen. Das Boot wankte dabei bedrohlich.

Gustan griff in seine Manteltasche und holte das Pergament hervor. Es schien schwerer, als es sein sollte, und seine bebenden Hände drohten, es fallen zu lassen. »Du kennst den Weg«, sprach er rau. Der Ruderer nickte nur und ließ das Pergament in den Falten seines Mantels verschwinden.

Mit aller Kraft stieß Gustan das Boot in die See, die Wellen rissen es mit sich. Der Rückstoß warf ihn aus dem Gleichgewicht, und er stürzte ins Wasser. Die Kälte traf ihn wie eine Mauer, jeder Atemzug brannte in der Brust. Die Strömung zog an ihm, zerrte ihn in die Tiefe. Für einen viel zu langen Moment war die Welt still – das Dröhnen seines Herzschlags und das Rauschen des Wassers waren die einzigen Geräusche.

Mit verzweifelter Willenskraft kämpfte er sich an die Oberfläche und brach durch das Wasser. Rückwärts watete er durch das bauchtiefe Meer, gegen die

Strömung stemmend, die ihn zurückziehen wollte. Sein Blick blieb auf das Boot gerichtet, das sich immer weiter entfernte.

Der Ruderer, inzwischen ein gutes Stück entfernt, drehte sich leicht um. Langsam hob er die rechte Faust auf Brusthöhe – eine stille, ehrerbietige Haltung, ein Gruß für die Toten.

Gustan beobachtete ihn, und ein Kloß bildete sich in seiner Kehle. Mit einem kaum wahrnehmbaren Nicken erwiderte er den Abschied.

Er wandte sich ab.

Mit entschlossener Geste griff er nach seinem Mantel, schwang den schweren Stoff mit einer schnellen Drehung hinter sich. Noch bevor er die Linie zwischen Meer und Land vollständig überschritten hatte, zog er sein Schwert aus der Scheide. Die Klinge schimmerte matt im fahlen Mondlicht, ein stummes Zeugnis seines ungebrochenen Kampfgeistes. Er hielt die Waffe vor sich, betrachtete die kühle Metalloberfläche, die sein eigenes Spiegelbild zurückwarf – ein Gesicht, gezeichnet von Erschöpfung und Kampf, müde, aber ungebrochen.

Dann hob er den Blick, suchte die Umgebung ab und fand schließlich sein neues Ziel. Die Dunkelheit, die ihn bis hierher gejagt hatte, lauerte nun vor ihm. Sie war nicht mehr nur ein schemenhaftes Etwas im Nebel, sondern mit der Welt um ihn herum verschmolzen – ein allgegenwärtiger Feind, bereit, ihn endgültig zu verschlingen. Doch Gustan hatte nichts mehr zu verlieren.

Er holte tief Luft, richtete sich auf, zog die Schultern zurück und straffte den Rücken, versuchte damit die Last der vergangenen Stunden abzuschütteln. Die Klinge ruhte fest in seiner Hand, bereit für das, was kommen mochte.

Der Strand, eben noch frei von Nebel, wurde nun in unnatürlicher Geschwindigkeit von einer wabernden Masse überzogen. Der Nebel schien lebendig zu sein, kroch über den Boden, sammelte sich und verdichtete sich immer mehr, bis er eine einzige Einheit bildete. Er war dicht und pechschwarz, ein brodelnder Schwarm wütender Insekten, der sich zusammenballte – lauernd, bereit, auf ein unausweichliches Zeichen zum Angriff zu reagieren. Vollständig dem Wasser entstiegen, verharrte Gustan regungslos. Die gebrochenen Wellen schwappten gegen seine Stiefel, doch er schenkte ihnen keine Beachtung. Seine Hand umschloss fest den Griff des Schwertes – bereit, aber noch nicht zum Schlag erhoben.

Er wartete. Jeder Muskel in seinem Körper war angespannt, seine Sinne bis aufs Äußerste geschärft.

Bevor der Nebel ihn erreichen konnte, kam er zum Stillstand, als würde ihn eine unsichtbare Barriere zurückhalten. Der wabernde Dunst formte einen nahezu perfekten Halbkreis um den Reiter. Langsam erhob er sich, wuchs höher und höher, bis er die Größe eines Menschen überragte.

Die wogenden Nebelwände pulsierten im Takt eines unheilvollen Herzschlags, als wären sie der lebendige, atmende Körper eines uralten, gewaltigen Wesens.

Dann ertönte ein Geräusch, das ihm das Blut in den Adern gefrieren ließ – ein heiseres, kehliges Lachen, das aus der Mitte der Schwärze hallte.

Gustan stand regungslos da, die Augen auf einen unsichtbaren Punkt gerichtet, als seine Umgebung vor Spannung vibrierte. Sein Atem blieb kontrolliert, doch das Hämmern seines Herzens war wie ein warnender Takt gegen seine Rippen. Große Wirbel formten und verdichteten sich, bis aus der formlosen Masse schattenhafte Gestalten hervortraten.

Ein Dutzend Krieger tauchte aus der Dunkelheit auf, ihre tiefschwarzen Mäntel verschmolzen beinahe mit der Finsternis. Ihre Silhouetten zeichneten sich schemenhaft ab, dunkel und lautlos über dem Boden schwebend – eine stumme Bedrohung. Tief gezogene Kapuzen verbargen ihre Gesichter, ließen nichts als Schatten zurück. Regungslos verharrten sie – warteten nur auf ein lautloses Kommando, um zuzuschlagen.

Gustan spürte das vertraute Gewicht des Schwertes in seiner Hand. Langsam legte er die zweite dazu. Sein Griff wurde sicherer, sein Körper straffte sich – eine lebendige Mauer gegen das Unvermeidliche. Er würde kämpfen. Sich nicht einfach ergeben.

Ein leises Rascheln zog seine Aufmerksamkeit nach unten. Zwischen den Beinen der Krieger tauchten Wölfe auf, die sich lautlos vorwärtsbewegten. Ihre kräftigen Körper spannten sich wie unterdrückte Energie, während ihre Augen unnatürlich golden glühten. Die Luft um sie herum schien zu knistern. Ihre Lefzen hoben sich, entblößten Zähne, die wie blanke Dolche

wirkten.

Gustan fokussierte die Bewegungen der Tiere. Seine Augen verengten sich zu Schlitzen, als seine Muskeln vor Anspannung zitterten.

Der Moment war geladen, die Sekunden schienen sich zu Stunden auszudehnen. Indes bahnte sich eine unausweichliche Konfrontation an.

Aus dem Augenwinkel bemerkte er eine Regung. Sein Kopf wanderte leicht zur Seite, er entdeckte eine weitere Gestalt, die lautlos hinter einem großen, weißen Felsen hervorglitt. Ihre Bewegungen waren ruhig, beinahe gelassen, und dennoch strahlten sie Autorität aus. Er trat vor, in einen Mantel gehüllt wie die anderen. Die Kapuze verdeckte sein Gesicht, sein Kopf neigte sich leicht zur Seite.

Gustan hob sein Schwert, die Spitze direkt auf den Neuankömmling gerichtet. Seine Augen funkelten vor Zorn, und als er sprach, war es ein raues Grollen: »Du.«

»Gustan, Gustan.« Die Stimme des Fremden kam nachdenklich aus den Schatten des Stoffes. »Wer hätte gedacht, dass der große Krieger einmal so vor mir stehen würde – ein Schatten seiner selbst.« Ein kurzes, scharfes Lachen erklang. »Die Welt dreht sich schnell, nicht wahr? Geschichten wandeln sich – und Helden mit ihnen.«

Er kam näher, jeder Schritt ein leiser, absichtlicher Takt – der Saum seines Mantels strich dabei unmerklich über den Boden. Die Wölfe wichen zur Seite, ohne auch nur aufschauen zu müssen. Er blieb vor Gustan stehen, seinen Kopf leicht geneigt, als studiere er ihn.

»Ein Mann wie du, einst bewundert, jetzt … so weit gefallen.«

Seine Worte, nur von einem Hauch Bedauern getragen, bohrten sich wie ein Messer in Gustans Stolz. »Du hattest Möglichkeiten, mehr als die meisten. Doch hier stehst du, allein, blind für das, was vor dir liegt.«

Gustan blieb stumm, seine Lippen fest verschlossen, sein Griff um das Schwert unerschütterlich. Die Stille, die folgte, war schwer, ein lautloser Kampf, der zwischen ihnen tobte.

Der Anführer trat noch einen Schritt näher; sein Ton nun leiser, durchdringender. »Es hätte nicht so enden müssen, Gustan. Aber manche Entscheidungen – deine Entscheidungen – führen immer zurück zu diesem Punkt.«

Schließlich nickte der Anführer einer der Gestalten zu, die hinter ihm standen. »Gib Gustan seinen treuen Freund zurück«, sagte er kalt.

Mit einem dumpfen Aufprall traf der abgetrennte Pferdekopf den Boden, gefolgt von einem widerlichen Knirschen, als er über die Felsen rollte. Das Fell war tiefrot durchtränkt, die glasigen Augen starrten leblos ins Nichts, und die schlaffe Zunge hing heraus wie ein Makel der Qual – ein Bild puren Schmerzes.

Der Kopf kam nur wenige Meter vor Gustan zum Liegen. Das Tier, das ihn durch unzählige Schlachten getragen hatte, war zu einem grotesken Überbleibsel seines einstigen Lebens geworden. Gustan spürte einen Stich tief in seiner Brust, doch er zeigte nichts. Er umklammerte den Schwertgriff noch fester, seine Beine

fanden eine stabilere Haltung. In ihm loderte der Zorn – ein Feuer, genährt vom Verlust seines treuen Gefährten und der erbarmungslosen Grausamkeit.

Der Mann trat einen Schritt näher. Einer der Wölfe folgte ihm, seine gelben Augen fixierten Gustan gierig. Das Tier war aufgeregt, witterte das Blut in der Luft und ließ seine Lefzen beben. Zähne blitzten im Mondlicht, und Geifer tropfte aus seinem Maul. Der Wolf setzte zum Sprung an, doch der Anführer hielt ihn mit einem festen Griff im Nacken zurück.

»Schau, Gustan«, sagte der Mann, er sprach die Worte genüsslich und gedehnt aus. »Nicht einmal dein Rappe konnte dich retten. Glaubst du wirklich, du kannst gegen uns bestehen? Gegen mich?« Er klang dabei leiser. »Es ist vorbei. Du hast gekämpft wie ein Krieger. Aber jeder Krieger muss wissen, wann er verloren hat.«

Der Mann deutete mit einer geschmeidigen Geste auf den Pferdekopf, der in einer Blutlache lag. »Du willst nicht genauso enden, oder? Sag mir, was ich wissen will, Gustan. Gib mir meine Antworten, und du kannst gehen. Vielleicht sogar mehr als das. Es gibt noch einen Platz für dich in unseren Reihen. Heute muss niemand sterben.«

Seine Hand glitt zu seiner Seite, ein stilles Unterstreichen seines Angebots, während die dunklen Gestalten hinter ihm verharrten, angespannt und auf einen Befehl wartend.

Gustans Blick blieb unbewegt, als er sich blitzschnell in Bewegung setzte. Mit rasender Geschwindigkeit stürmte er nach rechts, seinen Zorn und seine

Entschlossenheit wie eine Waffe führend.

Der erste Gegner, eine schattenhafte Gestalt, konnte nicht einmal reagieren, als Gustans Schwert mit tödlicher Präzision zuschlug. Die Klinge durchschnitt die Luft und traf den Hals des Opfers. Mit einem dumpfen Geräusch fiel der Kopf zu Boden und rollte ein Stück weit, bevor der Körper regungslos zusammenbrach.

Gustan verschwendete keine Zeit. Er war schon beim nächsten Gegner, einem weiteren gesichtslosen Schatten, der versuchte, vor ihm zurückzuweichen.

Es gab kein Entkommen. Mit einem schnellen, zielsicheren Hieb durchtrennte Gustan die Verteidigung des Mannes und setzte ihn außer Gefecht. Blut spritzte, als der Körper beinahe geräuschlos zu Boden fiel.

»Tötet ihn!«, sagte der Anführer kalt und beherrscht, für ihn schien das Ergebnis dieses Kampfes längst festzustehen. Mit einer beinahe lässigen Geste hob er die Hand. Augenblicklich stürzte sich der größte der Wölfe auf Gustan. Seine Bewegungen waren kraftvoll, seine Schnelligkeit beängstigend.

Doch Gustan war vorbereitet. Mit einem eleganten Schwung seines Schwertes wich er dem Angriff des Tieres aus. Sein Klingenstoß verfehlte den Wolf nur knapp. Dieser landete schwer auf den Pfoten und ließ ein bedrohliches Knurren erklingen. Geduckt, bereit für den nächsten Sprung, fixierte es sein Ziel, während Gustans Umhang nass an ihm klebte, doch er ließ sich davon nicht beirren.

Mit der gleichen Geschwindigkeit, wie die finsteren Gestalten erschienen waren, verflüchtigten sie sich

wieder in eine schwarze Masse, die Gustan umhüllte. Die Kälte kroch unter seine Haut, als der Nebel sich um seinen Körper schlang und ihn vollständig verschluckte. Ein markantes, knirschendes Geräusch erklang. Knochen brachen hinter dem Nebel, gefolgt von einem metallischen Aufprall.

Dann, mit einer unheimlichen Plötzlichkeit, zog sich der bewegende Nebel zurück. Die Schatten zerflossen wie Tinte im Wasser und verschwanden hinter den Felsen, ein flüchtiger Hauch, der nie existiert hatte. Zurück blieb der Anführer, regungslos wie eine Statue, seine Aufmerksamkeit fest auf Gustan gerichtet. Der Mond warf silbernes Licht auf die unruhigen Wellen des Meeres, das wie ein stiller Zeuge zu flüstern schien.

Gustans Kapuze war zur Seite gerutscht, und seine Züge waren blass und blutverschmiert. Kaum eine Armlänge entfernt, lag der Kopf seines treuen Rosses.

Seine Rechte zur Faust geballt, ruhte fest auf seiner Brust, ein Schwur – ein unausgesprochenes Gebet in seiner Geste. Seine toten Augen schienen den verhüllten Mann zu durchdringen, leer und doch voller stummer Anklage.

Die Welt hielt den Atem an, als würde der Tod selbst eine tiefere Wahrheit flüstern, jenseits des bloßen Endes eines Lebens.

Der Anführer bewegte sich schließlich – langsam und bedächtig. Sein Mantel wehte leise im Wind. Er neigte den Kopf – würdigte den toten Krieger. Ohne ein weiteres Wort begann sich sein Körper zu verändern. Seine Silhouette verschwamm und löste sich in einer

pechschwarzen Wolke auf. Der kalte Wind ergriff den Nebel und zog ihn empor, höher und höher, bis er in der Dunkelheit des Himmels verschwand.

KAPITEL 1
Verpflichtungen

Meine Fingernägel bohrten sich in die Armlehnen meines Bürostuhls. »Auf gar keinen Fall!«
Ich hielt Bens Blick fest, als könnte meine Entschlossenheit allein sein unerbittliches Drängen brechen.

»Du kannst nicht einfach *Nein* sagen«, meinte er in seinem belehrenden Tonfall, den er immer dann anschlug, wenn er sich im Recht fühlte. »Ohne dich geht es einfach nicht!« Seine Stirn zog sich zusammen, und der Mix aus Trotz und Flehen in seinen Augen, den ich nie ausstehen konnte, blieb hartnäckig.

»Trotzdem ist es ein *Nein*«, erwiderte ich scharf, als wollte ich die Worte damit in Stein meißeln. Doch Ben rührte sich nicht. Kein Blinzeln, kein Zucken. Er würde nicht lockerlassen, das wusste ich ganz genau.

»Komm schon«, setzte er schließlich betont lässig nach, in dem Glauben, mich mit einer Mischung aus Nachgiebigkeit und Charme umstimmen zu können. »Warum willst du nicht mit mir in den Urlaub fahren? Du hast doch nicht mal ernsthaft darüber nachgedacht. Normalerweise bin ich derjenige, der immer zu allem *Nein* sagt. Ehrlich, dir würde es guttun, mal wieder

rauszukommen.«

Mit einem selbstgefälligen Grinsen ließ er sich tiefer in den Bürostuhl sinken, verschränkte die Arme und lehnte sich zurück. Jede Bewegung war betont – ein Schauspiel kalkulierter Überlegenheit. Seine Augenbraue hob sich leicht, als er darauf wartete, dass ich endlich zur Vernunft kam.

»Du stehst offenbar kurz vor einer brillanten Eingebung«, murmelte ich trocken und rollte mit den Augen. Dennoch wanderte mein Blick unwillkürlich nach unten auf meine graue Jogginghose, die ihre besten Tage längst hinter sich hatte. Mein schwarzes, unförmiges T-Shirt half auch nicht.

Ich seufzte.

Vielleicht hatte Ben recht. Aber gerade war es mir egal. Mein Chaos war mein Rückzugsort, und es war gut so, wie es war.

»Ausgerechnet du willst mir einreden, dass ich rausgehen soll?«, fauchte ich, spürbar getroffen. »Außerdem gibt es gute Gründe, warum ich nicht mehr mit dir in den Urlaub fahren will. Jedes Mal läuft es doch gleich: Ich stimme zu, und am Ende stehe ich alleine da, weil du kurzfristig absagst. Zurück bleibt nur meine Enttäuschung.«

Ich wandte mich ab und fixierte die drei Monitore vor mir. Meine Finger flogen über die Tastatur. Das Klackern erfüllte den Raum mit einem gleichmäßigen Rhythmus.

Mein Büro war klein und überladen mit Krimskrams – zwei Schreibtische, ein Regal, Papierstapel überall.

Der schmale Durchgang ließ kaum Platz zum Durchkommen, außer man schob die Stühle unter die Ti-
sche.

Meine Unordnung spiegelte meinen Kopf wider:
unperfekt, aber funktional. Sterile Ordnung brauchte ich
nicht. Routine war mein Anker, ein Schutzschild gegen
die Unbeständigkeit des Lebens und eine beruhigende
Konstante, die mich inmitten des Wirrwarrs stabil hielt.

Ben neigte den Kopf. Sein einst leuchtend rotes Haar
wirkte stumpf, durchzogen von Grau, das ihm etwas
Alter und Schwere verlieh. Früher war es wild und ungezähmt, ein Spiegel seiner Energie.

Sein T-Shirt spannte sich über einem kleinen Bauch-
ansatz, dort, wo ein winziges Loch prangte. Früher war
Ben makellos – perfekt gekleidet, selbstbewusst und
immer präsent. Jetzt hingen seine Jeans ausgeblichen
und ausgefranst an den Hüften, die Taschen durchge-
scheuert. Das Funkeln in seinen Augen war einer bedrückenden Leere gewichen, die mich erschütterte.

Ich starrte wieder auf die Bildschirme. Die leuchtenden Zahlen boten mir in letzter Zeit keine Antworten
mehr. Sie flimmerten nur stumpf und bedeutungslos.

Seit vier Jahren arbeitete ich inzwischen für eine IT-
Firma im Homeoffice. Früher genoss ich die Freiheit
und die Ruhe, die ich für mich hatte, doch an Tagen
wie heute fühlte sich alles monoton und leer an. Selbst
die sonst so klaren Zahlen hatten ihre Bedeutung verloren. Vielleicht war es dem Umstand geschuldet, dass
Bens Besuch heute etwas in mir auslöste. Normalerweise kam er nie während meiner Arbeitszeit vorbei,

weil er selbst lange arbeitete. Für ihn hatte ich sogar die Rollläden nach oben gezogen.

Ich rollte mit meinem Stuhl ein Stück nach hinten und sah aus dem Fenster. Der Rasen, akkurat vom Mähroboter geschnitten, lag reglos unter der drückenden Hitze. Kein Windhauch, kein einziger Vogel – alles verharrte im Schutz vor der erstickenden Schwüle.

»Hör mal«, unterbrach Ben meine Gedanken, seine Stimme erneut fast flehend. »Ich würde dich nicht anbetteln, wenn es mir nicht wirklich wichtig wäre. Ich will endlich in den Urlaub, so wie meine Eltern es sich für mich gewünscht haben. Irgendwohin, wo wir beide noch nie waren. Und … ich will ihnen ihren letzten Wunsch erfüllen. Bitte, sprich heute mit David darüber.« Seine Worte hingen schwer im Raum. Ich hörte die Entschlossenheit darin, aber auch die tiefe Trauer, die er so oft zu verbergen suchte.

Seine Eltern hatten ihm Halt gegeben, doch der Tod riss diesen Anker fort. Seine Mutter war vor einem Jahr an Krebs gestorben. Die Diagnose kam zu spät, der Verlauf war gnadenlos. Kaum Zeit für einen Abschied.

Sie war zwar bereits älter gewesen – Ben war ein Nachzügler –, und vielleicht hätte sich ihr Tod nach einem natürlichen Ende angefühlt, wenn sein Vater ihr nicht kurze Zeit später gefolgt wäre. Ohne seine Frau hatte er den Lebenswillen verloren und starb nur wenige Monate nach ihr – an gebrochenem Herzen.

Für Ben war diese Zeit unfassbar schwer gewesen. Auch wenn seine Eltern vorgesorgt und alles geregelt hatten, hinterließ ihr Verlust eine Wunde, die nicht

34

heilen wollte. In den ersten Monaten danach konnte ich kaum mit ihm sprechen, ohne dass er in Tränen ausbrach. Das Thema war tabu. Und jetzt überraschte es mich, dass er es von sich aus ansprach.

Seine Traurigkeit machte mich weich. Wie hätte ich ihm diesen Wunsch abschlagen können?

»Ich weiß nicht, ob ich David und Anton allein lassen kann«, gab ich zu bedenken.

Ben lächelte siegessicher. »David kommt klar. Das hat doch sonst auch immer funktioniert, wenn du in die Firma fahren musstest. Sieben Tage mit mir, Becca, nicht mehr.«

Er hatte recht, aber es fühlte sich nicht richtig an, sie bewusst für einen Urlaub zurückzulassen, anstatt für die Arbeit.

»Vielleicht frage ich meine Eltern«, murmelte ich leise.

Ben grinste zufrieden. »Siehst du? Rede mit David. Er wird es verstehen.«

»Es gibt allerdings Voraussetzungen: Ich werde nirgendwohin reisen, wo es so heiß ist, dass man nur am Strand herumliegen kann. Ich werde in kein Flugzeug steigen. Auf keinen Fall!«, sagte ich. »Und wenn du abspringst, zahlst du meinen Anteil! Ohne Diskussion.«

Ben hob die Schultern und machte ein Kreuzzeichen. »Ich verspreche, diesmal wird es anders. Keine Ausreden. Keine Absagen.«

Ich wollte ihm glauben, blieb aber skeptisch. Nebenbei tippte ich wieder mechanisch auf die Tastatur, indes sich Ben ein neues Bier holte.

»Noch ein Bier?«, fragte ich neckend.

»Ich brauche das, wenn ich mit dir diskutiere«, feuerte er zurück, als hätte er nur auf einen Kommentar von mir gewartet.

Zurück im Stuhl, lieferte er sich mit mir einen stummen Staredown. Meine Augen fingen fast augenblicklich an zu brennen, und ich sah, dass auch er Mühe hatte, nicht direkt nachzugeben.

Nach etwa fünfzehn Sekunden gab ich auf und blinzelte hektisch. Tränen liefen mir über die Wangen, die ich ärgerlich wegwischte.

Ben grinste triumphierend in sein Bier.

»Okay, ich rede heute Abend mit David«, seufzte ich ergeben. »Aber wenn es deswegen einen Streit zwischen uns geben sollte, musst du dir jemand anderen für deine Reise suchen. Ich bin nicht deine einzige vorhandene Freundin.«

»Aber du bist meine beste Freundin«, argumentierte Ben mit einem gespielt unschuldigen Lächeln. »Die Beste, die Liebste und die Einzige, mit der ich zumindest auch vernünftig einen trinken kann.«

Ich schüttelte den Kopf, konnte mir aber ein Grinsen nicht verkneifen.

»Glaub mir«, fuhr Ben fort, »David wird nichts dagegen haben, solange er arbeiten kann und Anton gut versorgt ist.« Bens Argument traf ins Schwarze: Seine Worte zielten genau auf die Zweifel, die ich ohnehin hegte. Es hätte mich nicht überraschen dürfen, immerhin war er mein bester Freund und dementsprechend redeten wir miteinander über unsere Probleme.

Geschickt spielte er mit meinem Verantwortungsbewusstsein, meiner Erschöpfung und meinem tiefen Wunsch, endlich einmal loszulassen.

David war beruflich aufgestiegen, was zwar großartig für ihn war, aber unser Familienleben stark in Mitleidenschaft zog. Er arbeitete viel, oft bis spät in die Nacht, und obwohl er Verständnis zeigte, wenn ich Raum brauchte, fühlte ich mich oft allein mit den Konsequenzen: den langen Abenden, an denen ich alles allein bewältigen musste, und der ständigen Last, Entscheidungen treffen zu müssen, die uns beide betrafen.

Die Erinnerung an die Zeit nach Antons Geburt kehrte zurück. Ich hatte versucht, meinen alten Beruf wieder aufzunehmen, doch die Realität war unerbittlich. Lange Tage, endlose Aufgaben, die Hetze von einem Termin zum nächsten – es zermürbte mich. Meistens war Anton schon im Bett, wenn ich nach Hause kam. Die wenigen gemeinsamen Momente fühlten sich zu kurz an, und es nagte an mir, jeden Tag, jede Woche. Sein Lachen, seine Geschichten, die ich verpasste, waren wie kleine Stiche, die immer tiefer gingen.

Schließlich hatte ich die Notbremse gezogen. Nach langen Gesprächen mit David, schlaflosen Nächten und unzähligen Stunden des Abwägens entschied ich, den Beruf zu wechseln. Ein schwerer Schritt – ich liebte meinen Job und das Gefühl, etwas aufgebaut zu haben. Aber ich wusste, dass ich das auf Dauer nicht durchhalten konnte. Ich wollte für Anton da sein, die Mutter sein, die er brauchte. Und auch für mich selbst.

Diese Entscheidung war ein Wendepunkt. Sie hatte

mich beruflich vieles gekostet, aber mir auch vieles gegeben. Ich war jetzt da, wenn Anton mich brauchte. Ich konnte seine ersten Worte hören, seine ersten Schritte sehen, dabei sein, als er das erste Mal ohne Stützräder Fahrrad fuhr. Es war nicht nur erfüllend, sondern auch heilend.

Trotzdem mischte sich manchmal Neid in meine Kritik an David. Als er seine Karriere vorantrieb, musste ich meine aufgeben. Er war körperlich da, aber geistig oft abwesend, seine Gedanken in To-Do-Listen und Deadlines gefangen. Ich wünschte mir, dass er eines Tages erkennt, wie kostbar die Momente waren, die er verpasst hat.

Ben riss mich erneut aus meinen Träumereien. »Du hast es dir verdient, mal ohne Kind und Kegel rauszukommen. Nach allem, was du geleistet hast.« Ich nickte bestätigend, spürte jedoch den Kloß im Hals. »David hat es genauso verdient wie ich. Aber er war noch nie ohne mich weg, und ehrlich gesagt, fände ich das auch nicht toll«, nahm ich David automatisch in Schutz.

Ben zuckte mit den Schultern und fügte leise hinzu: »Vielleicht tut es euch beiden gut. Du hast selbst gesagt, dass bei dir die Luft raus ist.«

Ich seufzte, spürte die altbekannte Frustration aufsteigen. »In Ordnung. Maximal sieben Nächte. Wir bleiben in Europa und ich steige in kein Flugzeug.«

Allein bei der Vorstellung an Flugreisen überkam mich ein unangenehmes Kribbeln – die Angst war real, wenn auch irrational.

»Das wird super!«, rief Ben triumphierend. Doch ich

wusste, es ging nicht nur um eine Pause. Es ging darum, meine Panik zu überwinden und die Balance zwischen Muttersein und Unabhängigkeit zu finden.

»Möchte noch jemand Nachschlag?«, fragte ich in die Runde und ließ meinen Blick von einem zum anderen wandern. Wir saßen am Esstisch in unserem Wohn- und Esszimmer, schlicht und modern eingerichtet, mit ein paar Familienfotos an den Wänden. Der Raum wirkte lebendig, auch dank der alltäglichen Unordnung, die ein fünfjähriges Kind hinterlässt.

Im Hintergrund lief der Fernseher – eine Gewohnheit, gegen die ich mich lange gesträubt hatte. Irgendwann hatte ich nachgegeben, wie bei so vielem. David saß mir schräg gegenüber, vertieft in sein Arbeitshandy. Seine Finger flogen über die Tastatur. Der Esstisch war eigentlich eine handyfreie Zone, doch ich schwieg. Ein Streit würde mich jetzt nicht weiterbringen.

»Anton? Möchtest du noch Nudeln?«, erkundigte ich mich erneut und sah zu meinem Sohn, der mit seinem Besteck in der Hackfleischsoße stocherte. Er machte Dinosauriergeräusche und starrte abwechselnd auf seinen Teller und den Fernseher, wo die Sesamstraße lief. Ein Schmunzeln konnte ich mir nicht verkneifen – mit seinen braunen Haaren und großen blauen Augen war er das Ebenbild seines Vaters, nur deutlich lebhafter. Sein T-Shirt war übersät mit Soßenflecken, und ich fragte mich, warum ich ihm nicht einfach eine Schürze umgebunden hatte. Wieder einmal.

Ich stöhnte leise, griff nach der Fernbedienung und schaltete den Fernseher aus. »Will noch jemand Nudeln?«, hakte ich nach, dieses Mal nachdrücklicher.

»Boah, Mama! Das war gerade so spannend! Warum machst du das?«, protestierte Anton prompt, die Stirn gerunzelt, die Arme verschränkt – die pure Empörung im Miniformat.

David schüttelte den Kopf, schaute aber nicht einmal von seinem Handy auf. Meine Geduld schmolz dahin wie Butter in der Sommersonne.

»Entschuldigt bitte, die Herren!« Ich klang nun schärfer. »Es ist kurz vor sieben. Anton, du musst bald ins Bett. Also: Möchtet ihr noch was essen?«

Anton sah mich an, als hätte ich ihm gerade gesagt, dass Weihnachten ausfällt. »Nein, ich habe keinen Hunger mehr. Kann ich noch weiterschauen?« Seine Stimme war genauso fordernd wie meine. Für ihn war das ein Verhandlungsprozess, kein Befehl.

»Nein!«, antwortete ich kurz und bestimmt. »Und wenn du so weitermachst, kappe ich das WLAN.«

Er schnappte nach Luft, als hätte ich gerade das Unvorstellbare ausgesprochen. »Das kannst du nicht machen!«

»Oh doch, das kann ich. Und ich werde es tun, wenn du dich jetzt nicht bewegst und mitmachst.«

Endlich legte David sein Handy zur Seite. »Nein, Spatz, ich brauche nichts mehr. Danke dir«, sagte er mit einem Hauch von Erschöpfung. Es war nicht viel, aber

immerhin – er hatte sich geäußert. Trotzdem konnte ich den wachsenden Frust in mir nicht abschütteln. *Warum ist es für ihn so schwer, einfach mal präsent zu sein?* Ich dachte daran, wie oft ich alleine den Haushalt schulterte und dabei das Gefühl hatte, kaum wahrgenommen zu werden. David wirkte kraftlos, ja, aber seine ständige Abwesenheit – ob körperlich oder geistig – hinterließ ein nagendes Gefühl der Einsamkeit in mir.

Nachdem das Essen vorbei war, räumte ich die Küche auf, warf die Wäsche in den Trockner und brachte Anton ins Bett. Mein kleiner Wirbelwind hatte mit allen Tricks versucht, das Schlafengehen hinauszuzögern: Durst, Toilette, Proteste – der übliche Kampf. Doch schließlich war er eingeschlafen, und sein entspannter Atem ließ meinen Frust verblassen.

Mit einem Bier bewaffnet ging ich ins Wohnzimmer zurück. David hatte es sich bereits auf dem Sofa gemütlich gemacht... mit dem Handy in der Hand.

Ich räusperte mich laut, um seine Aufmerksamkeit zu erhalten. Er blickte auf, blinzelte mehrmals, als wäre er aus einer Trance erwacht und fragte mit einem müden Lächeln: »Hast du heute länger gebraucht als üblich?«

Er klang harmlos, fast beiläufig, wie ein automatischer Reflex. Es fehlte jede Spur von echter Neugier oder Beteiligung, und genau das stach mir ins Herz.

»Ohne deine Unterstützung dauert eben alles etwas länger«, sagte ich scharf und deutete auf seine entspannte Haltung. »Ich sehe, du hast es dir bereits bequem gemacht.«

David zog eine Augenbraue hoch, wirkte jedoch völlig unbeeindruckt von meinen ironischen Worten. »Ich habe momentan viel zu tun, Becca. Es gibt Herausforderungen in der Firma. Die Tochtergesellschaft macht Probleme. Ich arbeite an einer Lösung«, entgegnete er sachlich – der Ton eines Mannes, der es gewohnt war, Probleme methodisch zu lösen. Mich machte es allerdings wütend.

Bevor er weitersprechen konnte, drückte ich ihm das Bier in die Hand. »Ich wollte nicht über deinen Job reden, sondern über etwas anderes mit dir sprechen.«

Zu meiner Überraschung legte er das Handy beiseite. »Worüber denn?«

Ich erzählte ihm von Bens Urlaubsidee. Nachdem ich geendet hatte, lehnte David sich zurück und musterte mich nachdenklich. »Du weißt, dass Ben dich schon öfter hat hängen lassen. Gerade wenn es um Urlaubspläne ging. Glaubst du wirklich, dass es diesmal anders wird?«

Sein Einwand war berechtigt, aber ich wollte daran glauben und hatte einfach das Verlangen, endlich wieder abzuschalten.

»Ich habe ihm klargemacht, dass er die Reise vollständig bezahlen muss, falls er abspringt, und dass ich trotzdem fahren werde«, versuchte ich überzeugend zu argumentieren.

David lächelte leicht, zog eine Augenbraue hoch und fragte scherzhaft: »Und was ist, wenn ich eifersüchtig auf Ben bin? Vielleicht will ich lieber mit euch kommen.«

Ich prustete kurz, winkte ab und setzte mich neben ihn auf das Sofa. »Du? Auf Ben eifersüchtig? Niemals. Und wenn du mitkommen willst, dann gerne. Natürlich könnten wir ihn auch zu dritt begleiten.« Innerlich beschlich mich ein leichtes Bedauern und ließ mich automatisch mit einem schlechten Gewissen zurück. Nachdenklich schaute David mich an und schüttelte dann den Kopf.

»Nein, wenn ihr geht, dann beide zusammen. Ich wäre damit einverstanden, aber nur, wenn die Organisation mit Anton und deiner Mutter steht. Das ist doch kein Problem, oder?«

Ich nickte schnell, obwohl ich etwas daran zweifelte, ob meine Mutter wirklich zuverlässig genug sein würde.

»Ja, sie kann Anton sicherlich vom Kindergarten abholen und sich danach um ihn kümmern, bis du abends nach Hause kommst.«

Er schenkte mir zur Einwilligung ein entspanntes Lächeln.

David ließ meine Worte wirken, schwenkte nachdenklich seine Flasche, bis er schließlich nickte. »Du hast dir eine Auszeit verdient«, stimmte er zu.

»Danke«, sagte ich leise und wir beide sahen uns stumm an.

Langsam beugte ich mich vor, um ihn zu küssen, doch sein vibrierendes Handy störte mein Vorhaben. Ein frustriertes Seufzen entkam uns nahezu gleichzeitig. Konnte dieses schreckliche Teil nicht mal fünf Minuten nicht klingeln? Mit einem schnellen Blick auf das

Display wich er vor mir zurück. Kurz sah er mich zögernd, beinahe fragend an.

»Entschuldige mich, aber das ist wichtig.«

Ohne auf eine weitere Reaktion von mir zu warten, stand er auf und verschwand auf die Terrasse, um in Ruhe zu telefonieren.

Es war immer wichtig. Wichtiger als ich.

Ich sah ihm nach, mein Lächeln verblasste. Vielleicht war eine Woche Abstand genau das, was ich jetzt brauchte – nur für mich.

KAPITEL 2
Ein Zeichen

Ich erwachte auf einem schwankenden Untergrund, der mich wie ein verlorenes Blatt auf einer unbekannten Strömung hin- und hertrug. Benommen öffnete ich die Augen, doch mein Verstand kämpfte vergeblich, den Ort zu begreifen. Um mich herum lag ein dichter, grauer Nebel, ein undurchdringlicher Schleier, der alles zu verschlucken schien. Egal wohin ich blickte, es gab keine klaren Konturen, nur ein endloses Meer aus Dunst, das in flüchtigen Formen umherwaberte.

Er schien eine eigene Seele zu besitzen, pulsierend im Takt meines Atems, als würde er von mir leben und mich zugleich umschließen.

Mir war weder warm noch kalt, doch die feuchte Umarmung der Luft legte sich wie ein unsichtbarer Mantel auf meine unbedeckte Haut. Bei jedem Ausatmen formten sich vor mir kleine, wirbelnde Nebelschwaden – ein leises, flüchtiges Zeugnis meiner Existenz in dieser unwirklichen Welt.

Ich richtete mich auf, mein Kopf schwer wie Blei, während die sanfte, rhythmische Bewegung unter mir

endlich einen Sinn ergab. Ich saß in einem Ruderboot, das träge auf dunklen Wellen schaukelte, als würde es ziellos über ein unbekanntes Gewässer treiben. Die Ruder lagen ungenutzt, wie ein Relikt, quer im Boot.

Mein Blick wanderte an mir herab, und ich stellte fest, dass ich seltsame Kleidung trug – sie war aus grobem Stoff und abgewetztem Leder, als hätte man mich aus einer längst vergangenen Epoche in diese surreale Szenerie geworfen. Das Material war schwer, seine raue Textur rieb auf meiner Haut, doch zugleich vermittelte es eine merkwürdige Geborgenheit, die mich in dieser fremden Welt zusammenhielt. Ein leises Geräusch durchbrach meine Gedankengänge – eine klare, weibliche Stimme, die meinen Namen rief. Der Klang war seltsam fremd – ein Teil von mir, der dennoch von einer anderen Person zu stammen schien. Ich drehte mich, suchte nach der Quelle, aber der Nebel – dieser endlose, dichte Schleier – verschluckte absolut alles.

Sie erklang erneut, jetzt nah, fast greifbar. Nur um im nächsten Moment wieder zu verschwinden, verloren im Dunst. Die Worte schwebten wie Geister umher; eine flüsternde Stimme, die mich in Schüben erreichte – unwiderstehlich in ihrer Dringlichkeit.

Getrieben von der Verwirrung und dem unaufhörlichen Ruf, erhob ich mich; wackelig auf den Beinen. Das Boot geriet ins Schwanken. Die plötzliche Bewegung ließ das Wasser um mich herum unruhig kräuseln. Instinktiv griff ich nach den Bordwänden, suchte Halt, doch mein Fokus lag längst woanders. Das Unbekannte zog mich vorwärts – diese unsichtbare Kraft,

stärker als meine eigene Angst.

Mein Blick irrte rastlos umher, auf der verzweifelten Suche nach einem Anhaltspunkt – irgendetwas, das mir Orientierung geben konnte. Überraschend durchbrach ein winziger grüner Punkt den Nebel, flimmerte zunächst nur schwach, bevor er stetig heller wurde, je näher er kam.

Es war eine schwebende Kugel aus strahlendem, grünem Licht, lautlos und voller Stärke, die mich magisch anzog.

Fasziniert streckte ich meine Hand aus, wollte sie berühren, aber ehe meine Fingerspitzen sie erreichen konnten, erblickte ich ein weiteres schimmerndes Flackern. Diesmal war es blau, kühl, dann folgte ein gelbes, warm und strahlend, und schließlich ein rotes Licht, glühend und intensiv. Die Kugeln bewegten sich tonlos und wie im Einklang. Sie kamen auf mich zu, ihre Bewegungen von einem gemeinsamen Plan geleitet. Sie wollten sich entweder mit der grünen Kugel oder mit mir vereinen. Die Lichter tanzten um mich herum, wirbelten in einer hypnotischen Choreografie, die wie ein stiller Dialog wirkte. Sie schienen mich führen und in die Schwaden locken zu wollen, hin zu einem anderen Ort. Ohne einen Moment des Zögerns streckte ich beide Hände zum grünen Leuchten aus, meine Finger zitternd vor Erwartung.

Kaum hatte ich die Kugel berührt, durchfuhr mich ein pulsierendes Kribbeln, das wie ein Strom aus Funkenregen durch meinen Körper jagte. Die Energie war fremdartig und trotzdem seltsam vertraut – lebendig,

als würde sie mit mir verschmelzen. Es war berauschend, ein seltsamer Mix aus ungezügelter Neugier und wachsender Furcht, die meinen Atem beschleunigte.

Mit jedem Herzschlag wurde die Verbindung zu den Lichtern intensiver, und ich spürte, dass ich unwiderruflich in diese fremdartige Welt hineingezogen wurde. Wie von selbst schlossen sich meine Augen. Mein Körper versuchte instinktiv, sich vor der Reizüberflutung zu schützen. Doch das Gefühl, etwas Unwiederbringliches zu verpassen, ließ mich keine Sekunde zögern – ich riss sie wieder auf, getrieben von einer inneren Gewissheit, dass dieser Augenblick kostbarer war als die Angst vor seiner Intensität.

Ich fuhr mit einem Ruck aus dem Schlaf hoch. Mein Herz hämmerte, und die Bilder des Traums – der Nebel, die Kugeln– schwebten noch immer in meinem Kopf. Kurz hatte ich das Gefühl, die feuchte Kühle des Nebels noch auf meiner Haut zu spüren, aber als ich die Augen ganz öffnete, war alles verschwunden. Zurück blieb nur die Dunkelheit meines Schlafzimmers. Ein leises Unbehagen nagte an meinem Geist.

War das tatsächlich nur ein Traum gewesen?

Die Intensität, die Details – es fühlte sich so real an, als könnte mein Verstand sie unmöglich allein erdacht haben. Ich fasste nach rechts, tastete über die

Bettdecke, suchte nach Davids vertrauter Wärme, doch die andere Seite des Bettes war kalt und leer. Unruhe erfüllte mich.

Zögernd griff ich nach meinem Handy, das auf dem Nachttisch lag. Das grelle Licht des Displays durchbrach die Finsternis und blendete mich für einen kurzen Moment. Mit zusammengekniffenen Augen starrte ich auf die Uhrzeit – es war kurz vor Mitternacht.

Ich zwang mich, schärfer zu sehen, und rieb mir die Schläfrigkeit sowie die letzten Fetzen des Traums aus den Lidern. Mein Blick wanderte durch das dunkle Zimmer. Noch immer in die dichte Bettdecke verstrickt, brauchte ich mehrere Versuche, um mich daraus zu befreien und meine Beine über die Bettkante zu schwingen. Mein ganzer Körper fühlte sich träge an, als hätte der Traum eine greifbare Schwere hinterlassen. Nachdem ich mich erhoben hatte, fuhr ich mir über das Gesicht und tapste zum Lichtschalter. Mit einem Klick erhellte sich der Raum und schaute direkt auf die leere Seite des Bettes, die mich wie ein stiller Vorwurf anstarrte.

David. Er war noch immer nicht zurück.

Normalerweise ging David jede Woche zum Fußballtraining, aber in letzter Zeit war es unregelmäßiger geworden. Arbeit, Erschöpfung, Kind – es hatte viele Gründe gegeben, die ihn davon abgehalten hatten. Wahrscheinlich saß er mit seinen Kumpels im Vereinsheim und hatte die Zeit vergessen. Die Abende, an denen er einfach nicht kam, wurden häufiger – so häufig, dass die leere Seite des Bettes inzwischen vertrauter

war als seine Wärme. Ich lauschte in die Stille, die sich wie ein stiller Vorwurf um mich legte.

In meinem gemütlichen Sailor-Moon-Pyjama – ein unverkennbares Relikt meiner Jugend – schlurfte ich durch den schummrig beleuchteten Flur. Die Stoffpantoffeln an meinen Füßen machten kaum einen Laut auf dem Boden. Die vertraute Stille der Wohnung beruhigte mich ein wenig, während ich zur gegenüberliegenden Kinderzimmertür ging. Vorsichtig legte ich meine Hand auf die Klinke, drückte sie langsam herunter und öffnete die Tür einen Spalt breit.

Sofort sprang ein kleines Bewegungslicht neben dem Eingang an und warf ein zartes, goldenes Licht auf den Raum. Meine Augen wanderten zu Antons kleinem Bett.

Sein schlafendes Gesicht war mir zugewandt, die Wangen leicht gerötet und sein Atem sanft und regelmäßig.

Leise zog ich die Tür wieder zu, darauf bedacht, kein Geräusch zu verursachen, das ihn wecken könnte. Mit vorsichtigen Schritten ging ich zurück in den Flur, schob den Gedanken an David beiseite und betrat das Badezimmer.

Mit einem leisen Klicken flammte das Licht auf und tauchte den Raum in kühles, steriles Weiß. Instinktiv wanderte meine Aufmerksamkeit zum Spiegel über dem Waschbecken. Zerzauste, braune Haare bildeten einen wilden Kranz um mein Gesicht, das von unverkennbarer Müdigkeit gezeichnet war. Meine Augenringe waren tief und dunkel, und meine

Sommersprossen schienen zu blass, um dagegen anzu-kämpfen.

Meine grünen Augen, sonst lebendig und aufmerk-sam, wirkten jetzt müde, als würden sie nicht nur die Last einer schlaflosen Nacht tragen.

Ich schnaubte leise und fuhr mir mit den Fingern durch die wirren Strähnen, nur um festzustellen, dass sie dadurch nur noch wilder wirkten.

Zurück im Flur bemerkte ich einen schwachen Licht-schein, der durch die angelehnte Tür des Büros drang. Ein leichter Anflug von Unbehagen überkam mich.

Hatte ich vergessen, das Licht auszuschalten? Oder war David vielleicht zurückgekehrt und arbeitete noch? Ich spitzte die Ohren, um zu lauschen, doch ich konnte nichts hören.

Leise schlich ich näher heran. Behutsam legte ich meine flache Hand auf das Türblatt und schob es ein Stück weiter auf. Der Lichtschein wurde intensiver, goss blasse Streifen über den Boden. Vorsichtig spähte ich in den Raum hinein. Niemand saß an den Schreib-tischen. Dunkle Monitore, reglose Stühle. Das Decken-licht war ausgeschaltet, aber ein schwacher, unsteter Schein flimmerte inmitten des Zimmers auf.

Meine Sicht fiel auf meinen Arbeitsplatz, auf dem der Laptop nicht vollständig zugeklappt war. Der Bild-schirm leuchtete schwach und flackerte in sanft wech-selnden Farben. Ich runzelte die Stirn – das war selt-sam. Ich war mir sehr sicher, den Laptop herunterge-fahren zu haben, nachdem ich Feierabend gemacht hatte.

Langsam trat ich ins Büro. Der dunkle Raum wirkte beengend, die Luft schwer und dicht. Ich konnte meinen Blick nicht von dem schimmernden Licht abwenden. Es war hypnotisch, ein kaltes Glimmen, das in weichen Wellen über die Tasten tanzte. Von hier aus nahm ich ein Geräusch wahr: Ein kaum hörbarer Ton, der aus den Kopfhörern drang, die achtlos neben dem Laptop lagen. Es war eine altertümliche Musik, keine die ich kannte – leichte, schwebende Töne, ein Flüstern, das unglaublich melodisch in meinen Ohren klang. Unheimlich und zugleich faszinierend, wie eine Melodie aus einer anderen Welt. Mit einem Kopfschütteln versuchte ich mich aus meinem tranceähnlichen Zustand zu befreien.

Etwas stimmte nicht. Mein Laptop sollte sich nach fünfzehn Minuten Inaktivität abschalten. Doch das Licht flimmerte weiter. Und ich war allein im Haus. Kein Video, kein offenes Programm sollte laufen. Also was – oder wer – ließ ihn weiterarbeiten? Mit einem schnellen Atemzug trat ich näher, schob Davids Bürostuhl zur Seite. Der Stoff fühlte sich unter meinen Fingern kälter an, als erwartet. Mein Herz pochte gegen meine Rippen. War es der Rhythmus der Musik – oder Angst? Ich zögerte kurz, bevor ich mich endlich dazu durchrang, meine Hand auszustrecken und den Bildschirm hochzuklappen.

Ein Laut zerriss die Stille.

Mein Name.

Gehaucht. Verzerrt.

Eine Stimme, die nicht aus den Kopfhörern zu

kommen schien, sondern direkt aus meinem Kopf. Oder schlimmer: aus der Dunkelheit um mich herum.

Mein Atem stockte. Ein Kribbeln lief meinen Nacken hinab, eiskalt, elektrisierend.

Die Schatten an den Wänden wirkten, als würden sie sich rühren. War es eine Täuschung? Das musste es einfach! Mein Geist kämpfte gegen die aufsteigende Panik, suchte nach einer rationalen Erklärung. Die Luft war inzwischen schwer wie Blei, der Raum unnatürlich still.

Ich wirbelte herum, starrte zur Tür. Nichts. Die Dunkelheit wirkte nicht leer – sie lebte, bewegte sich in kaum wahrnehmbaren Wellen. Ein Schatten? Oder spielte mir mein Verstand einen grausamen Streich? Die Stimme hallte nach, verhallte nicht einfach, sondern verschmolz mit der Finsternis, als würde sie darin weiterflüstern, mich rufen.

Mein Puls raste.

Ich spürte es – etwas war dort draußen. Etwas lauerte.

»David?« Mein Flüstern klang brüchig, schwach. Doch ich wusste es. Ich wusste, dass es nicht David gewesen war. Niemand war hier.

Ich lauschte angestrengt. Mein Blick wanderte zur Tür, dann zurück zum Laptop, dessen Bildschirm weiterhin die seltsamen Formen auf die Tastatur reflektierte, als würde dort ein Video laufen.

War ich verrückt geworden? Bildete ich mir das alles gerade ein? Ich suchte verzweifelt nach einer Erklärung, aber nichts ergab Sinn.

Mit bebenden Fingern und einem Herzen, das inzwischen wie ein Vorschlaghammer gegen meine Rippen donnerte, riss ich den Bildschirm mit einem entschlossenen, beinahe erschütterten Ruck nach oben. Mein Atem ging flach, meine Kehle war trocken. Ich wollte Gewissheit – oder vielleicht einfach nur, dass dieser unheilvolle Spuk ein Ende fand.

Der Bildschirm entfaltete sich vor mir, und ich hielt irritiert inne. Das flackernde Licht des Monitors tanzte auf meinen angespannten Händen, während meine Augen suchend über die Oberfläche glitten.

Kein Video. Keine Musik mehr. Der Klang, der eben noch durch den Raum gedrungen war, war mit dem Öffnen des Gerätes abrupt verstummt, als hätte ihn jemand mit einem einzigen Atemzug ausgelöscht.

Stattdessen starrte mich eine mir unbekannte Internetseite an. Sie hatte eine unheilvolle Ausstrahlung, wie eine Tür zu etwas, die besser verschlossen bleiben sollte.

Mein Magen zog sich zusammen.

Was zur Hölle war das? Die Website eines Reiseveranstalters. Stirnrunzelnd blinzelte ich, während meine noch müden Augen versuchten, die verschwommenen Details zu erfassen. Mein Blick huschte über das Logo einer großen Reederei – der Name kam mir vage bekannt vor, doch irgendetwas daran fühlte sich falsch an. Ein beklemmendes Gefühl breitete sich in meiner Brust aus.

Auf dem Bildschirm gab es nur eine einzige, geradezu aufdringlich präsentierte Route. Keine weiteren

Angebote, keine Alternativen – nur diese eine Reise. Mein Nacken versteifte sich, als ich mich vorbeugte. Meine Finger krallten sich fester um die Maus, die plötzlich rutschig in meiner schweißnassen Hand lag.

»Sieben Tage – Hamburg, Vereinigtes Königreich, Schottland.« Der Preis war in aggressiven roten Lettern hervorgehoben, fast zu verlockend, um wahr zu sein, deklariert als eine *Last-Minute-Reise*.

Ein unbehagliches Kribbeln wanderte über meine Hand, und ich löste sie abrupt von der Maus, nur um sie an meiner Hose abzuwischen. Ich schluckte, während ein Gedanke in mir aufkeimte, den ich nicht greifen konnte – ein leises, nagendes Gefühl, dass irgendetwas hier ganz und gar nicht stimmte.

Langsam ließ ich mich auf meinen Schreibtischstuhl sinken. Selbst nachdem ich mich gesetzt hatte, blieb mein Körper angespannt. Meine Hände ballten sich zu Fäusten, meine Finger gruben sich dabei unbewusst in den Stoff meiner Hose.

Warum ist diese Seite geöffnet? Ich habe sie nicht aufgerufen. Niemand außer mir hat Zugriff auf meinen Laptop. Und vor allem: Ich nutze mein Firmengerät nie für private Recherchen.

Ein dünner Schweißfilm bildete sich in meinem Nacken. Ich leckte mir unbewusst über die trockenen Lippen.

Soll ich die Seite schließen?

Oder ... weiterklicken?

Ich griff erneut zur Maus. Jede Bewegung fühlte sich seltsam bewusst an, als würde ich gegen einen unsichtbaren Widerstand arbeiten.

Die Route wurde detaillierter beschrieben: Start in Hamburg, weiter nach Liverpool, Portree, Stornoway, Invergordon, ein Seetag und schließlich zurück nach Hamburg.

Mein Atem stockte. Die Bilder der Reise entfalteten sich vor mir – zu lebendig, zu perfekt. Die zerklüfteten Küsten Schottlands ragten wild und ungezähmt in den Himmel. Das satte Grün der Hügel schien zu leuchten und die bunten Häuserfassaden von Portree wirkten wie aus einem Postkartenmotiv geschnitten.

Die Detailtiefe war beeindruckend. So sehr, dass ich das Gefühl hatte, die salzige Meeresluft auf meiner Zunge schmecken zu können und den Wind zu spüren, der meine Haare zerzauste.

Ein Schauer jagte mir über die Arme, und ich rieb mir unbewusst mit der freien Hand über den Nacken.

Das monotone Rauschen der Laptoplüftung war das einzige Geräusch im Raum. Es fühlte sich an, als würde etwas in dieser Stille lauern.

Vielleicht sollte ich die Reise buchen.

Der Gedanke klang verlockend, fast logisch – und gleichzeitig vollkommen absurd.

Ein nervöses Pochen setzte in meiner Schläfe ein.

Etwas stimmte nicht. Mit der Seite. Mit dem Laptop. Mit dieser ganzen Nacht.

Mein Kiefer verspannte sich, während ich mich zwang, den Blick vom Bildschirm zu lösen.

Mit einem Ruck stand ich auf. Meine Beine fühlten sich unerwartet schwer an, als hätten sie zu lange stillgestanden. Der Laptop blieb offen auf dem Tisch

zurück. Sein schwaches Licht warf seltsame Schatten auf die Wand.

Die Dunkelheit jenseits des Schreibtisches wirkte dichter, die Ecken des Raumes tiefer. Etwas schien mich zu beobachten – eine Ahnung, die sich wie kalte Finger in meinen Nacken grub. Meine Schultern verkrampften sich, und ich musste einen tiefen Atemzug nehmen, um nicht der Panik nachzugeben.

Wenn ich mich nicht sofort entspannte, würde ich zu Anton ins Zimmer flüchten, die Tür hinter mir verriegeln und erst wieder atmen, wenn das beklemmende Gefühl in meiner Brust nachließ.

Im Flur blieb ich unsicher stehen. Mein Herz raste.

Zögernd umfasste meine Hand die Klinke von der Kinderzimmertür.

Behutsam öffnete ich sie abermals einen Spalt, und erst als mein Blick auf ihn fiel – friedlich zusammengerollt in seinem Bettchen, sein Atem langsam und gleichmäßig –, löste sich ein Teil der Anspannung in meiner Brust. Ein leiser, zittriger Atemzug entwich mir.

Vorsichtig zog ich die Tür wieder zu, darauf bedacht, ihn nicht zu wecken. Mit bebenden Fingern zog ich mein Handy aus der Pyjamahose und wählte Bens Nummer, ohne großartig darüber nachzudenken. Wenn mein Kopf einmal so voll war, musste ich reden – und zwar sofort.

Während das Telefon klingelte, lehnte ich mich an die Wand und schloss kurz die Augen. Meine Gedanken drehten sich unaufhörlich im Kreis, als wäre ich in einer Endlosschleife gefangen.

»Sie wünschen, wir spielen?« Bens Stimme klang fröhlich und erstaunlich wach. Ich konnte sein Lächeln regelrecht durch das Telefon hören, und es löste meine Nervosität direkt ein bisschen.

»Habe ich dich geweckt, oder hast du morgen etwa frei?«, fragte ich und bemühte mich, meine Unruhe mit der Frage zu überspielen.

»Ne, ich hab morgen frei und zocke gerade noch *WoW* mit Markus«, antwortete Ben locker.

Markus war ein ehemaliger Kollege von mir und ein aktueller Kollege von Ben.

»Cool, grüß ihn von mir!« Ich konnte mir ein schwaches Lächeln nicht verkneifen, doch ich versuchte, beim Thema zu bleiben. »Sag mal, warst du heute, als du hier warst, an meinem Laptop? Hast du schon nach einer Reise gesucht? Weißt du vielleicht noch, ob ich ihn heruntergefahren habe?«

Ben wurde bei meinen ganzen Fragen kurz ruhig, bevor er weitersprach. »Moment ... was? Nein, ich war nicht an deinem Laptop! Als wir vorhin dein Büro verlassen haben, hast du das Ding definitiv heruntergefahren – und dabei laut eine Feierabendhymne gesungen.« Er hörte sich ziemlich überzeugt an.

Ich kaute konzentriert auf meiner Unterlippe herum. »Okay ... Aber irgendwas ist seltsam. Hier geht etwas absolut Merkwürdiges vor sich, oder ... ich verliere den Verstand. Vielleicht hat mein Laptop ein Eigenleben entwickelt. Oder ich fange an zu halluzinieren.«

Daraufhin erklärte ich ihm in knappen Worten, was gerade passiert war – die seltsame Seite, die Musik, die

Stimme, die meinen Namen sagte. Zum Schluss fügte ich hinzu: »Ich bin definitiv mit Anton alleine. Niemand außer mir hat den Laptop bedient, und ich bin mir ziemlich sicher, dass ich mir die Stimme nicht eingebildet habe.«

»Okay, bleib locker«, sagte Ben nach einer kurzen Pause. Seine Stimme klang nachdenklich, aber diesmal schwang eine ungewohnte Unsicherheit mit. »Hör zu, ich bin sicher kein Experte für übernatürliche Sachen. An so etwas glaube ich auch nicht. Von daher … hast du dir das unter Umständen womöglich echt eingebildet? Es ist spät, du bist müde, und diese Werbung – na ja, die ist doch darauf ausgelegt, Eindruck zu machen. Die sind inzwischen richtig raffiniert bei sowas. Vielleicht war's einfach ein Soundeffekt, der sich zufällig wie dein Name angehört hat?«

Seine Worte hörten sich vernünftig an, aber da war dieses Zögern, als würde er selbst nicht ganz glauben, was er sagte.

»Raffiniert ist gar kein Ausdruck«, murmelte ich und trommelte nervös mit den Fingern auf meinen Oberschenkel herum. »Aber es fühlte sich … falsch an. Irgendwie unheimlich.«

Ben schwieg kurz, dann fragte er mit einer ungewohnt ernsten Stimme: »Oder genau richtig?«

Seine Worte klangen seltsam – wie ein Gedanke, der nicht zu ihm passte, aber doch irgendwie wahr sein könnte. Sie hatten etwas Logisches an sich, aber gleichzeitig spürte ich, dass er sich selbst nicht sicher war. Es war nicht die übliche, entspannte Art, die ich von ihm

kannte.

»Dieses Reiseangebot beginnt in drei Wochen. Ich müsste sofort alles in die Wege leiten, inklusive meines Passes. Ist das nicht viel zu kurzfristig?«

Meine Zweifel drängten sich in den Vordergrund, auch wenn ein Teil von mir sich insgeheim wünschte, er würde mir die Entscheidung abnehmen.

»Kurzfristig, klar, aber nicht unmöglich«, meinte Ben nach kurzem Nachdenken. »Wenn du willst, kannst du morgen anfragen, ob du Urlaub bekommst. Ich mach das Gleiche. Wenn das klappt … dann wäre es doch eine Chance, oder? Wir könnten es aufs Schicksal schieben.«

Ich zögerte einige Sekunden.

»Vielleicht«, meinte ich schließlich. »Ich schau, ob ich Urlaub bekomme. Dann … könnten wir die Reise buchen.«

»Klingt nach einem Plan«, bestätigte Ben, doch diesmal wirkte er eher nachdenklich als überzeugt. »Und keine Sorge, wir kriegen das schon hin.«

Wir verabschiedeten uns, und ich lief zurück ins Büro und speicherte den Link zur Internetseite, bevor ich den Laptop endgültig herunterfuhr. Dreimal überprüfte ich, ob der Bildschirm aus blieb. Erst dann klappte ich ihn zu und verharrte noch einen Augenblick, bevor ich mich auf den Weg ins Bett machte.

Ich kroch unter die Decke und zog sie fest um mich, als könnte sie die Kälte vertreiben, die sich in meinem Inneren festgesetzt hatte.

Die seltsame Stimme, die meinen Namen gerufen

hatte, ließ mich nicht los. War sie ein Zeichen? Ein Echo meiner eigenen Unruhe? Oder war sie ein Ruf, der mir eine Wahrheit zeigen wollte, vor der ich bisher weggelaufen war?

Ich schloss die Augen, fand statt Frieden jedoch nur noch mehr Fragen.

Wenn David da gewesen wäre, hätte ich mit ihm darüber reden können – oder hätte ich es ihm verschwiegen? Es war leichter, in der Stille der Nacht alles auf die Umstände zu schieben. Auf ihn. Auf das Leben.

Die Idee der Reise schlich sich abermals in meinen Kopf, verlockend wie eine Chance, die ich nicht ignorieren konnte. Vielleicht würde sie mir helfen, Klarheit zu finden – über mich, über uns. Vielleicht war es genau das, was ich brauchte.

Mit einem leisen Seufzen drehte ich mich zur Seite, die Decke noch fester um mich gezogen. Die leere Seite des Bettes fühlte sich an wie eine unüberbrückbare Kluft – und ich wusste nicht, ob sie jemals wieder gefüllt werden konnte.

KAPITEL 3
Aufbruch

Trotz des schlechten Gefühls, das die ganze Sache in mir auslöste, beantragte ich den Urlaub am nächsten Tag. Mein Chef wirkte im anschließenden Gespräch sogar fast erleichtert, als würde es ihm gerade recht kommen, dass ich für eine Woche aus dem Büro verschwand. Wahrscheinlich machte er sich dann weniger Sorgen darüber, dass wir im Sommerloch untätig herumsitzen würden. Dieses unerwartete Einverständnis gab mir ein kleines Gefühl der Richtigkeit – eine legitime Entschuldigung, endlich abzutauchen.

Also buchten wir die Reise, die in drei Wochen starten sollte, und wählten für die Anreise eine Zugfahrt zum Hamburger Hauptbahnhof. Schnell besprachen Ben und ich, was noch organisiert werden musste.

Ich erwischte David bei einer Pause zwischen seinen Telefonaten. Er saß am Esstisch, sein Handy beiseitegelegt, und hörte mir aufmerksam zu, als ich ihm von dem gebuchten Urlaub erzählte. Dann zog er mich sanft zu sich heran und küsste mich auf die Stirn. »Ich freue mich für euch«, sagte er. »Das wird dir guttun.«

Ich lächelte zurück und versuchte, seine Worte wie

eine Verankerung in meinem Herzen zu fühlen. Doch je mehr ich mich bemühte, desto mehr schien sich das ungute Gefühl in mir zu verhärten.

Kurz vor Antritt der Reise begann ich damit, alles dafür vorzubereiten. Ich holte den Reisekoffer und den Wanderrucksack aus dem Keller, beide mit einer feinen Staubschicht bedeckt – ein stiller Beweis dafür, wie lange unser letzter Urlaub her war. Nachdem ich die Wäsche fertig hatte, bereitete ich Gerichte zu, die ich in Portionen einfrieren konnte. David würde ohne mich vermutlich wieder vergessen, richtig zu essen, und ich wollte mir zumindest darüber keine Sorgen machen müssen.

Nachdem der Koffer gepackt und die Wohnung auf Vordermann gebracht war, betrat ich Antons Zimmer. Er saß inmitten seiner bunten Holzspielzeuge und baute konzentriert an seiner Eisenbahnstrecke. Der Anblick löste ein sanftes Lächeln in mir aus. Hier in seinem Reich schien alles normal und geordnet, unberührt von den Sorgen, die mein Leben momentan bestimmten.

»Mama, spielst du mit mir Zugfahren?« Antons Augen strahlten, und er hielt mir einen kleinen Holz-Zug entgegen.

»Natürlich, mein Schatz.« Ich setzte mich neben ihn auf den Boden, nahm den Zug und wir fingen an, die

Strecke abzufahren. Es war einfach, sich in dieser kleinen Welt zu verlieren – die lauten Gedanken verstummten, sobald ich mich auf das Spiel einließ. Wir lachten, als der Zug von der Strecke flog, bauten neue Schienen und entwarfen immer kompliziertere Bahnhöfe. Es waren diese Augenblicke, in denen ich wirklich spürte, warum ich all die Opfer auf mich nahm.

Wir waren so vertieft, dass ich die Zeit völlig vergaß. Erst das Geräusch der Wohnungstür, die ins Schloss fiel, riss mich aus dem Spiel. David stand im Türrahmen, in seiner Arbeitskleidung, die Schultern nach vorn gebeugt, eine Last schien ihn niederzudrücken. Die Müdigkeit war ihm ins Gesicht geschrieben, und seine Augen wirkten ungewöhnlich leer.

»Du siehst erschöpft aus«, stellte ich leise fest, betrachtete dabei seinen müden Züge.

»Es war wieder ein harter Tag«, gab er zu. Er ließ sich schwerfällig neben mir auf den Boden sinken, und Anton blickte ihn mit großen, erwartungsvollen Augen an. »Papa, spielst du auch mit?«

David schüttelte lächelnd den Kopf, fuhr sich müde durch die Haare. »Ich schaue euch noch eine Weile zu, bevor ich dich ins Bett bringe«, sagte er und strich Anton sanft über den Kopf. Früher hatten wir eine strikte Routine – er brachte Anton ins Bett, während ich die Morgenroutine übernahm. Inzwischen war es immer schwieriger geworden, sich an diese Abläufe zu halten.

Ich lehnte meinen Kopf an seine Schulter, spürte die Anspannung in seinem Körper, die er nicht ablegen konnte. »Bist du sicher, dass du ohne mich

klarkommen wirst?«

Er nickte langsam und legte einen Arm um mich. »Ja, ich muss sowieso etwas kürzertreten«, sagte er leise, fast entschuldigend. »Die momentane Situation ist nicht gut für uns. Ich weiß das. Wenn du zurückkommst, trete ich wirklich auf die Bremse. Versprochen.«

Ich sah zu ihm auf, überrascht von seinen Worten. »Tu nicht so erstaunt«, murmelte er mit einem schwachen Lächeln. »Ich weiß, dass ich zu viel arbeite. Aber es wird besser. Versprochen.«

Ich schloss die Augen und schmiegte mich an seine Schulter. In diesem Moment fühlte sich alles wieder ein wenig richtiger an. Nur die Zweifel ließen sich nicht so einfach vertreiben. Denn Worte waren nur dann etwas wert, wenn ihnen auch Taten folgten.

Dann war es endlich so weit. Früh am Morgen brachen wir auf. David fuhr Ben und mich zum Bahnhof, während die Straßen noch in morgendlicher Stille lagen.

Am Bahnsteig zog sich mein Brustkorb schmerzhaft zusammen, als ich mich zu Anton herunterbeugte. Seine warmen, kleinen Arme schlangen sich um meinen Nacken, sein vertrauter Duft umfing mich, und ich drückte ihn fester an mich.

»Sei brav, mein Schatz«, flüsterte ich, meine Stimme

rau vor unterdrückten Emotionen. Ich wollte diesen Moment festhalten, ihn noch nicht loslassen, doch schließlich lockerte ich den Griff.

Anton kicherte leise, schob sich ein Stück zurück und musterte mich mit seinen großen, blauen Augen. »Du auch, Mama.« Sein Lächeln war unbeschwert, ahnungslos gegenüber der Schwere, die in meinem Herzen lag. Ich fuhr ihm sanft durch die Haare und presste einen letzten Kuss auf seine Stirn – richtete mich wieder auf und wischte mir unauffällig eine Träne aus dem Augenwinkel.

Dann wandte ich mich David zu. Wir sahen uns kurz an, und in dem Augenblick, in dem er mich schließlich in die Arme schloss, fühlte es sich mehr nach dem Abschied eines Freundes an, nicht dem eines Partners. Die Umarmung war fest, aber nicht innig – mehr Gewohnheit als Nähe. Beim Zurücklehnen hauchte er mir einen flüchtigen Kuss auf die Stirn – warm, doch distanziert.

»Passt auf euch auf und kommt gesund zurück«, sagte er mit sanfter Stimme. Sein Blick war gelassen, fast unnahbar.

Enttäuscht trat ich einen Schritt zurück, winkte Anton ein letztes Mal zu und sah, wie er aus dem Autofenster lächelte. Ich winkte, bis das Auto um die Ecke verschwand und mit ihm das vertraute Leben, das ich für kurze Zeit hinter mir ließ.

Als ich mich schließlich vom Bahnsteig abwandte, kehrte dieses flüchtige Gefühl zurück – eine Mischung aus Unruhe und Zweifel. David hatte mir versichert,

dass er die Woche ohne Probleme überstehen würde, aber konnte ich ihm das wirklich glauben? Nicht nur wegen seines vollen Terminkalenders, sondern auch wegen dieser seltsamen Distanz, die sich in letzter Zeit immer wieder zwischen uns schob.

Der Zug brachte uns direkt nach Hamburg, wo der Shuttle zum Hafen startete. Die Fahrt verlief ereignislos, und wir konnten uns entspannen. Ben hielt bereits ein Bier in der Hand, als wir uns in unsere reservierten Plätze sanken.

Ich schmunzelte. »Fängst früh an, was?«

»Es ist fünf Uhr irgendwo«, lachte er und stieß mit mir an, als hätten wir edle Cocktails in der Hand. Ich zwang mich, mitzulachen, aber ein Teil von mir dachte an den leeren Blick, den David mir an der Bahnhofsplattform zugeworfen hatte. *Hat er seine Versprechen schon wieder vergessen? Oder habe ich es zu ernst genommen?*

Die Fahrt verging schnell mit Kartenspielen und Gesprächen über Schottland, aber die Gedanken an das, was ich hinter mir gelassen hatte, krochen immer wieder in meinen Kopf.

Kaum in Hamburg angekommen, überkam mich die typische Hektik der Großstadt. Menschenmassen, Lärm, der Verkehr – es fühlte sich an, als hätte sich die ganze Welt beschleunigt. Ben hingegen wirkte völlig in seinem Element, souverän und unbeeindruckt.

»Gott, das ist ja der reinste Zirkus hier«, stellte ich fest, als wir an einer Gruppe zwielichtiger Gestalten vorbeigingen.

»Willkommen in Hamburg«, kommentierte Ben

trocken. »Komm, lass uns schnell zum Shuttlebus gehen.«

Während wir uns durch die Menschenmenge drängten, fühlte ich mich merkwürdig abgekoppelt. Erleichtert kamen wir schließlich am Shuttlebus an. Nach dem Einchecken wurde uns das Gepäck abgenommen, und wir machten uns auf den Weg zum Schiff. Wir waren viel zu sehr damit beschäftigt, alles zu bestaunen, als uns groß zu unterhalten.

Die gläsernen Fassaden des Hafengebäudes reflektierten das Licht der aufgehenden Sonne, und ich spürte, wie mein Herz vor Aufregung schneller schlug. Am Hafen-Check-In angekommen, wurden wir durch die Sicherheitskontrolle geführt und konnten bereits das Schiff durch das Glasgebäude sehen. Es war ein gigantisches Kreuzfahrtschiff, ein wahrer Koloss, der den Horizont zu verschlucken schien.

Seine weißen Decks türmten sich wie die Ebenen eines schimmernden Palastes übereinander, und die Fensterfronten glitzerten im Sonnenlicht wie tausend kleine Sterne. Schon durch das Gebäude war das Dröhnen der mächtigen Motoren zu hören, deren unermüdliches Rauschen eine ständige Erinnerung an die gewaltige Kraft war, die das Schiff durch die Wellen schieben würde.

Wir wurden von einem freundlichen Crewmitglied in makelloser Uniform empfangen und schritten dann die breite Glastreppe hinauf, die ins Innere des Schiffes führte.

Als wir schließlich das Deck betraten, eröffnete sich

uns eine beeindruckende Panoramaaussicht. Ein freundlicher Kellner bot uns ein Glas Sekt an, dessen perlende Frische die erwartungsvolle Stimmung perfekt untermalte. In der Luft lag ein Hauch von Abenteuer und Eleganz, und das Klirren der Gläser vermischte sich mit dem aufgeregten Geplapper der gerade angekommenen Passagiere, die gespannt die Eindrücke auf sich wirken ließen.

»Ja, so kann der Urlaub beginnen«, meinte ich und hob mein Glas zum Anstoßen.

»Hola, Hola, die Damen«, flüsterte Ben, während er die lächelnden Mitarbeiterinnen anstarrte und dabei fast gegen mich lief.

»Immer langsam, Cowboy«, erwiderte ich lachend und zog ihn weiter. »Lass uns erst mal unsere Kabinen finden, bevor du dein Lasso auswirfst.«

Die Gänge zu den Kabinen waren schmal, fast labyrinthartig, und sahen alle gleich aus. Die Wände waren in einem sanften Beige, unterbrochen von identisch aussehenden Türen mit schlichten Messingschildern, auf denen die Kabinennummern prangten.

Die kleinen Orientierungspläne an den Wänden waren kaum hilfreich, da sie nur generische Symbole und Pfeile zeigten, die uns immer wieder in die Verwirrung zurückversetzten. Doch schließlich, nach einigem Umherirren, standen wir endlich vor unseren Kabinen. Mit einem erleichterten Seufzen öffnete ich die Tür zu meiner und trat in den Raum ein.

Der erste Eindruck war eine Mischung aus Erstaunen und Erleichterung. Mit etwa fünfzehn Quadratmetern

war die Kabine zwar nicht groß, aber erstaunlich gut durchdacht. Das Bett war geschickt in eine Ecke integriert, und gegenüber gab es eine kleine Sitzecke mit einem Sessel und einem Tischchen.

Ich warf meine Handtasche auf den kleinen Tisch, der unter einem Flachbildfernseher angebracht war, und ließ mich mit einem glücklichen Jauchzer aufs Bett fallen.

»Ich bin wirklich auf einem Schiff! Es war keine Fake-Anzeige!«, sprach ich laut zu mir selbst. Bis zum letzten Augenblick hatte ich ein ungutes Gefühl, das ich jetzt buchstäblich über Bord werfen konnte. Ich schloss die Augen und genoss das Gefühl von Freiheit. Der leichte Geruch von frischer Bettwäsche stieg mir in die Nase, und das sanfte Wiegen des Schiffs unter mir verstärkte das Gefühl, in einem Traum zu sein. In diesem Moment fühlte ich mich vollkommen frei und bereit für das Abenteuer, das vor mir lag.

Eine Stunde später trafen Ben und ich uns wieder an Deck, um das Auslaufen des Schiffs zu beobachten. Es war inzwischen fast dunkel geworden, und der Hafen erstrahlte in bunten Lichtern. Die Stimmung an Deck war magisch.

Wir ließen uns von der Atmosphäre treiben, tranken exotische Drinks mit Namen, die wir kaum aussprechen konnten, und tanzten zu den Klängen von Pop-Hits. Wir schlossen Bekanntschaften mit anderen Passagieren, tauschten Geschichten aus und lachten zusammen wie alte Freunde. Die Lichter der Bars spiegelten sich in unseren Cocktails, und das Schiff schien

vor Energie und Freude zu pulsieren.

KAPITEL 4
Absturz

»Nie wieder!«, stöhnte Ben und lehnte sich mit einem übertriebenen Geräusch von seinem Teller zurück, den ich liebevoll mit mehreren frisch zubereiteten Pfannkuchen befüllt hatte.

Ich starrte missmutig auf mein unberührtes Spiegelei, stocherte mechanisch mit der Gabel darin herum und versuchte, den unangenehmen Schwindel zu ignorieren, der mich immer noch quälte.

»Ich werde auf dieser Reise definitiv keinen Schluck Alkohol mehr anrühren«, jammerte Ben weiter.

Ich zuckte gequält zusammen, als der Klang seiner Stimme in meinen Schädel drang und sich wie ein Bohrer in mein Gehirn fraß.

»Pssst!«, zischte ich ihm zu, hob warnend den Finger und deutete auf meinen Mund. »Sei verdammt noch mal still! Mein Kater bringt mich um.« Entnervt warf ich die Gabel auf den Tisch und stierte dann finster vor mich her.

»Wie konnten wir uns am ersten Abend nur so betrinken?«, fuhr Ben fort und ignorierte meine klare Aufforderung, die Klappe zu halten. Er sah sich suchend um, als könnte er dort die Antwort auf seine

quälende Frage finden. »Wieso sehen alle anderen Gäste aus wie das blühende Leben? Haben die etwa die Bars gestern nicht ausprobiert?«, fragte er irritiert.

Ich schüttelte vorsichtig den Kopf, was sich als großer Fehler herausstellte. Ein schmerzhafter Stich durchzog meinen Nacken bei der schnellen Bewegung.

»Die Bars waren alle gut besucht«, erwiderte ich, »aber nicht alle trinken sich die Hucke voll wie wir.«

Ich stützte meinen Kopf in die Hände, mein Blick verlor sich im Nirgendwo. Es war wirklich traurig, aber egal, wie alt man wurde, in dieser Hinsicht wurde man nie wirklich schlauer.

»Also bitte! Ich sage nur All-Inclusive!«, gab Ben zu bedenken, seine Augen weit aufgerissen vor Entsetzen.

»Lass das Thema!«, forderte ich und rollte genervt mit den Augen. »Wir legen gleich in Liverpool an und müssen wieder fit werden. Ich besorg uns Spinat-Smoothies!«

Mit einem tiefen Atemzug stand ich auf und machte mich auf den Weg zum Buffetbereich mit der Getränkeauswahl. Hinter mir ertönte ein würgender Laut von Ben, aber ich ignorierte ihn. Ich war fest entschlossen, uns mit diesem ekligen Gebräu wieder auf die Beine zu bringen.

Widerwillig tranken wir das grüne Zeug, aber erstaunlicherweise fühlte sich mein Magen kurz darauf um einiges besser an.

Mit neuem Elan, den gepackten Rucksack auf den Schultern und Ben im Schlepptau machten wir uns auf den Weg in die Innenstadt von Liverpool.

Nach fast vier Stunden ununterbrochenem Laufen, in denen Ben und ich durchgehend versuchten, unseren Kater zu ignorieren, kroch die Müdigkeit in unsere Beine. Die Stadt war zwar interessant, aber die Kälte und die immer noch leicht dröhnenden Kopfschmerzen machten es uns nicht leicht.

Später, als wir den Abend bei einem letzten Drink in unserer neuen Lieblingsbar ausklingen ließen, hielt ich Ben einen Reiseführer mit einer aufgeschlagenen Seite vor das Gesicht.

»Schau dir das an! «, sagte ich und tippte auf die entsprechende Stelle. »Das ist der *Old Man of Storr*.«

Das Bild zeigte eine atemberaubende Landschaft: saftig grüne Wiesen, gespickt mit Steinformationen, die in den Himmel ragten. Einer dieser Felsen erinnerte mich an einen Hinkelstein aus den alten Asterix-Comics, aber dieser hier war über fünfundvierzig Meter hoch und wirkte unheimlich imposant.

»Diesmal will ich nicht nur die Stadt besichtigen, sondern auch etwas von der Landschaft sehen!«, erklärte ich voller Vorfreude. »Portree ist eine schöne schottische Stadt, keine Frage. Aber auch die Umgebung ist sehenswert, vor allem mit einer geführten Tour!«, fügte ich hinzu und drückte ihm den Reiseführer in die Hand. Widerwillig griff er nach dem Buch, weil er es aus der Nähe betrachten musste, um mehr zu erkennen.

Ben verzog das Gesicht. »Das sieht nach einer anstrengenden Wanderung aus.«

»Quatsch! Das ist die niedrigste Schwierigkeitsstufe,

die ist sogar für Rentner und Kleinkinder geeignet!«, widersprach ich energisch. »Die Landschaft muss wirklich viel zu bieten haben. Nicht umsonst wurden hier einige berühmte Filme gedreht – zum Beispiel *Prometheus – Dunkle Zeichen*.«

Ich nahm ihm den Reiseführer wieder aus der Hand und ließ ihn gar nicht erst weiter protestieren.

»Alles klar«, gab er schließlich nach, »du hast mich überzeugt. Dann reserviere uns Plätze.«

Ich grinste zufrieden. Ben hatte sich ergeben – endlich mal wieder ein Sieg für mich.

Meine Freude darüber wurde stark gedämpft, als ich am frühen Morgen vor Bens verschlossener Tür stand. Ich wartete seit locker zehn Minuten und klopfte immer wieder kraftvoll dagegen. Meine Geduld war schon so gut wie aufgebraucht und wurde von aufsteigendem Ärger verdrängt.

»Ben?«, rief ich durch die Tür und hämmerte mit der Faust dagegen. »Hallo? Mach endlich auf! Wir sind echt spät dran!« In einer halben Stunde sollten wir uns mit der Reisegruppe am Ausgang treffen. Das Schiff hatte bereits in der Nacht im Hafen von Portree angelegt, und jetzt war es endlich an der Zeit, an Land zu gehen. Die grünen, majestätischen Berge der *Isle of Skye* warteten auf uns, und der Gedanke daran ließ mein Herz schneller schlagen. Doch ich bezweifelte, dass Ben aus

seinem Zimmer herauskommen würde.

Ich hatte schon ein ungutes Gefühl, sobald ich gestern Abend mitbekam, dass er sich zur Disco verabredet hatte, obwohl wir heute früh aufbrechen mussten. Auch wenn er mir versichert hatte, dass er es nicht übertreiben würde, war es offenbar doch länger geworden als ursprünglich vorgesehen. Ich hatte mich freiwillig aus dem Disco-Besuch ausgeklinkt, weil ich lieber mit David und Anton telefonieren und den Abend ruhig in meinem Zimmer verbringen wollte.

Während ich weiter gegen die Tür trommelte, schimpfte ich innerlich über Ben, der anscheinend den Spaß dem Abenteuer vorzog.

Mit einem Ruck öffnete Ben sie endlich, und sein zerknautschtes Gesicht kam zum Vorschein. Die Haare standen wirr in alle Richtungen ab, und seine Augen waren zu kleinen Schlitzen zusammengekniffen. Mühsam versuchte er, etwas mehr Klarheit in seinen Blick zu bekommen.

»Was? Wie spät ist es?«, murmelte er.

»Kurz vor neun!«, antwortete ich, bemüht, locker zu bleiben. »Wir müssen los, die Gruppe wartet nicht!«

Er rieb sich müde über den Kopf. »Becca ... ich schaffe das nicht. Ich bin einfach nicht in der Verfassung, jetzt auf Tour zu gehen.«

Ich starrte ihn an. Erst verstand ich seine Worte nicht, dann traf mich ihre Bedeutung mit voller Wucht.

»Im Ernst?«, fragte ich, meine Stimme leise, aber scharf.

Er wich meinem Blick aus. »Wenn ich mitkomme,

bin ich dir nur ein Klotz am Bein.«

Ein Klotz am Bein? Enttäuschung schnürte mir die Kehle zu. Es war nicht nur Wut – es war dieses tiefe, nagende Gefühl, dass er sich einfach entschied, nicht dabei zu sein.

»Du kannst doch auch ohne mich gehen«, setzte er nach. »Die Gruppe ist sicher nett, du wirst bestimmt neue Leute kennenlernen.«

Für einen Moment rang ich um Worte. Ich wollte nicht mit irgendwem unterwegs sein. Ich wollte mit *ihm* unterwegs sein.

»Schon klar«, gab ich schließlich nach. Meine Stimme klang kälter, als ich wollte.

Ich drehte mich um. Ein Teil von mir wollte einfach gehen, die Enttäuschung abschütteln. Doch ich hielt inne.

»Weißt du, Ben«, begann ich, ohne ihn anzusehen, »es ging mir nicht darum, neue Leute kennenzulernen. Es ging mir darum, das mit dir zu erleben.«

Er schwieg.

Ich schüttelte den Kopf und ging zur Tür.

»Geh nicht verloren!«, rief er mir hinterher – halb belustigt, halb entschuldigend, bevor ich hinter meiner Kabinentür verschwinden konnte.

Ich drehte mich noch einmal um, zwang ein schelmisches Grinsen auf meine Lippen und zeigte ihm den Mittelfinger – mehr für mich selbst als für ihn, um die Kluft, die sich zwischen uns auftat, für einen Moment zu überdecken. Ich holte meinen bereits gepackten Rucksack und mit einem letzten Blick auf die Kabine

machte ich mich auf den Weg zum Treffpunkt.

Geradeso pünktlich angekommen, wurde unsere altersgemischte Gruppe von einem freundlichen Guide begrüßt, der uns zum bereitstehenden Shuttle führte. Das Fahrzeug war ein gemütlicher, kleiner Bus mit großen Fenstern, die einen ausgezeichneten Blick auf die vorbeiziehende Landschaft ermöglichten. Der Motor brummte leise, als wir losfuhren, und schon bald breitete sich die beeindruckende Schönheit der schottischen Natur vor uns aus.

Der Bus hielt schließlich auf einem großen Parkplatz in der Nähe des Zieles. Nachdem der Fahrer endlich einen Platz gefunden hatte, sammelte sich die Gruppe, um zu starten. Der Parkplatz war eine einzige Hektik: Haufenweise Autos fuhren langsam an uns vorbei, alle auf der Jagd nach einem freien Stellplatz. Direkt vor uns stand ein überfüllter Souvenirladen, der den Ansturm der Touristen nur verstärkte.

Meine Enttäuschung wuchs, sobald ich die vielen Touristen erblickte.

Unser Guide, ein älterer Mann mit einer kleinen, runden Brille, die ihm immer wieder von der Nase rutschte, setzte gerade zu seiner Einführung an. Mit bestimmter Stimme erklärte er uns den Ablauf des Tages.

Während er redete, begann ich immer mehr, seinen Erklärungen nur noch halb zu folgen. Sie hörten sich

viel zu sehr nach meinem Reiseführer an.

Die Umgebung zog meine Aufmerksamkeit auf magische Weise an, und ich konnte den Drang nicht unterdrücken, mich ein wenig weiter in Richtung Wanderweg zu bewegen. Der Trampelpfad vor mir, von unzähligen Wanderern in die weiche Erde getreten, schlängelte sich nach oben und verschwand hinter einer Biegung.

Fast unbewusst, wie von einer unsichtbaren Hand geführt, setzte ich einen Fuß vor den anderen und ließ mich von der Landschaft mitziehen. Der Pfad wurde kurviger, und die steinernen Kanten, die ihn säumten, zeigten, wie rau die Landschaft hier sein konnte.

Auf der einen Seite des Weges erhoben sich majestätische, felsige Berge. Die steilen Wände, erschienen wie das Werk eines gewaltigen Künstlers. Auf der anderen Seite eröffnete sich der Blick auf das Meer, das in der Mittagssonne in unzähligen Blautönen schimmerte. Das Licht spielte auf der Wasseroberfläche und ließ sie wie ein gigantisches Mosaik aus glitzernden Edelsteinen wirken. Eine leichte Brise trug den salzigen Geruch der See herauf, vermischt mit dem erdigen Aroma der Berge.

Ein wohltuendes Vibrieren durchströmte meinen Körper, beginnend tief in meinem Bauch und sich langsam bis in meine Brust ausbreitend. Es war ein seltsames, aber angenehmes Gefühl, als würde ich innerlich eine leise Melodie summen, die nur ich hören konnte. Die Natur schien mich mit einer unsichtbaren Kraft zu umarmen und mir zuzuflüstern: Willkommen.

Hier gehörst du hin.

Bevor ich den Aussichtspunkt alleine erreichte, beschloss ich, innezuhalten und auf die anderen zu warten.

Nach etwa einer knappen Stunde des Laufens erreichten wir schließlich unser Ziel. Der Anblick, der sich auftat, raubte mir den Atem. Die Enttäuschung, die ich zu Beginn der Wanderung verspürt hatte, war wie weggeblasen. Stattdessen breitete sich ein überwältigendes Gefühl in mir aus. Die Szenerie war so beeindruckend, dass sie beinahe übernatürlich wirkte. Es fühlte sich an, als hätte ich einen Ort betreten, der nicht von dieser Welt war – ein Relikt einer längst vergangenen Zeit, in der Naturgewalten ungestört ihr Werk tun konnten.

Ich legte meinen Kopf in den Nacken und ließ meinen Blick an den gewaltigen Felswänden entlanggleiten, die wie riesige, steinerne Monumente in den Himmel ragten. Jede Kante und jede Furche erzählte von Millionen von Jahren, in denen Wind, Wasser und Zeit dieses Gebilde geformt hatten. Die Sonne, die durch die Wolken brach, ließ die Felsen in verschiedenen Farben leuchten, von tiefem Grau bis zu rötlichem Braun, und verstärkte den Eindruck, dass die Natur hier ein Kunstwerk geschaffen hatte.

Um mich herum versuchten die verschiedenen Gruppen, sich gegenseitig zu übertönen. Es war ein Durcheinander aus Geräuschen, Kameraklicks und gelegentlichem Lachen. Der Guide sprach weiter, erzählte etwas über seltene Steine, die man in dieser

Gegend fand – *Gyrolithen*, wenn ich es richtig aufge-
schnappt hatte. Die Hälfte seiner Worte gingen im
Lärm unter, und es fiel mir immer schwerer, mich zu
konzentrieren.

Der Drang, die Umgebung auf eigene Faust zu er-
kunden, ließ mich von der Gruppe zurückweichen.
Schritt für Schritt schob ich mich durch die Menge, bis
ich schließlich den Rand der Besichtigungsplattform
erreichte. Die Geräuschkulisse wurde allmählich leiser.
Vor mir lagen mehrere Wege, die in verschiedene Richtungen führten, die meisten mit gut sichtbaren Weg-
weisern markiert. Mein Blick blieb an einem schmalen
Trampelpfad hängen, der sich abseits der markierten
Routen zwischen niedrigen Büschen hindurchschlän-
gelte.

Etwas daran verzauberte mich und zog mich an. Er
sah unscheinbar aus - schmal, kaum befestigt und
wirkte, als würden ihn die meisten Touristen übersehen. Das Gras, das ihn säumte, war unberührt, wiegte
sich sanft im Wind. Dahinter schien der Pfad sich in
den Hügeln zu verlieren, verborgen von kleinen Erhe-
bungen. Ein Kribbeln von Abenteuer erfasste mich,
und ohne weiter nachzudenken, ließ ich mich von diesem verlockenden Weg leiten.

Die Geräusche der Menschenmenge verblassten hinter mir, bis nur noch das leise Rauschen des Windes
übrigblieb. Ich fühlte mich wie eine Entdeckerin, die
auf den Spuren einer alten Legende wandelte, bereit,
ein Geheimnis zu lüften, das die Felsen und das Land
verborgen hielten. Mein Körper summte immer

stärker, und ich legte eine Hand auf meinen Bauch, um zu überprüfen, ob ich zitterte. Es war eine seltsame Empfindung, die mich durchströmte. Normalerweise hätte es mich beunruhigt, aber es fühlte sich einfach zu gut an.

Ich sah beim Laufen auf den Pfad vor mir, der immer steiler und anspruchsvoller wurde. Die schmale Spur, die sich durch das unwegsame Gelände zog, war nur noch schemenhaft erkennbar, doch meine Wanderschuhe gaben mir den nötigen Halt.

Nach einer Weile erreichte ich eine noch extremere Stelle, an der der Weg fast vollständig zu verschwinden schien. Große, scharfkantige Steine blockierten ihn, und ich musste klettern, um voranzukommen. Ich hielt inne, stützte die Hände auf die Knie und atmete tief durch.

Umkehren? Dieser Gedanke blitzte kurz auf, doch ich verdrängte ihn schnell. Endlich war ich dort, wo ich immer sein wollte – mitten im Abenteuer, das ich mir so lange ausgemalt hatte. Jetzt lag es an mir, es auch zu erleben.

Als ich weiterging, wurde mir jedoch bewusst, dass der Weg nicht nur schwierig, sondern riskant war. Der Boden unter mir wurde rutschiger, das Geröll lockerer. Ich versuchte, vorsichtiger aufzutreten, mein Gewicht bewusst zu verlagern, aber jeder Schritt fühlte sich unsicher an.

Schließlich gelangte ich an eine Stelle, die unpassierbar wirkte. Der Pfad existierte buchstäblich nicht mehr. Vor mir lagen nur noch lose Steine, die

gefährlich und unberechenbar aussahen. Ich ließ meinen Blick schweifen, auf der Suche nach einer Alternative, die mich weiter voranbringen würde. Rechts von mir fiel das Gelände steil ab, und dort entdeckte ich einen schmalen Vorsprung, der wie eine natürliche Brücke erschien. Er sah instabil aus, aber er war die einzige Möglichkeit, weiterzukommen.

Mein Puls stieg an. Ich wusste, dass ich vorsichtig sein musste. *Tief durchatmen. Fokus.*

Mit festem Griff umklammerte ich einen hervorstehenden Felsen, spürte die raue Oberfläche unter meinen Fingern und drehte mich vorsichtig, Schritt für Schritt, rückwärts zum Hang. Die Kälte des Steins kroch durch meine Handflächen, während ich langsam daran entlang tastete, den Fokus auf jede Unebenheit gerichtet.

Und dann geschah es: Die losen Steine unter meinen Füßen gaben nach, und ich verlor die Balance. Ein entsetzter Schrei entfuhr mir, als ich ins Straucheln geriet und meine Hände ebenfalls den Halt verloren. Mein Körper kippte nach hinten, und ich spürte, wie die Schwerkraft gnadenlos an mir zog.

Wild ruderte ich mit den Armen, um mich wieder nach vorne zu ziehen, aber der Hang unter mir begann sich aufzulösen.

Rückwärts wie auf Skiern schlitternd, landete ich hart auf meinem Rücken – zum Glück wurde ich von meinem Rucksack abgefedert. Dennoch packte mich die blanke Panik, als ich mit wachsender Geschwindigkeit den Hang hinunterrutschte. In blinder Verzweiflung

packten meine Hände nach allem, was erreichbar war – Steine, Grasbüschel, hervorstehende Wurzeln –, doch ich bekam nichts zu fassen.

Für einen Sekundenbruchteil umklammerte ich einen herausragenden Ast, aber anstatt mich abzubremsen, verdrehte sich mein Körper, sodass ich nun mit den Füßen voran weiterglitt. Die schroffen Kanten der Steine gruben sich in meine Handflächen, und ein brennender Schmerz zuckte durch meine Finger, während ich unaufhaltsam abwärts rutschte.

Wie aus dem Nichts ragte ein gewaltiger Felsbrocken vor mir auf – bedrohlich und unvermeidlich.

Der Fels kam näher.

Schneller.

Unaufhaltsam.

Mit einem weiteren erstickten Schrei riss ich beide Arme schützend vor meine Brust, die Muskeln angespannt wie Drahtseile.

Die Sekunden schienen zu zerfließen. Der Moment des Aufpralls dehnte sich quälend lang, als hätte die Zeit selbst sich gegen mich verschworen.

Anstatt die erwartete Kollision zu spüren, fühlte ich, wie der Boden abermals unter mir nachgab. Ein schockiertes Keuchen entwich mir, während ich weiterstürzte – scheinbar hatte sich die Erde aufgetan, um mich gierig zu verschlingen.

Ich wurde in einen engen Tunnel gerissen, dessen Wände aus nackter Erde und scharfkantigen Steinen bestanden. Feiner Sand füllte meine Lungen, und für einen schwindelerregenden Augenblick fühlte ich

nichts als Schwerelosigkeit - bis mein Körper hart aufschlug.

Ein Echo aus Schmerz durchfuhr mich, doch die Bewegung riss nicht ab – ungebremst glitt ich weiter - mit jedem Aufprall wurde ich unaufhaltsam tiefer in die Schwärze gezerrt.

Meine verzweifelten Versuche, den Sturz zu bremsen, blieben wirkungslos. Die schroffen Felsen rissen meine Arme auf, blutige Streifen hinterlassend, während der stechende Schmerz in meinem Kopf wie ein Alarmsignal pochte. Jeder brutale Zusammenstoß mit einem hervorstehenden Stein entlockte mir einen erneuten Schrei, der in der engen Schlucht widerhallte. Dann kam der Schlag – mein Kopf prallte gegen einen Felsvorsprung, und für einen schrecklich langen Moment war alles in schwarze Leere getaucht.

Ein Stich fuhr in meinen Nacken, scharf und kalt wie ein Dolchstoß, raubte mir den Atem und mit ihm meine letzten Kräfte.

Ironischerweise brachte der beißende Schmerz für einen Augenblick Klarheit – eine grausame Klarheit, die keine Erlösung bot. Stattdessen legte sie mir die bittere Wahrheit wie ein zynisches Lächeln vor Augen: Hochmut kommt oft vor dem Fall. Der Gedanke war kaum formuliert, als ein weiterer wuchtiger Schlag jede Regung aus mir zog.

Die Welt um mich versank – Stille.

KAPITEL 5
Finsternis

Autsch! Das war mein erster Gedanke, als ich allmählich wieder zu mir kam. Ich lag auf dem Bauch, das Gesicht gegen spitze Steine gedrückt. Mein Schädel pochte schmerzhaft, als hätte jemand mit einem Hammer auf ihn eingeschlagen.

Bevor ich die Augen öffnete, blieb ich regungslos liegen und versuchte, von meinem Körper eine kurze Bestandsaufnahme zu machen.

Langsam streckte ich meine Finger und Zehen, um sicherzustellen, dass alles noch funktionierte. Zu meiner Erleichterung konnte ich alles bewegen, auch wenn sich jeder einzelne Zentimeter meiner Glieder wie ein ausgewrungener Waschlappen anfühlte.

Vorsichtig blinzelte ich, begleitet von einem gequälten Stöhnen. Ein Stechen schoss durch mein linkes Bein. Ich biss die Zähne zusammen, doch ein leises Keuchen entwich mir trotzdem.

Ächzend rollte ich mich auf den Rücken, wobei mein Rucksack im Weg war und mir zusätzlich in den Rücken drückte. Der Schmerz im Bein ließ mich erneut aufstöhnen, und ich musste innehalten, um eine Welle

der Übelkeit zu unterdrücken.

Ich nahm mir Zeit, um meine Umgebung zu betrachten und mich zu sammeln. Es war düster, fast vollständig dunkel. Ich konnte nur schemenhaft die Umrisse der Höhlenwände erkennen, die aus groben, unregelmäßigen Steinen bestanden. Über mir war ein schwarzes Loch in der Decke zu sehen – vermutlich die Stelle, durch die ich gefallen war. Ein Wunder, dass ich mir nicht das Genick gebrochen hatte.

Zögerlich setzte ich mich aufrecht hin. Mein linkes Knie konnte ich kaum bewegen, ohne dass das Pochen sich wie eine heiße Welle durch meinen Körper fraß. Ich streckte behutsam beide Beine aus und griff instinktiv an die verletzte Stelle. Unter meinen Fingern spürte ich eine deutliche Schwellung, hart und heiß. Wahrscheinlich verstaucht. Keine offene Wunde – immerhin ein kleiner Trost. Aber der glühende Schmerz ließ keinen Zweifel daran, dass jede Bewegung zur Qual werden würde.

Trotzdem breitete sich ein leises Gefühl der Erleichterung aus – ich konnte meine Füße noch bewegen. Doch das Dröhnen in meinem Kopf machte jede Bewegung unerträglich. Mit den Händen tastete ich sachte meinen hämmernden Schädel ab. Ich fühlte eine feuchte Stelle über meiner Stirn und zuckte leicht zusammen. Ich hielt die Hand nah vor mein Gesicht und erkannte etwas Tiefrotes in der schwachen Dunkelheit: Mein eigenes Blut.

Verdammt, tut das weh!, stellte ich fest und biss die Zähne zusammen.

Ich blickte mich weiter um, versuchte in der Finsternis irgendetwas zu erkennen, das mir helfen könnte. Allerding konnte ich nicht einmal ausmachen, ob es einen Ausgang gab. Wackelig stand ich schließlich auf und klopfte meine Jacke und meine Jeans ab – sie hatten an einigen Stellen Risse abbekommen, aber waren ansonsten noch intakt.

Ein leichter Schwindel erfasste mich, aber ich ignorierte ihn. In meiner Jackentasche suchte ich nach meinem Handy und zog es hervor. Ich versuchte es einzuschalten, aber der Bildschirm blieb schwarz.

»Nicht das auch noch«, murmelte ich entmutigt und schüttelte es, als würde das helfen.

Ich war mir sicher, dass ich es vor meiner Wanderung aufgeladen hatte, aber jetzt reagierte es überhaupt nicht mehr. Auch wenn es unbeschädigt aussah, war es wahrscheinlich beim Aufprall kaputtgegangen. Ein Klumpen der Verzweiflung wuchs in meinem Magen heran. Ohne Licht und ohne Kontakt zur Außenwelt war ich in dieser finsteren Höhle gefangen.

Noch einmal blickte ich zum Loch hinauf. Es war vier Meter hoch, wahrscheinlich sogar mehr. Selbst wenn ich irgendwie dort hinaufkäme, war es fraglich, ob ich es heil nach draußen schaffen würde. Ein falscher Schritt, und ich würde erneut hier unten landen – dann vielleicht für immer.

Das Risiko ist es nicht wert, dachte ich, während ich die Angst in mir spürte, wie sie mit jeder Sekunde wuchs.

Erst nach und nach realisierte ich, was mir gerade passiert war.

Was, wenn ich hier nie wieder herauskomme?

Mein Hals wurde eng. Bilder tauchten vor meinem inneren Auge auf – Anton, mit seinem unbeschwerten Lachen, seinen leuchtenden Augen, die vor Freude strahlten, wenn er mich ansah. Spürte beinahe, wie er sich an mich schmiegte, wenn er müde war, sein kleiner Körper warm und vertraut in meinen Armen.

Was, wenn ich ihn nie wieder sehe?

Ein erstickter Laut entrang sich meiner Kehle, und ich presste eine Hand auf den Mund. Ich durfte nicht in Panik geraten. Nicht jetzt. Ich musste weitermachen.

»Warum, Becca?!«, schimpfte ich laut mit mir selbst und hörte das Echo in der Höhle widerhallen. »Warum musstest du dumme Gans die Gruppe verlassen? Du weißt doch genau, was in Horrorfilmen passiert: Trenne dich von der Gruppe, und du bist geliefert! Super gemacht!«

Meine Stimme klang verzweifelt und zornig zugleich, als ich mich von meinem Rucksack befreite. Ein weiterer Schmerz fuhr durch meinen Arm, und ich unterdrückte ein gequältes Stöhnen. Das war das Letzte, was ich jetzt gebrauchen konnte – eine verletzte Schulter.

Ungeduldig riss ich am Reißverschluss des Rucksacks, der – natürlich! – genau in diesem Moment klemmte.

»Wie passend«, stieß ich zynisch hervor und zog fluchend weiter daran. Während ich mich mit dem widerspenstigen Ding abmühte, musterte ich aufmerksam mein Umfeld. Meine Augen hatten sich inzwischen an das schummrige Dämmerlicht gewöhnt. Die Höhle

wirkte rundlich, fast wie eine gigantische Blase, die sich unter der Erde gebildet hatte. Im hinteren Bereich verliefen tiefe Ausbuchtungen, die im Dunkeln verschwanden.

Mit einem triumphierenden Reißen öffnete ich endlich den Rucksack und zog mein Tablet heraus. Mein Herz machte einen kleinen Hüpfer der Hoffnung, als ich auf den Startknopf drückte.

Nichts.

Das Display blieb schwarz.

Ich drückte erneut, dann noch einmal, härter.

»Komm schon! Bitte!«

Es tat sich nichts.

Ich schnaubte frustriert, legte den Kopf in den Nacken und starrte an die Höhlendecke.

Tief durchatmend versuchte ich, die Panik zu unterdrücken, die langsam, aber stetig in mir hochstieg. *Denk nach, Becca*, ermahnte ich mich innerlich. *Du musst hier wieder rauskommen. Irgendwie.*

Hilflos ließ ich den Kopf sinken und stand mühsam humpelnd auf, den Rucksack fest umklammernd.

Die Möglichkeit, um Hilfe zu schreien, verwarf ich schnell – das Loch war zu hoch, und es war unwahrscheinlich, dass jemand meine Rufe bis nach oben hören würde. Wenn die anderen meine Abwesenheit überhaupt schon bemerkt hatten, was ich bezweifelte, dann würde es noch eine ganze Weile dauern, bis ein Suchtrupp losgeschickt wurde. Ich konnte nur hoffen, dass ich nicht zu viel Zeit verloren hatte.

»Okay, Plan B.«

Ich konzentrierte mich auf die dunklen Ecken der Höhle. Irgendwo musste es doch einen Durchgang geben, einen Spalt oder Tunnel, durch den ich raus konnte. Meine einzige Hoffnung war, hier einen alternativen Weg zu finden. Mit einer Portion Glück – was derzeit nur schwer vorstellbar war –, würde ich es rechtzeitig zurück zum Schiff schaffen, bevor es ohne mich ablegte.

Ein neuer Gedanke ließ mir das Herz schwer werden: *Ben*. Ich stellte mir seinen Gesichtsausdruck vor, wenn er realisierte, dass ich fehlte. Er würde vor Wut kochen – oder vor Angst umkommen.

»Oh Mann, er wird mich umbringen«, schnaufte ich trocken und musste beinahe lachen, obwohl mir ganz und gar nicht nach Lachen zumute war. Meine Art, mit der Situation umzugehen – Galgenhumor, wie er im Buche steht. Aber eins war klar: Ich musste hier raus, und zwar schnell, bevor die Panik in mir stärker wurde.

Mit einem entschlossenen Atemzug setzte ich meinen Rucksack wieder auf und machte mich bereit, mich in die Dunkelheit der Höhle zu wagen.

»Na los, Becca, sei kein Angsthase.« Die Worte waren kaum ein Flüstern, aber sie gaben mir einen Funken Mut.

Ich humpelte zur nächstgelegenen Wand hinüber und tastete mich vorsichtig am kalten, rauen Stein entlang, weiter in das Innere der Höhle, versuchte dabei, mein linkes Bein zu entlasten. Der sowieso bereits schwache Schein verblasste zusehends, je tiefer ich hineinging. Ich zwang mich, nicht an die kleinen,

krabbelnden Insekten zu denken, die sich wahrscheinlich in den Ritzen versteckten und jetzt über meine Hände huschen wollten.

Das Geräusch meiner eigenen Schritte hallte in der Stille wider, als wäre ich der einzige Mensch auf der Welt. Die kühle, feuchte Luft roch nach Erde und Stein, und das leise Tropfen von Wasser verstärkte mein Gefühl von Einsamkeit.

Auf der anderen Seite der Höhle angekommen, erkannte ich, dass die Wand vor mir abrupt nach rechts abbog. Dort stand ich vor zwei dunklen, gangartigen Öffnungen.

Ein möglicher Ausgang!

Einen kurzen Moment durchflutete mich Erleichterung. Doch kaum ließ die Freude nach, setzte die Unsicherheit ein.

Zwei Durchgänge. Zwei Entscheidungen.

Und keine Ahnung, wohin sie führen würden.

Mein Magen zog sich schmerzhaft zusammen, und mein Atem wurde flach. Unsicher betrachtete ich die beiden Gänge vor mir. Sie wirkten wie gähnende Mäuler, bereit, mich zu verschlingen – egal, welchen Weg ich wählte.

Wählst du links oder rechts, Becca?, dachte ich, ein verzweifelter Versuch, das zunehmende Zittern meiner Hände und die bleierne Enge in meiner Brust mit Ironie zu überspielen. Eigentlich sollte mir nicht nach Scherzen zumute sein. Nicht hier. Nicht jetzt.

Ich kniete mich vorsichtig hin, der raue Boden schabte durch die Jeans an meinen Knien. Mit

bebenden Fingern zog ich meinen Rucksack nach vorn, öffnete ihn und durchwühlte ihn konzentriert. Mein Herzschlag dröhnte in meinen Ohren, so laut, dass ich kaum das leise Rascheln der Gegenstände in meinem Rucksack wahrnahm.

Wo ist es? Wo ist das verdammte Feuerzeug?

Endlich spürte ich das kalte Metall unter meinen Fingern und zog es hervor. Mit einem leisen *Klick* entzündete sich die Flamme. Sie war klein, fast schwächlich, aber ihr warmer Schein war wie ein Hoffnungsschimmer in der bedrückenden Dunkelheit. Ich schluckte schwer und zwang mich, mich zu fokussieren.

Erst hielt ich das Feuerzeug vor die linke Öffnung und starrte angestrengt in die Finsternis. Die Flamme blieb unbewegt. Absolut nichts regte sich. Ich spannte automatisch meinen Nacken an.

Was, wenn ich mich für den falschen Gang entschied?

Ich ging näher an die rechte Öffnung und beobachtete den Lichtschein konzentriert. Sofort flackerte das gerade noch ruhige Feuer, aufgebracht züngelte es hin und her.

Ist das ein Luftzug? Ich selbst spürte nichts, aber was sollte es sonst sein?

Mein Herz machte einen Sprung, und ein Hauch von Hoffnung keimte in mir auf. Die Bewegung der Flamme war beinahe unberechenbar, fast aggressiv, als würde sie mich vor etwas warnen wollen. Meine Erleichterung wich einem unguten Gefühl.

Wohin führt dieser Tunnel? Nach draußen – oder tiefer in die

Dunkelheit?

»Gut, das ist meine Richtung«, entschied ich mich laut. Meine eigene Stimme klang hohl, fremd und die Höhle verschluckte sie.

Mit zittrigen Händen steckte ich das Feuerzeug in meine Hosentasche.

Gas sparen, erinnerte ich mich, obwohl es ohne den Lichtschein wieder düster und gruselig war.

Ich schulterte meinen Rucksack wieder, die Gurte drückten schwer auf meine Schultern. Ein letztes Mal sah ich in den dunklen Gang vor mir. Die Öffnung wirkte wie ein unheilvolles Portal – ein Schlund, der nur darauf wartete, mich zu verschlingen.

Der Weg war tückisch und beschwerlich, und mein Bein erschwerte ein schnelles Vorankommen. An manchen Stellen senkte sich die Decke so tief, dass ich mich bücken musste, um nicht mit dem Kopf dagegen zu stoßen. Einmal zog ein kalter Tropfen, der von der Decke fiel, einen eisigen Pfad an meinem Nacken hinunter, und ich zuckte erschrocken zusammen.

Oft versperrten mir riesige Felsbrocken, die wie aus der Wand zu wachsen schienen, den Weg, und ich musste mühsam über sie klettern. Meine Hände waren bereits spröde und schmutzig. Meine körperliche Erschöpfung machte es mir nicht leichter, ich rutschte immer wieder ab und schürfte mir dadurch die Knie an den scharfen Kanten der Steine auf. Ich biss die Zähne zusammen, um keinen Laut von mir zu geben.

Die Stille um mich herum war bedrückend. Es war keine einladende, beruhigende Ruhe, sondern eine, die

schwer auf einem lastete. Außer dem dumpfen Hallen meiner Schritte und dem gelegentlichen Schaben von Stein auf Stein war nichts zu hören. Kein Wind. Kein Wasserrauschen. Keine lebendige Bewegung.

Zweifel nagten an mir. Hatte ich den richtigen Weg gewählt, oder führte mich dieser Tunnel immer tiefer in die Erde, fort von einem möglichen Ausgang?

Mein Puls beschleunigte sich bei dem Gedanken. Trotz der kühlen Luft bildete sich ein feiner Schweißfilm auf meiner Stirn.

Vor mir tauchte eine scharfe Rechtskurve auf, hinter der sich die undurchdringliche Schwärze fortsetzte. Ich wurde langsamer, unschlüssig, ob ich weitergehen sollte.

Die Angst kroch mir den Nacken hinauf, wie eine kalte Hand, die sich jetzt um ihn legte.

Wie lange bin ich wohl schon unterwegs?

Ich hatte jedes Zeitgefühl verloren.

Erneut griff ich in meine Hosentasche, holte das Feuerzeug hervor und entzündete die kleine Flamme. Sie flackerte leicht, aber das Licht reichte aus, um zumindest ein paar Schritte vor mir zu erkennen.

Das mulmige Gefühl breitete sich in meinem Bauch aus, und für einen Moment überlegte ich, ob ich umkehren sollte. Als ich über die Schulter zurückblickte, wirkte der Weg, den ich gekommen war, noch bedrohlicher. Dunkler. Unergründlicher.

Mit einem letzten, tiefen Atemzug verwarf ich den Gedanken daran.

Ein Zurück gibt es nicht mehr, Becca. Nur noch vorwärts.

Die Worte hallten in meinem Kopf wider – ein schwacher Versuch, mich selbst zu ermutigen.

Vorsichtig tastete ich mich weiter voran, die linke Hand fest gegen die raue Wand gepresst, während ich das Feuerzeug in der rechten Hand wie ein Schutzschild vor mir hielt. Mit jedem Schritt drohte die Flamme zu verlöschen. Ich schniefte leise.

Waren die anderen schon beim Bus? Oder saßen sie längst darin – ohne überhaupt zu merken, dass ich fehlte?

Ich biss mir auf die bebende Unterlippe, während das drückende Gefühl der Einsamkeit immer schwerer auf meiner Seele lastete.

Immer drängender stürmten unzählige Fragen auf mich ein.

Wenn die anderen den Bus erreicht hatten – würden sie überhaupt bemerken, dass ich fehlte? Und selbst wenn, würden sie hierher zurückkommen, um nach mir zu suchen?

Ein neuer, noch beunruhigenderer Gedanke schoss mir durch den Kopf: *Was, wenn das Schiff einfach ohne mich ablegte?*

Würde man in hundert Jahren meinen mumifizierten Körper zwischen diesen kalten, unwirtlichen Felswänden entdecken? Vielleicht würde ich zur makabren Attraktion werden – eine moderne Version von Ötzi. Ausgestellt in einem Museum, meine Geschichte auf einer Infotafel, die nüchtern erklärte: »Hier ruht Becca, die hoffnungslos dumme, verirrte Abenteurerin.«

Ein humorloses Lächeln huschte über meine Lippen – dann riss mich die Sorge wieder in ihre klaustrophobische Umklammerung.

Ich zwang mich, weiterzugehen, auch wenn mein

Atem schwer ging und mein Herzschlag laut in meinen Ohren pochte.

Mich überkam erneut das Gefühl, das mich schon während der Wanderung erfasst hatte – ein tiefes Summen, das aus meinem Inneren zu kommen schien. Es begann in meinem Bauch, ein seltsames Vibrieren, das sich langsam ausbreitete, wie Wellen, die bis in die Fingerspitzen schwappten. Es war, als würde mein ganzer Körper unter Spannung stehen, sehnsüchtig auf eine alles erlösende Entladung wartend.

Aus dem Augenwinkel nahm ich ein Leuchten wahr. Verwirrt ließ ich meinen Blick auf meine tastende Hand fallen, und es dauerte einen Herzschlag, bis mein Gehirn begriff, was ich sah: Meine Fingerspitzen strahlten wie Glühwürmchen, meine Haut schimmerte von innen heraus. Mit einem erschrockenen Aufschrei entglitt mir das Feuerzeug. Die Flamme erlosch, und ich stand in absoluter Finsternis. Hastig hielt ich beide Hände vor mein Gesicht, drehte sie hin und her – doch das Leuchten war verschwunden.

»Das… das muss eine Halluzination gewesen sein!«, stammelte ich, bebend vor Angst. »Der Sturz auf den Kopf… das hat es ausgelöst, ganz sicher!« Mein Herz raste, während ich versuchte, die Panik niederzukämpfen.

Ich kniete mich hin und fischte blind nach dem Feuerzeug, aber der unebene Boden, übersät mit scharfen Steinen, machte die Suche äußerst mühsam.

Wenn ich es nicht finde, werde ich hier sterben, schoss es mir durch den Kopf.

Unter hektischem Atmen glitten meine Hände über den Boden, bis ein Geräusch meine Bewegungen erstarren ließ. Ich hielt inne, zog scharf die Luft ein und lauschte angestrengt. Das Blut rauschte mir laut in den Ohren, und einen Moment lang glaubte ich, es mir nur eingebildet zu haben. Dann hörte ich es wieder – ein kratzendes, scharrendes Geräusch, als würde jemand oder etwas mit schleifenden Schritten über den felsigen Boden gezogen werden. Es war unregelmäßig, stockend – und es wurde immer lauter.

Es kam auf mich zu.

»Hallo?«, krächzte ich. Das Summen vibrierte in meinen Gliedern, zog sich wie eine unsichtbare Welle durch meinen Körper. Meine Muskeln spannten sich an, doch anstatt zu fliehen, blieben meine Beine wie verwurzelt. Meine Finger zuckten, als wollten sie sich an etwas festklammern, doch nichts bot Halt. Adrenalin rauschte wie ein tosender Sturm durch meine Adern, während das Gefühl meinen Kopf erreichte. So ohrenbetäubend, dass ich keinen klaren Gedanken mehr fassen konnte. Ich fühlte mich wie eine tickende Zeitbombe, kurz vor der Explosion.

Auf einmal änderte sich etwas. Hinter der nächsten Biegung des Tunnels wurde es heller. Ein fahles, grünliches Licht durchbrach die Dunkelheit, pulsierend, als hätte es ein eigenes Leben. Die tiefschwarzen Schatten, die es an die Tunnelwände warf, tanzten hektisch und verzerrt. Für einen Moment keimte ein Hauch von Hoffnung in mir auf.

Das muss mein Rettungstrupp sein! Sie sind hier, ganz in der

Nähe! Endlich – jemand sucht nach mir! Ich bin nicht allein!

»Hallo! Ich bin hier!«, schrie ich mit aller Kraft. Meine Stimme hallte gespenstisch durch den Tunnel. Ohne zu zögern, setzte ich mich in Bewegung – es jagte ein stechender Schmerz durch mein linkes Bein. Ich biss die Zähne zusammen, humpelte vorwärts. Das flackernde Licht in der Ferne zog mich an, aber je näher ich kam, desto unregelmäßiger wurde das Leuchten. Etwas bewegte sich dazwischen, huschte umher, formte sich kurz und verschwand wieder.

Die Distanz war kaum einzuschätzen. Jeder Schritt schien mich näherzubringen, doch der Tunnel dehnte sich ins Unendliche. Das Flackern des Lichts wurde intensiver, fast wie eine Warnung. Ich verdrängte jedes Unbehagen und hastete weiter. Mein verletztes Bein brannte bei jeder Belastung. Kurz musste ich anhalten, griff nach meiner Wade, rieb über die geschwollene Stelle, während ich mich schwer atmend gegen die Wand lehnte.

Dann, unmittelbar vor einer Biegung, erstarrte das Licht. Sein Flackern erlosch. Die Geräusche verstummten abrupt.

»Ich bin hier! Bitte, geht nicht weg!« Ohne nachzudenken, bog ich um die Ecke – und blieb wie erstarrt stehen.

Der Tunnel zog sich endlos vor mir hin.

Kein Suchtrupp. Keine Menschenseele.

»Was… ist das?«, flüsterte ich. Meine Stimme versank in der unnatürlichen Stille.

Vorsichtig setzte ich einen Fuß vor den anderen, den

Schmerz versuchte ich herunterzuschlucken. Das Licht zog mich an, doch je weiter ich kam, desto mehr schien mein Körper gegen mich zu arbeiten. Gleichzeitig spürte ich, wie die Dunkelheit hinter mir dichter wurde, sich wie ein kalter Schleier um mich legte.

Meine Beine spannten sich an, mein Schritt wurde schneller, unsicher, bis meine Füße über den unebenen Boden schlitterten. Ein kurzes Straucheln, dann setzte ich zu einem holprigen Lauf an, die Arme ausgestreckt, um das Gleichgewicht zu halten. Das Stechen in meinem Bein wurde unerträglich, doch ich zwang mich weiter. Ein großer Stein verdeckte das Leuchten.

Mühsam kletterte ich daran vorbei, stützte mich auf den Felsen ab, weil mein Knie nachgab. Das Gestein kratzte an meinen Händen. Ich unterdrückte einen Schmerzenslaut, schleppte mich vorwärts – dann hielt ich abrupt inne.

Vor mir, eingebettet in den Boden, lag eine kleine Kugel, kaum größer als meine Handfläche. Sie pulsierte in geheimnisvollem Grün, ihr Licht füllte den Raum.

Die Oberfläche der Kugel war seltsam und unregelmäßig, von feinen Rillen und tiefen Kerben durchzogen, als hätte eine ungeduldige Hand sie aus etwas Fremdartigem geformt und dann unvollendet liegen gelassen. Sie sah aus, als gehörte sie nicht in diese Welt, ein Relikt aus einer anderen Zeit oder einem anderen Raum. Ihr Anblick fesselte mich, und doch schien sie mich mit einer ungreifbaren Macht zurückzustoßen – und zugleich unwiderstehlich anzuziehen.

Bedächtig beugte ich mich näher, mein Atem stockte,

während ich das unwirkliche Objekt betrachtete. Meine Gedanken taumelten, ein Chaos aus Fragen und Möglichkeiten. Was war das für ein Ding?

Ein Artefakt? Eine Botschaft? Ein Fragment von etwas, das ich mir nicht erklären konnte? Woher kam das lebendige Licht? Wie war sie hierhergelangt – an einen Ort, der von Menschenhand offenbar nie berührt worden war?

Wie von einer unsichtbaren Kraft gelenkt, kniete ich mich langsam nieder. Meine Hand hob sich wie von selbst, jeder Muskel zitterte unter der Anspannung, während ich sie in Richtung der Kugel ausstreckte. Meine Fingerspitzen schwebten einen Hauch entfernt über ihrer kristallartigen Oberfläche, und in diesem Augenblick war es, als stünde die Zeit still.

Mein Herz schlug laut und unregelmäßig, im Takt mit dem geheimnisvollen Puls der Kugel.

Meine Fingerspitzen berührten ihre Oberfläche.

Energie durchzuckte mich, so intensiv und überwältigend, dass mir ein ersticktes Keuchen entfuhr. Mein Körper erstarrte, und trotzdem hob ich die Kugel mit einer behutsamen Bewegung an, ließ sie in meiner offenen Handfläche ruhen. Sie fühlte sich überraschend schwer und lebendig an.

Das grüne Licht erstrahlte augenblicklich heller, seine Intensität nahm mit jeder Sekunde zu. Es durchflutete meine Hand, drang durch meine Haut, mein Fleisch, bis in die tiefsten Winkel meines Innersten. Jedes rhythmische Pulsieren verschmolz mit mir, bis es keine Trennung mehr gab – nur uns, ein einziges, synchrones

Wesen, das existierte.

Die Luft um mich flimmerte. Eine Strömung aus Energie brach aus und formte sich neu. Das Licht der Kugel legte einen zarten Schimmer auf alles um mich herum, und ein leises, elektrisches Knistern durchdrang die Stille. Es legte sich wie ein unsichtbares Netz auf meine Haut, ließ meine Haare sich aufrichten, während ein prickelndes Kribbeln über meinen Körper lief – wie tausend winzige Funken, die in mir eine Spannung aufbauten, die ich kaum begreifen konnte.

»Endlich!«, erklang ein Wort in meinem Kopf, klar wie der Ton einer Glocke und zeitgleich durchdringend wie ein nahes Donnergrollen. Die Worte hallten nicht in der Luft wider, sondern vibrierten tief in mir. Eine zarte, aber unerschütterliche Präsenz, die jeden Winkel meines Seins erfüllte.

Die Stimme war melodisch, zugleich sanft und unaufhaltsam, wie eine Welle, die sich an den Klippen bricht. Sie trug eine unausweichliche Wahrheit in sich, die mich frösteln ließ und doch seltsam beruhigte. Mit ihren Worten breitete sich eine warme Flut in meiner Brust aus – ein Licht, das für einen kurzen, schwerelosen Moment alle Dunkelheit verdrängte. Es fühlte sich an wie das Ende einer endlosen Reise. Endlich hatte ich einen Ort gefunden, an den ich gehörte.

Dann zersplitterte alles.

Ein Chaos aus Licht und Klang riss mich aus diesem kurzen Frieden. Die Kugel vibrierte – erst kaum spürbar, dann so heftig, dass der Boden unter mir erbebte. Ihr Licht schwoll an, pulsierte unregelmäßig, bevor es

in einem einzigen, blendenden Ausbruch explodierte. Die Dunkelheit um mich wurde verschluckt, übrig blieb nur gleißendes Weiß, das sich wie flüssiges Feuer in meine Augen brannte.

Die Welt um mich hielt den Atem an.

Dann – ein Knall. Kein gewöhnliches Geräusch, sondern ein dröhnender, alles durchdringender Schlag, der mich wie eine Druckwelle von innen nach außen riss. Eine unsichtbare Faust packte mich, zog mich auseinander, dehnte meine Nervenfasern bis zum Zerreißen. Mein Schädel drohte von innen heraus zu bersten.

Ich wurde hochgerissen.

Mein Körper wurde von einer gewaltigen Kraft gepackt, mitgerissen – ein Strudel, der mich unerbittlich nach oben schleuderte. Doch außer Licht konnte ich nichts mehr erkennen. Mein Magen zog sich schmerzhaft zusammen, während der Boden sich unter mir auflöste. Die Luft trug mich nicht mehr, wurde dichter, zäher – eine unsichtbare Masse, die mich einengte. Ich rang nach Atem, doch jeder Zug war ein Kampf gegen eine Faust, die meine Brust zusammendrückte. Ich wollte schreien, aber mein Mund blieb stumm, als hätte jemand die Stimme aus mir herausgerissen.

Dann – das Feuer.

Es entsprang tief in mir, ein winziger Funke, der sich mit jeder Sekunde ausbreitete, ein loderndes Inferno, das sich meine Adern entlangfraß. Hitze und Schmerz verwandelten meine Glieder in brennende Drähte, drohte von meinem Inneren heraus zu bersten. Meine Knochen schienen zu zersplittern, wurden neu

zusammengesetzt und wieder zerbrochen – immer und immer wieder, zerschlagen von einem unsichtbaren Hammer.

Mein Rücken bog sich unter der unerträglichen Kraft, meine Muskeln zuckten – auseinandergerissen und sofort wieder verschweißt. Mein Herz hämmerte, stolperte, völlig aus dem Rhythmus geraten. Jeder Schlag jagte eine neue Welle aus purem Schmerz durch meinen Körper.

Ich war nicht mehr ich.

Ich war Licht und Feuer, zerrissen und neu erschaffen – ein endloser Tanz zwischen Auflösung und Wiedergeburt.

Ich konnte nichts tun.

Meine Existenz schrumpfte auf reinen Schmerz zusammen, ein brennender Funke im tobenden Sturm.

KAPITEL 6
Der Wald

Das zweite Mal innerhalb kurzer Zeit erwachte ich aus einer Bewusstlosigkeit.

Der erste und gravierendste Unterschied war diesmal, dass ich – im Gegensatz zur Höhle – keinerlei Schmerzen mehr verspürte. Der zweite Unterschied war, dass ich mich offensichtlich nicht mehr in der Höhle befand. Ich lag auf dem Rücken und stützte mich mit den Ellbogen nach oben. Unter mir war ein weicher, mit Moos bedeckter und leicht feuchter Waldboden. Um mich herum standen Laub- und Nadelbäume so dicht beieinander, dass mein Blick nichts als Wald erfasste.

Offenbar bin ich gestorben und in einer Zwischenwelt gelandet, dachte ich geschockt.

Ein Blick auf meine Hände zeigte mir, dass sie keine aufgerissenen Wunden mehr aufwiesen. Testweise bewegte ich mein gestauchtes Bein – nichts. Keine Verletzungen, als hätte es sie nie gegeben. Das getrocknete Blut klebte jedoch noch an mir, ein stummer Zeuge meiner Wunden, kaum noch zu ertasten und fast verheilt. Es war irritierend und machte die Situation umso unheimlicher.

Ist das hier echt? Dieser Gedanke blitzte in mir auf, aber es ergab für mich keinen Sinn. Nichts schien mehr logisch. War dies eine Art Limbus, eine Zwischenwelt?

Ich ließ meine Umgebung auf mich wirken.

Der Wald war voller Geräusche: Vögel zwitscherten, es raschelte von allen Seiten, und es war spürbar kühler. Die Luft war frisch, feucht und trug einen erdigen, leicht modrigen Geruch mit sich. Der Boden unter meinen Händen war weich und uneben. Um mich herum spürte ich das Leben pulsieren, ein lebendiger Rhythmus, der gleichzeitig fremd und beängstigend war. Am Himmel, den ich durch die Baumkronen erkennen konnte, hingen dicke Wolken, die den derzeitigen Stand der Sonne verbargen. Es könnte schon Nachmittag sein.

Ich wollte aufstehen und berührte dabei mit meinen Fingerspitzen einen kalten Gegenstand. Der Kristall lag blass und reglos im Moos. Kein Leuchten, keine Spur von Aktivität. Ein seltsamer Drang ließ mich den Kristall kurzerhand unter mein Oberteil, in meinen BH, schieben.

Wenigstens kann ich ihn bei einem weiteren Sturz so nicht verlieren, dachte ich. Warum mir das in meiner aktuellen Situation wichtig war, wusste ich nicht.

Orientierungslos lief ich ein paar Mal in einem größeren Radius im Kreis, aber alles sah gleich aus: dichter Wald, wohin ich auch schaute. Kein Weg, keine Lichtung, kein Hinweis darauf, dass hier jemand unterwegs war.

»Was zum Teufel ist hier los?«, fragte ich laut in den

Wald hinein.

Ich versuchte verzweifelt, mich zurechtzufinden, aber nichts deutete darauf hin, dass ich in der Nähe von Portree war. Das ergab überhaupt keinen Sinn. Um Portree herum gab es Wälder, ja, aber keine so scheinbar dichten Urwälder. Wo waren die felsigen Hügel, das Meer oder der See, an dem wir vorbeigefahren sind?

Obwohl es mir seit dem Aufwachen klar sein sollte, dämmerte es mir jetzt mit voller Wucht: Hier stimmte etwas absolut nicht.

Ich blieb stehen und lauschte.

Kein Motorengeräusch, kein Flugzeug, keine Anzeichen von Zivilisation. Die Kälte des Waldes kroch in meine Knochen.

Meine Gedanken sprangen in immer verrücktere Richtungen.

Ist das alles nur ein Traum? Liege ich in Wirklichkeit in einem Krankenhausbett, verkabelt mit Monitoren, während mein Verstand mir diese surreale Szenerie vorgaukelt?

Ich kniff mich selbst, fest, bis der ziehende Schmerz stechend war. Dazu meldete sich mein Magen und knurrte laut.

Nein, ich träume nicht. Ich bin hier, ganz real. Lebendig.

Doch die Erleichterung half mir nicht weiter. Die Realität meiner Situation war gnadenlos: Ich war verloren.

»Denk nach«, befahl ich mir. Aber keine rationale Theorie passte zu dem, was ich erlebte.

Ich konnte nicht einfach stehen bleiben. Die Vorstellung, die Nacht allein in diesem fremden Wald zu

verbringen, jagte mir kalte Schauer über den Rücken. Also setzte ich mich in Bewegung, lief geradeaus – ohne zu wissen, wohin. Jeder Schritt war schwer und ziellos, als würde ich auf der Stelle treten. Die Äste formten ein undurchdringliches Dach, durch das nur noch wenig Tageslicht sickerte.

Nach einer ganzen Weile erreichte ich eine kleine Lichtung, übersät mit umgestürzten Bäumen, deren morsche Rinde sich in Fetzen löste. Ein Stamm sah stabil genug aus, um darauf Platz zu nehmen. Ich ließ mich wie ein nassen Sack fallen und schob den Rucksack von meinem Rücken. Er war inzwischen feucht vom Schweiß und fühlte sich doppelt so schwer an als noch am Morgen.

Ich holte ein zerdrücktes Brötchen heraus. Es sah mitgenommen aus, aber ich war einfach froh, etwas zu essen dabei zu haben. Mit wippenden Füßen biss ich hinein und kaute bedächtig, obwohl mir der Hunger befahl, es hastig hinunterzuschlingen. Der Geschmack des Brotes, trocken und vertraut, erdete mich für einen kurzen Moment, und ich schloss die Augen - wollte mich daran festhalten.

Doch dann änderte sich die Atmosphäre des Waldes.

Die Vögel verstummten, und ein leises Rascheln ging durch die Blätter, als würde jemand flüstern. Der Wind drehte sich und brachte einen fremden Geruch mit – etwas Rauchiges, leicht Süßliches, wie verbranntes Holz oder vielleicht Kräuter.

Ein ungutes Gefühl stieg in mir auf. Ich sah mich um, konnte aber niemanden entdecken. Die Baumstämme

wirkten wie Gestalten, die im Schatten lauerten. Noch nie kam mir ein Wald so bedrohlich vor wie dieser. Meine Hände ballten sich unbewusst zu Fäusten, die Nägel gruben sich in meine Handflächen und mein Verstand schrie mich an, weiterzulaufen.

Ich schnürte die Schuhe fester, zog den Rucksack wieder über die Schultern und zwang mich aufzustehen.

»Hilfe!« Eine verzweifelte Männerstimme durchschnitt die Stille. Meine Muskeln spannten sich augenblicklich an. Ohne nachzudenken, rannte ich in die Richtung, aus der der Ruf gekommen war. Zweige peitschten mir ins Gesicht, aber ich ignorierte den Schmerz. Meine Augen suchten nach der Quelle der Stimme.

»So helft mir doch! Hört mich denn niemand?«, schrie es erneut, diesmal viel näher. Als ich die nächste Baumreihe durchquerte, eröffnete sich mir ein unglaublich groteskes Bild.

Ein alter, hagerer Mann tanzte zwischen den Bäumen wie ein wild gewordener Derwisch.

Er sprang abwechselnd auf einem Bein, klopfte sich rhythmisch mit den flachen Händen auf die Oberschenkel und drehte sich dabei im Kreis. Die Bewegungen waren ungestüm und unkontrolliert.

Seine Kleidung bestand aus einer zerschlissenen Hose, einem fleckigen Hemd, das lose an seinem dürren Körper hing. An einigen Stellen war der Stoff löchrig, sodass die Haut darunter sichtbar wurde. Auf seinem Kopf balancierte ein Hut – eine seltsame

Mischung aus Piraten- und Strohhut.

Hätte er nicht diesen Ausdruck von purer Verzweiflung im Gesicht gehabt, hätte die ganze Szene fast komisch gewirkt. Aber die angespannte Haltung seines Körpers und die schweißüberströmten Züge machten deutlich, dass er sich keineswegs amüsierte.

»Na endlich! Helft mir, ich kann nich' mehr!«, rief er, sobald er mich bemerkte. Obwohl er mich direkt ansprach, unterbrach er seine irrwitzige Tanzeinlage nicht. Stattdessen wirbelte er mit einem bizarren Mix aus Sprüngen, Drehungen und Schlägen auf seine Beine weiter durch den Wald.

»Wobei soll ich helfen?«, fragte ich verwirrt, während ich unwillkürlich einen Schritt zurücktrat. Etwas an dieser Szene war nicht nur seltsam, sondern auch zutiefst beunruhigend.

»Seid Ihr bekloppt, Weib?«, schnauzte er mich an. »Seht Ihr nich', dass ich verflucht bin? Ich tanz hier nich' aus Jux und Tollerei! Macht was!« Seine weit aufgerissenen Augen glänzten unnatürlich und fixierten mich.

Ich stand wie angewurzelt da. Endlich traf ich einen Menschen in diesem riesigen Wald, und ausgerechnet der musste ein Irrer sein. Dennoch wagte ich es nicht, ihn aus den Augen zu lassen. Der Boden unter seinen Füßen war bereits aufgewühlt, als hätte er stundenlang auf der gleichen Stelle herumgetrampelt.

»Was für ein Fluch?«, bohrte ich nach.

»Beeilt Euch, verdammt!«, schrie der Mann, anstatt mir eine Antwort zu geben. Sein Atem ging stoßweise,

seine Beine gaben nach, und er stolperte, als könnte er sich kaum noch aufrecht halten. Seine Hände krallten sich in die Oberschenkel, als würde er sich selbst stützen müssen, während sein Körper unter der Erschöpfung zitterte. Für einen Augenblick schien er endlich zu Boden zu sinken. Zu meiner Bestürzung sprang er jedoch umgehend wieder auf, zurück in seinen unerbittlichen Tanz, als zöge ihn eine unsichtbare Kraft weiter.

»Seit zwei Tagen tanze ich hier durch den Wald, und Ihr seid die Erste, die mir helfen könnte!« Er blickte mich flehend an.

Es ertönte ein glockenhelles Kichern, klar und spöttisch, direkt hinter den nächstgelegenen Bäumen. Ich fuhr herum – doch da war niemand. Die Bäume standen eng beieinander, ihre Stämme kahl und zu dünn, um jemanden zu verbergen. Trotzdem war ich sicher, dass ich das Kichern gehört hatte.

Bevor ich die Gelegenheit bekam, noch einmal über das Ganze nachzudenken, raschelte es erneut – leise, fast spielerisch, ein Geräusch wie flinke Füße, die über das Laub huschten.

Dann erklang es wieder: ein kindliches, freudiges Lachen. Gleichzeitig wirbelten die Blätter auf, scheinbar von unsichtbaren Händen bewegt. Sie tanzten in kleinen Spiralen, drehten sich wie winzige Wirbelstürme und sanken dann sanft wieder herab, nur um erneut in Bewegung zu geraten. Das Schauspiel war so surreal, dass ich kaum zu atmen wagte.

»Hallo? Wer ist da?« Keine Antwort. Stattdessen

breitete sich eine drückende Stille um mich herum aus.

Mein Blick suchte die Lichtungen zwischen den Bäumen ab. Ich spitzte die Ohren.

Die Vögel, die zuvor noch gezwitschert hatten, waren verstummt. Selbst das Rascheln der Blätter war nicht mehr zu hören.

Dann vernahm ich es: Musik. Leise, fast unmerklich, kaum wahrnehmbar. Es war mehr ein Hauch als ein Klang, sanft wie ein Windstoß, der in den Zweigen spielte.

Eine Geige, dachte ich, doch die Melodie unterschied sich von allem, das mir je zu Ohren gekommen war. Heiter und schnell, voller Lebendigkeit und kindlicher Freude, zugleich durchzogen von einem fast bedrohlichen Unterton, der mich erschaudern ließ.

Die Musik schien von allen Seiten zu kommen. Sie war allgegenwärtig, aber auch unwirklich, als würde sie irgendwo in meinem eigenen Kopf entstehen. Ich konnte nicht sagen, ob sie nah oder fern war, ob sie real oder nur ein Trugbild meiner Erschöpfung war. Sie zog mich an, fesselte mich. Meine Finger zuckten, unbewusst dem Takt folgend.

Ich sah zu dem alten Mann. Seine Bewegungen hatten sich verändert. Sie waren immer noch gehetzt und merkwürdig, aber jetzt lag etwas Spielerisches darin. Er wirbelte herum, sprang und klatschte in die Hände.

»Hört Ihr das auch?«, wollte ich wissen. Meine Stimme klang hohl in der unnatürlichen Stille des Waldes, in der nur noch die Laute der Geige widerhallte.

Der Mann nickte hastig, ein schmerzvolles Zucken

ging durch sein Gesicht.

»Sie spielen mit mir!«, stieß er hervor. »Diese verdammten Dinger… sie lassen mich nicht in Ruhe!«

»Was für Dinger?«, bohrte ich nach. Mein Blick wanderte durch die Bäume, suchte nach der Quelle der Musik, nach den Wesen, die sich im Schatten verbargen.

Die Blätter stiegen erneut auf – diesmal wie ein wilder Sturm. Die Musik beschleunigte sich, wurde fiebriger, drängender. Die Geigenklänge drangen in meinen Kopf, pochten in meinen Schädel wie ein quälender Puls, der mich in einen Rhythmus zu zwingen versuchte. Mein rechter Fuß trat vor, dann der linke – ein unwillkürlicher Tanzschritt, als würde mein Körper den Willen verlieren, mir zu gehorchen.

»Nein!«, keuchte ich und biss mir auf die Lippe, um einen klaren Gedanken zu fassen. Die Musik drang tiefer, griff nach meinen Muskeln, meinem Herzschlag, bis ich spürte, wie mein ganzer Körper in einen Tanz verfallen wollte. Eine Marionette, gelenkt von unsichtbaren Händen, die mir jeden Willen raubten.

Ein Schatten huschte über den Waldboden und verschwand genauso schnell wieder zwischen den Bäumen. Ich spürte die Bedrohung näherkommen, konnte sie fast greifen. Ein Funken Wut brach durch meine Angst. Ich stürzte vor und packte den Mann an den Schultern. Mit aller Kraft, die ich noch aufbringen konnte, schüttelte ich ihn.

»Hör auf!«, schrie ich ihn an.

Er blickte mich benommen an, und ich sah, wie etwas in seinen Augen flackerte – ein Rest von Klarheit,

von Bewusstsein. Ohne länger zu zögern, holte ich aus und verpasste ihm eine schallende Ohrfeige.

Der Mann stolperte und hielt in seiner Bewegung inne. Er sah mich an, seine Backe gerötet, die Augen weit aufgerissen.

»Heilige Scheiße, Weib«, stammelte er, und hielt sich die geschundene Wange. »Hast du die Pranke von meiner Betsi?«

Sein plötzlicher Wechsel ins Du irritierte mich kurz.

»Wer ist Betsi?«, fragte ich, leicht außer Atem.

»Mein Weib!«, erklärte er und lachte auf. Er schien selbst nicht ganz zu verstehen, warum das in diesem Moment komisch war. »Die haut mir die Birne vom Hals, wenn ich nich' bald zurück bin! Ich bin seit Tagen unterwegs!«

Seine Augen weiteten sich panisch, und ich sah, wie er reflexartig versuchte, einfach loszulaufen. Dabei war er ziemlich wackelig auf den Beinen.

»STOPP!«, forderte ich und packte ihn abermals. Meine Finger gruben sich in die Haut an seinem Arm, und er blieb notgedrungen stehen, schielte aber misstrauisch zu mir.

»Du kannst jetzt nicht einfach abhauen. Ich brauche deine Hilfe. Ich muss zum Hafen, mein Schiff legt bald ab!«

Seine Bewegungen froren ein, und er drehte sich langsam zu mir um, die Stirn in tiefe Falten gelegt. »'Nen Schiff, sagst?«, murmelte er skeptisch. »Welcher Hafen denn? Wo kommst her?« Sein Dialekt wurde nuscheliger. Seine Augen durchbohrten mich mit einem

prüfenden Blick.

Ich zögerte. Instinktiv wusste ich, dass ich ihm nicht die ganze Wahrheit sagen sollte. Die Situation fühlte sich bereits genug nach einem Drahtseilakt an, und ich wollte nicht noch mehr Misstrauen wecken.

»Ich weiß es nicht mehr genau«, log ich daher und zeigte auf die blutige Schramme an meiner Stirn. »Ich bin gestürzt. Aber ich erinnere mich, dass das Schiff in Portree liegt und bald ablegt.«

Der Mann kratzte sich nachdenklich am Kinn, und seine schmutzigen Fingernägel hinterließen schwarze Spuren auf seiner verschwitzten Haut. Er musterte mich erneut, seine Augen schmal und abschätzig.

»Portree?«, wiederholte er schließlich und hob fragend die Brauen. Dann brach er in ein krächzendes, trockenes Lachen aus, das fast wie ein Husten klang. »Nie gehört. Meinst wohl Portera, oder haste dir komplett den Schädel ramponiert?« Sein Grinsen entblößte eine klaffende Lücke, wo ihm mehrere Zähne fehlten. »Dein Schiff is' längst fort, Weib. Hast zu lang rumgetrödelt.«

Mir wurde übel. Ich konnte nicht fassen, was er da gerade gesagt hatte.

»Was soll das heißen, es gibt kein Portree?«, fragte ich mit belegter Stimme.

»Nie gehört«, antwortete er achselzuckend. Sein Blick wanderte über meine Kleidung, von den zerschlissenen Jeans bis zu meinen durchnässten Wanderschuhen.

»Was hast 'n da überhaupt für komisches Zeugs an? Siehst aus wie ein verrückter Vogel.« Er schnalzte

missbilligend mit der Zunge und schüttelte den Kopf. »Komm mit, ich bring dich zu meiner Betsi. Die is' schlauer als ich. Vielleicht weiß die, was mit dir und deinem Kopf los is'.«

Ich schwankte. Einen Schritt nach hinten, dann wieder nach vorne, hin- und hergerissen zwischen dem Drang, ihm zu folgen, und dem Impuls, einfach wegzurennen.

»Was ist hier nur los?«, flüsterte ich mir selbst zu.

Der Mann trat einen Schritt näher, seine Augen ruhten ungeduldig auf mir, wachsam und durchdringend. Ein nervöses Zucken ging durch seine Finger.

»Entscheid dich, Weib. Der Wald frisst dich sonst mit Haut und Haar. Glaub mir, ich hab genug gesehen.« Er klang rau, und es schien, als läge etwas Dunkles, Ungesagtes in seinen Worten. Vielleicht wusste er Dinge über diesen Wald, die ich mir besser nicht vorstellen sollte.

Wahrscheinlich ist das meine einzige Chance für die Nacht irgendwo unterzukommen, dachte ich. Alles in mir schrie, ich solle weglaufen, aber wohin? Die Dunkelheit des Waldes ließ keinen Ausweg erkennen. Mit einem tiefen Atemzug versuchte ich, meine Angst zu verringern und nickte ihm zu. Er deutete mit einem Handzeichen an, ihm zu folgen, und ich setzte mich in Bewegung.

»Betsi und ich wohnen nich' weit von hier«, erklärte der Alte. Er drehte sich um und musterte mich flüchtig. Scheinbar wollte er sicherstellen, dass ich ihm auch wirklich folgte.

Ein weiterer Gedanke blitzte in mir auf: *Kann ich ihm*

vertrauen? Vielleicht führt er mich nur tiefer in die Falle?

»Ein festes Weib, meine Betsi. Hat mehr Verstand im kleinen Finger als ich im ganzen Kopf.« Er grinste, aber das Lächeln erreichte seine Augen nicht. Sie blieben wachsam, als ob er selbst nicht sicher war, was hinter den nächsten Bäumen lauern könnte.

Ich zwang ein schwaches Lächeln auf meine Lippen, obwohl mir überhaupt nicht danach zumute war.

»Klingt vielversprechend«, murmelte ich mehr zu mir selbst und konnte die Ironie meiner eigenen Worte kaum unterdrücken. Der unangenehme Druck, der seit dem Verstummen der Musik in der Luft lag, wollte nicht verschwinden. Mein Blick schweifte immer wieder nervös zu den Bäumen am Wegesrand, aber da war nichts.

Ich holte ihn schließlich ein und fragte vorsichtig: »Wohin genau gehen wir?«

»Ins Dorf am Ende des Waldes auf dieser Seite.« Er stolperte geschwächt und fluchte laut. Seine Wut schien plötzlich hochzukochen, seine Augen blitzten.

»So ein vermaledeites Koboldvolk!«, zischte er zwischen zusammengebissenen Zähnen. »Ausgehungert haben sie mich! Zu Tode tanzen wollten sie mich noch dazu!«

Ich hielt inne. Hatte ich das richtig verstanden? Koboldvolk? Seine schlechte Aussprache machte es schwer, ihn zu verstehen, aber das klang … seltsam.

»Hast du gerade *Kobold* gesagt?«, wollte ich wissen, bemüht, meine Zweifel zu verbergen.

»Ja, was ’n sonst? Hörst wohl auch nicht mehr richtig

seit dem Sturz!«, schnappte er. »Hab gedacht, die seien längst ausgestorben. Abgekratzt in ihren dreckigen Höhlen! Aber nein! Mit der Geige kam einer an, und zu viert waren sie! Mit ihren hässlichen Blättern und Blüten.«

Seine Worte wurden zunehmend leiser, mehr ein Selbstgespräch als eine Erklärung. Doch dann blieb er abrupt stehen und drehte sich mit einem boshaften Funkeln in den Augen zu mir um.

»Hast die Musik doch auch gehört, oder nicht?«, fragte er mit misstrauischem Blick, seine Augen wie Nadelstiche, die mich fixierten.

Ich nickte zögerlich. »Ja … ich glaube schon.«

Er kam bedrohlich nahe, und ich machte instinktiv einen Schritt zurück.

»Warum hast dann nicht selbst tanzen müssen?«, knurrte er, und ich konnte den Groll in seiner Stimme deutlich hören. »Wieso hat deine Berührung gereicht, um mich aus dem Bann zu holen, obwohl doch nur heilige Worte was ausrichten können?« Seine Augen glitzerten bedrohlich. Sein fauliger Atem vermischte sich mit der feuchten Kälte des Waldes, und ich hob schnell die Hände, um Abstand zwischen uns zu schaffen.

»Ich weiß es nicht!«, stieß ich hervor, während mein Verstand fieberhaft nach einer Antwort suchte, die ihn besänftigen könnte. Endlich fiel mir eine Ausrede ein: »Es liegt sicher an meiner Kopfverletzung.«

Er stockte, sein Blick wanderte über mein Gesicht, als würde er prüfen, ob ich die Wahrheit sagte.

»Die Kobolde konnten bestimmt mit ihrer Magie nichts ausrichten, weil ich nicht ganz klar im Kopf bin. Und du hast gesagt, es gibt sie seit Hunderten von Jahren nicht mehr. Woher willst du dann wissen, ob heilige Worte wirklich der einzige Weg sind, um den Bann zu brechen?«

Für einen Moment schien er nachzudenken, schließlich nickte er widerwillig.

»Ja, da hast recht.« Mit dieser knappen Antwort setzte er sich wieder in Bewegung, und ich folgte ihm – dieses Mal darauf bedacht, keine weiteren Fragen zu stellen, die ihn erneut aufregen könnten. Meine Handflächen waren feucht, und ich wischte sie immer wieder an meiner Kleidung ab.

Der Rest des Weges verlief schweigend. Die Stille war schwer und wurde lediglich vom Knirschen unserer Schritte auf dem trockenen Waldboden unterbrochen. Ich hielt einen gewissen Abstand zu ihm. Meine Gedanken rasten unaufhörlich, während ich ihn genau beobachtete.

Wer war dieser Mann? Und vor allem: Was war da gerade mit uns im Wald passiert?

KAPITEL 7
Das Dorf

Wir traten aus dem dichten Wald heraus, und nur wenige Schritte weiter erstreckte sich ein kleines Dorf mit Hütten, die aussahen, als wären sie dem Mittelalter entsprungen. Die Wände bestanden aus groben, unregelmäßigen Steinen, die von einer Art Mörtel zusammengehalten wurden – eher wie grober Lehm, der Risse und Unebenheiten aufwies. Die Fenster waren winzig, gerade ausreichend, um Licht hereinzulassen, und gleichzeitig so beschaffen, dass sie die Innenräume vor extremen Temperaturen schützten. Die Scheiben waren dick und uneben, wodurch sie das einfallende Licht verzerrten und einen charakteristischen milchigen Schimmer erzeugten. Statt Ziegeln bedeckten die Dächer dicke, etwa eine Armlänge hohe Lagen aus Schilf und Stroh, die unregelmäßig aufgeschichtet waren, sodass sie in der hereinbrechenden Dämmerung wie zerzauste Perücken aussahen. Aus den krummen Schornsteinen stiegen dünne, weiße Rauchschwaden in die kühle Abendluft auf und verbreiteten den Geruch von verbranntem Holz.

Die Handvoll Hütten waren von einer brusthohen

Mauer umgeben, die wie eine improvisierte Stadtbefestigung wirkte – grob und unvollständig. Sie bestand aus Feldsteinen, die kaum zementiert waren, und schien dadurch instabil, als könnte ein starker Windstoß sie zum Einsturz bringen.

Wir passierten sie an einer schmalen Stelle, an der ein kleiner Holzzaun stand - ein wackeliges Tor, das nur mit einer dünnen Schnur an einem einfachen Haken befestigt war. Der Zaun quietschte leise im Wind, und seine Bretter waren spröde und von der Witterung gezeichnet.

Das gesamte Dorf strahlte eine ähnlich rohe Einfachheit aus wie seine tierischen Bewohner. Gackernde Hühner liefen uns entgegen und pickten auf dem Boden, unermüdlich auf der Suche nach Körnern. Ein paar abgemagerte Hunde mit struppigem Fell tollten hinter ihnen her – eher verspielt als hungrig. Die Tiere hatten keine Angst vor uns, scheinbar waren sie Menschengetümmel gewohnt. Eine Katze mit zerzaustem Fell saß auf der niedrigen Mauer, ihre halbgeschlossenen Augen fixierten die Szene mit der Ruhe eines stillen Beobachters.

Ich konnte gar nicht aufhören zu starren. Alles war grob und zweckmäßig, ohne jegliche Feinheiten. Es wirkte, als hätte man den Ort hastig aus dem Nichts erschaffen – ein provisorisches Zwischenstück, das nicht auf Dauerhaftigkeit ausgelegt war.

Aus den Fenstern der Hütten schimmerte warmes Licht, vermutlich von Kerzen oder Öllampen. Der festgetretene Untergrund zwischen den Häusern war

uneben und übersät mit Schlaglöchern, die sich mit Regenwasser gefüllt hatten. Es gab keine geteerten Straßen, nur nackten Lehmboden. Bei jedem Schritt gab er unter meinen Füßen nach und überzog die Schuhe mit einer dünnen, rötlichen Schicht aus Schlamm.

Es gab weder Straßenlaternen noch Autos; keinen Hinweis auf Elektrizität.

Auf den Wegen war keine Menschenseele zu sehen, lediglich ein leises Murmeln und vereinzeltes Lachen drang gedämpft aus den Hütten. Wahrscheinlich hatten sich die wenigen Bewohner längst in ihre Häuser zurückgezogen, um sich vor der hereinbrechenden Nacht und der Kälte zu schützen. In der Ferne hörte ich das leise Wiehern eines Pferdes. Ich suchte die Quelle und blieb an einem kleinen Stall am Rande des Dorfes hängen. Der Geruch von Heu, gemischt mit dem beißenden Duft von Rauch und der feuchten Frische der Erde, wehte aus der Richtung des Stalls herüber. Ein Kloß formte sich in meinem Hals.

Hatte ich mich in eine Welt verirrt, die die Zeit vergessen hatte? Eine Parallelwelt, in der die Moderne niemals angekommen war?

Die Hütten, die Tiere, die völlige Abwesenheit von Technik – alles fühlte sich an, als hätte die Zeit hier ihren Lauf angehalten und mich an einen Ort zurückversetzt, der längst Vergangenheit sein sollte.

Der Gedanke ließ mich gleichermaßen fasziniert und erschrocken zurück: Was, wenn es keinen Weg zurück nach Hause gab?

Ich schluckte schwer und überlegte: *Bin ich wirklich in*

einem abgelegenen Amisch-Dorf gelandet, das den Fortschritt konsequent ablehnt? Das kann doch nicht sein! Aber wenn doch – wie zum Teufel bin ich hierhergekommen?

Hier sah alles seltsam entrückt aus, die Zeit schien ihren Fluss verloren zu haben.

Wir näherten uns einem der Häuser. Eine Bewegung hinter der Scheibe erregte meine Aufmerksamkeit. Gerade noch sah ich einen dunkelroten Haarschopf vorbeihuschen, schnell und flüchtig – vermutlich ein Kind.

Bevor ich weiter nachdenken konnte, flog die Holztür krachend auf. Eine stämmige Frau rannte heraus. Ihre Schritte waren schwer, und der Boden vibrierte unter ihrem Gewicht.

Sie trug ein schlichtes, braunes Kleid, das wie ein Relikt vergangener Zeiten wirkte, und darüber eine fleckige Schürze, die einst weiß gewesen sein musste. Essensreste, Ruß – und vielleicht sogar Blut von geschlachteten Tieren – klebten daran. In ihrer Hand hielt sie einen groben Holzlöffel, der mehr einer Keule glich.

»Ted, du vermaledeiter Taugenichts!«, zeterte sie.

Ted, der eben noch selbstbewusst neben mir gestanden hatte, schrumpfte regelrecht. Er zog seine Schultern nach oben, als wollte er sich unsichtbar machen.

Die Frau stürmte wie ein Wirbelwind auf ihn zu, schwang den Löffel und schlug ohne Vorwarnung mehrmals in seine Richtung. Es war unklar, ob sie ihn wirklich treffen wollte oder ob es nur eine Drohgebärde war.

»Wo warst du? Sag es sofort! Über zwei Tage weg!

123

VERSCHWUNDEN!« Sie überschlug sich fast, traktierte ihn dabei weiter mit dem Holzlöffel. »Du lässt mich mit Haus und Hof im Stich, nur um dich wieder einmal zu besaufen!«

Ted versuchte, den Schlägen auszuweichen, machte kleine, ungelenke Drehungen, doch seine Ausweichmanöver waren wenig erfolgreich. Der Löffel traf ihn abermals, wenn auch nicht sehr fest. Ich trat vorsichtshalber einen Schritt zurück, um nicht versehentlich von dem Ungetüm erwischt zu werden.

»Betsi, Liebling, lass mich erklären!«, flehte Ted verzweifelt. Er machte einen Satz zur Seite, um ihrem Schwung zu entgehen. Trotz der Panik in seiner Stimme schwang ein Hauch von Schalkhaftigkeit mit.

»*Liebling*, von wegen!«, fauchte sie und hielt für einen Moment inne, schnaufend vor Anstrengung. Ihre Brust hob und senkte sich heftig, ihre Augen funkelten wütend. »Wenn ich herausfinde, dass du wieder in Portera in einer dieser Spelunken versackt bist, dann gnade dir Gott!« Ihre Stimme bebte vor Zorn. Sie maß Ted mit einem finsteren Ausdruck – doch hinter all der Wut lag etwas anderes.

Besorgnis. Und vielleicht ein Funken Erleichterung.

»Es waren Kobolde, Betsi! Schau meine Füße!« Ted zeigte dramatisch auf seine abgenutzten, staubigen Schuhe, um damit seine Unschuld zu beweisen. »Die beiden Tage musste ich tanzen. Ich hätte immer noch getanzt, wenn das Weib hier nicht aufgetaucht wäre.«

Er deutete mit einem Kopfnicken auf mich. Betsis Aufmerksamkeit richtete sich auf mich. Ihr scharfer

Blick bohrte sich in mich, ihre Augen verengten sich misstrauisch, als würde sie jede meiner Bewegungen auf ihre Wahrheit prüfen. Ich hob zögerlich die Hand zum Gruß und versuchte ein schwaches Lächeln.

Warum bin ich interessanter als die Kobold-Story?

»Kobolde, Ted?«, bohrte sie jetzt leise nach. Mit ihren kräftigen Händen in die Hüften gestemmt, dabei sah sie noch breiter und furchteinflößender aus, ihre Stimme wurde bedrohlicher. »Wen schleppst du da mit nach Hause? Ich hoffe für dich, du bringst mir keine Hafendirne! Oder willst du mir die auch noch als Elfe verkaufen?«

»Ähm, nein, ich bin keine Di-«, wollte ich mich verteidigen, doch Ted fiel mir ins Wort. Im Hintergrund grunzte es tief, und als ich mich umsah, erblickte ich ein Schwein, das neugierig aus einem Verschlag lugte und unserem Gespräch aufmerksam lauschte. Blinzelnd schaute ich vom Schwein wieder zurück zu Betsi.

»Is' se nich'!«, rief Ted hastig. »Kommt nich' von hier. Gehört zu 'nem Schiff aus Portera. Hat sich im Wald verlaufen und den Verstand verloren!«

Ich wollte protestieren, aber Betsi zog kritisch eine Augenbraue hoch, daher blieb ich doch lieber still.

Sie trat näher, musterte mich prüfend – von den staubigen Schuhen bis zu meiner Kleidung. Wahrscheinlich deutete sie jeden Fleck als Beweis für eine Geschichte.

»Deswegen die Kleidung?«, murmelte sie, als spräche sie mit sich selbst. »Ist das jetzt die neueste Mode in Lusora?« Sie erwartete wohl keine Antwort von mir, sondern wandte sich wieder Ted zu, die Stirn in Falten

gelegt.

»Hab gesagt, sie bleibt heut Nacht. Morgen bring ich sie zurück nach Portera«, warf Ted hastig ein, ehe Betsi weiterfragen konnte.

Diese schnaufte lediglich und ließ von mir ab. Erleichtert atmete ich aus. Die Aussicht, mich bald loszuwerden, schien sie zu beruhigen. Ohne uns noch einmal anzusehen, ging sie zur Tür und knurrte: »Gut. Dann kommt rein. Die Suppe sollte fertig sein.«

Die Tür fiel hinter uns ins Schloss, und sofort umfing uns die wohlige Wärme des Hauses, wie ein schwerer Mantel, der die klammen Kälte draußen hielt. Die Hitze drang langsam in meine ausgekühlten Glieder, doch die Anspannung in meinen Schultern ließ nicht nach.

Der intensive Duft von gekochten Wurzeln und Kräutern erfüllte die Luft. Das Knistern des Feuers hallte wie ein Echo vergangener, sicherer Zeiten in meinen Gedanken wider.

Ich ließ den Raum auf mich wirken: ein großer, offener Bereich, der Küche, Wohnzimmer und Esszimmer vereinte. Die Wände waren aus den gleichen rohen, grauen Steinen wie das Äußere des Hauses, doch von innen war es durch das warme Licht des Feuers weniger abweisend. Die einfachen Holzmöbel, voller Kerben und Astknoten, erzählten von den geschickten Händen, die sie geschaffen hatten. Nichts davon war gekauft; alles sah selbstgemacht aus. Der Holzboden knarrte bei jedem meiner Schritte, und ich spürte, wie das Haus auf eine seltsame Weise lebendig wurde.

Die einzige Lichtquelle war ein großer Kamin an der gegenüberliegenden Wand, dessen Feuer flackerte. Er war Heizung und Herd zugleich: Ein dunkler Topf köchelte auf einem massiven Eisenrost vor sich hin. Der aufsteigende Dampf verschwand zwischen den Holzbalken der Decke, und der süßlich-erdige Duft des Eintopfs stieg mir in die Nase, ließ meinen Magen knurren. Die flackernden Flammen warfen unregelmäßige Schatten, die in den Ecken des Raumes tanzten.

Ted machte eine kurze Geste und führte mich zu einer unscheinbaren Tür in der hinteren Ecke des Zimmers. Als er sie öffnete, strömte ein kühler Luftzug heraus, und ich trat zögernd ein. Der Raum dahinter war schlicht: ein schmales Bett mit einer dünnen, grauen Decke, ein grob gezimmerter Holzschrank mit schief hängender Tür, offenbar seit langer Zeit ungenutzt.

Die Kälte kroch mir in die Knochen, und ich rieb mir fröstelnd die Arme, ein mulmiges Gefühl machte sich in meiner Brust breit.

»Is's alte Zimmer von meinem Sohn«, sagte Ted ein wenig sanfter, abwesend, in seine Erinnerung versunken. Ein kurzes Zucken durchlief seine Mundwinkel, und ich konnte den Hauch von Sehnsucht erkennen. »Lebt jetzt in Portera. Lass die Tür auf, dann wird's wärmer.«

Ich nickte dankbar und stellte meinen Rucksack auf das Bett, das unter dem Gewicht ein leises Knarren von sich gab. Vorsichtig zog ich mir den Schal vom Hals, doch mehr legte ich nicht ab. Hier war es kälter als

draußen, und die Vorstellung, mich auszuziehen, ließ mich erst recht frösteln. Alles hier war so fremd und schlicht.

Mannomann, länger als eine Woche würde ich das gar nicht aushalten. Es ist arschkalt hier drin!, dachte ich und ließ meinen Blick rastlos durch das Zimmer schweifen, vergeblich nach etwas Vertrautem suchend.

Ich strich mit der Hand über die raue Bettdecke, ließ die groben Fasern zwischen meinen Fingern gleiten, als könnte ich so eine Verbindung zu diesem fremden Ort herstellen. Ein erneutes Knurren meines Magens riss mich aus meinen Gedanken – eine unmissverständliche Erinnerung daran, dass ich seit Stunden nichts gegessen hatte. Vielleicht würde Betsi mir etwas von ihrem Essen abgeben.

Zurück im Hauptraum fiel mein Blick auf Ted, der in einer dunklen Ecke stand, das Hemd ausgezogen.

Er spritzte sich Wasser aus einem steinernen Becken über den knochigen Brustkorb – seine Haut dünn wie Pergament, gespannt über die Rippen und übersät mit Narben. Ich verzog unwillkürlich das Gesicht und wandte mich hastig ab, bevor mein Blick länger an seinem ausgezehrten Körper hängen blieb.

»Komm her, Mädchen!«, forderte Betsi mich auf und klopfte energisch mit der flachen Hand auf den Tisch. Ihre Stimme hatte einen Befehlston, dem man sich schwer entziehen konnte. »Wir essen, bevor die Suppe kalt wird. Ted stank so sehr, der durfte so nicht mit uns am Tisch sitzen.« Sie lachte – ein kehliges, kratzendes Geräusch, das mehr wie ein Husten klang, und griff mit

kräftigen Händen zur Schöpfkelle, um mir eine dampfende Portion in die Schüssel zu geben. Ich nickte dankend und zog sie zu mir heran und spürte, wie sie mich musterte.

Der Duft der Suppe war herzhaft, fast verlockend, und ich nahm vorsichtig einen Löffel.

»Wie spricht man dich an?«, fragte sie, ohne die Augen von mir abzuwenden.

»Ich heiße Rebecca«, antwortete ich und versuchte, so gelassen wie möglich zu klingen. Die Spannung in der Luft war beinahe greifbar.

»Rebecca?«, wiederholte sie langsam, als würde sie den Namen testen. »So einen Namen hab ich hier noch nie gehört.« Ihre Augen verengten sich. »Wo hast du meinen Ted denn aufgegabelt?«

Ich räusperte mich und erzählte ihr, wo wir uns getroffen hatten und was genau passiert war – zumindest das, was ich selbst davon verstanden hatte. Sie schien mit meiner Erklärung zufrieden zu sein, denn sie aß im gleichen Rhythmus weiter.

»Woher kommst du?« Ihre Frage klang beiläufig, doch die unterschwellige Schärfe war unüberhörbar. Sie prüfte mich, das spürte ich sofort.

»Ich… ich weiß es nicht mehr«, log ich und senkte den Blick, versuchte beschämt zu wirken. »Der Schlag auf den Kopf war schlimm. Ich erinnere mich nur noch an ein Schiff in Portera.« Ich hoffte, dass meine Stimme überzeugend klang.

Betsi legte den Löffel zur Seite, ihre Augen fixierten mich mit nachdenklichem Ausdruck. Die Luft im

129

Raum fühlte sich plötzlich schwerer an, die Spannung war greifbar.

Um die Stille zu durchbrechen und mich abzulenken, zog ich mein Handy aus der Tasche und hielt es ihr hin. »Gibt es hier irgendwo Strom?«, fragte ich zögerlich. »Ich könnte meine Familie kontaktieren.«

Sie stierte das Gerät an wie ein fremdartiges, glänzendes Relikt. Zögerlich nahm sie es mir aus der Hand, drehte es hin und her, musterte es, als versuche sie, seinen Zweck zu ergründen. Schließlich hielt sie es falsch herum und betrachtete die dunkle Oberfläche, die ihr nichts verriet.

Mit wachsendem Entsetzen sah ich, wie sie das Telefon an den Mund führte und kräftig in eine Ecke biss – offenbar im Versuch herauszufinden, ob es Brot oder Holz war.

»Hey! Hör auf damit!«, rief ich panisch und riss ihr das Gerät aus der Hand. Ich starrte auf die kleine Delle, die ihre Zähne im Gehäuse hinterlassen hatten.

Mit einem Ruck sprang Betsi auf, ihr Stuhl kippte krachend nach hinten. Ihre Hände schlugen mit einem dumpfen Knall auf den Tisch, sodass die Suppenschüssel gefährlich wackelte. Ihre Augen glühten vor Wut. »Was ist das? Und was bist du? Bist du eine von diesen Begabten? Dann verschwinde sofort aus meinem Haus!« Ihre Stimme bebte vor Zorn, doch darunter lag etwas Unausgesprochenes, eine Spur von Angst, die wie eine Drohung in der Luft hing. Der Moment war wie eingefroren, und ich konnte mein eigenes Herz laut schlagen hören.

»Nein, nein, bin ich nicht!«, verteidigte ich mich hastig, die Hände zusammen mit dem Handy abwehrend vor mir erhoben, als würde sie eine Pistole auf mich richten. »Es ist nur ein Kommunikationsgerät! Nichts Magisches, ich schwöre! Es braucht nur Strom, sonst nichts!« Meine Worte überschlugen sich, und ich spürte, wie mein Herz gegen meine Rippen trommelte.

Ted stand neben ihr, öffnete den Mund, doch ein einziger scharfer Blick von Betsi ließ ihn verstummen. Er senkte den Kopf, und sein Murmeln wurde durch drückende Stille abgelöst.

»Gut«, sagte Betsi schneidend. »Morgen früh verschwindest du wieder nach Portera. Mit so einer wie dir wollen wir hier nichts zu tun haben!« Ihr Gesicht war hart und abweisend, wie eine Maske, doch in ihren Augen flackerte ein Funken Furcht, als hätte sie etwas gesehen, das sie weder einordnen noch begreifen konnte.

»Verstanden«, bestätigte ich leise und kämpfte gegen das Brennen in meiner Kehle, das aufkommende Tränen ankündigte.

Je schneller ich hier wegkam, desto besser. Die beiden waren definitiv nicht mehr ganz bei Verstand.

Das restliche Essen verlief unangenehm schweigend. Jeder hing seinen eigenen Gedanken nach und das monotone Kauen war das einzige Geräusch. Ich zwang mich, ein paar Bissen hinunterzuwürgen, doch mein rebellierender Magen setzte mir Grenzen. Wer wusste schon, wann ich wieder eine richtige Mahlzeit bekommen würde? Schließlich legte ich den Löffel zur Seite, stand auf und bedankte mich, ohne eine Reaktion zu

erwarten – oder zu bekommen.

Mit schleppenden Schritten zog ich mich in mein Zimmer auf Zeit zurück und schloss die Tür hinter mir. Das Klicken des Riegels hallte in der Stille nach. Die Schuhe zog ich aus, die restliche Kleidung behielt ich an – schlafen würde ich ohnehin nicht können. Ich ließ mich aufs Bett fallen und zog die Decke bis zum Kinn.

Der Raum lag in völliger Dunkelheit, und jedes Geräusch ließ mich zusammenfahren: das Knarren des alten Holzes, das leise Raunen des Windes, das Kratzen eines Zweigs am Fenster. Alles klang wie drohende Schritte, die eine unsichtbare Gefahr ankündigten.

Ich schaute in die schwarze Leere, bis meine Augen brannten, und wartete auf den Morgen. Auf das erste graue Licht, das mich endlich aus dieser beklemmenden Hölle befreien würde.

Der laute Ruf des Dorfhahns riss mich aus meinem Schlaf. Irgendwann musste ich wohl doch eingeschlafen sein. Das Aufwachen brachte keine Erleichterung. Wie gerädert streckte ich mich auf dem Bett aus und stand auf. Meine Glieder schmerzten, als hätte ich auf bloßem Stein geschlafen, und jeder Muskel protestierte gegen das Aufstehen. Der gestrige Tag war kein Albtraum, den ich hinter mir lassen konnte. Ich war immer noch hier, in einer Hütte aus dem Mittelalter. Der Geruch von feuchtem Stroh und rauchigem Holzfeuer

machte die Realität nur umso greifbarer. Missmutig packte ich meine wenigen Habseligkeiten zusammen und zog meine Schuhe wieder an.

Ich ließ mich auf das Bett sinken und starrte auf den Boden. Mein Herz schmerzte in meiner Brust. Alles um mich herum fühlte sich unwirklich an – als wäre ich in einem Horrorfilm gefangen, aus dem ich nicht aufwachen konnte.

War das wirklich passiert? War ich bei Verrückten gelandet?

Ich musste hier weg. Zum Schiff – falls es noch da war. Falls nicht, musste ich irgendwie eine Botschaft erreichen, irgendeinen Weg zurückfinden. Zurück zu meiner Familie. Der Gedanke an sie schnürte mir die Kehle zu.

Ich schloss die Augen und rieb mir mit den Handballen über das Gesicht, in der verzweifelten Hoffnung, die Angst und die Erschöpfung einfach wegwischen zu können.

Doch selbst als ich die Hände sinken ließ, blieb die Realität bestehen – kalt und unausweichlich. Ich stand abermals auf, nahm meinen Rucksack und verließ das Zimmer mit einem letzten Blick über die Schulter. Im Wohnraum waren bereits die beiden am Wirbeln.

Betsi stand am Esstisch und knetete mit kräftigen, geübten Bewegungen einen Klumpen Teig. Ihre mehlbedeckten Hände arbeiteten so entschlossen, dass ich instinktiv im Türrahmen stehen blieb, eingeschüchtert von ihrem Auftreten.

Ted wühlte in einem kleinen Regal und suchte eilig

nach etwas, das er in eine lederne Tasche stopfte, die er sich um den Hals gehängt hatte. Zwischen den Gegenständen blitzten Kräuter, kleine Fläschchen und ein zusammengerolltes Pergament hervor. Seine Jacke und der verbeulte Hut saßen bereits an ihrem Platz, als wäre er bereit, sich umgehend auf den Weg zu machen.

»Da bist du ja endlich«, meinte Betsi unwirsch, ohne aufzublicken. »Ted ist fertig. Zeit, dass ihr geht. Gute Reise.« Die Ungeduld war ihr deutlich anzusehen. Es war klar, dass sie es kaum erwarten konnte, mich aus dem Haus zu bekommen. Ohne ein Wort zu verlieren und ohne auf Betsis offensichtliche Eile einzugehen, trat ich an die Wasserschüssel und musterte sie kurz. Das Wasser sah noch frisch aus, also wusch ich mir schnell das Gesicht und rieb mir provisorisch mit den Fingern über die Zähne. Mit ihnen kämmte ich mir anschließend auch die Haare.

Ted wartete an der Haustür, seine Schulter leicht angespannt. Er hielt die Tür offen, wahrscheinlich in der Hoffnung, diese Szene so schnell wie möglich enden zu lassen.

Ich verabschiedete mich nicht von Betsi und hoffte inständig, diese schreckliche Person nie wiedersehen zu müssen.

Draußen bot sich mir ein völlig anderes Bild als gestern Abend. Vor der Tür herrschte inzwischen reges Treiben.

Mehrere Menschen, ähnlich gekleidet wie Betsi, jedoch deutlich ordentlicher, gingen geschäftig zwischen den Hütten umher. Einige trugen Körbe voller

Gemüse, andere schleppten schwere Holzbündel. Ein kleiner Junge rannte mit einem zerzausten Huhn unter dem Arm an uns vorbei, dicht gefolgt von einem bellenden Hund. Das Huhn flatterte wild, der Hund kläffte aufgeregt und versuchte, den Jungen zu umrunden. Offenbar war ich eine Spätaufsteherin – das ganze Dorf war längst auf den Beinen.

Die Sonne stand noch tief am Himmel, doch ihre Wärme ließ bereits den Tau aus dem Gras aufsteigen. Eine leichte Brise wehte durch das Dorf und brachte den Duft von frischem Brot und feuchtem Boden mit sich. Ich fühlte mich fehl am Platz, wie ein Zuschauer in einem historischen Film, unsicher, wohin ich blicken oder was ich tun sollte. Jeder hier schien eine Aufgabe zu haben – nur ich stand orientierungslos da, ohne zu wissen, wohin mein Weg führen würde.

KAPITEL 8
Portera

Während wir liefen, zog ich meinen Rucksack etwas fester. Wir gingen wieder in Richtung Wald, doch bevor wir ihn betraten, bogen wir rechts ab und folgten einem unscheinbaren Pfad.

Das Gras am Wegesrand war feucht vom Tau und schimmerte im Morgenlicht. Immer wieder tauchten Steine mit eingeritzten Worten auf, deren Bedeutung sich mir nicht erschloss. Einige der Inschriften wirkten wie alte Symbole oder Runen, verwittert und überwuchert von Moos, als hätten sie Geschichten von längst vergessenen Zeiten zu erzählen. Ein Zeichen mehr für mich, dass ich an einem mir unbekannten Ort gelandet war.

»Sag mal, Ted, diese Kobolde gestern – machen die das häufiger?« Ich erinnerte mich daran, dass er gesagt hatte, sie seien ausgestorben. Wenn wir schon zusammen unterwegs waren, konnte ich mich auch etwas unterhalten.

Ted hob eine buschige Augenbraue und verzog das Gesicht zu einem schiefen Grinsen.

»Meinst du das mit dem Tanzen?«, hakte er nach, und

ich nickte zögernd.

»Ja, die Geschichten, die ich von meinem Paps kenne, erzählen, dass sie sich Menschen suchen, die sich verirren. Das Tanzen entzieht ihnen Energie, verstehst? Damit holen sich die Kobolde ihre Magie, werden stärker. Zudem lieben die kleinen Mistkerle es, uns Menschen leiden zu sehen. Sie hören erst auf, wenn sie einen völlig ausgesaugt haben und man nur noch Staub ist.«

Er klang ängstlich, und seine Augen weiteten sich für einen Moment – eine dunkle Erinnerung schien in ihm aufzusteigen. »Hatte gestern verdammtes Glück. Viel länger hätte es nicht gedauert, dann wär's vorbei gewesen.«

Die Vorstellung war angsteinflößend.

»Und gibt es außer Ohrfeigen sonst noch eine Möglichkeit, sie zu stoppen?«, wollte ich scherzhaft, in einem verzweifelten Versuch, die düstere Stimmung zu entschärfen, wissen.

Ted kratzte sich nachdenklich den Bart. »Schläge? Eigentlich geht's gar nicht mit Schlägen. Das Gebet von einem Außenstehenden, der nicht verzaubert wurde, sollte helfen – ein kraftvoll gesprochener Segen, der den magischen Einfluss der Kobolde bricht und ihre Melodien verstummen lässt – aber nur, wenn's um Musikzauber geht. Die Kobolde haben viele verschiedene Zauber, und die meisten sind ziemlich heimtückisch. Lieben alle möglichen fiesen Tricks, das sag ich dir.«

Seine Stimme wurde ernster, und seine Augen verdunkelten sich – eine weitere Erinnerung an unangenehme

Details schien in ihm aufzusteigen. Er behielt sie allerdings für sich.

Wir setzten unseren Weg schweigend fort, jeder in seine Gedanken vertieft. Schließlich brach ich das Schweigen: »Welche Tricks haben sie denn noch so auf Lager?« Die Worte verließen meine Lippen, obwohl ein Teil von mir es nicht wissen wollte. Immerhin sprachen wir über Wesen, die hier nicht nur aus Geschichten zu stammen schienen.

»Die Kobolde?« Ted lachte trocken, aber es klang nicht fröhlich. »Wenn nicht aufpasst, kannst in 'nen Pilzkreis laufen, kommst nie wieder raus, verhungerst langsam und wirst gleichzeitig verrückt. Der einzige Ausweg ist, den Kobolden ein Geschenk zu machen – am besten ein Kleidungsstück, keine Ahnung warum, aber die lieben getragene Kleidungsstücke von Menschen. Tragen Sie gerne verkehrt herum. Da stehen die drauf.«

Sein Lachen verstummte, und seine Arme erhoben sich, während er grotesk mit seinen Fingern wackelte, um seine Geschichten zu untermalen. »Oder wenn dich zu lange an einer Stelle aufhältst, können sie dich mit einem Wurzelzauber einfangen. Die wickeln sich um deine Beine und saugen dir die Lebensenergie aus. Am Ende bleibt nur noch dein Skelett von dir übrig, fest verankert im Boden.«

Er schüttelte den Kopf, als würde er einen bösen Traum vertreiben. Sein Gesicht war blass geworden, und ich konnte sehen, wie seine Hände leicht zitterten und er sie sinken ließ.

»Okaaay«, sagte ich langsam, meine Augenbrauen zogen sich ungläubig zusammen. »Und warum sollten sie ausgestorben sein? Hat man sie ausgerottet?«, hakte ich weiter nach, obwohl mir die ganze Unterhaltung immer surrealer vorkam.

Er stierte mich ungläubig an, seine Miene sprach Bände – meine Worte mussten für ihn vollkommen absurd klingen.

»Du hast wirklich einen Schlag auf'n Kopf bekommen, was? Wirklich jeder weiß, warum es keine Kobolde, Feen und den ganzen anderen magischen Kram mehr gibt.«

Das Wort *Feen* ließ mich innerlich mit den Augen rollen. Ted schien ernsthaft an seinem Aberglauben festzuhalten. Trotzdem wollte ich mehr davon hören.

»Vor fünfhundert Jahren gab's 'nen Krieg, der alles veränderte«, sagte er verschwörerisch und wurde leiser. Seine Augen huschten zur Seite, als würde er sicherstellen wollen, dass niemand uns belauschte. »Von einem Tag auf den anderen! Die Schatten kamen, die Magie verschwand nach und nach aus der Welt – aus der Natur, aus den Kobolden, den Feen und selbst aus uns Menschen. Manche verloren ihre Kräfte schneller, andere langsamer. Heute gibt's nur noch wenige magisch Begabte, aber die hinterlassen nur Chaos und Zerstörung. «

Er fuchtelte mit den Händen, in dem Versuch, böse Geister zu vertreiben. »Wenn dir so einer über den Weg läuft, renn so schnell du kannst!«

Da war es wieder– dieses Wort. *Begabte*. Wer oder was

waren diese *Begabten*? Und warum lösten sie so viel Angst bei Ted und Betsi aus? Ich wagte es nicht, zu fragen. Stattdessen versuchte ich es mit einer anderen, vorsichtigeren:

»Weswegen gab es damals Krieg?«

»Ist doch egal warum!«, schnaubte Ted abweisend. »Das ist ewig her. Ich werde mir jetzt nicht den Mund fusselig reden mit all den alten Geschichten. Wir sind bald da.«

Nach einer Weile lichtete sich der Wald, und eine hügelige Landschaft erstreckte sich vor uns. An einer Kreuzung mündete der schmale Pfad in drei breite Wege, zerfurcht von tiefen Spurrillen – ein Auto hätte hier keine Chance durchzukommen.

Mein knurrender Magen erinnerte mich schmerzlich daran, dass ich ohne Frühstück aufgebrochen war. Das verstärkte die Schwere in meinen Beinen, die sich wie Blei anfühlten.

Ich zog beim Laufen eines meiner Brötchen aus dem Rucksack. Hart und zäh wie ein kleiner Stein lag es in meiner Hand. Mit einem resignierten Seufzen biss ich ab. Die Kruste knirschte zwischen meinen Zähnen, und obwohl es fast nach Pappe schmeckte, klammerte ich mich an dieses kleine Stück Normalität.

Ich kaute genüsslich, ließ dabei meinen Blick über den unebenen Pfad schweifen – und erst da bemerkte ich, wie sehr sich die Landschaft vor uns verändert hatte. Ich blieb stehen, das halb gegessene Brötchen in der Hand. Eine eisige Erkenntnis lief mir den Rücken hinunter.

Vor uns erstreckte sich ein weites Tal, in das die Hügel sanft abfielen. Am Ende des Tals ragte eine gewaltige Stadtmauer empor. Sie war hoch, aus dunklen, groben behauenen Steinen errichtet, und die Zinnen zeichneten sich wie scharfe Zähne gegen den grauen Himmel ab. Auf der Mauer bewegten sich winzige Gestalten – Patrouillen, die wie Ameisen ihre Bahnen zogen. Das Sonnenlicht, das ab und an durch die Wolken brach, spiegelte sich auf den metallenen Helmen der Wachen.

Hinter dem Wall erhob sich eine Stadt, nur hatte sie nichts mit dem Portree zu tun, das ich kennengelernt hatte. Keine moderne Hafenstadt mit breiten Straßen und modernen Gebäuden. Stattdessen schien sie aus einer längst vergangenen Zeit zu stammen. Türme ragten in den Himmel, und schlanke Kamine spuckten Rauch in sanften Spiralen aus. Die Häuser standen so gedrängt, dass die Gassen kaum Platz zum Durchkommen boten. Kein Platz für Autos. Diese Stadt war ein Relikt aus einer mittelalterlichen Welt, eingefroren in der Zeit.

Ted und Betsi in die Amisch-Schublade zu stecken, ist eindeutig hinfällig, dachte ich bitter.

Ein beklemmendes Gefühl breitete sich in mir aus und wurde zur harten Realität: Das hier war nicht Portree.

Wo zur Hölle bin ich?

Für einen unangenehmen Augenblick verlor ich den Boden unter den Füßen und die Welt geriet in Schieflage. Ich wollte etwas sagen, öffnete den Mund, aber

die Worte blieben mir im Hals stecken.

Mehrmals setzte ich an, bis ich mich halbwegs wieder unter Kontrolle hatte: »Was ist das für ein Ort?«, fragte ich schließlich, mehr zu mir selbst als zu Ted, der schon ein paar Schritte weitergegangen war.

Er blieb stehen, drehte sich zu mir um und stemmte die Hände in die Hüften – sein Blick verriet, dass er meine Frage für überflüssig hielt.

»Na, Portera!«, rief er fröhlich, mit einem Tonfall, der mich wie die Verrückte erscheinen ließ. »Wo laufen wir denn sonst hin, Weib?!«

Tränen stiegen mir in die Augen, und ich presste mir die Hand auf den Mund, um das aufkeimende Schluchzen zu ersticken. Tief atmend versuchte ich, die Kontrolle zu behalten, aber die Realität traf mich mit voller Wucht. Die Gewissheit, dass ich unvorstellbar weit von meiner Heimat entfernt war, schnürte mir die Kehle zu. Ein eiskalter Kloß setzte sich in meinem Magen fest. Alles an dieser Stadt, an dieser Welt, war fremd, unbegreiflich – und doch erschreckend real.

»Ted«, begann ich zögerlich und kämpfte mit den Worten, »es tut mir leid, dass ich so seltsam fragen muss, aber wegen des Sturzes …« Ich hielt kurz inne, atmete tief durch und zwang mich, die nächste Frage zu stellen. »In welchem Land sind wir eigentlich?«

Ted verdrehte genervt die Augen, als hätte ich nach etwas völlig Offensichtlichem gefragt.

»Sylvaterra, natürlich!« Seine knappe Handbewegung deutete auf die Stadt vor uns. »Und jetzt mach hinne! Ich hab Durst, und wir sind fast da.«

Ich nickte lediglich und schloss wieder zu ihm auf. Meine Beine wurden schwerer. Ich entfernte mich mit jedem Schritt von meiner alten Welt, von meinem Mann, von Anton. Tränen drohten sich Bahn zu brechen, doch ich ließ es nicht zu. Sie halfen mir nicht, sondern würden mich nur schwächer machen.

Während ich ihm folgte, wirbelten meine Gedanken immer schneller. Mir wurde klar: Ich konnte an meinem aktuellen Schicksal nichts ändern.

Ich brauchte einen neuen Plan.

Je näher wir dem Stadttor kamen, desto weiter öffnete sich der Blick auf die umliegende Landschaft. Im warmen Licht des beginnenden Nachmittags wirkte alles lebendiger. Nur wenige hundert Meter vor der Mauer begann das geschäftige Treiben: Ochsen zogen schwer beladene Karren in Richtung Stadt, und auf den Feldern zu beiden Seiten des Weges arbeiteten Bauern. Pferde schleppten hölzerne Pflüge durch die Erde, die frisch aufbrach. Der Duft von umgewühltem Boden vermischte sich mit dem Geruch von Vieh und der herben Frische des Waldes in meinem Rücken.

Eine elegante, mit dunkelgrünem Lack verzierte Pferdekutsche fuhr gemächlich an uns vorbei. Die Räder klapperten rhythmisch über das unebene Kopfsteinpflaster, und ich beugte mich interessiert vor, in der Hoffnung, einen Blick ins Innere erhaschen zu können. Dunkelrote Gardinen versperrten jede Sicht.

Ted, der mein Starren bemerkt hatte, neigte sich leicht zu mir herüber und murmelte: »Muss 'ne Kutsche des Herrn von Portera sein. Siehst die kleinen

143

Fähnchen?«

Tatsächlich hingen an jeder Seite winzige Banner, die im Wind flatterten, bestickt mit einem Wappen, das ich auf die Schnelle nicht ganz erkennen konnte.

Vor dem Stadttor kamen wir schließlich zum Stillstand. Ein breiter, trüb schimmernder Wassergraben trennte uns von der steinernen Brücke, die ins Innere der Stadt führte. Das Wasser im Graben war fast regungslos und mit einer schmierigen, grünlichen Schicht bedeckt. Der schwere, muffige Geruch ließ mich unwillkürlich die Nase rümpfen. Über uns patrouillierten Wachen auf der Mauer, ihre Silhouetten ragten finster gegen den grauen Himmel. Sie beobachteten die Menschenmenge mit misstrauischen Blicken. Jeder von ihnen trug einen Köcher voller Pfeile und einen Bogen über den Rücken geschlungen – bereit, bei der kleinsten Unregelmäßigkeit Alarm zu schlagen.

Was hier gerade ablief, war einfach verrückt. Seit meiner Ankunft in dieser fremden Welt hatte ich das Gefühl, jeden Moment den Verstand zu verlieren. Der Gedanke, dass das hier real war, war kaum zu begreifen. Mein Instinkt schrie nach Flucht, aber wohin? Ich hatte nichts – außer einem trockenen Brötchen und ein wenig Wasser, das höchstens zwei Tage reichen würde. Mein Portemonnaie, prall gefüllt mit Banknoten und Plastikkarten, war hier vollkommen wertlos. Wahrscheinlich waren die Münzen, die ich zufällig dabei hatte, das Einzige, was mir nützen konnte.

Unwillkürlich wanderte meine Hand zur Brust, wo ich den Kristall verborgen hielt. Dieses kleine Ding war

vermutlich weit wertvoller als alles andere, was ich bei mir trug.

Ein leichtes, prickelndes Gefühl ging von ihm aus, als würde er auf die Umgebung reagieren. Der Gedanke, dass jemand genau diesen Kristall begehren könnte, ließ mich frösteln. Für den Moment musste ich ihn unbedingt geheim halten. Fast zustimmend meldete sich ein leises Summen in meinem Magen.

Je weiter wir uns dem Tor näherten, desto mehr spürte ich die Anspannung in der Luft. Die Menschen um uns herum gingen ihrem Tagwerk nach, doch hin und wieder spürte ich ihre Augen auf mir ruhen. Sie musterten mich mit einem Blick, der mir sagte, dass ich hier nicht hingehörte – und vermutlich hatten sie recht. Meine Kleidung musste in ihren Augen sonderbar wirken.

Ich bemühte mich, mit Ted mitzuhalten. Die engen Gassen, durch die wir kamen, waren feucht und schattig. Das Kopfsteinpflaster war uneben, und ich musste aufpassen, nicht zu stolpern. Nach ein paar Biegungen öffnete sich die Enge der Seitengassen.

Kaum waren wir auf die Hauptstraße getreten, prasselte alles auf mich ein – die Farben, die Geräusche, die Menschen. Die Rufe der Händler überschlugen sich, fremde Gerüche von Kräutern, süßem Karamell und gebratenem Fleisch wetteiferten in meiner Nase.

Zwischen den Ständen drängten sich Menschen dicht an dicht: Frauen in langen, bunten Röcken, Kinder, die kreischend durch die Menge huschten, und Männer in abgetragenen Mänteln, die sich mit ernster Miene

unterhielten.

Eine kleine Gruppe von Musikanten spielte eine flotte Melodie, und der Klang von Flöte und Trommel mischte sich mit dem lauten Treiben. Doch trotz der ausgelassenen Stimmung lag eine unterschwellige Nervosität in der Luft – vielleicht wegen der schwer bewaffneten Wachen, die in regelmäßigen Abständen patrouillierten. Ihre scharfen Blicke musterten die Menge, während ihre Hände ruhig auf den Schwertgriffen ruhten.

Mir wurde die Aufmerksamkeit der Menge zu viel. Die Leute starrten mich inzwischen unverhohlen an – ihre Blicke voller Neugier, als sähen sie eine Kreatur aus einer anderen Welt. Eine ältere Frau verzog das Gesicht zu einer verächtlichen Grimasse und wandte sich ab. Ich ließ einen erleichterten Atemzug entweichen, kaum dass wir die Hauptstraße verließen und in eine weitere verlassene Seitenstraße einbogen.

»Wo genau willst du hin, Ted?«, fragte ich schließlich, bemüht, meinen Unmut zu verbergen.

»Zum Hafen«, antwortete er, ohne den Kopf zu heben. Er wirkte, als wollte er nicht erkannt werden, hielt den Blick fest auf den Boden gerichtet, seinen Hut tief ins Gesicht gezogen.

»Dann kannst weitersehen, wie du nach Hause kommst.«

Ich verdrehte innerlich die Augen. Wie reizend.

Wir erreichten eine breite, steinerne Treppe, die sich steil nach unten schlängelte. Von hier aus öffnete sich die Sicht auf den Hafen. Das Meer erstreckte sich vor

uns, ein dunkles, tiefes Blau, das im Nachmittagslicht glitzerte. Salziger Wind wehte mir entgegen, füllte meine Lunge und ließ meine Haut kleben. Schiffe unterschiedlichster Größe lagen vor Anker: einige kleine, einfache Boote, deren Besitzer laut rufend Waren entluden, und ein größeres Schiff, das wie ein typisches Piratenschiff aussah. Dunkle Segel hingen schwer und unbewegt herab, und ich suchte vergeblich nach einer Flagge, die mir Aufschluss über seine Herkunft hätte geben können.

»Da vorne ist es«, meinte Ted und beschleunigte seinen Schritt. Er wurde hektisch, seine Bewegungen ungeduldig und angespannt. »Beeilung.«

Ich zog die Stirn kraus. Was sollte das Ganze? Ted schien es auf einmal furchtbar eilig zu haben. Wollte er jemanden treffen – oder mich loswerden?

Wir liefen die breite Promenade entlang, da ertönte plötzlich ein lautes Rufen hinter uns.

»HEY, ihr da!«

Während ich mich nach dem Rufenden umsah, duckte sich Ted wie ein erschrecktes Kaninchen hinter mich, offenbar in der Hoffnung, ich könnte ihn vor der Welt verbergen.

Einen Moment starrte ich ihn fassungslos an. Wer hätte gedacht, dass der dürre Kerl so schnell reagieren konnte? Seine Augen huschten umher, offensichtlich auf der Suche nach einem Fluchtweg, während ich verwirrt an Ort und Stelle stehen blieb.

Gerade wollte ich mich erneut umdrehen, um herauszufinden, wer nach uns gerufen hatte, da packte Ted

mich mit beiden Händen. Sein Griff war überraschend fest, und ehe ich reagieren konnte, zog er mich ruckartig zur Seite, hinein in eine dichte Menschentraube.

»Was zur Hölle machst du?!«, fauchte ich.

Statt mich loszulassen, zog er mich weiter, drängte sich durch die Menge – und benutzte mich dabei als lebenden Schutzschild. Erst in einer schmalen, dunklen Gasse ließ er mich los. Ohne ein weiteres Wort rannte er davon, und ich, völlig überrumpelt, folgte ihm reflexartig.

»Vor wem rennen wir weg?«, keuchte ich und mühte mich ab, mit Teds halsbrecherischem Tempo Schritt zu halten.

»Nicht wir – ich!«, erwiderte er, ohne auch nur einmal über die Schulter zu blicken. »Könnt sein, dass ich ein paar Leuten ein bisschen Kleingeld schulde.«

Natürlich. Genau das hatte mir noch gefehlt. Nicht nur, dass ich mich in einer völlig fremden Welt wiederfand, jetzt war mein selbst ernannter Helfer auch noch ein Dieb. Großartig.

Ted sprintete um eine Ecke, seine Bewegungen schnell und präzise – pure Routine. Er hatte das sicher schon dutzende Male gemacht. Ich rannte hinterher und sah gehetzt zurück. Hinter uns drängten sich mehrere breit gebaute Männer durch die Menge auf der Promenade, ihre Blicke finster und zielgerichtet.

»Shit!« Mein Herz setzte einen Schlag aus, bevor es wie wild zu rasen begann. Diese Typen sahen absolut nicht aus, als wären sie zu einem freundlichen Plausch aufgelegt.

Adrenalin durchflutete mich, und meine Beine schienen von allein schneller zu laufen, angetrieben von einem instinktiven Überlebenswillen.

Der Gedanke, was sie mit uns machen würden, wenn sie uns erwischten, ließ mir das Blut in den Adern gefrieren. Sie wussten vermutlich nicht einmal, wer ich war – aber allein die Tatsache, dass ich mit Ted unterwegs war, reichte sicher aus, um mich in Schwierigkeiten zu bringen.

»Beeil dich!«, rief Ted, seine Stimme kam abgehakt. Er zog das Tempo weiter an. Ich konnte seinen keuchenden Atem hören, den schnellen Rhythmus seiner Schritte auf dem rutschigen Pflaster.

Die schmale Gasse, in die wir eingebogen waren, war so eng, dass ich meine Arme kaum ausstrecken konnte, ohne die feuchten Wände zu berühren. Über unseren Köpfen spannten sich Wäscheleinen kreuz und quer, beladen mit tropfnassen Stoffen, von denen immer wieder Wasser in mein Gesicht spritzte. Ich wischte es schnell weg, ohne stehen zu bleiben, meine Augen fest auf Teds Rücken geheftet.

Der Boden unter meinen Füßen war glatt wie Eis, glitschig vom Regen oder etwas, das ich lieber nicht genauer wissen wollte. Jeder Schritt war ein Balanceakt, und ich musste aufpassen, nicht auszurutschen. Hinter mir hörte ich das dumpfe Stampfen schwerer Stiefel.

Ted tauchte mit einem plötzlichen Schlenker nach rechts in einen fast unsichtbaren Durchgang ab, verborgen hinter einem chaotischen Stapel aus leeren Kisten und Fässern. Ich zögerte keine Sekunde und folgte

ihm, stolperte beinahe, als ich mich in die enge Nische quetschte. Wir drückten uns so dicht wie möglich an die Wand.

Schritte hallten durch die Gasse, laut und unregelmäßig, begleitet von aufgeregten Rufen. Die Stimmen klangen zornig und gehetzt – und sie holten auf.

»Und was jetzt?«, zischte ich, meine Stimme war kaum mehr als ein Flüstern.

»Schhh!« Ted hob eine Hand, die warnend in der Luft verharrte. »Wir warten, bis sie vorbei sind. Und dann…«

Er hielt inne, schielte vorsichtig um die Ecke, seine Bewegungen wie die einer Katze vor dem Sprung.

Mein Herzschlag war ohrenbetäubend, ein wilder Rhythmus in meiner Brust, der mich glauben ließ, jeder in der Nähe könnte ihn hören. Panisch legte ich eine Hand über meinen Mund, versuchte, die schweren Atemzüge zu dämpfen.

Die Schritte kamen näher, und ich hörte, wie einer der Männer schnaufte: »Ich schwör's dir, die sind hier lang…« Der Satz brach ab – ich wollte gar nicht wissen, wie er endete.

Ted presste sich noch fester gegen die Wand. Sein Gesicht war blass, die Augen weit aufgerissen.

»Was schuldest du ihnen?«, flüsterte ich, die Worte so leise, dass ich nicht sicher war, ob er sie überhaupt hören konnte.

»Zu viel«, kam seine knappe Antwort, sein Blick immer noch auf die Ecke gerichtet. »Wenn du nicht genauso enden willst wie ich, dann hör einfach auf zu

fragen.«

Die Stimmen entfernten sich, die Schritte verloren sich in der Ferne. Ein Moment der Stille legte sich über uns, dicht und schwer. Erst dann wagten wir uns aus dem Versteck.

»Los!« Ted stieß mich leicht an und wir rannten zurück, die Gasse entlang, aus der wir gekommen waren. Mein Atem ging inzwischen stoßweise, meine Beine brannten, und ein scharfes Stechen zog sich durch meine Seite.

Doch Ted hielt nicht an, sondern stoppte abrupt vor einer düsteren Kneipe, die ich zwischen den beiden baufälligen Häusern zuvor nicht einmal wahrgenommen hatte. Ohne ein weiteres Wort drehte er sich kurz zu mir um, dann stieß er die schwere Holztür auf und trat ein.

Ich folgte ihm, fing die zurückschwingende Tür ab und schloss sie vorsichtig hinter mir.

Die Kneipe war überfüllt, die Luft schwer und stickig. Ein beißender Geruch nach Schweiß, ungewaschenen Körpern und abgestandenem Zigarettenrauch hing wie eine dichte Wolke im Raum.

Sofort fiel mir auf, dass ich die einzige Frau inmitten all dieser rauchenden, trinkenden Männer war. Ein unangenehmes Kribbeln breitete sich auf meiner Haut aus. Die Blicke auf mir konnte ich kaum ignorieren. Jeder Schritt fühlte sich beobachtet an, und instinktiv machte ich mich kleiner, während ich hinter Ted herging.

Dieser hatte sich bereits in der Nähe eines Fensters

151

positioniert, die Schultern erhoben, die Augen spähend auf die Straße gerichtet. Erst nach einer Weile entspannten sich seine Züge, und er marschierte schließlich offenbar zufrieden auf die Bar zu.

Ich blieb dicht hinter ihm, versuchte, mich zu sammeln, und spürte, wie mein Herzschlag sich wieder normalisierte. Hinter der Theke stand ein mürrischer Mann mit einem dicken Schnurrbart, der uns skeptisch musterte. Kaum hatte er Ted erkannt, hoben sich seine Augenbrauen, doch bevor dieser etwas entgegnen konnte, fragte er mit einer schroffen Stimme nach Teds Bestellung.

Die Augen des Kellners blieben nun an mir hängen. Seine Mimik war nicht freundlich – eher prüfend und irritiert, als wäre eine Frau hier das Letzte, was er erwartet hatte. Sein Gesicht verzog sich, und es war deutlich, dass er mich für jemanden hielt, der hier nicht hingehörte. Die Spannung in seiner Haltung machte es schwer, das Gefühl abzulegen, unfreiwillig im Mittelpunkt zu stehen.

Der Moment, in dem er sich abwandte, um den Drink vorzubereiten, ließ mich aufatmen.

»Ted, was machst du denn jetzt?«, fragte ich, bemüht, meine Stimme fest zu halten.

»Abwarten, bis die Luft rein ist«, sagte Ted, lehnte sich betont lässig zurück und grinste mich schief an. »Das geht am besten mit 'nem Schluck Bier. Hier, geb zum Abschied einen aus.« Er hob die Hand zum Zeichen für den Kellner und klopfte dabei mit den Fingerknöcheln auf die dunkle Holzplatte.

Ich setzte mich neben ihn auf einen wackeligen Barhocker, der sofort unter meinem Gewicht bedenklich knarrte. Als ich meinen Ellbogen auf der Theke abstützte, merkte ich, dass das ein Fehler war – die Oberfläche war mit einer schmierigen, klebrigen Schicht überzogen. Das Holz hatte vermutlich seit Wochen keinen Lappen gesehen. Ich verzog angewidert das Gesicht und zog meinen Arm weg, wobei er kurz haften blieb.

Resigniert ließ ich meinen Blick durch den Raum schweifen, während ich mir Gedanken machte, was ich als Nächstes tun sollte.

Die Kneipe war erdrückend, mit schiefen Tischen, deren Ecken von Jahren des Gebrauchs abgeschliffen und zerkratzt waren. Das Licht war gedämpft, die Wände kaum erkennbar in den Schatten der schmutzigen Deckenlampe, die mit Kerzen ausgestattet war. An den Wänden hingen vergilbte Bilder von fernen Orten, deren einst prächtige Rahmen von der Zeit gezeichnet waren. Überall waren Kerzen angebracht, die verzweifelt versuchten, den Raum zu erhellen.

Ein paar betrunkene Seeleute, die offensichtlich ihre Freizeit an Land genossen, saßen in einer Ecke. Ihre Gespräche waren tief und lärmend, und ihr Gelächter hallte durch die Schankstube. Sie stießen mit ihren Bechern an, und das Klirren mischte sich mit dem Murmeln der anderen Gäste, die in halb leeren Gläsern nach einem letzten Schluck suchten. In einer anderen Ecke saßen zwei Männer, die in ein leises Gespräch vertieft waren, während sie immer wieder misstrauisch über die Schulter schauten.

Mein Blick wanderte unwillkürlich zur hintersten Ecke der Kneipe. Dort saß ein Mann, der in einen langen, dunklen Mantel gehüllt war. Der Stoff war abgetragen und alt, die Ränder zerfranst. Obwohl der Mann im schummrigen Licht kaum erkennbar war, wirkte er auf mich wie ein Magnet. Er hatte seine Kapuze tief ins Gesicht gezogen, sodass nur ein Schatten seiner Zügen zu erahnen war. Er saß so weit im Schatten, dass ich zweimal blinzeln musste, um ihn überhaupt wahrzunehmen. Seine Gestalt verlor sich in der Dunkelheit und wurde eins mit der Umgebung. Nur seine Haltung, aufrecht und dennoch entspannt, verriet, dass er ein stiller Beobachter war – jemand, der absichtlich im Hintergrund blieb, der sich nicht von der Masse anstecken ließ, sondern alles mit einer fast unheimlichen Ruhe verfolgte.

Kurz schien es, als gehöre er nicht wirklich hierher. Nur ein dunkler Fleck in der ohnehin düsteren Kulisse – eine flüchtige Erscheinung, die jederzeit lautlos verschwinden konnte.

Doch dann bewegte er sich – kaum merklich, nur ein leichtes Streifen seiner Hand über das Glas vor ihm.

Ein unangenehmes Gefühl beschlich mich.

Widerwillig wandte ich mich ab. Es gab Wichtigeres, als mich von einem unheimlichen Fremden ablenken zu lassen. Ich musste mich fokussieren.

Wenn es einen Weg hierher gegeben hatte, dann musste es auch einen Weg zurückgeben. Ein einfaches Gesetz der Logik.

Der Gedanke an das Schiff ließ mich schaudern – es existierte hier nicht, das wusste ich inzwischen.

Also, wenn ich wirklich durch ein Portal gefallen war – was momentan die einzige Erklärung zu sein schien, denn ich weigerte mich, tot zu sein – dann musste es auch einen Weg zurück zu diesem Punkt geben.

Aber wo genau war das Portal? Am ehesten im Wald.

Weitere Fragen nagten an mir, wie ein unaufhörlicher Drang, der mich nicht losließ.

Mein Bier wurde mir schließlich mit einem missmutigen Grunzen vor die Nase geschoben. Ich ignorierte den Kellner und nahm einen kräftigen Schluck. Der bittere, herbe Geschmack des Bieres füllte meinen Mund.

»Sag mal, Ted«, begann ich, den Blick weiterhin auf das Getränk gerichtet, »könntest du mich wieder zu der Stelle zurückbringen, an der wir uns gestern getroffen haben? Dort, wo ich dich vor dem sicheren Tod gerettet habe?«

Ich betonte das Wort *gerettet*, um ihm klarzumachen, dass ich nicht vergessen hatte, wie sehr er in meiner Schuld stand. Es war mir wichtig, ihm das ins Gedächtnis zu rufen.

Ted sah mich fassungslos an. »Warum willst du wieder zurück? Du wolltest doch zum Schiff nach Portera! Jetzt sind wir endlich hier!« Er klang erstaunt und schüttelte ungläubig den Kopf.

Ich tat es ihm gleich. »Ja, aber…«

Doch bevor ich meinen Gedanken weiter ausführen konnte, wurde ich von einem lauten Krachen

unterbrochen. Die Tür der Kneipe schlug mit solcher Wucht auf, dass sie unüberhörbar gegen die Wand prallte. Alle Gespräche verstummten augenblicklich.

Die Gäste in der Kneipe, die bis dahin ungestört ihrem Tun nachgegangen waren, starrten alle – einschließlich mir – gebannt zur offenen Tür.

KAPITEL 9
Gefangenschaft

Eine Gruppe Männer betrat nacheinander die Kneipe. Sie scannten den Raum, jede Bewegung aufmerksam verfolgend, bereit, jede mögliche Bedrohung auszumachen. Ted drückte sich leise wimmernd hinter mich. Ein tiefes, resigniertes Seufzen entglitt ihm, in dem Augenblick, in dem er – genauso wie ich – erkannte, dass der einzige Fluchtweg versperrt war. Wir saßen in der Falle.

Die Männer füllten den Raum mit einer greifbaren Dominanz. Der erste, der eintrat, war der größte von ihnen – ein Berg aus Muskeln. Sein Gesicht war wie in Stein gemeißelt, die braunen Augen kalt und berechnend, als könnten sie jede Schwäche im Raum mit einem Blick erfassen.

Der Lederwams, durchzogen mit Metallnieten, klirrte bei jedem Schritt warnend. Der pelzbesetzte Mantel hing lose über seiner Schulter, die Ränder waren ausgefranst und zerfetzt; das Fell wirkte grob herausgerissen. Seine Stiefel, aus dunklem Leder und mit Eisenplatten verstärkt, hallten bedrohlich auf den Holzdielen. Sein braunes Haar floss in welligen Strähnen über

den Rücken, während eine Seite kunstvoll zu mehreren dünnen Zöpfen geflochten war, verziert mit kleinen Metallringen. Er erinnerte mich an einen Krieger aus alten Geschichten – geschaffen für Schlachten und Blut.

Hinter ihm standen zwei Männer, deren Ähnlichkeit sie fast wie Zwillinge wirken ließ – eine beinahe unheimliche Übereinstimmung in ihrer Erscheinung. Ihr strohblondes Haar hing in lockeren Strähnen herab und reichte bis knapp unter das Kinn. Ihre himmelblauen Augen blitzten kalt wie ein Winterhimmel, das identische höhnische Lächeln entblößte scharfe Zähne. Es war die Art Lächeln, die nichts Gutes verhieß – ein Zeichen für die Macht, die sie wussten zu haben und die sie genossen.

Die beiden trugen enganliegende Wämser aus dunklem Leder, das frisch geölt glänzte. Ihre Bewegungen waren synchron, als würden sie ohne Worte kommunizieren. Jede Geste, jedes Lächeln eine unausgesprochene Botschaft. Sie waren zweifellos diejenigen, die im entscheidenden Moment den ersten Schlag ausführen würden.

Der vierte Mann unterschied sich stark von den anderen. Er war älter, vermutlich Anfang sechzig, aber dennoch beeindruckend. Sein graues Haar war nach hinten gekämmt und glänzte leicht durch aufgetragenes Öl. Trotz seines Alters strahlte er eine unerschütterliche Gelassenheit aus – die Ruhe eines Menschen, der alles erlebt hatte und den nichts mehr überraschte. Seine hellgrauen Augen nahmen jedes Detail des

Raumes auf, analysierten alles mit einer erschreckenden Effizienz. Er bewegte sich locker, völlig unbeeindruckt von der Spannung, die in der Luft lag, und nahm Platz an einem Tisch in der hintersten Ecke. Seine Haltung verriet keinerlei Schwäche – dieser Mann war es gewohnt, die Kontrolle zu haben.

Zusammen bildeten sie einen gefährlichen Kontrast – rohe Gewalt, kühle Berechnung, blitzartige Geschwindigkeit und die stille Weisheit eines erfahrenen Anführers. Es war klar, dass sie nicht hier waren, um Freundschaften zu schließen, und ich wollte definitiv nicht diejenige sein, die im Mittelpunkt ihrer Aufmerksamkeit stand.

Der letzte Mann bildete das Schlusslicht der Truppe. Er schloss die Tür mit einem leisen, aber unheilvollen *Klonk*, das in dem bedrückenden Schweigen der Gäste nachhallte wie ein undeutliches Warnsignal.

Er blieb an der Tür stehen, lehnte sich mit dem Rücken dagegen und verschränkte die Arme vor der breiten Brust. Seine Haltung wirkte auf den ersten Blick lässig, fast desinteressiert, doch in seinen Augen lag Wachsamkeit. Sein Gesicht war schwer zu lesen. Die dunklen Haare lagen in unordentlichen Wellen über seiner Stirn, fielen ihm stellenweise in die Augen.

Jeder im Raum schien zu spüren, dass etwas Bedrohliches geschehen konnte. Die beklemmende Stille lag schwer in der Luft, durchbrochen einzig vom gedämpften Klirren der Metallplatten an den Stiefeln der Männer.

Der Ausgang ist blockiert, doch vielleicht…

Ich fixierte meinen halb leeren Bierkrug. *Er ist schwer genug, um zumindest eine Ablenkung zu schaffen, wenn ich ihn über seinen Schädel ziehe.*

Mit zittrigen Fingern fasste ich nach dem Humpen, doch kaum spürte ich das kalte Material auf meiner Haut, ließ ich ihn wieder los.

Was, wenn es schiefgeht? Wenn er einfach lacht – oder schlimmer noch, sich rächt?

Der Mann an der Tür überblickte den Raum. Sein spöttisches Lächeln blieb unverändert, aber er sah einen Augenblick lang in meine Richtung. Ertappt zuckte ich zusammen, hat er meine Gedanken erraten, oder war es nur Zufall?

Ich zwang meinen Atem, sich zu beruhigen, während meine Gedanken fieberhaft nach einem Fluchtweg suchten.

Die entspannte Art, mit der er sich an die Tür lehnte, war offensichtlich Teil einer Inszenierung – eine Botschaft an jeden hier, dass er nicht nur gekommen war, um zuzusehen.

Sie trugen alle Waffen - ein beunruhigender Anblick, der mir automatisch Angst machte.

Die Zwillinge, die dem älteren Mann folgten, setzten sich an einen Tisch, wo sie gleich mit einer Bedienung sprachen. Der Muskelprotz steuerte auf die Bar zu.

»Oh nein, oh nein, oh nein«, flüsterte Ted hinter mir. Ein kurzer Schulterblick zeigte mir, wie er sich noch weiter nach unten drückte, als wollte er im Boden verschwinden. Ein ängstliches Quietschen entkam ihm. Ich ignorierte ihn, starrte weiterhin auf mein Bier und

versuchte, so unauffällig wie möglich zu wirken.

Der Hüne kam am anderen Ende der Bar zum Stehen und schlug mit der flachen Hand auf den Tresen.

Klatsch!

Der Krach hallte durch den stillen Raum.

»Herkommen!«, rief er mit tiefer Stimme, die den ganzen Schankraum durchdrang, und fixierte dabei den Kellner. Dieser bewegte sich mit schlotternden Knien, in seine Richtung.

»Schneller, wenn's geht!«

Der Kellner ließ vor Schreck beinahe ein Glas aus den Händen gleiten. Sein Griff war schwach, seine Haltung angespannt – dann stürzte er förmlich auf den Riesen zu.

»J-j-j-ja, mein Herr? Was kann ich Ihnen bringen?« Er stotterte und wedelte nervös mit den Händen.

»Quittenschnaps«, war alles, was der Hüne sagte, bevor er breit grinste. Der Raum atmete kollektiv auf. Offenbar hatten alle – einschließlich mir – mit etwas anderem als einer Getränkebestellung gerechnet.

Ein leises Murmeln ging durch die Menge. Einige Gäste fingen wieder an zu reden und zu lachen. Auch ich spürte, wie sich meine Anspannung ein kleines Stück löste.

Der Kellner machte sich hastig daran, den Schnaps einzuschenken, und ich nahm einen weiteren Schluck von meinem Bier.

Genau in diesem Moment musste mein Sitznachbar aufstehen. Mit einem knappen Nicken zum Kellner warf er ein paar Münzen auf die Theke und schlenderte

zur Tür. Fast mechanisch folgte mein Blick ihm und landete unweigerlich bei dem braunhaarigen Mann, der sich immer noch lässig dagegen lehnte. Der Fremde dort nickte ihm zu, bevor er sich von ihr löste und Platz machte.

Seine Bewegung war fließend, beinahe animalisch – kontrolliert und ohne Hektik.

Mein Atem stockte, als mir bewusst wurde, dass er nicht einfach zur Seite trat, um den Gast hinauszulassen, sondern zielgerichtet den leeren Platz ansteuerte. Ich wollte wegsehen, doch es gelang mir nicht. Vor Aufregung rauschte es in meinen Ohren, und die Geräusche der anderen Gäste verschwammen zu einem fernen Hintergrundrauschen.

Er ließ sich auf dem Barhocker nieder, kaum eine Armlänge von mir entfernt. Seine Augen schweiften beiläufig zu mir herüber – sie veränderten sich jedoch sofort, sobald er mich wahrnahm. Er wurde stutzig, hielte inne - schaute zu mir zurück, mit einer Mischung aus Überraschung und Neugier. Dabei sah mich nicht einfach flüchtig an. Er starrte so durchdringend und prüfend, dass ich das Gefühl hatte, völlig durchschaut zu werden.

Hastig senkte ich den Blick auf mein Bier – mein einziger sicherer Hafen inmitten eines tobenden Sturms. Meine Finger umklammerten den Humpen fester, als könnte er mich vor einer Konfrontation bewahren.

»Na, was für eine Überraschung«, brummte er, seine Stimme dunkel und kratzig. Ich hoffte inständig, dass seine Worte nicht an mich gerichtet waren. Doch als

ich zögernd den Kopf hob und unsere Blicke sich flüchtig trafen, löste sich diese Hoffnung in Luft auf.

Er lehnte sich zurück, legte die Hände lässig auf seine Oberschenkel, die unangenehm nah an meinen Knien waren, und drehte sich leicht in meine Richtung.

»Eine Frau mit einem Bier? Jetzt habe ich wirklich alles gesehen«, sagte er, seine Stimme triefend vor falscher Überraschung.

Ich biss die Zähne zusammen. Meine Schultern zuckten leicht. Es war alles, was ich zustande brachte. Mein Schweigen sollte Desinteresse signalisieren, aber ich wusste, dass es ihn nicht abhalten würde. Es fühlte sich so an, als hätte er bereits beschlossen, mich in ein Gespräch zu verwickeln.

»Wirklich hübsch«, murmelte er dann leise, mehr zu sich selbst als zu mir.

Ich wippte mit dem Fuß – ein kleiner, nervöser Ausbruch, den ich nicht unterdrücken konnte.

Ich versuchte, mich zu beruhigen, doch meine Gedanken wirbelten wild durcheinander. Er wollte mich mit Absicht aus der Reserve locken. *Versuch einfach ruhig zu bleiben, Becca!* Das war allerdings leichter gedacht als getan.

Was genau geschah im Mittelalter mit Frauen, die sich nicht an die allgemeinen Regeln hielten? Wie hoch war die Wahrscheinlichkeit, in einer Kneipe vergewaltigt zu werden?

Sein Körper war so nah, dass ich den Ledergeruch seiner Jacke wahrnehmen konnte, gemischt mit einem Hauch von Metall und etwas, das nach Tabak roch.

»Was soll das für eine Aufmachung sein? Bist du aus dem hiesigen Theater?«, ließ er spöttisch verlauten und beugte sich so nah zu mir herüber, dass ich seine Körperwärme spüren konnte.

Als ich mich endlich traute, ihm ins Gesicht zu sehen, machte mein Herz einen kleinen Sprung. Es waren keine dunkelbraunen Augen, wie ich erst vermutet hatte, sondern grüne – dunkel wie Moos im Wald, mit goldenen Sprenkeln.

Eilig wandte ich mich von ihnen ab und konzentrierte mich auf seine breite Brust, die sich unter dem Leder seiner Jacke abzeichnete. Mein Versuch, ein Lächeln aufzusetzen, war vermutlich ebenso misslungen wie meine Bemühung, unerkannt zu bleiben.

»Nein, ich bin nicht vom Theater. Ich komme nicht von hier.« Ich ließ die Worte absichtlich vage und unnahbar klingen.

Ich wagte einen kurzen Blick nach oben, um seine Reaktion zu prüfen.

Sein Lächeln wurde spöttischer, dabei zog er eine Augenbraue in die Höhe.

»Nicht von hier, sagst du? Wo kommst du denn her, Kleines?«

Das Wort *Kleines* ließ sofort einen Funken Wut in mir aufflammen. Wer war er, mich so zu nennen? Ich war weit davon entfernt, klein zu sein, und auch wenn er größer war, würde ich mich nicht einschüchtern lassen.

»Wer fragt?«, entgegnete ich scharf, die Herausforderung in meiner Stimme war unüberhörbar.

Er neigte leicht den Kopf, seine zweite Augenbraue

hob sich ebenfalls.

»Ich frage«, erwiderte er, doch es hörte sich nicht wie eine Frage an. Es war eine Feststellung – eine Forderung, die er mit einer Selbstverständlichkeit aussprach, als wäre er es gewohnt, Antworten zu bekommen.

Hinter mir vernahm ich erneut ein Wimmern. Ich drehte mich kurz in die entsprechende Richtung und blickte Ted warnend an.

Als ich mich wieder zu dem bedrohlichen Kerl umdrehte, bemerkte ich, dass eine noch einschüchterndere Gestalt direkt hinter ihm aufgetaucht war. Der Hüne, der zuvor seinen Schnaps geleert hatte, stand nun hinter uns, die massigen Arme locker verschränkt.

»Macht dir das Mäuschen Probleme, Devon? Hast du etwa deine Überzeugungskraft verloren?«, wollte er mit belustigtem Unterton wissen, und sah dabei aus, als würde er sich prächtig über mich amüsieren. Sein Tonfall war seltsam kindisch – ein völliger Widerspruch zu dem bedrohlichen Auftreten, als er die Kneipe betreten hatte.

Devon drehte sich leicht und lachte trocken auf, sichtlich entspannt.

»Nein, Knocks, hier ist alles in Ordnung. Sie wollte mir gerade erzählen, woher sie kommt. Stimmt doch, oder?« Seine Hand legte sich schwer auf meine Schulter. Es war eine Machtdemonstration, herablassend und unnötig.

Der Druck ließ meinen Körper unwillkürlich reagieren. Die Stelle, an der er mich berührte, kribbelte, aber es war mehr als nur Adrenalin. Eine Welle von Energie

breitete sich von diesem Punkt aus, heiß und elektrisierend. Das vertraute Summen, das dem aus der Höhle glich, kehrte zurück, stärker und eindringlicher. Es fühlte sich an, als ob es sich seinen Weg durch mich hindurch bahnen wollte, von meinem Bauch bis in die Brust, nach etwas suchte – oder mich auf etwas vorbereitete, das ich noch nicht verstehen konnte.

»Lass mich los«, forderte ich, meine Stimme trug eine klare Note von Trotz. Sie wollten mich klein halten, mich brechen. Aber ich würde nicht zulassen, dass sie meinen Willen zerquetschen.

»Sonst was?«, hakte er nach, und die spielerische Herausforderung in seinem Ton verriet, dass er wissen wollte, wie weit ich zu gehen bereit war.

»Devon! Knocks! Sofort herkommen!«

Der laute Ruf des älteren Mannes schnitt durch unser murmelndes Gespräch. Ohne ein weiteres Wort ließen die beiden von mir ab. Devon zog seine Hand von meiner Schulter, während er sich abwandte, und eine spürbare Erleichterung breitete sich in meiner Brust aus. Mit einem letzten, eindringlichen Mustern, das sich wie eine Warnung anfühlte, wandte er sich ab und folgte Knocks zurück zur Gruppe.

Die beiden Typen gingen auf den Alten zu, der sie mit einer nachdenklichen Mimik musterte, als könnte er ihre Gedanken damit entschlüsseln. Seine Ausstrahlung hatte etwas von einer unausgesprochenen Autorität, die nur Menschen mit unzähligen Jahren und noch mehr Erfahrungen besaßen.

Der Alte richtete seinen Blick plötzlich auf mich. Das

Gefühl war so intensiv, dass ich mich unweigerlich unwohl fühlte. Die Männer setzten sich wortlos zu ihm, und er beugte sich leicht vor. Seine Lippen waren nicht zu sehen, aber die Neigung seines Kopfes in ihre Richtung verriet, dass er ihnen etwas Wichtiges zuflüsterte.

Ein mulmiges Gefühl breitete sich in meiner Magengegend aus.

Vorsichtig rutschte ich vom Barhocker, und der Drang, sofort von hier zu verschwinden, wurde übermächtig.

Verdammt, das hier spitzt sich immer weiter zu. Jede weitere Sekunde könnte die aktuelle Spannung zum Explodieren bringen. Ich muss hier weg – und zwar sofort, bevor alles aus dem Ruder läuft.

Ich drehte mich zu Ted, der mit angespanntem Gesichtsausdruck dastand.

»Ich glaube, es wäre das Klügste, jetzt zu gehen, solange die Männer abgelenkt sind«, drängte ich ihn, doch wartete keine Antwort ab. Ohne zu zögern, wandte ich mich ab und steuerte auf den Ausgang zu. Wenn Ted bleiben wollte, war das seine Entscheidung, aber ich hatte genug von diesem Ort und seiner bedrohlichen Atmosphäre.

Kaum hatte ich sie einen Spalt geöffnet, schlug eine große, kräftige Hand mit einem dumpfen Knall gegen das Türblatt, nur Zentimeter über meinem Kopf, und drückte sie mit einem entschlossenen Ruck wieder zu. Der Schlag hallte wie ein Donnerschlag in meinen Ohren, und ich quiekte erschrocken auf. Reflexartig sprang ich zurück, ließ den Griff los, als hätte er sich in

glühendes Metall verwandelt.

»Wohin so eilig, Mäuschen?«, fragte Knocks. Seine Stimme fiel abrupt und unerbittlich, als würde sie jeden weiteren Einwand im Keim ersticken. Er lehnte sich näher, sein Grinsen entblößte unnatürlich viele Zähne. »Es wäre doch schade, wenn du etwas verpassen würdest.«

Er stellte sich seitlich zu mir, seine massige Gestalt glich einer unüberwindbaren Barrikade. Seine Augen musterten mich kalt, berechnend– als könnte er genau einschätzen, wie weit er gehen durfte, bevor ich brach. Die Hand, die immer noch gegen die Tür gepresst war, blockierte den gesamten Ausgang – eine lebendige Mauer aus Muskeln und Fleisch.

»Ich will gehen! Lass mich raus!«, forderte ich ihn auf.

Ich atmete tief ein, versuchte, meine wachsende Angst zu unterdrücken. Doch die Wahrheit ließ sich nicht verbergen – meine Beine zitterten leicht, und der kalte Schweiß auf meiner Stirn verriet mich, während ich ihm ins Gesicht starrte.

Knocks' Mundwinkel verzogen sich zu einem schiefen Grinsen. In seinen Augen funkelte Belustigung. »Und warum sollte ich das tun?« Seine Worte waren eine Mischung aus Spott und Herausforderung. Er lehnte sich ein Stück weiter zu mir.

Trotzig griff ich abermals nach dem Türknauf und zog demonstrativ daran, so fest, dass meine Fingerknöchel weiß wurden.

»Weil ich es will«, stieß ich hervor – ein schwacher Versuch, die Furcht zu verbergen, die sich

unaufhaltsam an die Oberfläche drängte.

»Du brauchst nicht gleich zu gehen. Komm erstmal zu uns an den Tisch. Dann kannst du unsere Fragen beantworten, und danach kannst du gehen. Vielleicht.« Knocks klang einladend, aber der Unterton ließ keinen Zweifel daran, dass es keine echte Wahl gab. Mit seiner freien Hand machte er eine großzügige Geste in Richtung der Gruppe. Für die Außenstehenden sah es vielleicht wie ein höfliches Winken aus, aber ich verstand, dass es ein Befehl war.

Ich zögerte. Mein Blick wanderte zum Tisch, an dem die vier Männer saßen. Sie wirkten entspannt, doch ihre Augen verrieten etwas anderes.

Ich sah mich hilfesuchend im Raum um.

Am Ende der Bar stand immer noch Ted.

Als ich die Lippen formte, um lautlos *Hilfe* zu flehen, hob er abwehrend die Hände und wich zwei Schritte zurück.

Verräter.

Bevor ich reagieren konnte, tauchte einer der Zwillinge wie aus dem Nichts hinter Ted auf.

Seine Hand – groß und kräftig – packte den schmächtigen Kerl am Nacken. Die Finger schlossen sich wie eine Schraubzwinge um dessen dünnen Hals.

Mit einer mühelosen Bewegung zog er ihn an sich heran, als wäre er federleicht, fast unwirklich. Ted zappelte, rang vergeblich darum, den Griff zu lösen – sinnlos. Der Zwilling hätte ihn mit einem einzigen Ruck erledigen können.

»Ted, mein alter Freund! Bist du hier, um uns unser

169

Geld zurückzugeben?«, fragte der Zwilling mit beißender Ironie. Ted keuchte auf und zappelte hilflos.

Ich wollte schreien, wollte handeln, aber mein Körper war wie festgefroren. Mein Verstand suchte panisch nach einer Lösung, doch meine Kehle schnürte sich zu, als würde sie mich an meiner eigenen Angst ersticken lassen. Meine Wut brodelte, ein gnadenloser Gegner, und beide Gefühle rangen in mir wie zwei wilde Bestien – und ich war ihr Schlachtfeld.

Knocks beobachtete das Schauspiel mit unverhohlener Belustigung, schüttelte den Kopf und lachte trocken.

»Ah, Ted! Wie schön, dich zu sehen.« Seine Stimme triefte vor Spott, und er schaute zwischen mir und Ted hin und her, ehe er mit einem breiten Grinsen fragte: »Kennst du die hier etwa?«

»Nein, nein! Nie gesehen! Ich schwöre!«

Ted keuchte die Worte hervor. Seine Hände griffen hilflos nach dem Arm des Zwillings - er konnte nichts ausrichten.

Dieser schnaubte amüsiert, hob Ted ein Stück weiter nach oben und schüttelte ihn, diesmal mit einer gnadenlosen Härte. Der Klang von Teds keuchendem Atem und den knackenden Bewegungen seines Körpers ließ mir das Blut in den Adern gefrieren. Ich sah sein Ende vor mir, wenn ich nicht sofort handelte.

»Bitte, lass ihn los!«, brüllte ich laut auf.

Knocks drehte den Kopf zu mir, ein dreckiges Bellen brach aus ihm heraus. »Sehr gut.« Seine Stimme war voller Triumph. »Ihr kennt euch also. Dann setzen wir

uns alle zusammen an einen Tisch und unterhalten uns ein bisschen.«

Seine Hand packte meinen Rucksack und schob mich zum Tisch. Widerstandslos folgte ich. Was konnte ich tun? Flucht war unmöglich, und jeder Versuch würde es nur schlimmer machen.

Ted wurde wie ein Sack Kartoffeln auf einen Stuhl verfrachtet. Trotz meiner Wut auf ihn – seinem Verrat, seiner Feigheit – spürte ich einen unerwarteten Stich von Mitleid. Er sah so klein und verloren aus. Würde ich mich unter Druck auch so verhalten? Außer einem kurzen Stöhnen protestierte Ted nicht, was mir zeigte, wie ernst unsere Lage war.

Kommentarlos setzte der blonde Mann sich neben Ted. Knocks zog mich am Arm zu einem freien Platz direkt neben sich und drückte mich sanft in den Stuhl. Die Lehne des kleinen Holzstuhls stach mir unangenehm in den Rücken, weshalb ich den Rucksack von den Schultern nahm und ihn zwischen meine Beine stellte. Das Summen, das ich spürte, wütete wie ein Feuer in meiner Magengegend.

Die Geräuschkulisse der Kneipe war hier gedämpfter. Es ließ mich vermuten, dass man uns im Gegenzug auch nicht gut verstehen konnte.

»Falls ihr Geld von mir eintreiben wollt, kann ich leider nicht damit dienen«, gab ich das erste Wort in die Runde. »Ich besitze nichts von Wert!« Zumindest wusste ich nicht, ob es von Wert war. Irgendwie musste ich hier heil herauskommen.

Meine Haare stellten sich auf, als wäre eine

unsichtbare Hand durch sie gefahren, und eine Gänsehaut kroch meinen Arm hinauf. Die Luft um mich
herum wurde lebendig. Mit jedem Atemzug nahm ich
etwas Unbekanntes in mich auf, etwas, das auf diesen
Moment gewartet hatte.

»Wir beruhigen uns jetzt alle erst einmal«, sagte der
ältere Mann mit einer nahezu beängstigenden Gelassenheit angesichts der aufgeladenen Atmosphäre.

Er legte die Hände auf den Tisch, seine Finger falte-
ten sich ineinander – eine Geste, die sowohl Entspan-
nung als auch latente Bedrohung ausdrückte.

Mein Blick huschte zur Tür, und ich malte mir aus,
wie ich hinausstürmte – in die kalte, befreiende Luft,
fort von diesen Kerlen. Die Vorstellung war wie ein
Lichtstrahl in einem dunklen Tunnel.

Die Realität holte mich schnell ein. Ich musste locker
bleiben, mich fokussieren. Wenn ich jetzt klug handelte, könnte ich vielleicht eine Chance haben.

»Kann das Geld holen!« Ted zitterte, seine Stimme
überschlug sich. »Morgen schon!«

»Halt die Klappe, Ted«, fiel ihm einer der Zwillinge
ins Wort. »Niemand will gerade dein Geld!« Seine
Worte trafen mich mit der Wucht eines Vorschlaghamm-
mers und legten sich wie eine unsichtbare Last über
den Tisch. *Was wollen sie dann?*

»Super, dann bin ich ja überflüssig und kann gehen!«,
entgegnete Ted und sprang so abrupt auf, dass sein
Stuhl beinahe umkippte. Aber er kam nicht weit. Der
Zwilling packte ihn und drückte ihn mit einem Ruck in
den Stuhl. Der alte Hocker knirschte protestierend,

während Ted unsanft hineinfiel.

»Bleib, wo du bist«, knurrte der Zwilling und fixierte ihn mit einem Blick, der keine Widerrede duldete. »Wir entscheiden, wann du gehen kannst.«

Ted fuhr sichtlich zusammen, die letzten Reste seiner Widerstandskraft schienen in sich zusammenzufallen.

Der ältere Mann, der offensichtlich das Sagen hatte, trat nun ins Zentrum der Aufmerksamkeit. Mit einer Höflichkeit, so ironisch, dass sie unheimlich war, stellte er sich vor.

»Ich bin Byron.« Er deutete mit einer beiläufigen Geste auf die Zwillinge. »Die beiden da sind Fin und Kirk.« Sie schauten sich flüchtig an. »Knocks und Devon hast du ja schon kennengelernt. Jetzt weißt du, wer wir sind. Und wer bist du?«

Ich schluckte schwer und zwang mich, die Fassade der Furchtlosigkeit aufrechtzuerhalten. Mit zittrigen Händen stützte ich mich auf den Tisch und lehnte mich nach vorn, in der Hoffnung, dadurch mutiger rüberzukommen, als ich mich fühlte.

»Rebecca«, gab ich nach, mein Blick hielt Byrons Musterung stand. »Und ehrlich gesagt, verstehe ich den ganzen Wirbel nicht. Wenn ihr Teds Geld nicht wollt, warum verschwendet ihr eure Zeit mit uns?«

Kirk, einer der Zwillinge, lehnte sich nach vorne. Er musterte mich von Kopf bis Fuß, bevor er mit einem frechen Grinsen meinte: »Geld ist nicht das Einzige, was uns interessiert.« Seine Stimme triefte vor zweideutiger Belustigung, und seine Augenbrauen zogen sich in einer provokanten Geste nach oben.

173

Byron hob eine Hand, und sofort verstummte Kirk.

Trotzig hob ich das Kinn und fixierte Byron erneut: »Ist das also euer Plan? Eine Frau für euren… Spaß?« Die Worte kamen zögerlich über meine Lippen. Mein Blick wanderte zu Byron, der seine Hände verschränkte – ein stilles Zeichen dafür, dass er diesen Teil der Unterhaltung längst erwartet hatte.

»Es gibt sicher genug, die freiwillig kommen.« Ein Hauch von Sarkasmus schlich sich in meine Stimme, ein verzweifelter Versuch, meine Angst zu überdecken.

Knocks schlug sich lautstark auf den Schenkel und lachte. »Ich mag sie! Behalten wir sie?«

»RUHE!«, schnauzte Byron. »Entschuldige das Benehmen, Rebecca. Die Jungs sind manchmal etwas grob, aber sie werden dir nichts tun. Zumindest, solange du unsere Fragen beantwortest.«

Ich nickte, obwohl ich wusste, dass ich mich hier auf dünnem Eis bewegte. Frech zu werden, war nicht die klügste Entscheidung.

»Du meintest zu Devon, du kommst nicht von hier. Woher kommst du?«

»Ich komme von einem Schiff, das hier am Hafen angelegt hatte. Es hat allerdings inzwischen wieder abgelegt«, erwiderte ich vage, während meine Gedanken wirbelten. Sollte ich weiterhin so tun, als hätte ich all meine Erinnerungen verloren?

Byron nickte mit einem leichten Stirnrunzeln, offensichtlich nicht ganz zufrieden mit der Antwort. Er fixierte mich mit einem Ausdruck, der verdeutlichte, dass er jedes Wort genau analysierte. »Welches Schiff

war das, und wo lebst du?«

Ich schluckte erneut nervös. »Ich weiß es nicht mehr. Gestern bin ich mit einer Kopfverletzung im Wald aufgewacht und kann mich an fast nichts erinnern.«

Kirk schnaubte, ein Laut, der wie ein geplatzter Dampfkochtopf klang. »Lügen.« Seine Stimme schnitt durch den Raum, doch bevor er weitersprechen konnte, hob Byron eine Hand. Der Laut verendete in Kirks Kehle.

»Still, Kirk!«, befahl Byron. Er musterte mich dabei ohne Unterlass. Kirk knurrte kurz darauf zwar leise, fügte sich aber.

»Du kannst dich also an nichts erinnern?«, fragte Byron lauernd. »Wo genau ist diese angebliche Kopfverletzung? Ich sehe nichts.«

Instinktiv hob ich die Hand und tastete die Stelle ab, an der die Wunde gewesen war. Mein Atem stockte, als mir klar wurde, dass dort nichts mehr war. Kein Schmerz, keine Unebenheit. Nicht eine einzige Spur war zurückgeblieben.

Was zur Hölle war hier los?

»Gestern…«, begann ich flüsternd. Ich räusperte mich und sprach etwas lauter weiter, auch wenn die Unsicherheit in meinen Worten blieb. »Gestern war da noch eine Platzwunde. Ich bin gestürzt. Jetzt… jetzt ist alles verheilt. Ich weiß nicht, wie das möglich ist.« Ich senkte mechanisch den Kopf, als würde ich eine Entschuldigung für diese Unlogik suchen.

»Interessant«, brummte er leise, die Worte kaum an mich gerichtet. Dann hob er seine Stimme wieder:

»Das heißt, schlussfolgernd, du bist allein hier? Niemand hat dich begleitet?«

Seine Frage traf mich wie ein Schlag und meine Schultern spannten sich unwillkürlich an. Meine Hände, die bereits bebten, verschränkte ich ineinander, um sie zu beruhigen – ein nutzloses Unterfangen.

»Ja«, brachte ich hervor, doch ich hielt Byrons durchdringendem Starren stand. Seine Augen fixierten mich über den Tisch hinweg - wachsam, als gäbe es nichts, was ihnen entging. Die kantigen Linien seines Gesichts wirkten im schummrigen Licht des Raumes noch schärfer. Meine Beine zitterten inzwischen vor Anspannung.

Die anderen verfolgten das Geschehen mit einer Aufmerksamkeit, die sich wie ein zusätzlicher physischer Druck anfühlte. Ihre stummen Blicke lasteten schwer auf mir. Was würde jetzt passieren?

Byron nickte leicht, fast unmerklich.

»Also… alleine«, stellte er fest. Dann lehnte er sich zurück und richtete seine Aufmerksamkeit auf Ted, seine Haltung lässig. Als er sprach, wandte er sich jedoch an Fin.

»Fin«, begann er mit tödlicher Gelassenheit, »wie viel schuldet dir der Schwachkopf?«

Dieser saß einige Plätze von ihm entfernt, stützte sich mit einem Ellbogen auf dem Tisch ab und antwortete in einem Ton, der ebenso kalt wie direkt war: »Zwanzig Silber.« Keine Regung in seinem Gesicht, kein Anflug von Emotion. Es war eine nüchterne Feststellung, wie ein Stein, der auf den Tisch gelegt wurde.

Byron nickte erneut, diesmal deutlicher. Ein schiefes Grinsen zog sich über sein Gesicht, doch es war nicht das eines Freundes – es war das Grinsen eines Spielers, der wusste, dass er die Oberhand hatte.

»Gut«, sagte er etwas lauter, »Ted, ich begleiche deine Schulden bei Fin, wenn du mir die Frau überlässt.«

Ein Klicken durchfuhr meinen Kopf, und ich glaubte, mich verhört zu haben. »Moment, wie bitte?«, platzte es aus mir heraus. Ich lehnte mich ein Stück nach vorne, meine Hände griffen reflexartig nach der Tischkante. Der Deal war absurd, unmenschlich!

Teds Augen leuchteten. Er hatte sich auf seinem Stuhl aufgerichtet und beugte sich nun über den Tisch, seine dreckigen Finger trommelten unruhig auf die Holzplatte. Dieses Funkeln in seinen Augen – Gier und Berechnung – war widerlich. Er wollte mich sowieso loswerden, das war offensichtlich. Jetzt hatte er einen Ausweg, der zu seinem Vorteil war.

Ich konnte die Gedanken förmlich in seinem Kopf hören: Die beste Gelegenheit meines Lebens.

»Das erscheint mir etwas wenig«, begann er. »Aber ich will nicht so sein. Nimm sie mit!«

Ich konnte nicht fassen, dass ich tatsächlich gerade verkauft wurde.

»Spinnst du?!«, wollte ich wütend wissen. Ich schoss vor und zeigte mit zitterndem Finger in Teds Richtung. »Ein Handel, wie bei einem Vieh, ja?« Meine Stimme bebte vor Entrüstung. »Ihr denkt, ich bin eine Ware, die ihr einfach kaufen könnt?« Mein Blick wanderte über die Gruppe. »Schade, dass ihr so billig handelt.«

Ted zuckte nur mit den Schultern, ein selbstgefälliges Lächeln auf den Lippen – für ihn war ich nicht mehr als ein überflüssiger Gegenstand.

»Das ist nicht mehr mein Problem«, sagte er, schob seinen Stuhl zurück und erhob sich mit der Haltung eines Mannes, der gerade eine besonders lästige Pflicht hinter sich gebracht hatte. Dieses Mal hielt ihn keiner auf. Mit einem beiläufigen Nicken in die Runde ging er zur Tür.

»Das war's? Du lässt mich einfach hier sitzen?«, wollte ich fassungslos von ihm wissen, doch er reagierte nicht. Sein schlurfender Gang war provokant, bevor er die Tür aufstieß und ohne einen Blick zurück die Kneipe verließ.

Ich drehte mich zurück zur Gruppe. Byron lehnte sich über den Tisch, seine Fingerspitzen ineinander verschränkt. »Ein Vieh, sagst du?«, murmelte er mit einem Schmunzeln. »Interessante Wortwahl.«

Sein Grinsen dehnte sich aus, während ich stumm blieb, meine Wut wie ein Sturm, der durch mich hindurchfegte. Ein Entschluss formte sich in mir, geboren aus einem Mix aus Trotz und Verzweiflung. Ohne weiter zu überlegen, griff ich nach meinem Rucksack. Meine Hände waren ungeschickt und steif, die Träger verhedderten sich in meinen Fingern und hielten mich kurz zurück.

Schließlich stand ich auf. Der Raum um mich herum verschob sich. Die Blicke der Männer brannten auf mir – stechend wie Klingen, die mich festnagelten. Alle am Tisch, außer Byron, erhoben sich zeitgleich mit mir.

Ihre Bewegungen waren so perfekt aufeinander abgestimmt, dass ihre Dynamik an ein Rudel Wölfe erinnerte, das sich lautlos zur Jagd anschleicht.

»Ihr spinnt doch!«, fuhr ich sie an, die Stimme schrill vor Wut. »Was wollt ihr von mir? Ich habe nichts! Keine Reichtümer oder sonstiges von Wert!«

Die Worte sprudelten aus mir heraus, schneller und lauter. Ihre gleichgültige Haltung brachte mich fast zum Explodieren.

Byron lehnte sich entspannt zurück. Für eine Sekunde glaubte ich, so etwas wie Besorgnis in seinen Augen zu erkennen.

»Kirk«, sagte Byron schließlich. »Beruhige sie, bevor ihr kleines Herzchen noch platzt.«

Die Panik in meinem Hals verwandelte sich in eine klamme, lähmende Angst, als Kirk nach vorne schnellte. Beinahe unmenschlich flink war er bei mir, ehe ich auch nur einen Schritt zurückweichen konnte. Seine Hand schoss vor und packte mich am Nacken, genauso wie er es zuvor bei Ted getan hatte. Sein Griff war gezielt und brutal. Mit einem Ruck drehte er mich und zwang meinen Körper nach unten. Meine Beine sträubten sich instinktiv, aber er hatte die absolute Kontrolle – jeder Widerstand war zwecklos.

»Lass mich los!«, keuchte ich auf, doch mein Protest wurde in der nächsten Sekunde von einem scharfen Stich erstickt. Eine Welle aus stromähnlicher Energie durchfuhr mich, heiß und kalt zugleich, wie tausend glühende Nadeln, die sich in meinen Körper bohrten. Meine Muskeln krampften, mein Kiefer schlug

aufeinander, und ich konnte weder schreien noch mich rühren.

Der Augenblick zog sich quälend in die Länge. Dann ließ der Schmerz endlich nach, und kaum spürte ich Erleichterung, versagten meine Beine unter mir, sodass ich kraftlos zusammensank. Der Rucksack fiel von meinen Schultern und landete mit einem dumpfen Geräusch auf dem Boden. Mein Körper fühlte sich schwer und betäubt an, während meine Glieder sich weigerten, mir zu gehorchen.

Ich fiel – und wurde von starken Armen aufgefangen. Wie ein lebloser Gegenstand wurde ich über eine Schulter geworfen. Die harten Kanten drückten schmerzhaft gegen meine Rippen, und bei jedem Schritt wurde ich unsanft hin und her geworfen, ein gnadenloser Beweis meiner völligen Hilflosigkeit.

»Musstest du ihr eine volle Ladung verpassen, Mann?«, hörte ich Devons wütendes Knurren. Anscheinend trug er mich auf dem Rücken.

»Ich habe nicht daran gedacht, dass sie kleiner ist als die Leute, die ich sonst betäube«, entgegnete Kirk, und zum ersten Mal schwang ein Hauch von Unsicherheit mit. »Sie sollte sich davon schnell erholen.«

»Das hoffe ich für dich«, schnauzte Devon und setzte sich in Bewegung. Sein Gang war schnell und rhythmisch, seine Hände hielten meine Knie mit festem Griff, sodass ich nicht herunterrutschte. Mein Körper schwankte mit jedem Schritt – ein übergroßes, nutzloses Gepäckstück, das ziellos mitgerissen wurde.

»Leg sie auf die Karre«, hörte ich Byron kühl und

ungerührt. »Wir verschwinden von hier. Es sind weitere Leute unterwegs, und ich habe keine Lust, uns denen auf dem Präsentierteller zu servieren. Also – unauffällig bleiben.«

Ein spöttisches Lachen ertönte hinter uns. Es war Kirk, dessen raues, hämisches Gackern meine Ohren füllte. »Unauffällig? Mit dem kleinen Wirbelwind da? Viel Glück, Byron. Die hat mehr Energie als Knocks nach drei Fässern Bier.«

»Also, ich habe meine Emotionen unter Kontrolle gehabt, im Gegensatz zu unserem neuen kleinen Spielzeug«, fügte Knocks mit übertriebener Belustigung hinzu.

Dann spürte ich eine flache Hand, die mir einen kräftigen Klaps auf den Hintern verpasste. Mein Körper reagierte schwach, ein heiserer Laut der Empörung entwich meinen Lippen, doch ich war zu erschöpft, um mich zu wehren.

»Lass den Scheiß, verdammt nochmal!«, fuhr Devon ihn wütend an, sein Ton drohend. Seine Schritte beschleunigten sich, offensichtlich darauf bedacht, den Abstand zu Knocks so schnell wie möglich zu vergrößern.

Devon blieb stehen, ein Rumpeln erklang. Er hob mich ein Stück an, und ich spürte, wie er mich auf eine raue Holzfläche legte. Der Untergrund war nicht bequem – das Polster, das ich kurz wahrgenommen hatte, bestand offenbar aus altem Stroh, das unter meinem Gewicht leicht nachgab.

»Los, rein mit ihr«, forderte Byron Devon auf. Ich

181

hörte ein Knirschen von Holz, als jemand Schweres aufstieg, gefolgt von einem Murmeln. »Knocks, reiß dich zusammen, oder du kannst den Rest des Weges laufen.«

Eine Decke wurde über mich geworfen. Der Geruch von Stroh und Holz war erdrückend.

Dann hörte ich eine Stimme, durch den aufziehenden Nebel in meinem Kopf dringen.

»Siehst du das? Sie schläft wie ein Engelchen.« Es war Knocks, und seine Stimme triefte vor Hohn. »Vielleicht ist sie gar nicht so schlimm, wenn sie ruhig ist.« Ein Lachen folgte.

»Schnauze, Knocks«, knurrte Devon, dunkel und schneidend. »Und lass verdammt nochmal deine Hände von ihr! Oder ich mach *dich* ruhig.«

Knocks lachte erneut, diesmal lauter, aber auch provokanter. »Du stellst dich schon wieder an.«

Das war anscheinend das Stichwort, um Devon zur Weißglut zu bringen. »Halt dein Maul, Knocks!« Devon war scheinbar voller Zorn und ein dumpfer Knall ertönte.

»Du Spinner!«, brüllte Knocks.

Kampfgeräusche wurden begleitet von schwerem Atmen, Flüchen und dem Poltern von Körpern, die gegen die Karre oder den Boden stießen.

»Hört auf!«, zischte Byron. Seine Schritte näherten sich schnell, und sein Tonfall war schneidend. »Ihr beiden benehmt euch wie Kinder. Reißt euch zusammen, oder ich lasse euch *beide* hier zurück.«

Ein kurzes Stöhnen von Knocks und das laute

Schnaufen von Devon waren die einzigen Geräusche, die noch übrig blieben. Vermutlich hatten sie sich voneinander gelöst.

Der Untergrund schwankte noch leicht, als Byron erneut sprach: »Das nächste Mal, wenn einer von euch meine Befehle ignoriert, wird es Konsequenzen geben. Und Devon – das gilt auch für dich.«

Devon murmelte etwas, das ich nicht verstehen konnte, und Knocks fluchte abermals. Schritte entfernten sich, gefolgt vom leisen Rattern der Räder, als das Pferd losritt.

Die Stimmen um mich herum verschwammen zu einem dumpfen Hintergrundrauschen und vermischt mit den gedämpften Hufschlägen des Pferdes. Meine Lider waren schwer wie Blei, und trotz aller Anstrengung konnte ich die Augen nicht öffnen.

Das Letzte, was ich wahrnahm, war das Ruckeln, das mich wie ein trügerisches Wiegenlied sanft schaukeln ließ. Die Welt verschwand, und ich fiel in einen dunklen, unruhigen Schlaf.

KAPITEL 10
Entführer

Ich driftete von der Bewusstlosigkeit ins Wachsein und wieder zurück. Unter mir rumpelte der Wagen rhythmisch über einen holprigen Pfad. Wie durch Watte nahm ich die Welt wahr – verschwommen, zeitlos, unwirklich.

Kurz öffnete ich die Augen und blickte in ein schelmisch grinsendes Gesicht, das irgendwo zwischen Fürsorge und Amüsement lag. Einer der Zwillinge. Doch welcher der beiden konnte ich nicht sagen.

Irgendwann hielten wir an. Ich fühlte mich schwer, als würde ich unter Wasser treiben und verfiel immer wieder in einen Dämmerzustand.

Einmal spürte ich eine warme Hand, die sanft über mein Haar strich – eine vorsichtige Geste, die Trost spendete, ohne sich aufzudrängen. Ich stellte mir vor, dass es David war, der mir mit seiner ruhigen Art Mut zusprach. Dabei stellte ich mir sein Gesicht vor, sein liebevolles Lächeln und seine strahlenden Augen – nur dass sie nicht blau waren, sondern grün, wie das Moos im Wald.

Als ich zu mir kam, lag ich auf einer Decke auf dem

harten Boden. Die Erde darunter war rau, jede Unebenheit spürbar. Mein Körper fühlte sich träge an. Ich
musste stundenlang geschlafen haben – aber ohne Er-
holung.

Beim Öffnen meiner Augen sah ich eine kleine Feu-
erstelle. Flammen warfen tanzende Schatten an die umliegenden Bäume, und über mir spannte sich ein ster-
nenklarer Himmel. Für einen Moment war alles surreal,
wie in einer anderen Welt, fernab von allem Bekannten.

Vor mir stand ein provisorischer Grill, gebaut aus
dünnen, verschlungenen Holzstöckchen. Ein kleines,
undefinierbares totes Tier war daran aufgespießt. Der
Geruch von angebratenem Fleisch stieg mir in die Nase
– scharf und leicht süßlich. Mein Magen zog sich
schmerzhaft zusammen. Hunger kehrte zurück – ein
primitives Bedürfnis, das sich durch all die Verwirrung
hindurchbahnte.

Ich folgte der ruhigen Bewegung einer schlanken
Hand, die den Spieß weiterdrehte. Feine Narben zeichneten sich auf der Haut ab, im flackernden Licht der
Flammen kaum sichtbar. Mein Blick wanderte weiter
zu der dazugehörigen Person. Fin. Oder zumindest
glaubte ich, dass er es war. Er wirkte entspannt, fast
gelöst, während er das Fleisch drehte und dabei ein leises Lied summte. Seine Lider waren halb geschlossen,
und sein Gesicht wirkte abwesend, als würde er in Gedanken abschweifen.

Ich verhielt mich still, bewegte mich nicht, um nicht
zu verraten, dass ich wach war. Fin schien mich nicht
bemerkt zu haben; er war völlig vertieft in seine

Routine. Der sanfte Rhythmus hatte etwas Hypnotisches.

Die Geräusche des Waldes wurden deutlicher, schälten sich aus der Nacht heraus. Der Wald war nicht still – er war voller Leben. Das gelegentliche Rufen einer Eule und das Rascheln kleiner Tiere im Unterholz klangen wie ein Wispern. Es war entspannend und bedrohlich zugleich, als ob die Natur mir sagen wollte, dass ich willkommen, aber dennoch ein Fremdkörper war.

Ein Gespräch drang zu mir herüber, tief und ruhig – ein leiser Widerhall in der Geräuschkulisse der Tiere. Eine Diskussion zwischen Männern, gedämpft, aber die Worte konnte ich trotzdem in Fetzen verstehen.

Dorkra, hörte ich. Es ging auch um *neue Begabte*. Das Thema verwirrte mich, und meine Gedanken wirbelten durcheinander. Immer wieder *Begabte*. Es verfolgte mich. Hatten sie wirklich etwas mit mir zu tun? Die Fragen waren wie Sand in einem Getriebe, blockierten meinen Verstand, klar zu denken, also kniff ich die Augen zusammen und zwang mich, das Gespräch auszublenden.

»Sie ist wach«, stellte Byron fest.

Widerwillig blinzelte ich und sah Fin an. Sein Gesicht wurde vom tanzenden Licht der Flammen in warme Schatten getaucht. Er drehte den Kopf zu mir, seine Augen verrieten, dass er längst wusste, dass ich bei Bewusstsein war.

»Sie hat die Augen geöffnet«, bestätigte er gelassen.

Ich hörte Schritte und ich kämpfte mich hoch. Meine Muskeln protestierten, fühlten sich schwach an, als

wären sie aus Wachs geformt. Trotzdem zwang ich mich, mich aufzurichten. Byron trat in mein Sichtfeld, seine Augen entspannt, sie funkelten allerdings vor Neugier und einem Hauch Berechnung.

»Willkommen zurück. Ich bin Fin, falls du dich erinnerst«, erklärte Fin mit vorsichtiger Stimme. Trotz der Neutralität in seiner Haltung lag ein Hauch von Besorgnis in seinen Zügen.

Ich rieb mir stöhnend über das Gesicht, fühlte die raue, schmutzige Haut meiner Hände.

»Knocks, hilf Rebecca auf«, befahl Byron.

Keine zwei Sekunden später packten mich kräftige Hände unter den Achseln und zogen mich mühelos hoch. Knocks warf mir ein breites Grinsen zu und stellte mich auf die Beine. Sein Griff war fest, aber nicht unangenehm – vermutlich wollte er testen, ob ich überhaupt stehen konnte.

»Na, siehst du, geht doch«, stellte Knocks fest, sein Tonfall provozierend, aber mit einem Anflug von Belustigung.

Ich hielt ihm stand, obwohl mein Körper wankte und meine Beine sich wie Wackelpudding anfühlten.

»Hör auf, sie zu reizen«, murmelte Fin und drehte den Spieß über dem Feuer weiter.

Knocks zuckte mit den Schultern, ließ mich aber los und trat einen Schritt zurück. »Was denn? Sie steht doch. Hat mich nicht einmal umgeworfen.«

Ich ignorierte ihn und zwang mich, die Balance zu halten. Mein Blick an sein Gesicht geheftet, das deutlich gezeichnet war: ein geschwollenes Auge, die Nase

dick und bläulich verfärbt. Trotz dieser Anzeichen einer Prügelei grinste er immer noch, ein provokantes, beinahe stolzes Lächeln. Es weckte eine brennende Erinnerung: der kraftvolle Klaps, seine Erniedrigung. Wut durchflutete mich, und bevor ich nachdenken konnte, holte ich aus.

Meine Faust traf sein Kinn mit voller Wucht. Ein dumpfes Knacken ertönte, gefolgt von einem stechenden Schmerz, der durch meine Finger schoss.

Knocks rieb sich nachdenklich das Kinn. Sein Lächeln verschwand augenblicklich, doch anstatt wütend zu werden, nickte er.

»Das habe ich wohl verdient«, stellte er fast schon respektvoll fest. Sein Ton irritierte mich mehr, als Wut es je gekonnt hätte.

Die anderen brachen in schallendes Gelächter aus. Byron schüttelte andeutend den Kopf und strich sich mit den Fingern über das Kinn – ein Ausdruck stiller Empathie für Knocks' Schmerz.

»Knocks, das nächste Mal denkst du vorher nach«, meinte er trocken.

»Ach, komm schon. Ich wollte sie nur ein bisschen provozieren«, erwiderte Knocks, sein Grinsen kehrte wieder zurück. »Und sie hat mehr drauf, als ich gedacht habe. Ich mag das.«

Devon hingegen schwieg. Seine Augen blieben schmal, fixierten mich mit einer Intensität, die greifbar war. Er stand hinter Fin am Lagerfeuer, hatte die Arme ablehnend vor der Brust verschränkt, und seine Gesichtszüge ließen keine Emotion außer Misstrauen

erkennen. Ich musste unwillkürlich seine kräftigen, definierten Oberarme begutachten, bevor ich mich, von einem Anflug von Verlegenheit erfasst, hastig abwandte.

»Setz dich wieder«, forderte Devon mich auf und trat zu mir. Seine große Hand legte sich fest, aber nicht unsanft auf meinen Arm. Mit einem leichten Druck führte er mich zurück zum Boden. »Dein Körper braucht Zeit, um sich zu erholen. Du hast eine heftige Ladung Energie abbekommen«, fügte er lockerer hinzu, blieb dabei aber angespannt.

Ich gehorchte widerwillig, ließ mich zurücksinken und musterte die Gruppe. Mein Blick blieb an Kirk hängen, der an der Pferdekarre lehnte.

Er hatte aufgehört zu lachen, als er merkte, dass ich ihn ansah. Seine Schultern zogen sich nach oben, und er senkte den Kopf, um mir auszuweichen. Es war offensichtlich: Er war derjenige, der den Schock ausgelöst hatte. Doch sein Verhalten verriet Reue – ein stummer Ausdruck von Schuld.

»Was wollt ihr von mir?« Meine Stimme versagte. Unruhig rieb ich meine Handflächen aneinander, in der verzweifelten Hoffnung, die Beklommenheit loszuwerden – doch meine Finger blieben kalt und steif, die Angst tief in meine Haut gegraben.

Was wollen sie von mir? Töten werden sie mich wohl nicht, sonst hätten sie sich kaum die Mühe gemacht, mich verhältnismäßig gut zu behandeln. Aber warum dann das alles?, überlegte ich angestrengt

Es lag an mir, Ordnung in dieses Chaos zu bringen.

Einen Ausweg zu finden, bevor es zu spät war.

Meine Kehle war trocken, als ich monoton hinzufügte:

»Ich erzähle euch alles, was ihr wissen wollt.«

Die Männer tauschten Blicke. Byron nickte, und sie setzten sich wortlos um das Feuer. Fin trommelte ungeduldig mit den Fingern auf seinen Oberschenkeln.

Byron brach schließlich das angespannte Schweigen.

»Rebecca, zuerst einmal tut es uns leid, wie wir dich behandeln mussten«, begann er – zwar kalt, aber entschuldigend. »Du warst aufgebracht, und wir mussten die Situation unter Kontrolle bringen. Es ging darum, dass niemand in Portera uns zu viel Aufmerksamkeit schenkt.«

»Das hätte ihr auch ohne Elektroschocker geschafft«, warf ich sarkastisch ein.

»Sicher?«, entgegnete Byron, ein kurzes Lächeln huschte über sein Gesicht. »Du hast unsere Fragen nicht ehrlich beantwortet, und wir durften kein unnötiges Risiko eingehen. Die sicherste Lösung war, dich schnell und effektiv mit uns zu nehmen.«

Das Gespräch ließ die Spannung spürbar ansteigen. Fin schien etwas äußern zu wollen, hielt sich jedoch zurück, während Knocks weiterhin ungeniert grinste.

Was ist bloß mit diesem Mann los?, dachte ich irritiert.

Meiner Ansicht nach gab es nichts, absolut gar nichts, was an dieser Situation auch nur ansatzweise witzig sein könnte.

»Wir brauchen Antworten«, sagte Byron schließlich mit einem Unterton, der keinen Widerspruch zuließ.

»Und ich denke, du bist bereit, sie uns zu geben.«

Ich holte tief Luft, schloss die Augen und sammelte mich. Die Erinnerungen kamen wie Wellen zurück, überwältigend und fremdartig zugleich.

Mit einem weiteren tiefen Atemzug öffnete ich sie wieder und fixierte das Feuer. Ich musste etwas tun, sonst würde ich nie wieder nach Hause kommen, nie wieder Anton umarmen. Die tanzenden Flammen formten Worte in meinem Kopf, halfen mir, die richtigen zu finden.

»Ich kam zwar mit einem Schiff hierher, aber nicht mit einem, dass ihr kennt – nicht mit einem der Schiffe, die gestern oder heute im Hafen lagen. Dieses Schiff ist aus Metall, viel größer als die, die ich hier gesehen hatte. Und inzwischen bin ich mir sicher, dass es in eurer Welt solche Schiffe gar nicht gibt.«

Eine schwere Stille legte sich über die Gruppe. Das Knistern des Feuers klang übertrieben laut in meinen Ohren. Kirk schüttelte langsam den Kopf, unfähig, die Worte zu begreifen. Fin tauschte sich stumm mit Byron aus, bevor er mit gerunzelter Stirn etwas murmelte, das ich nicht verstand.

»Nicht aus dieser Welt? Was willst du damit sagen?« Byron klang zweifelnd.

»Nicht von dieser Welt«, bestätigte ich und begegnete seinem Blick direkt, in der Hoffnung, dass er die Wahrheit darin sah. »Das Schiff, von dem ich spreche, stach in einer Stadt namens Hamburg in See. Hamburg liegt in Deutschland.«

»Deutschland?«, unterbrach Devon hart. »So ein

Land gibt es nicht!«

Ein bitteres Lachen entwich mir. »Inzwischen glaube ich das auch«, entgegnete ich leise. »Deutschland liegt wohl in einer anderen Realität.« So wie Portera es eigentlich für mich auch sollte. Warum zum Teufel war ich hier gestrandet? Gedankenverloren fügte ich hinzu: »Oder ich bin tot.«

»Eine andere Realität«, wiederholte Byron überlegend und ignorierte meinen letzten Satz. Er lehnte sich vor, die Ellbogen auf die Knie gestützt, und betrachtete mich eingehend. »Du glaubst also, du stammst aus einer anderen Welt?«

»Ich glaube das nicht nur«, versicherte ich überzeugt. »Ich bin mir inzwischen sehr sicher.«

Devon sprang unvermittelt auf. Die Muskeln in seinem Kiefer zuckten vor unterdrückter Wut. »Warum hören wir uns diesen Unsinn an?«, schnauzte er in meine Richtung. Mit einem Tritt schleuderte er einen Ast ins Feuer, Funken stoben auf und schwebten wie hunderte Glühwürmchen in den Nachthimmel. »Das ist doch Wahnsinn! Sie führt uns an der Nase herum, und ihr lasst sie auch noch reden. Das ergibt doch keinen Sinn!«

Knocks kicherte leise, als würde er Devons Verhalten genießen. »Beruhig dich, Devon. Vielleicht will sie uns ja einfach nur unterhalten.«

Byron hob den Kopf, seine Augen blitzten kühl. »Setz dich, Devon«, sagte er leise, aber bestimmt.

»Setzen?« Devon wirbelte zu ihm herum, die Hände zu Fäusten geballt. »Warum sollte ich? Sie gehört nicht

192

hierher! Sie ist eine Gefahr – für uns alle! Und anstatt Entscheidungen zu treffen, die klar auf der Hand liegen, hörst du ihr zu, als würde sie uns die Wahrheit sagen!«

»Das reicht!« Jede Silbe, die Byron sprach, trug eine klare, unerschütterliche Autorität. »Du vergisst dich, Devon. Du hinterfragst nicht nur mich, sondern das, was uns hierhergeführt hat. Die Magie selbst!«

Devon zögerte, sein Kiefer spannte sich an, und seine Lippen pressten sich zu einem schmalen Strich. Er trat einen Schritt näher und fixierte Byron herausfordernd. »Vielleicht bin ich der Einzige, der gerade klar sieht! Du bist so besessen von dieser Magie, dass du blind dafür bist, was direkt vor dir liegt!«

Der Anführer stand auf. Sein Gesicht war eine Maske aus beherrschtem Zorn, die im flackernden Licht nur noch kälter wirkte. Sie standen sich gegenüber und sahen einander an.

»Und vielleicht«, sagte er eisig, »solltest du dich daran erinnern, wer hier die Entscheidungen trifft. Ich habe dich in diese Gruppe geholt, Devon, und ich kann dich genauso schnell wieder daraus entfernen.«

Kirk starrte unbewegt auf den Boden. Knocks lehnte sich entspannt zurück, seine Lippen umspielte ein Hauch von Amüsement – das Ganze unterhielt ihn zweifelsohne bestens.

Fin räusperte sich leise, ein kaum wahrnehmbarer Laut, der dennoch die Aufmerksamkeit aller auf sich zog. Er hatte den Blick nicht vom Feuer abgewandt, über dem das Fleisch leise brutzelte. Mit einer

bedächtigen Bewegung drehte er den Spieß, bevor er schließlich aufsah. Seine Augen, tief und unergründlich wie ein stilles, dunkles Meer, glitten von Devon zu mir. Er hatte wirklich faszinierende Augen, die wie blaue Fackeln durch das reflektierende Feuer erschienen.

Fin bedachte ihn mit einem scharfen Blick, doch Knocks zuckte lediglich mit den Schultern. »Entspann dich, Fin. Ich mach doch nur Spaß.«

Byron setzte sich langsam wieder hin und richtete seine Aufmerksamkeit auf mich. »Erzähl weiter.«

Ich räusperte mich. »Ich weiß, wie verrückt sich das anhört.« Ich warf Kirk einen kurzen Blick zu, der kaum zu mir sah, als ich weitersprach: »Ich war im Urlaub in Schottland, auf einer Wanderung. Irgendwann kam ich vom Weg ab und stürzte in eine Höhle. Als ich wieder zu mir kam, war ich hier – in dieser Welt. In einem Wald, vielleicht sogar in diesem hier. Und dann ist da noch dieser Kristall …«

Byron nickte, ein stilles Zeichen, dass ich fortfahren sollte. Knocks hingegen verfolgte jedes meiner Worte mit einem vollkommen faszinierten Ausdruck.

»Dort traf ich Ted … und rettete ihn vor Kobolden.«

Warum ich die Kobolde erwähnte, wusste ich selbst nicht genau. Ein Teil von mir hielt Ted noch immer für verrückt, doch nach allem, was mir inzwischen passiert war, ließ sich nichts mehr als völlig unmöglich abtun. Vielleicht gab es in dieser merkwürdigen Welt tatsächlich Kobolde.

Die Reaktionen waren unterschiedlich: Fin hielt inne, der Stock in seiner Hand zitterte leicht, während

Knocks eine Augenbraue hob. Kirk fixierte mich, als wäre er unfähig zu begreifen, was ich gerade gesagt hatte. Devon schnaubte laut und abfällig. Und Byron … Byron blieb völlig reglos, nur seine Augen verengten sich leicht.

»Kobolde?« Knocks' Stimme trug eine Spur ehrfürchtiger Faszination.

»Das wird ja immer besser«, schnaubte Kirk und verschränkte seine Arme. Er schüttelte den Kopf, unfähig zu glauben, was er hörte, und musterte mich eindringlich.

»Ich glaube ihr«, gestand Fin schließlich, fast zu leise, um es zu hören. »Jedes Wort, das sie sagt, ist wahr. Ich kann es deutlich spüren.«

Stille.

Devon starrte Fin an, seine Brust hob und senkte sich schwer, während die Worte in ihm nachhallten.

»Wahrheit? Das ist doch lächerlich!«, schnauzte er. Dann stand er ohne ein weiteres Wort auf, drehte sich abrupt um und stapfte in den Wald. Das Rascheln der Blätter und das Knirschen seiner Schritte verklangen allmählich.

Kirk seufzte schwer und erhob sich ebenfalls. »Ich geh ihm lieber nach«, sagte er, wobei er eine Laterne von der Karre nahm und sie mit einer schnellen Bewegung am Feuer entzündete. Er wandte sich kurz zu mir um, sein Blick abschätzend. »Nicht, dass ihn die Kobolde holen.«

Der Spott in seiner Stimme war unüberhörbar, doch seine Miene sprach eine andere Sprache. Ohne eine

weitere Reaktion abzuwarten, folgte er Devon in den Wald.

Als sich die Geräusche von Kirk ebenfalls verloren, ließ ich die Schultern sinken und rieb mir erschöpft die Schläfen. »Die beiden haben eindeutig ein Problem mit mir«, murmelte ich.

Byron räusperte sich. »Mach dir keine Sorgen wegen Devon«, beruhigte er mich leise, mit einem Hauch von Müdigkeit. »Er kommt mit Neuem schlecht zurecht – und mit Veränderungen erst recht. Es ist nichts Persönliches, aber er mag es lieber, wenn die Dinge kontrollierbar sind. Du bist es seiner Ansicht nach nicht.«

»Das ist deine Art, mir zu sagen, ich soll mir keine Sorgen machen, wenn er mir bei nächster Gelegenheit die Kehle durchschneiden will?«, fragte ich vorwurfsvoll und warf ihm einen herausfordernden Blick zu.

Byron lächelte schwach. »Devon ist impulsiv, wie übrigens die meisten Menschen aus Pyrolis. Aber er hört auf mich.«

Pyrolis. Ein weiterer unbekannter Ort? Ich wollte das alles gar nicht wissen, sondern einfach nur nach Hause.

Ich seufzte erschöpft.

»Na gut«, gab ich resigniert nach. »Und? Habe ich jetzt alle eure Fragen beantwortet? Oder gibt es noch mehr, was ihr von mir wissen wollt?«

Knocks, lehnte sich entspannt nach hinten und lachte leise. »Ich hätte da noch ein paar Fragen, aber ich glaube, die kann ich mir sparen«, merkte er an und warf spielerisch einen Ast ins Feuer.

Byron ignorierte ihn. »Tatsächlich gibt es noch

einiges, das mich an dir interessiert«, erwiderte er. »Welche Begabung hast du? Und was für einen Kristall meintest du?«

Die Fragen überraschten mich nicht mehr, sondern weckten eher einen weiteren Frustrationsschub in mir. »Das wurde ich bereits mehrmals gefragt«, gab ich gereizt zurück. »Und jedes Mal musste ich mich rechtfertigen. Trotzdem bleibt die Antwort immer noch dieselbe: Ich habe keine Ahnung, was es mit euren *Begabten* auf sich hat. So etwas gibt es in meiner Welt nicht.« Ich hielt kurz inne, bevor ich hinzufügte: »Bisher hat mir keiner von euch erklären können, was das überhaupt bedeutet.«

Fin, der bislang schweigend unserem Gespräch gelauscht hatte, richtete sich auf. »*Begabte* besitzen Magie«, erklärte er fast sanft. »Die meisten von ihnen können sich die Elemente zunutze machen.«

Ich versuchte, das Gesagte zu verarbeiten. Redeten wir hier gerade wirklich über Menschen mit magischen Fähigkeiten? Für mich, die nicht einmal an Horoskope glaubte, war das schwer zu akzeptieren. Ein Gedankenblitz schoss durch meinen Kopf – *der Kristall, das wiederholende Summen in meinem Körper … Was, wenn …?*

Ich schüttelte den Kopf.

»Und du hast keine Ahnung, ob du eine Begabung besitzt?«, hakte Byron erneut nach, diesmal mit einem Hauch von Zweifel.

Ich lachte verbittert auf. »Absolut keine Ahnung! Eure Welt – diese Magie – das ist alles fremd für mich. In meiner gibt es so etwas nicht, daher hatte ich vorher

nie Kontakt damit.«

Ein Teil von mir wollte den Kristall und die Wahrheit über ihn für mich behalten, deshalb ignorierte ich die Frage danach. Dieses Ding war scheinbar magisch, damit sollte ich mich versuchen zu arrangieren, auch wenn mir das verdammt schwerfiel. Außerdem wusste ich nicht, wie sie auf diese Information reagieren würden. Was, wenn sie ihn mir abnehmen wollten? Die vielleicht einzige Chance auf eine Rückkehr nach Hause? Was ist, wenn er der Schlüssel des Ganzen war?

Knocks spürte offenbar meine innere Unruhe. »Egal, was sie sagt – sie ist anders. Vielleicht ist genau das der Grund, warum sie hier ist … und wir bei ihr.«

Seine Bemerkung hing in der Luft. Die Flammen tanzten und knisterten unaufhörlich, hüllten uns in ein flackerndes Spiel aus unheimlichen Schatten.

Byron wandte sich an Fin, der am Feuer saß und nach wie vor gelassen den Spieß drehte.

»Was meinst du, Fin?«, erkundigte sich Byron »Was hältst du von ihrer Geschichte?«

Er hob den Kopf nicht, sondern ließ seinen Blick auf dem toten Tier ruhen. »Ein Mix«, sagte er.

»Ein Mix?«, wiederholte ich spöttisch. »Ein Mix aus was, bitte schön?«

Er hielt inne, ließ mich zappeln. »Von Wahrheit und Lüge. Dass du nichts über Begabte weißt, ist wahr«, sprach Fin beiläufig und betrachtete mich. »Wenn du wirklich aus einer anderen Welt stammst, wie viel weißt du über unsere?«

Die Frage überraschte mich. »Nichts«, gab ich

schließlich zu. »Das Einzige, was ich weiß, ist, dass die Leute hier alle an so etwas Verrücktes wie Magie glauben und ich mitten im Mittelalter gelandet bin.«

Byron ließ ein leises Schnauben hören, fast wie ein Lachen. »Sylvaterra, das Land, in dem du bist, ist eng mit der Natur verbunden. Portera ist die Hauptstadt. Unsere Wälder versorgen uns und andere Länder mit Nahrung und Heilmitteln.«

»Andere Länder?«, wollte ich vorsichtig wissen. Er nickte bestätigend.

»Cosmavena besteht aus fünf Ländern: Sylvaterra, Pyrolis, Lusora, Brevalis und Zenova«, erklärte Byron. »Jedes hat seine eigenen Traditionen und Magien.« Sein Ton wurde ernst. »Die Beziehungen untereinander sind kompliziert. Es gibt Spannungen, bis hin zu Kriegen.«

Die Flut neuer Informationen ließ meinen Kopf schwirren. Es fühlte sich an, als wäre ich in ein fremdes Spiel geraten, ohne die Regeln zu kennen.

Möchte ich das wirklich alles wissen? Nein. Eigentlich nicht. Ich will hier einfach nur raus. Egal wie.

Byron unterbrach meine Gedanken: »Du bist eine Begabte!«

»Unmöglich«, platzte ich heraus. Mein Ausbruch war ein klares Zeichen meines eigenen Unglaubens. Es konnte einfach nicht sein! Ich kam nicht von hier. Wie sollte das funktionieren?

»Magie hat dich angekündigt. Ich habe sie deutlich gespürt«, erwiderte Byron.

»Nein, die kann nicht von mir gekommen sein«,

widersprach ich. »Aber vielleicht war es der Kristall, der mich hierhergebracht hat. Er hat geleuchtet, als ich ihn berührte.«

Knocks hob den Kopf, seine Neugier war geweckt. »Ein leuchtender Kristall?«, fragte er, seine Augen schmal.

»Ja.« Ich holte ihn hervor und reichte ihn Byron. Im Feuerschein sah er unscheinbar aus, doch Byron betrachtete ihn mit einer Mischung aus Vorsicht und Interesse.

»Das ist ein Kreisel«, sagte er nach einer Weile. »Normalerweise harmlos, aber dieser … trägt schwache Spuren von Magie. Früher muss er mächtiger gewesen sein.«

Woran konnte er das erkennen? Hatte er ein Gespür dafür?

Er gab ihn mir zurück. »Pass gut auf ihn auf. Er könnte noch wichtig werden.«

Ich nahm ihn wieder an mich und steckte ihn in meinen BH zurück. Knocks wackelte anzüglich mit den Augenbrauen. »Der sicherste Platz, huh? Vielleicht sollte ich dich mal durchsuchen.«

Ich warf ihm einen genervten Blick zu. »Träum weiter.«

»Das heißt also, du musst etwas anderes gespürt haben«, schlussfolgerte ich an Byron gewandt. »Das passt nicht zusammen.«

Byron rieb sich nachdenklich den Kiefer, bevor er weitersprach: »In letzter Zeit geschehen unglaubliche Dinge. Dinge, die seit Jahrhunderten nicht mehr

passiert sind. Und ich bin mir sicher, dass alles miteinander verbunden ist. Auch du.«

Er machte eine Pause, um seine Worte wirken zu lassen.

»Genauso sicher bin ich mir, dass du in der Kneipe Magie aktiviert hast«, erklärte er mit Nachdruck. »Und ich rede nicht von einem kleinen Funken Magie, oh nein! Es war eine Welle. Gewaltig. Momentan kann ich sie zwar nicht mehr spüren, aber das, was sich mir offenbart hat, war ähnlich wie der Anstieg, den ich vor Monaten wahrgenommen hatte – und es war dieselbe Art von Magie.«

Inzwischen war ich mir fast sicher, dass Byron eine Art Seher sein musste. Die wiederholten Andeutungen erlaubten kaum einen anderen Schluss.

Ich ließ seine Worte in meinem Kopf kreisen, meine Gedanken hielten sich an der Kneipe fest. Die Anspannung, die flirrende Hitze, das Summen tief in mir. War es meine Magie? Oder einfach nur Stress?

Ein Hauch von Unsicherheit blieb. Das seltsame Gefühl hatte mich schon vor dem Kristall begleitet. Bevor das ganze Chaos begann. Nein, nicht ganz. Seitdem mein Laptop mir diese Website angezeigt hat. Vielleicht sollte ich Byrons Worte nicht einfach abtun.

Aber was würde das für mich bedeuten?

Vor meinem inneren Auge tauchte ein Bild von Anton auf – sein Lächeln, warm und unbeschwert. Ein Stich zuckte durch meinen Brustkorb, doch ich weigerte mich, ihn als Schmerz zu akzeptieren. Stattdessen straffte ich die Schultern.

Es spielte keine Rolle, was mit mir passierte oder was in mir schlummerte. Nur eines zählte: Ich musste zurück zu meinem Sohn.

»Nein«, protestierte ich daher laut. »Das kann nicht sein. Es ist unmöglich, dass ich magische Kräfte besitze.«

»Vielleicht glaubst du das«, gab Byron nach einer Weile zurück. »Aber Magie findet ihren Weg. Du kannst sie nicht ewig leugnen. Und du kannst sie nicht auf Dauer unterdrücken.«

Es klang wie ein Versprechen. Oder eine Warnung.

Ich versuchte, das Thema zu wechseln. »Warum sucht ihr überhaupt nach dieser Magie?«

Fins Blick wurde dunkel, und seine Stimme trug einen Hauch von Melancholie. »Unsere Welt stirbt«, berichtete er. »Und das schon seit über fünfhundert Jahren. Die Magie ist nahezu vollständig verschwunden. Früher hatte fast jeder von uns magische Kräfte, aber jetzt …« Er schüttelte den Kopf und schnitt ein Stück Fleisch vom Spieß ab. »Jetzt sind es nur noch wenige. Und die wenigen Begabten, die es noch gibt, sind die letzten, die überhaupt noch etwas davon in sich tragen.«

Er betrachtete das Fleisch in seinen Händen, bevor er es probierte. Schließlich verkündete er: »Das Fleisch ist durch. Wir können essen.«

Knocks holte den Spieß aus dem Feuer. Er reichte mir die erste Portion, sein Blick verschmitzt, dann zwinkerte er. »Für die Dame.«

Ich betrachtete die dampfende Portion. »Was genau

ist das für ein Tier?«, wollte ich zögerlich wissen.

Knocks brach in ein raues, ehrliches Lachen aus. »Besser, du fragst nicht und isst einfach. Es schmeckt besser, wenn du es nicht weißt.«

Ich zog eine Augenbraue hoch, entschied mich aber, es zu probieren. Der Geschmack überraschte mich – zart und saftig, mit einer leichten Rauchnote. Besser, als ich erwartet hatte. Ich aß weiter, ordnete meine Gedanken neu.

»Also sucht ihr die Begabten, weil sie so selten geworden sind?«, bohrte ich nach, bemüht, das Gespräch wieder auf das Thema zu lenken, das mir wirklich wichtig war. »Und was macht ihr, wenn ihr sie gefunden habt?«

»Sie für unseren Widerstand rekrutieren natürlich!«, rief eine Stimme hinter mir. Erschrocken drehte ich mich um und sah, dass Kirk und Devon zurückkehrten. Ihre Schatten tanzten im Feuerschein, während sie sich wieder zu uns setzten. Devon wirkte immer noch beunruhigt, sagte aber nichts. Er nahm lediglich seine Portion Fleisch entgegen und begann zu essen.

Für einen Moment herrschte Schweigen. Das Knistern des Feuers, das gelegentliche Schnauben der Pferde und das Wispern des Windes, der durch die Blätter strich, waren die einzigen Geräusche.

»Hört zu«, sagte ich schließlich, legte mein Essen beiseite und suchte nach passenden Worten. »Ich bin keine von euch. Schon gar keine Kämpferin, wie ihr sie scheinbar benötigt. Ich will nur zurück in meine Welt. Könnt ihr mir helfen, dorthin zurückzukommen?«

Byron schob das letzte Stück Fleisch zur Seite, säuberte seine Hände mit einer beiläufigen Geste und richtete seine Aufmerksamkeit auf mich. Seine Miene verriet wenig – ein Hauch von Bedauern, doch ebenso viel Unnachgiebigkeit. »Du glaubst, keine Begabte zu sein«, setzte er an. »Aber ich irre mich in solchen Dingen nie. Leider können wir dich nicht einfach gehen lassen. Du bist zu wertvoll für uns.«

Seine Aussage ließ mich zusammenzucken, als hätte er mich körperlich getroffen.

»Zu wertvoll?« Wut stieg in mir auf. »Was soll das für mich bedeuten?«

Byrons hielt meinen Blick stand. »Morgen reisen wir erstmal nach Dorkra«, erklärte er beinahe entschuldigend. »Und du wirst uns begleiten.«

»Dorkra? Was soll das sein?«, schoss ich zurück. »Was soll ich dort? Warum lasst ihr mich nicht einfach gehen? Ich werde definitiv nicht freiwillig mitkommen!«

Byron hob eine Hand in einer besänftigenden Geste, doch die Kälte in seinem Tonfall war unüberhörbar. »Wenn es sein muss, wenden wir Gewalt an.« Er hielt kurz inne, sein Gesicht leicht schmerzhaft verzogen. »Ich hoffe, es kommt nicht dazu.«

Das kann doch nicht ihr Ernst sein?

Fassungslos glitt mein Blick unauffällig über die Lichtung, um nach einem möglichen Ausweg zu suchen. Das gelegentliche Schnauben der Pferde, ihre Schweife peitschten gegen unsichtbare Insekten. Neben ihnen stand die Karre, in der ich gelegen haben musste,

beladen mit Vorräten und Ausrüstung.

»Ich bin keine Gefangene«, murmelte ich leise, ohne die anderen wirklich anzusprechen. Aber das einheitliche Schweigen, sprach Bände.

Fin kaute langsam, sein Ausdruck wechselte zwischen mir und Byron, als würde er nach einer unausgesprochenen Botschaft suchen. Knocks stocherte mit einem Ast im Feuer und summte leise, vollkommen in sich ruhend. Doch Devon … Devon starrte mich wieder an. Seine grünen Augen funkelten im Feuerschein wie kleine Flammen, und der Ausdruck darin jagte mir einen kalten Schauer über den Rücken. Ein unangenehmes Kribbeln breitete sich in meinem Nacken aus.

»Was willst du, Devon?«, fragte ich schließlich, wobei ich mich zwang, ihm direkt in die Augen zu sehen. Meine Stimme klang mutiger, als ich mich fühlte. »Was hast du davon, mich so anzusehen? Glaubst du, das bringt irgendwas?«

Er war unbeeindruckt von meiner Frage und antwortete voller Groll: »Ich glaube, du bist eine Gefahr für uns. Du bist nicht von hier, und wir wissen nicht, wer du wirklich bist. Scheinbar mit einer unkontrollierten und untrainierten Magie. Eine Zielscheibe. Wenn du mich fragst, sollten wir dich wieder schnellstmöglich loswerden.«

Ich nickte langsam, fast spöttisch. »Da bin ich ganz deiner Meinung!«

»Devon!«, schnitt Byron scharf durch die Nacht.

Dieser zuckte leicht zusammen, doch sein Gesichtsausdruck blieb unverändert. »Du weißt, dass ich recht

205

habe«, murmelte er und wandte seinen Blick ab. Ich konnte allerdings spüren, dass sein Groll noch lange nicht verflogen war.

Ich drehte ihm provokant den Rücken zu und sprach zu den anderen: »Ihr habt keine Ahnung, wie es ist, aus einer anderen Welt zu kommen. Ihr könnt mich hier festhalten, aber das wird nichts ändern. Ich werde einen Weg zurückfinden – mit oder ohne eure Hilfe.«

Fin lächelte schwach. »Mutig«, sagte er amüsiert, doch in seinen Augen lag eine ernste Spur. »Aber wo willst du hin? In eine Welt, die dich ganz offensichtlich nicht zurückholt? Vielleicht solltest du dir erst einmal überlegen, warum du hier bist, bevor du dir so sicher bist, dass du zurückwillst ... oder solltest.«

Seine Worte stachen. Sie schürten die ersten Zweifel in mir. »Ich weiß, warum ich hier bin«, entgegnete ich eine Spur trotzig und versuchte, mir selbst Mut einzureden. »Ich bin hier, weil dieser verfluchte Kristall mich hergebracht hat. Das war nicht meine oder die Entscheidung eines anderen. Es war schlicht ein Unfall!«

Knocks blickte auf, das Grinsen in seinem Gesicht lag irgendwo zwischen Schalk und Provokation. »Oder vielleicht war es die Entscheidung des Kristalls«, gab er zu bedenken. »Manchmal wählt die Magie selbst. Und wenn sie dich gewählt hat, wirst du sie nicht so leicht abschütteln können.«

Ich breche die Diskussion ab – sie führt ohnehin nirgendwohin. Sollen sie glauben, was sie wollen. Aber ich bin keine Gefangene. Niemals. Fremd, ja. In einer Welt, die mich versucht zu bekämpfen, aber nicht besiegen wird.

Die Sterne über mir funkelten kalt, unerreichbar – doch wenn sie mir eines versprachen, dann das: *Ich werde einen Weg nach Hause finden. Egal wie. Ich werde zurückkehren. Zu meiner Familie. Zu Anton.*

KAPITEL 11
Die Pilze

Nachdem die Gespräche am Lagerfeuer endlos weitergingen und mein Kopf von den vielen neuen Informationen brummte, zog ich mich zurück. Bevor ich mich auf mein Nachtlager legen konnte, stand mir eine andere Herausforderung bevor – eine, die ich lieber vermieden hätte.

Seufzend nahm ich eine der Laternen und machte mich auf den Weg in den Wald. Die Schatten der Bäume schienen sich zu bewegen, lebendig und wachsam, wie stille Wächter der Nacht. Mit einem genervten Schnauben suchte ich mir einen halbwegs geschützten Platz hinter einem Baum. Die schiere Unbequemlichkeit dieser improvisierten Situation raubte mir das letzte bisschen Würde, das mir aus meiner alten Welt geblieben war.

»Eine Toilette wird eindeutig überschätzt«, murmelte ich, während ich versuchte, das unangenehme Hocken hinter mich zu bringen. Kaum fertig, stand ich hastig auf, griff nach der Laterne und machte mich zurück auf den Weg.

Auf der Lichtung fühlte ich mich erleichtert, aber

auch frustriert bei der Erkenntnis, dass dies ab jetzt erstmal mein Alltag sein würde. Ich löschte die Laterne und legte mich auf die improvisierte Schlafstätte. Der Waldboden unter mir war mit Laub und Moos bedeckt – weich genug, um zu schlafen, aber weit entfernt von einer bequemen Matratze. Die Luft war überraschend mild, und die Decken reichten aus, um die Kälte fernzuhalten.

Die Nacht lebte. Das Rascheln der Blätter und das Knacken der Zweige hielten mich wach. Irgendwo zwitscherte ein Vogel, dessen schrilles Trällern wie eine Mahnung glich: *Du gehörst nicht hierher.*

Ich war dankbar, dass jemand Wache hielt und das Feuer weiter brannte. Vor allem war ich froh, dass Devon keinen Dienst hatte – allein der Gedanke, ihm ausgeliefert zu sein, ließ mich wachsam bleiben.

Es war meine erste Nacht unter freiem Himmel, und obwohl ich erschöpft war, fand ich keine Ruhe. Schließlich gab ich das rastlose Wälzen auf und starrte in die endlose Dunkelheit über mir. Die Sterne funkelten wie tausend Augen, doch nichts an diesem Anblick war vertraut. Kein Sternbild, das ich erkennen konnte – alles war fremd. Selbst der Nachthimmel schien mich verraten zu haben, ein stummer Beweis dafür, wie weit ich von meiner Welt entfernt war.

Irgendwann fand ich, trotz der fremden Umgebung und der Last meiner Gedanken, in den Schlaf. Die Wärme der Decke, das beruhigende Knistern des Feuers und das gleichmäßige Rascheln des Waldes wirkten wie ein sanftes Schlaflied.

Am Morgen öffnete ich die Augen und spürte eine unerwartete Frische in mir. Die Erschöpfung und die Schmerzen, die mich gestern noch überwältigt hatten, waren nur noch eine blasse Erinnerung – wie ein Traum, der beim Erwachen zerbröckelt. Mein Körper fühlte sich leicht an, meine Gedanken waren klar. Die frische Luft, durchzogen vom Duft von Tau und Erde, und das goldene Licht, das durch die Baumkronen fiel, tauchten die Lichtung in eine magische Atmosphäre.

Bald begann der Abbau des Lagers. Ich beobachtete, wie die Gruppe ihre wenigen Habseligkeiten ordnete: Decken wurden ordentlich aufgerollt, Vorräte in die kleine Karre verladen, die eines der Pferde ziehen würde. Es war offensichtlich, dass die Gruppe keinen Moment verlieren wollte; die ersten Sonnenstrahlen hatten kaum die Baumkronen durchbrochen, und sie waren bereits eifrig bei der Sache.

Ich griff nach meinem Rucksack, den ich als Kopfstütze benutzt hatte, und holte meine Wasserflasche hervor. Ich schraubte den Deckel ab, um mir etwas ins Gesicht zu spritzen und die Müdigkeit zu vertreiben. Kaum hatte ich die Flasche an die Lippen gesetzt, bemerkte ich eine Bewegung aus dem Augenwinkel. Fin trat näher, sein Blick fixierte die Flasche in meiner Hand mit einer Mischung aus Faszination und Staunen.

»Was genau ist das?«, fragte er, mit ehrlicher Verwunderung in der Stimme. Seine Augen, deren Farbe mich augenblicklich an Anton denken ließ, funkelten vor Interesse. Ein Stich ging durch mich hindurch, und ich schluckte hart.

Ich hielt ihm die Flasche hin, versuchte den Schmerz zu verdrängen, während ich den Deckel vollständig löste.

»Eine Wasserflasche «, erklärte ich mit einem gezwungenen Lächeln. »Sie ist aus Plastik – einem Material aus meiner Welt – und hat einen Schraubverschluss, der sie dicht hält. Perfekt, um Trinkwasser zu transportieren.«

Fin betrachtete die Flasche mit staunender Ehrfurcht. »Plastik«, wiederholte er testend, das Wort klang unbeholfen aus seinem Mund, fremd und ungewohnt. Er nickte, sein Interesse unübersehbar, trat jedoch zurück und ließ mich gewähren, damit ich mich erfrischen konnte.

Er ist der Sympathischste von ihnen, dachte ich, und eine Spur Erleichterung erfasste mich. Doch dann ermahnte ich mich selbst: *Vergiss nicht, er gehört zu ihnen. Sie sind deine Entführer.*

Das Feuer war gelöscht, und die Lichtung sah aus, als hätte dort nie jemand gecampt. Die Pferde standen am Rand, ihre Zügel locker in den Händen der Reiter, und schnaubten gelegentlich in die kühle Morgenluft.

Byron lenkte sein Pferd in meine Richtung. Er saß lässig im Sattel, seine Haltung entspannt, doch sein Blick verriet, dass ihm keine meiner Bewegungen entging.

»Bereit?« Die Art, wie er sprach, wirkte fast unbeteiligt.

Ich zögerte kurz, bevor ich knapp nickte. »So bereit, wie ich unter diesen Umständen sein kann.«

Byron ließ keine Überraschung erkennen, nur eine kaum merkliche Regung um seine Lippen, während er mit einer entspannten Geste auf die anderen zeigte. »Du wirst mit jemandem reiten. In der Karre wird es schnell unbequem.« Seine Worte waren freundlich, doch sein Tonfall ließ keinen Widerspruch zu.

Ich nickte abermals und ging zu den anderen hinüber, die bereits auf ihren Pferden saßen und warteten. Mein Blick fiel auf Devon, der mir am nächsten war. Er beobachtete mich aus den Augenwinkeln. Sein Gesichtsausdruck ließ sich nicht klar einordnen – nicht einladend, nicht abweisend, eher etwas Unbestimmtes. Vielleicht ein Hauch von Skepsis.

Er kann doch nicht ernsthaft erwarten, dass ich nach gestern mit ihm mitreite! Nach allem, was passiert ist? Nicht. Eine. Chance.

Ich zwang mich, den Kopf nicht zu schütteln - hielt mich eisern aufrecht. Ohne ein Wort ging ich an ihm vorbei. Nicht aus Trotz, oder um ihn zu provozieren, sondern um unnötige Komplikationen zu vermeiden.

Er hob beinahe amüsiert eine Augenbraue, während sein Blick sich auf mich heftete. Für einen Augenblick schien die Luft zwischen uns zu flirren – ein stummer Kampf. Oder ein Kräftemessen?

Ich riss mich los, zwang mich, weiterzugehen, spürte dabei seine Aufmerksamkeit noch immer auf mir. Ich versuchte, es zu ignorieren – vergeblich – bis ich vor Fin stand, der mir bereits freundlich entgegenlächelte.

Seine Augen funkelten. Er hatte unsere Interaktion beobachtet und amüsierte sich insgeheim darüber.

»Nimmst du mich bei dir auf?«, fragte ich spielerisch und legte eine Hand auf meine Brust, die anmutige Pose einer Dame, die um einen Tanz bat.

Fin lachte leise, ein warmer Klang, der für einen Augenblick die Anspannung überdeckte. »Natürlich«, antwortete er.

Er streckte mir die Hand entgegen, packte sicher zu und zog mich mit einem geschickten Ruck auf sein Pferd. Ich schwang mich umständlich hinter ihm in den Sattel und brauchte einen Moment, um das Gleichgewicht zu finden. Die Sitzposition war ungewohnt, und das Pferd scharrte leicht mit den Hufen, als spürte es meine Unsicherheit.

Byron gab ein kurzes Zeichen – ein scharfer Pfiff, der über die Lichtung hallte – und die Gruppe setzte sich in Bewegung. Die Pferde trugen uns gemächlich durch den lichten Wald, einem schmalen Pfad folgend, der sich wie ein goldenes Band zwischen den Bäumen entlangschlängelte.

Von vorne hörte ich ein gedämpftes Lachen. Es war Knocks, dessen Stimme immer einen Hauch von Schelmerei trug. »Autsch! Die Abfuhr hat gesessen. Der berühmte Jäger hat wohl ausgejagt!«, rief er in Richtung Devon, ein amüsiertes Funkeln in den Zügen.

Ich wagte einen schnellen Blick zu Devon und sah, wie er leicht den Kopf schüttelte. Sein Gesichtsausdruck blieb neutral, aber die Art, wie er die Zügel etwas fester hielt, verriet, dass Knocks' Kommentar ihn nicht völlig kaltließ.

213

Statt zu reagieren, murmelte er nur: »Kümmere dich um deinen eigenen Kram, Knocks.«

Dieser grinste nur breiter. »Das tue ich, keine Sorge.«

Fin, der vor mir saß, lachte leise. »Knocks wird nie müde, Leuten auf die Nerven zu gehen«, murmelte er, halb zu sich selbst, halb zu mir, während er das Pferd sicher über den schmalen Waldweg lenkte.

Ich lehnte mich nach vorne, um in sein Ohr zu flüstern. »Scheint, als wäre ich nicht die Einzige, die Devons Launen manchmal etwas zu viel findet.«

Fin drehte den Kopf zur Seite und schmunzelte. »Er ist nicht so schlimm, wie er aussieht. Er braucht nur Zeit, um Menschen zu vertrauen.«

»Oder um zu lernen, wie man lächelt«, entgegnete ich trocken, und Fin schnaubte belustigt.

»Das könnte schwierig werden«, gab er zurück und richtete seine Aufmerksamkeit wieder auf den Pfad vor uns. »Aber keine Sorge, Devon erholt sich schnell von solchen Stichen. Knocks hat ihn schon oft genug aufgezogen – das gehört fast zum Alltag.«

Nach kurzer Zeit begannen meine Beine von der ungewohnten Haltung zu brennen, und mein Hintern fühlte sich an, als säße ich auf einem Holzscheit. Ich versuchte, die Beschwerden zu ignorieren, aber je mehr ich mich bewegte, um eine bequemere Position zu finden, desto schlimmer wurde es. Schließlich entschied ich mich, den Schmerzen hinzunehmen und mich auf die Umgebung zu konzentrieren.

»Ist Dorkra so groß wie Portera?«, fragte ich. »Ist das eure Heimat? Bleiben wir dort? Wie sieht der Plan

aus?«

Fin sah kurz über die Schulter zu mir, ein amüsiertes Lächeln auf den Lippen, das eine Mischung aus Geduld und Belustigung verriet.

»Langsam, Rebecca«, sagte er amüsiert. »Eine Frage nach der anderen. Nein, Dorkra ist kleiner als Portera, aber dafür entspannter, gemütlicher – weniger Trubel.«

Knocks, der hinter uns ritt, lachte leise und schaltete sich ein. »Dorkra war mal meine Heimat«, erzählte er, seine Stimme mit einem Hauch von Stolz versetzt. »Ich bin dort geboren, direkt am Marktplatz. Meine Mutter hat gehandelt, mein Vater hat dafür gesorgt, dass niemand Ärger macht.« Sein Gesicht veränderte sich, wurde weicher, nachdenklicher, doch nur für einen Augenblick. Dann klopfte er sich auf die Brust, und das Grinsen kehrte zurück. »Ich wette, ich finde den besten Stand noch immer mit geschlossenen Augen.«

Kirk schnaufte, kommentierte es aber nicht.

»Wir holen dort ein Mitglied unserer Gruppe ab«, erklärte Fin nüchtern und übernahm wieder das Gespräch. »Unsere Mission war es, dich zu finden. Das haben wir erledigt. Der Rest ist der Rückweg.«

Mission ließ mich unwillkürlich zusammenzucken. Es klang kalt, mechanisch – nicht wie Worte an einen Menschen, sondern an ein bloßes Ziel.

»Mission«, wiederholte ich, um das Gefühl des Wortes auf meiner Zunge zu testen. Fin bemerkte meinen Ausdruck, seine Augen suchten meinen Blick. »Mach dir nicht zu viele Gedanken«, sagte er sanft. »Alles wird sich fügen. Wir bringen dich nicht unnötig in Gefahr.«

Vorne ritten Byron und Devon Seite an Seite. Sie sprachen leise miteinander, zu leise, um verstanden zu werden. Byrons Haltung blieb entspannt, während Devon die Zügel fest umschloss, seine Konzentration spürbar. Keine Wut lag in seiner Miene, nur angespannte Erwartung.

Byron drehte sich halb im Sattel um und rief über die Schulter: »Wir machen einen kurzen Halt. Die Pferde und wir brauchen eine Pause. In zehn Minuten geht es weiter. Dorkra ist nicht mehr weit.«

Die Ankündigung kam wie eine Erleichterung. Ich atmete tief durch, froh, die sengende Qual in meinen Beinen und die Spannung in meinem Rücken loszuwerden.

Nachdem wir auf einer kleinen Lichtung hielten, brachten die Männer ihre Pferde zum Stehen und stiegen ab. Fin landete mit einer geübten Bewegung und streckte mir die Hand entgegen.

»Geht's dir gut?«, fragte er beiläufig. Ich stolperte über eine unsichtbare Hürde auf dem Boden und streckte meine schmerzenden Gelenke aus.

»Ja, großartig«, antwortete ich sarkastisch, massierte meinen unteren Rücken und versuchte, die Muskeln zu lockern. »Ich verstehe wirklich nicht, warum irgendjemand freiwillig reitet.«

Knocks' dröhnendes Lachen hallte über die Lichtung. »Das ist doch noch nichts! Warte, bis wir dir beibringen, wie man reitet, ohne dich festzuklammern. Dann wirst du's lieben!« Sein schelmisches Grinsen war ansteckend, doch ich schnaubte nur ungläubig.

Ich ließ mich auf einen nahegelegenen Baumstumpf sinken, streckte mich aus und griff nach meinem Rucksack, den ich von der Karre geholt hatte. Das letzte Brötchen fiel mir in die Hände, hart und trocken wie ein Stein. Seufzend biss ich hinein, zwang mich, es zu kauen, obwohl es sich anfühlte, als müsste ich ein Stück Gummi zerkleinern. Der Geschmack war nicht unangenehm, aber so weit von dem entfernt, was ich vermisste, dass es fast wehtat.

Ein scharfer Stich zog durch meine Brust.

Vielleicht ist es nicht das Einzige, das ich auf Dauer verlieren werde.

Immer wieder beschlich mich der entsetzliche Gedanke, nie mehr nach Hause zu kommen.

Was, wenn ich Anton für immer verloren hatte, genauso wie David?

Mit einem Kloß im Hals sprang ich auf und ging schnellen Schrittes in Richtung Waldrand, um die aufsteigenden Tränen vor den anderen zu verbergen.

Ich lehnte mich gegen einen Baum, atmete tief ein und schloss die Augen. Der erdige Duft von feuchtem Laub füllte meine Sinne, half mir, meine Nerven zu beruhigen. »Du bist stärker als das«, sagte ich mir leise. »Du wirst einen Weg finden.«

Nachdem ich mich gesammelt hatte und schließlich zurückkehrte, lag eine sanfte Friedlichkeit über der Lichtung. Die Männer standen entspannt beisammen, das leise Lachen eines gelungenen Witzes verhallte zwischen den Bäumen. Aber etwas störte mich. Ein Prickeln breitete sich auf meiner Haut aus – die

untrügliche Ahnung, dass mich jemand ansah. Mein Blick wanderte unwillkürlich zum Waldrand zurück.

Die Schatten schienen lebendig, wie stille Beobachter. Ein Rascheln ließ mich zusammenzucken. Mein Herzschlag beschleunigte sich, aber ich zwang mich zur Ruhe.

Wahrscheinlich nur ein Tier, redete ich mir ein. Doch die Kälte, die mir den Rücken hinablief, wollte mir etwas anderes mitteilen.

Ich ließ mich wieder nieder, die Augen fest auf die Schatten der Bäume gerichtet. Etwas war da draußen. Ich konnte es fühlen. Wie ein lautloser Atem im Nacken, der sich in meine Haut fraß. Es nahm mich ins Visier, geduldig, unerbittlich.

Dann zerriss ein Schrei die Umgebung. Er war roh, durchdrungen von Qual und blanker Angst – wie das Heulen eines verletzten Tieres.

Der Klang hallte durch den Wald, tanzte zwischen den Stämmen und ließ die Luft vor Anspannung vibrieren.

Die Männer verstummten. Ihre Bewegungen erstarrten, und für einen endlosen Augenblick hatte die Zeit den Atem angehalten. Dann kam Leben in ihre Körper. Messer und Schwerter wurden mit einem metallischen Zischen aus Scheiden gezogen, ihre Klingen glitzerten im schwachen Licht. Die Gesichter der Männer verhärteten sich zu Masken aus unbeugsamem Willen und instinktiver Wachsamkeit.

Devon sprach zuerst. »Das war Darina!« Seine Stimme war heiser und drängend zugleich, seine Augen

brannten vor Entschlossenheit, als hätte der markerschütternde Laut eine Lunte in ihm entzündet. Ohne eine Sekunde zu verlieren, setzte er zum Sprung in Richtung des Aufschreis an, doch Byron war schneller. Mit einem eisernen Griff packte er ihn am Arm und zog ihn zurück.

»Warte!« Es war keine Bitte – es war ein Befehl, der keinen Widerspruch duldete.

»Es war Darina!«, knurrte Devon, seine Zähne fast gefletscht, während sich seine Muskeln unter Byrons Hand anspannten. Seine Stimme donnerte, unkontrolliert, voller Zorn und Dringlichkeit. »Wir müssen zu ihr, Byron! Jetzt!«

Ein zweiter Schrei durchschnitt die Nacht, so voller Verzweiflung, dass mir ein eisiger Schauer über den Rücken lief. Es war ein Laut jenseits des Menschlichen - ein Klang von unvorstellbarem Leid. Mein Blut gefror in meinen Adern.

Devon riss die Augen weit auf und ohne zu zögern, brach er aus Byrons Griff aus. Mit einer Bewegung, die roher Entschlossenheit entsprang, schüttelte er die Hand ab, die ihn festhalten wollte. »Ich warte nicht länger!«, rief er, bevor er kopfüber in die Schatten des Waldes stürmte.

»Verdammt!« Byron fluchte, seine Worte ein scharfes Zischen. Sein Kiefer mahlte aufeinander. Sein Körper war eine einzige Spannung, wie ein Bogen kurz vor dem Loslassen. Mit einem schnellen Blick zu den anderen erteilte er Anweisungen. »Knocks, Kirk – mit mir! Fin, du bleibst hier bei Rebecca. Und lass sie nicht

aus den Augen.«

Knocks und Kirk nickten wortlos, ihre Gesichter eine Maske aus Härte und innerer Unruhe. Sie folgten Byron in die Dunkelheit des Waldes, ihre Schritte verloren sich bald in den Schatten.

Mein Atem ging schnell und flach, mein Körper zitterte vor einer Furcht, die ich nicht greifen konnte.

Fin trat näher, seine Dolche in den Händen. Er drehte sie langsam, fast unmerklich. Sein Blick durchkämmte den Wald, suchte rastlos nach einem Hinweis auf das, was sich verbarg. Er war wie ein Raubtier, bereit, auf die geringste Bewegung zu reagieren.

»Fin…« Meine Stimme war nur ein leises Flüstern. »Was war das?«

»Ich weiß es nicht.« Seine Augen blieben wachsam auf die Schatten gerichtet. »Aber es ist nichts Gutes.«

Ich schluckte schwer, mein Mund war trocken. Gedanken rasten durch meinen Kopf, einer schlimmer als der andere. Doch ich brachte kein Wort hervor. Fin schob sich vor mich, seine Schultern straff, jeder Muskel angespannt – bereit, alles von mir fernzuhalten.

»Bleib nah bei mir«, sagte er mit Nachdruck. »Was auch immer dort draußen ist, es jagt uns.«

Ich nickte hastig, unfähig, eine Antwort zu formulieren - zwang mich, nicht den Kopf zu verlieren, doch jede weitere Sekunde wurde zur Qual.

Ein Knacken durchbrach die gespenstische Ruhe - das unverkennbare Geräusch von etwas Schwerem, das einen Ast zerbrach.

Es war nah, zu nah.

220

Ich stolperte instinktiv zurück, mein Blick huschte panisch umher. Der Klang war wie eine düstere Botschaft, ein Beweis dafür, dass wir nicht allein waren.

Ein Zucken ging durch Fin seine Schultern, seine Finger verkrampften sich leicht, als er seine Aufmerksamkeit auf die Geräuschquelle richtete. Ein dunkler Schatten huschte zwischen die Bäume – zu schnell, um ihn klar zu erkennen.

»Was war das?« Meine Stimme bebte.

Fin schwieg kurz, dann sprach er leise: »Es beobachtet uns.«

Die Luft erstarrte, jede Spur von Wärme verschwand. Der Wald erwachte zum Leben, und jedes Rascheln der Blätter fühlte sich an, als würden uns unsichtbare Augen beobachten.

Ein Brüllen fegte über die Lichtung, gefolgt von einem Schrei, der mein Blut in den Adern gefrieren ließ.

Automatisch trat ich näher an Fin heran.

»Das war Kirk«, sagte er. Seine Stimme war flach, doch seine Augen zeigten etwas, das mich frösteln ließ.

»Hilfe!« Ein neuer Schrei hallte durch den Wald.

Rau. Verzweifelt.

Knocks.

Seine sonst so kraftvolle Stimme klang brüchig, voller nackter Angst.

»Wir müssen etwas tun!«, forderte ich und bebte vor Dringlichkeit. Fin blieb regungslos. Seine Augen starrten auf den Wald.

»Warum tust du nichts?«, schrie ich Fin an, unfähig, die Panik in meiner Brust zu unterdrücken. Ich machte

einen Schritt nach vorne, aber er hob eine Hand, hielt mich damit zurück.

»Das ist eine Falle«, erklärte er leise, sein Ton kalt und schneidend. »Knocks würde nie um Hilfe schreien. Niemals.«

»Woher willst du das wissen?«, entgegnete ich ungläubig. »Vielleicht ist es so schlimm, dass er keine andere Wahl hat!«

Ein markerschütterndes Stöhnen.

Ein dumpfer Schlag.

Mein Puls raste, und der enge Knoten in meiner Brust zog sich noch fester zusammen.

Ich konnte es nicht mehr ertragen. Mit einem entschlossenen Ruck schob ich Fins Arm zur Seite und stürmte los, direkt in die Richtung der Schreie.

»Verdammt, Rebecca!«, brüllte Fin mir hinterher, seine Stimme überschlug sich beinahe.

Ich ignorierte ihn und der Wald verschlang mich augenblicklich, als hätte er nur darauf gewartet, dass ich allein eintrat. Die Schatten waren wie lebendige Finger, die nach mir griffen, und Äste zerrten an meiner Kleidung. Das Unterholz kratzte schmerzhaft durch meine Hose, doch ich lief einfach weiter.

Meine Beine brannten bereits, und jeder Atemzug drohte, meine Lunge zu zerfetzen. Die Schreie wurden immer lauter – und dann plötzlich: nichts mehr.

Kein Stöhnen, keine Bewegung.

Nur das Geräusch meiner eigenen Schritte war zu hören. Ich blieb stehen und lauschte. Ein leises Rascheln hinter mir ließ mich herumwirbeln. Etwas war

mir gefolgt.

»Rebecca.« Fin klang flach. Er stand nur wenige Schritte hinter mir. Sein Gesicht war eine Maske der Unnachgiebigkeit, nur seine Augen verrieten seine innere Anspannung.

»Warum bist du mir gefolgt?«, fragte ich keuchend. Er reagierte jedoch nicht auf meine Frage. Stattdessen starrte er an mir vorbei in den Wald. Seine Augen wurden seltsam glasig, entrückt in die Ferne.

Ich drehte mich um und folgte seinem Blick. Zuerst konnte ich nichts erkennen, doch nach einigen Sekunden tauchten in den Schatten Silhouetten auf.

Vor uns wurden vier Männer deutlicher. Die Gesten von zweien davon waren aufgewühlt, fast panisch. Ihre Hände fuchtelten wild, aber ihre Gesichter blieben verborgen. Fin lief an mir vorbei auf die Personen zu.

»Fin, halt mal… da stimmt etwas nicht«, flüsterte ich. Meine Worte fühlten sich dumpf an, verschluckt von der lautlosen Umgebung. Fin ignorierte mich und schritt unbeirrt weiter.

»Fin!« Ich packte seinen Arm, doch er reagierte nicht auf meine Berührung, sondern ging einfach weiter. Seine Bewegungen waren dabei unnatürlich gleichmäßig. Ein Blick in seine Augen zeigte mir eine erschreckende Leere.

»Fin, was ist mit dir los?«, fragte ich dringlicher. Keine Regung zeigte sich in seinem Gesicht.

Ich trat vor ihn, stellte mich ihm in den Weg und legte beide Hände auf seine Brust, um ihn zu stoppen. Mühelos schob er mich mit sich, als wäre ich gar nicht da. Seine Arme hingen schlaff an den Seiten, und die Waffen, die er vorhin noch sicher gehalten hatte, waren verschwunden.

»FIN! BLEIB STEHEN!«, schrie ich ihn jetzt verzweifelt an. Meine Forderung hallte zwischen den Bäumen wider. Ich rammte meine Füße in den Boden, um ihn zu stoppen.

Es gelang mir nicht. Hastig sprang ich zur Seite, um ihm auszuweichen, und stolperte über eine hervorstehende Wurzel. Mein Herz raste, mein Atem ging stoßweise, und meine Gedanken überschlugen sich.

Was ist nur los mit ihm? Warum nimmt er mich nicht wahr?

Ich blieb keuchend stehen, stützte die Hände auf meine Knie und versuchte, meine Atmung zu verlangsamen. Doch ich konnte es mir nicht leisten, innezuhalten. Nicht jetzt. Ich musste verstehen, was hier geschah. Mein Blick wanderte zu Fin, der inzwischen bei den anderen angekommen war, und rannte ihm hinterher.

Jetzt erkannte ich Knocks und Kirk, die weiter vorne standen. Sie waren die hektischen Personen, die ich erst nicht identifizieren konnte. Sie wollten mich auf etwas aufmerksam machen. Ihre Köpfe ruckten hin und her und ihre Münder bewegten sich geräuschlos, als versuchten sie, Fin ein *Nein* zu übermitteln. Irritiert blieb ich stehen.

Weiter hinten sah ich Byron und Devon.

Devon stand mit gerötetem Gesicht vor Byron, seine Haltung verkrampft. Seine Finger zeichneten aufgeregte Zeichen in die Luft, während er lautlos sprach.

Byron hingegen war entspannt, seine Arme leicht ausgebreitet, wie um die Situation zu entschärfen.

Zumindest sehen alle unverletzt aus, stellte ich erleichtert fest, *aber wieso bewegen sich ihre Lippen?*

»Warum höre ich nichts?«, fragte ich mich laut. Die Stille war allumfassend, bedrückend. Kein Rascheln der Blätter, kein Knacken von Ästen, nicht einmal mein eigenes Keuchen schien die Stille zu durchdringen. Der Wald verschluckte jedes Geräusch.

Vorsichtig setzte ich meinen Weg fort, Schritt für Schritt, dabei weiterhin die surreale Szene beobachtend.

Knocks und Kirk redeten auf Fin ein. Ihre Körpersprache wurde unruhiger, ihre Zeichen drängender, aber er schenkte ihnen keine Beachtung. Dann setzte er einen Schritt direkt neben Knocks und riss seinen Kopf hoch. Verwirrt schaute er sich um und sagte etwas. Mit dem letzten Schritt schien er eine unsichtbare Barriere zu übertreten und damit seine Trance durchbrochen zu haben.

Kirk wandte sich um. Sein Blick traf mich. Seine Lippen formten Worte, und er deutete auf mich. Auch Knocks begann wild zu gestikulieren, seine Arme schossen durch die Luft, verzweifelt darum bemüht, mir etwas Wichtiges mitzuteilen.

Aber was? Warum kommen sie nicht zu mir? Sind sie gefangen? Warten sie auf etwas? Verdammt, warum hörte ich nichts?

Mein Blick schweifte über die Männer und dann zurück auf den Boden. Hier musste irgendwas Magisches am Werk sein. Meine Gedanken rasten. Das Gespräch

mit Ted kam mir wieder in den Sinn.

Was wäre, wenn…?

Und dann sah ich es.

Ein Kreis aus Pilzen, verteilt im Gras. Es waren bunt gemischte Sorten und zu symmetrisch, um natürlich so gewachsen zu sein. Sie bildeten einen perfekten Kreis um die Gruppe Männer.

Mein Atem stockte.

Ein Pilzkreis. Eine Falle.

Sie waren darin eingesperrt und von mir abgeschottet.

Ich näherte mich dem Kreis und achtete darauf, die Grenze nicht zu überschreiten.

Bei genauerem Hinsehen erkannte ich das Pulsieren – die kleinen Kappen bewegten sich eigenständig, angetrieben von einer fremden Macht.

Wenn dies ein magischer Kreis war, lag die Gefahr viel näher, als mir lieb war.

Knocks deutete mit weit aufgerissenen Augen auf den Boden, und sein Gesicht verzog sich vor Erkenntnis.

»Das ist es«, flüsterte ich mir zu.

Meine Augen huschten rastlos über die Umgebung, auf der Suche nach Anzeichen für die Gefahr. Nichts deutete auf die Anwesenheit der Kobolde hin. Sie lauerten wahrscheinlich irgendwo hinter den Bäumen, beobachteten uns, spielten mit uns.

Ein leises Knistern lag plötzlich in der Luft. Kaum hörbar, aber laut genug, um meine Nackenhaare aufzustellen.

»Was mache ich denn jetzt?«, fragte ich mich selbst.

Meine Hände zitterten, doch ich zwang mich, ruhig zu bleiben. Ich musste handeln.

Denn wenn ich sie nicht bald aus diesem verdammten Kreis herausholte, könnten die Kobolde jeden Moment zuschlagen und ihnen die Lebenskraft aussaugen.

Ich presste die Zähne zusammen und ballte die Hände zu Fäusten, bis die Fingernägel sich in meine Handflächen gruben. Das Ziehen des Schmerzes half mir, einen klaren Kopf zu bewahren. Ich sog tief Luft ein und schleuderte meine Aufforderung mit fester Stimme in die Dunkelheit des Waldes: »Kommt raus! Ich weiß, dass ihr hier seid!«

Der Wald antwortete nicht – zumindest nicht sofort. Die Spannung um mich herum war allerdings greifbar.

Und dann hörte ich es: ein Kichern.

Es war ein leises, aber unheimliches Geräusch, das zwischen den Bäumen tanzte wie ein scheues Tier.

Das Lachen klang nicht menschlich. Es war schrill und verzerrt, zugleich verspielt und voller höhnischer Bosheit.

Unwillkürlich musste ich an Ted denken. Damals im Wald hatte etwas gelacht, unbeschwert, begleitet von einer seltsam hypnotisierenden Melodie. Aber hier war nichts Hypnotisches – nur der kalte, klamme Griff einer Macht, die wusste, dass sie die Oberhand hatte.

»Was ist, habt ihr Angst?«, forderte ich das Unsichtbare heraus. »Keine Sorge, ich will euch nichts tun. Ich möchte nur reden.«

Ein Glucksen erklang von allen Seiten, wie ein

unsichtbarer Kreis, der sich immer enger um mich zog. Auf einmal regten sich die Blätter um mich herum. Sie lösten sich vom Boden, wurden von einer unsichtbaren Macht angehoben und wirbelten in wilden Spiralen durch die Luft. Die Bewegungen waren unnatürlich, fast zu elegant, wie ein makabrer Tanz, der einer fremdartigen Melodie folgte, die nur Kobolde hören konnten. Der Boden unter meinen Füßen vibrierte leicht, ein unheilvolles Flüstern von Kraft, die sich formierte.

»Das macht mir keine Angst!«, stieß ich hervor, meine Stimme laut und trotzig, obwohl mein Herz wie ein gefangener Vogel in meiner Brust flatterte. Merkwürdigerweise fühlte ich keinen Schrecken mehr, nur eine seltsame, fast berauschende Aufregung.

Mein Instinkt sagte mir, dass die Kobolde mir nichts anhaben konnten – nicht hier, nicht jetzt. Vielleicht war es das Wissen, dass ich außerhalb ihres Kreises stand, außerhalb ihrer Reichweite. Oder aber es war das Adrenalin, das meine Angst erstickte und meinen Kopf mit einer guten Portion Mut füllte.

Die Blätter sanken abrupt zu Boden, wie Marionetten, deren die Fäden durchtrennt wurden. Sie verharrten still, unbeteiligt, als wäre nichts geschehen.

Doch das Kichern blieb – ein stetiges, nervenaufreibendes Geräusch, das sich in mein Bewusstsein bohrte. »Na gut, dann eben nicht«, meinte ich provokant. Ich ließ es absichtlich lässig klingen, eine plumpe Herausforderung, die nicht ernst gemeint war – aber genau das sollte sie zeigen. »Ich werde in Dorkra erzählen, wie

verängstigt ihr seid. Die Leute dort werden sich köstlich über eure Feigheit amüsieren. Endlich können sie euch vergessen.«

Mit einem Mal verstummte das Kichern. Alles um mich herum erstarrte, der Wald verharrte in gespenstischer Reglosigkeit. Für einen Augenblick glaubte ich, meine Worte hätten nichts bewirkt – oder schlimmer, sie hatten etwas noch Unheilvolleres entfesselt.

Dann regten sich die Blätter abermals, sammelten sich in kleinen Strudeln, die wie winzige Tornados über den Boden huschten. Die Luft knisterte vor Spannung, und ich konnte förmlich fühlen, wie etwas heraufbeschworen wurde. Die Wirbel beschleunigten sich, tanzten schneller und schneller, bis sie mit einem knallenden Geräusch auseinanderfielen und die Blätter wie nach einer Explosion zu Boden regneten.

Inmitten des Chaos stand ein kleines Wesen.

Ich blinzelte überrascht. Zuerst fiel mir seine ungewöhnliche Kleidung auf – ein Oberteil aus übereinanderliegenden Blättern, die kunstvoll mit Schnüren befestigt waren. Sie waren an den Rändern gewebt, als hätte die Natur selbst sie für ihn geschaffen. Seine Hosen schimmerten in Grüntönen, die an Algen erinnerten, und seine Schuhe waren aus leuchtend gelben Blüten gefertigt, so fein gearbeitet, dass sie wie kleine Kunstwerke aussahen.

Aber seine Gestalt war unnatürlich. Er war schmal, nahezu zerbrechlich, mit einer überproportional großen Nase, die so auffällig war, dass sie nicht so recht in sein Gesicht passen wollte. Sie ragte von seinem

blassen Gesicht hervor, das zugleich menschlich und fremd war. Seine Haut hatte einen leichten Schimmer, und auf seinem Kopf lagen wenige zottelige Strähnen.

Ein Wesen aus alten Legenden stand direkt vor mir.

Was mich jedoch am meisten beeindruckte, waren seine Augen. Sie glühten in lebendigem Grün, voller neckischer Freude und einem Ausdruck puren Vergnügens. Hinter diesem Glanz lag noch etwas anderes – eine tiefe, unergründliche Weisheit, die mich sofort erkennen ließ, dass er mehr wusste, als er nach außen zeigen wollte.

Mit einer lässigen Bewegung verschränkte der Kobold die Arme hinter dem Rücken und trat einen Schritt näher. Seine Stimme klang melodiös, beinahe hypnotisch; jedes Wort ein sanfter Sog. »Du bist nicht von hier.«

Es war keine Frage, sondern eine Feststellung. Sein funkelnder Blick bohrte sich in mich, und meine Kehle wurde eng. Trotz seiner kuriosen Erscheinung – oder gerade deswegen – schüchterte er mich ein und faszinierte mich zugleich.

Ich antwortete ehrlich: »Du hast recht. Ich komme aus einer anderen Welt.«

Der Kobold legte nachdenklich den Kopf schief, seine Miene verriet, dass er über meine Worte nachsann. Dann grinste er. »Du bist aus einer anderen Welt hergereist, das stimmt«, sagte er leise, bevor er eine unerwartete Gegenfrage stellte. »Aber bist du sicher, dass es nicht diese Welt ist, zu der du wirklich gehörst?«

Was er sagte, ließ mich stocken. *Was genau meint er*

damit? Ist das die Taktik der Kobolde, um einen zu verwirren?

Bevor ich darauf reagieren konnte, fuhr er fort. Seine Aufmerksamkeit war auf die Männer im Pilzkreis gerichtet. »Ich habe dir einen Gefallen getan«, stellte er mit einem leichten Lächeln klar, das gleichzeitig triumphierend und verschlagen war. »Ich habe dich aus deiner Gefangenschaft befreit.«

Ich folgte seinem Blick zu den Männern, die noch immer in der magischen Falle festsaßen und uns neugierig beobachteten. »Woher weißt du davon?«, fragte ich misstrauisch.

»Wir leben im Wald«, erklärte er, fast beiläufig, als sei das die offensichtlichste Sache der Welt. »Wir hören zu, wir sehen zu. Eure Gespräche am Lagerfeuer waren … interessant.«

Das Grinsen des Kobolds wurde breiter, sichtlich amüsiert über meine überraschte Reaktion. »Ihr habt uns gut unterhalten«, fügte er hinzu. »Deswegen habe ich dir geholfen und du kannst dich jetzt bei mir bedanken.«

Etwas an seinem Ton ließ mich zögern. Sein verschmitzter Blick und die Art, wie er sich leicht auf die Zehenspitzen stellte. Ich ignorierte seine Bemerkung und wollte stattdessen wissen: »Was passiert jetzt mit ihnen?«

Sein Lächeln wurde dunkler. »Das weißt du doch«, antwortete er spielerisch. »Ich sauge ihre Lebenskraft aus und gewinne dadurch Magie. Es ist nichts Persönliches – nur das natürliche Gleichgewicht.«

Der Gedanke, dass dieses Wesen ihnen ihre

Lebensenergie raubte, war erschreckend. Doch eine Idee formte sich in meinem Kopf, und ich war insgeheim erleichtert, Ted über Kobolde ausgefragt zu haben. Vielleicht würde sein Wissen uns retten – vorausgesetzt, es stimmte alles.

Mit so viel Ruhe, wie ich aufbringen konnte, fragte ich: »Können sie mich hören, wenn ich mit ihnen spreche?«

Der Kobold nickte eifrig, seine Augen funkelten voller Vorfreude. »Oh ja, das können sie. Sie hören jedes einzelne Wort von uns.«

Ich wandte mich den Männern zu. Ihre Gesichter spiegelten die unterschiedlichsten Gefühle wider. Kirk und Knocks sahen mich an, als könnten sie nicht glauben, dass ich gerade ein Gespräch mit einem Kobold führte. Byron wirkte, wie so oft, erstaunlich locker. Er fixierte mich ausdruckslos. Devon hingegen war definitiv wütend – also nichts Neues. Seine verschränkten Arme und der finstere Blick sprachen Bände.

»Byron, hör mir zu!«, rief ich fester. Meine Worte drangen durch die seltsame Barriere, denn der Anführer drehte langsam den Kopf – ein Zeichen, dass er mir zuhörte. Es war ein kleines Risiko, aber wenn mein Plan aufging, wäre es ein entscheidender Zug, der mich näher an mein Ziel brachte.

»Wenn ihr mich zu meinem Portal zurückbringt, werde ich euch befreien«, forderte ich bestimmt.

Neben mir keuchte der Kobold laut auf, sprang einen Schritt zurück und wedelte empört mit den Armen. »Hey, nein! Das ist nicht der Plan!«, rief er beleidigt. Ich

ignorierte ihn und hielt meinen Blick auf Byron gerichtet. Nach einem Augenblick des Überlegens nickte er.

»Ihr könnt sie nicht befreien!«, fauchte der Kobold. »Sie sind unwiderruflich in meinem Kreis gefangen. Die Pilze sind magisch – sie können von niemandem außer mir zerstört werden!«

»Ich finde es nett, dass du mir helfen wolltest, aber dein Plan war nicht meiner.« Ich begann meinen Schuh auszuziehen, dann auch die Socke darunter. Dabei kam ich mir überaus lächerlich vor und zweifelte direkt an meinem Vorhaben.

Der Kobold erstarrte und sah erst mich und dann die Socke an. Seine Augen wurden noch riesiger und hafteten auf dem Kleidungsstück wie auf einem Juwel, während ich es auf links drehte.

»Hier«, sagte ich selbstsicher. Dabei hielt ich ihm das neue Objekt seiner Begierde entgegen und zwang mich, nicht zu grinsen. »Nimm sie, und lass die Männer frei.«

Bitte, bitte lass es funktionieren.

Sein Blick huschte zwischen mir und dem Stück Stoff hin und her. »Eine Socke? Wirklich? Du denkst, das reicht?«

Ich zuckte mit den Schultern, bemühte mich, gleichgültig zu wirken. »Du weißt, wie selten Dinge wie diese sind«, sagte ich. »Und du willst doch sicher ein besonderes Souvenir aus einer anderen Welt besitzen, nicht?«

Der Kobold hielt inne, seine funkelnden Augen fixierten mich, bevor sich ein schalkhaftes Grinsen auf seinem Gesicht ausbreitete. Seine Zähne blitzten im

diffusen Licht des Waldes auf, und in seinen Zügen lag eine Mischung aus kindlicher Freude und hinterhältigem Vergnügen.

»Normalerweise wären es fünf Kleidungsstücke – eins für jeden von ihnen«, sagte er langsam, jedes Wort triefend vor theatralischem Genuss. Dann zuckte er allerdings mit den Schultern, ein Ausdruck selbstgefälliger Großzügigkeit auf seinem Gesicht. »Aber ich will heute nicht kleinlich sein.«

Bevor ich reagieren konnte, schnappte er sich geschickt die Socke. Er wollte es scheinbar nicht riskieren, dass ich es mir noch anders überlegte. Mit einer unerwarteten Zärtlichkeit drückte er das Stück Stoff an sich, als wäre es ein Schatz – ein lang vermisstes Kuscheltier, das er gerade wiedergefunden hatte.

Dann brach er in Gelächter aus – so freudig und rein, dass es so gar nicht zu der dunklen, unheilvollen Atmosphäre des Waldes passte. Es war ansteckend und kindlich, beinahe unschuldig.

Ein plötzlicher Windstoß kam auf, Blätter tanzten chaotisch durch die Luft, und der Kobold selbst schien im Wind aufzugehen. Sein Lachen verblasste wie ein ferner Glockenschlag.

Die Pilze im Kreis glommen – ein warmes, goldenes Leuchten, das die Schatten um uns herum verscheuchte. Für einen Moment schienen sie lebendig, pulsierend vor Energie, ehe sie mit einem leisen Knistern zu feinem Staub zerfielen, der sich wie glitzernder Schnee auf dem Waldboden absetzte.

Ich stand verblüfft reglos da – dann brach ein Lachen

aus mir heraus. Tief, befreiend, erleichtert. Die Spannung wich aus meinen Schultern, ich musste den Kopf schütteln, unfähig zu begreifen, dass es tatsächlich funktioniert hatte.

Mit einem letzten Blick auf die feinen Staubspuren ließ ich die Realität sacken: Sie waren frei.

KAPITEL 12
Ungeliebter Deal

»Wie konntest du nur auf ihre Erpressung einge-hen? Wir haben keine Zeit für solche Um-wege! Wir müssen nach Dorkra zurück, und zwar so-fort!«, schnauzte Devon Byron an. Er war zornig, und seine Hände ballten sich zu Fäusten.

Byron antwortete nicht sofort. Stattdessen hob er be-schwichtigend die Hände, sein Gesicht blieb ent-spannt, obwohl er sichtlich nach Worten suchte, um Devon zu beruhigen. »Wenn du nicht einfach in den Wald abgehauen wärst, hätte ich keinen Deal eingehen müssen«, verteidigte er sich trocken.

Knocks näherte sich mir derweil mit einem neugieri-gen Funkeln in den Augen. Er beobachtete mich dabei, wie ich mit meinem nackten Fuß wieder in meinen Schuh schlüpfte und ihn zuband. Dann legte er den Kopf schief.

»Geht's dir gut, Rebecca?«, fragte er mit überra-schend sanfter Stimme, die im Kontrast zu seinem sonst so belustigten Auftreten stand.

Ich nickte, auch wenn mein Herz immer noch raste und meine Hände zitterten. »Ja, alles gut«, brachte ich

hervor. Aber ehe ich mehr sagen konnte, verzog sich sein Gesicht zu einem breiten Grinsen. Mit einem lauten Klatschen schlug er die Faust in seine offene Handfläche – die Begeisterung sprudelte förmlich aus ihm heraus.

»Das war ja mal was! Ein echter Kobold! Unglaublich! Ich wünschte, mein Alter hätte das noch erleben können.« Sein Ton war voller Bewunderung, fast ehrfürchtig. »Und wir sind auch noch lebend rausgekommen – dank dir! Woher wusstest du, was zu tun ist?«

Ich zuckte gelassen mit den Schultern, obwohl mir die Ereignisse noch in den Knochen steckten. »Ted hat mir von den Geschichten seines Vaters erzählt. Glücklicherweise wusste ich daher, dass Kobolde seltsame Tauschgeschäfte lieben.«

»Der Kerl hat also doch mal für was getaugt«, warf Kirk trocken ein, während er näherkam. Neben ihm stand Fin. Sie grinsten bis über beide Ohren, als könnten sie den Ernst der Lage kurz vergessen. Fin trat vor und klopfte mir freundschaftlich auf die Schulter – kräftig, aber herzlich.

»Wirklich gut gemacht! Wir schulden dir was, Rebecca«, sagte er aufrichtig. Sein Tonfall und das Leuchten in seinen Augen ließen keinen Zweifel an seiner Ehrlichkeit.

Byron nickte leicht, doch er blieb nachdenklich.

Devon allerdings konnte – wenig überraschend – nicht einfach mit dem Rest der Gruppe harmonieren. Er stand ein Stück abseits, die Arme vor der Brust verschränkt, und starrte finster ins Dickicht. »Ich bedanke

237

mich erst, wenn wir aus diesem verfluchten Wald raus sind«, knurrte er und ließ seinen Blick über die dichten Äste schweifen. »Ich kann nicht mal sagen, aus welcher Richtung wir gekommen sind. Irgendwo auf dem Weg hierher wurde ich verzaubert.«

Die anderen schauten sich um und stimmten ihm zu. Auch mir wurde bewusst, dass das tatsächlich ein Problem war. Der Wald hatte uns wieder mit seinen gewohnten Geräuschen umgeben – Vogelgesang, das Rascheln kleiner Tiere, das Summen von Insekten – alles sah gleich aus. Dichter Wald, egal wohin man schaute.

Ich ließ meinen Blick über die Gruppe schweifen, suchte nach einem Zeichen des Verstehens oder einer Idee. Doch die wortlose Unsicherheit lag spürbar in der Luft.

Kirk fuhr sich mit der Hand über den Nacken, als könnte er so eine Antwort herausmassieren. Devon starrte in den Wald, die Stirn angespannt, als wollte er die Bäume mit bloßer Willenskraft zwingen, ihm den Weg zu weisen. Byron stand mit schief verzogenen Lippen da, seine Arme verschränkt – auch in seiner Haltung lag kein Anzeichen einer Lösung.

Dann spürte ich es erneut: dieses eigenartige Summen in meinem Bauch. Es begann sanft, ein pulsierendes Kribbeln, das wie eine warme Welle durch meinen Körper schwappte. Es floss durch meine Beine bis in meine Fußsohlen und verband sich mit der Erde unter mir. Das Gefühl war außergewöhnlich, aber nicht unangenehm, eher wie ein wortloses Gespräch mit etwas Größerem.

Der Boden fühlte sich anders an. Weicher.

Der Wald wurde zu ein lebendiges Wesen, das mich beobachtete und prüfte, so wie ich ihn.

»Verflucht noch mal! Schaut euch das an!«, stieß Knocks aus. Sein ausgestreckter Arm deutete auf den Boden vor mir.

Ich folgte seinem Blick und sah es. Direkt dort, wo ich gerade noch gestanden hatte, sprossen zarte Blumen aus dem kargen Waldboden. Ihre Blütenkelche öffneten sich wie in einem Zeitraffer; rot wie glühende Kohlen, die im grünen Moos erstrahlten.

»Mohnblumen«, murmelte ich fassungslos. Es war unmöglich – Mohnblumen gehörten nicht in den Wald. Ihre leuchtenden Farben bildeten einen scharfen Kontrast zum düsteren Unterholz. Verwirrt hob ich meinen Fuß und trat einen Schritt zur Seite.

Und kaum berührte meine Ferse das Moos, geschah es erneut: Die Blumen sprossen auf, als wären meine Bewegungen der Funke, der sie zum Leben erweckte. Die leuchtenden Blüten entfalteten sich in Sekunden – kleine Feuer, die den tristen Boden erhellten.

Die Männer standen wie versteinert da und starrten wie ich, auf das surreal schöne Schauspiel.

Kirk war es, der die Fassungslosigkeit als erster kommunizierte: »Ich glaub, mich tritt ein Pferd!«

Sein Ausruf löste ein nervöses Lachen in der Gruppe aus. Ein schwaches Ventil für die Spannung, die sich in uns allen aufgestaut hatte.

Die Blumen wuchsen unterdessen unaufhaltsam weiter. Sie bildeten einen schmalen, leuchtend roten Pfad,

der sich elegant durch das dichte Unterholz schlängelte. Der Wald selbst wollte uns die Richtung zeigen.

Byron trat näher heran und musterte die Blumen, seine Stirn in tiefen Falten gelegt.

»Sie weisen uns den Weg«, sagte er erstaunt. Seine Augen richteten sich auf mich. »Rebecca, du gehst vor.«

Mein Herz, das sich gerade erst verlangsamt hatte, schlug unvermittelt wieder schneller. Ich fühlte den drängenden Puls der Mohnblumen unter meinen Füßen und die unausgesprochene Einladung.

Ich holte tief Luft, bereit, den ersten Schritt zu wagen. Eine warme Hand legte sich allerdings unerwartet um meinen Arm und hielt mich zurück. Der Griff war fest, aber nicht hart, und ich drehte mich überrascht um.

Devon stand hinter mir, sein Gesicht angespannt, seine Augen suchten die meinen, voller Unruhe und etwas anderem – etwas, das ich nicht deuten konnte.

»Das könnte eine weitere Falle sein«, warnte er leise. In seiner Stimme lag ein besorgter Unterton, der nicht zu seinem sonst so festen Auftreten passte.

Seine Hand lag länger auf meinem Arm, als nötig gewesen wäre. Ich hielt seinem Blick stand, ließ mich nicht beirren - wusste, dass ich das Richtige tat.

»Nein«, sagte ich bestimmt. »Das kommt nicht von den Kobolden. Es ist der Wald.«

Devon runzelte die Stirn, bevor er allerdings etwas erwidern konnte, sprach Byron mit leichter Faszination: »Sie hat recht. Ihre Magie ist aktiv und der Wald

reagiert auf sie.«

Wärme flutete meinen Körper - wie ein loderndes Feuer, das sich in meinen Adern ausbreitete. Die unsichtbare Verbindung zwischen mir und dem Wald wurde immer deutlicher. Ein leises Nicken zu mir selbst reichte, und ich setzte mich achtsam in Bewegung.

Die Mohnblumen wogten leicht hin und her. Sie schienen meinen Schritten vorauszugehen – lebendig, ein stiller, treuer Kompass, der uns durch den verworrenen Wald leitete.

Die Männer folgten mir, diesmal ohne Einwände. Ihre üblichen Streitigkeiten und Kommentare blieben aus, und unsere einzige Begleitung war das leise Rascheln der Blätter und das Knirschen unserer Schritte.

Kirk, der hinter mir lief, zeigte auf eine Stelle etwas abseits der Blumen. »Fin, da liegen deine Dolche!« Er klang erleichtert, fast triumphierend.

Fin blieb stehen und folgte Kirks ausgestrecktem Finger. Dort, im feuchten Moos, lagen seine beiden Waffen, still bewahrt vom Wald, bis wir zurückkehrten. Er ließ sich auf ein Knie sinken, hob die Dolche auf und betrachtete sie einen Moment lang, bevor ein leises Lachen über seine Lippen kam.

»Na endlich«, stieß er hervor und prüfte dabei die scharfen Klingen. Dann steckte er sie zurück in den Halfter. Die Erleichterung auf seinem Gesicht war nicht zu übersehen.

»Danke«, sagte er. Sein Blick war direkt auf mich gerichtet.

Ich nickte leicht, ohne stehen zu bleiben. Die Blumen wuchsen unentwegt, und mit jedem Schritt wurde das Summen in mir intensiver – fast wie ein Lied, das nur ich hören konnte. Eine harmonische Melodie, die mit meinem Puls verschmolz.

Je weiter wir gingen, desto vertrauter wurde die Umgebung. Die Bäume lichteten sich, und schließlich öffnete sich der Wald vor uns. Dort, zwischen den hohen Stämmen, erkannte ich den schmalen Pfad wieder, den wir gefühlt vor Stunden verlassen hatten. Es war ein Anblick, der mich mit Erleichterung erfüllte.

Hinter mir hörte ich, wie Knocks tief durchatmete, es klang fast wie ein Seufzen, und Kirk rieb sich erleichtert über die Stirn. »Das war tatsächlich echt knapp«, meinte er, scheinbar nur für sich selbst. Die angespannte Haltung, die uns alle in den letzten Stunden begleitet hatte, löste sich endlich.

Byron trat neben mich. »Gut gemacht«, meinte er knapp, bevor er sich wieder dem restlichen Weg zuwandte. Es war kein flüchtiges Lob – aber es war ehrlich, und das machte es bedeutungsvoll.

Wir folgten dem Pfad, bis der Wald uns endlich aus seinem grünen Labyrinth entließ. Die leuchtenden Blüten verschwanden genauso, wie sie erschienen waren, und ließen nur einen Hauch von Magie in der Luft zurück. Kurz blieb ich stehen, drehte mich um und betrachtete die endlose Wand aus Bäumen hinter uns.

Die Verbindung, die ich gespürt hatte, verblasste mit jedem Atemzug, löste sich auf, bis nur noch ein Echo nachhallte. Und dennoch verweilte die Wärme, das

leise Pulsieren der Magie, in mir – ein ständiges Flüstern, das mir ins Bewusstsein rief, dass ich nicht mehr dieselbe war wie zuvor.

Am Wegesrand warteten die Pferde genau dort, wo wir sie zurückgelassen hatten. Die Zügel waren locker um Äste geschlungen, und die Tiere grasten entspannt – völlig unbeeindruckt von der Bedrohung, die uns verfolgt hatte.

Devon eilte sofort zu seinem Pferd, einem großen, schwarz glänzenden Tier, das bei seinem Anblick leise wieherte und den Kopf an seine Schulter drückte. Er streichelte ihm überraschend sanft über den Hals.

»Danke«, meinte er, so leise, dass es kaum zu hören war. Es klang aufrichtig. Ich wusste jedoch, dass dieser Dank nicht dem Pferd galt. Es war ein Tribut an die Magie, die uns geführt und aus dem Wald geführt hatte – ein Dank, den er offenbar nicht direkt an mich richten konnte. Trotzdem durchflutete mich Zuneigung. Obwohl er mich bis hierher schlecht behandelt hatte, spürte ich nun eine zarte Verbindung zu ihm.

Ich öffnete den Mund, um etwas zu sagen – vielleicht eine sarkastische Bemerkung zu machen, um seine dicke Fassade zu durchbrechen –, aber bevor ich den Gedanken zu Ende bringen konnte, wandte Devon sich ab. Natürlich.

Enttäuschung erfasste mich. Ich verdrehte die Augen und biss mir auf die Zunge, um nichts zu sagen, was die Situation verschärft hätte.

»Du hast mein Wort, dass wir dich dorthin bringen, wo du hinwillst – wie wir es vereinbart haben«, sagte

Byron bestimmt, und er trat einen Schritt auf mich zu. »Aber zuerst müssen wir nach Dorkra. Unser letztes Gruppenmitglied wartet auf uns, und wir wollten uns schon lange treffen. Dazu brauchen wir Vorräte, die wir in Dorkra besorgen können.«

»Wie lange wird alles dauern?«, fragte ich, bemüht, so neutral wie möglich zu bleiben. Mit einem letzten Blick auf Devon wandte ich mich dem Anführer zu. Je schneller ich hier wegkam, desto besser.

Byron hielt kurz inne, seine Augen leicht verengt, während er seine Antwort sorgfältig abwog. »Höchstens drei Tage, bis wir wieder in der Nähe von Portera sind«, antwortete er schließlich. »Dorkra liegt nicht weit von hier. Wir werden vielleicht ein bis zwei Nächte in der Stadt verbringen und können dann wieder zurück.«

Drei Tage? Das war nicht die Antwort, die ich hören wollte. Bis dahin könnte in meiner Welt bereits einiges passiert sein, aber zumindest war es erst einmal ein Plan. Und immerhin fühlte ich mich nicht mehr wie eine Gefangene, die man widerwillig mitschleifte, sondern wie jemand, der ein Mitspracherecht hatte. Das übertraf meine Erwartungen an diese Reise.

»Alle aufsteigen! Wir reiten weiter«, befahl Byron unvermittelt. Mit einer geschmeidigen Bewegung schwang er sich auf sein Pferd, das geduldig gewartet hatte. Die anderen folgten seinem Beispiel.

Ich zögerte, unsicher, bei wem ich mitreiten sollte. Knocks kam mir zuvor. Mit seinem breiten Grinsen und dem unerschütterlichen Selbstbewusstsein deutete er auf sein massiges Pferd. »Komm schon, Mäuschen.

244

Du sitzt bei mir.«

Bevor ich etwas erwidern konnte, griff er nach meiner Hand und zog mich mit Leichtigkeit nach oben. Ich landete hinter ihm, und obwohl ich mich nicht wohl dabei fühlte, so dicht an ihn gedrückt zu sein, hatte ich keine Wahl.

Knocks war wie ein Fels, sein breiter Rücken fing jeden Stoß des Pferdes ab, und ich lehnte mich nach einer Weile an ihn. Die Wärme, die von ihm ausging, war unerwartet gemütlich. Die rhythmischen Bewegungen des Pferdes, gepaart mit dem gleichmäßigen Geräusch der Hufen, lösten meine Anspannung. Ich seufzte tief. Unglaublich, wie sich mein Leben in so kurzer Zeit einfach komplett geändert hatte. Alte Städte, Kobolde, Begabte – wie passte ich in dieses Bild? War das alles wirklich noch Zufall?

Der Wald schien uns zu verabschieden – die Bäume neigten sich sanft, als würde ein lauer Wind durch die Wipfel ziehen, und das Licht, das durch die Blätter fiel, wirkte goldener als zuvor. Das Summen, das mich die ganze Zeit begleitet hatte, wurde schwächer, bis es als leises Flüstern in der Ferne verhallte.

Knocks drehte den Kopf und warf mir ein schiefes Grinsen zu. »Du machst dich gut für eine Anfängerin. Vielleicht solltest du deine neu entdeckte Magie trainieren.«

Ich fühlte, wie die Wärme in meinem Inneren sanft pulsierte und sich allmählich setzte – doch sie war nicht verschwunden.

»Vielleicht, aber ich habe das Gefühl, nicht viel dafür

getan zu haben«, antwortete ich leise auf Knocks' Bemerkung, nicht sicher, ob ich das wirklich glaubte.

Byron ritt an der Spitze der Gruppe, aufrecht wie immer, seine Aufmerksamkeit unbeirrt auf den Weg vor uns gerichtet.

Mir entging nicht, wie er sich hin und wieder kaum merklich umdrehte, mir einen schnellen, abschätzenden Blick zuwarf. Es war keine beiläufige Geste – er beobachtete mich, bewertete mich.

Der Mohnblumenweg war ein Hindernis, das mich weiter von meinem Ziel entfernte, von meinem Zuhause. Denn Byron sah aus, als würde er längst Pläne schmieden, mich für seine eigenen Zwecke einzuspannen. Das durfte nicht geschehen.

Ich schaukelte mit den Bewegungen von Knocks' Pferd mit, das gleichmäßig und sicher voranschritt. Die rhythmischen Bewegungen des Tieres, zusammen mit der Wärme, die von Knocks' massigem Rücken ausging, beruhigten meine Gedanken.

»Du bist also ein Kind von Sylvaterra«, meinte Knocks letztlich.

Ich richtete mich auf und blinzelte mich aus meiner Trance. »Wenn du das sagst«, antwortete ich trocken und lehnte mich wieder gegen seinen Rücken. »Ich habe keine Ahnung, was ich bin. Ehrlich gesagt weiß ich überhaupt nichts mehr.«

Knocks ließ sich von meinem barschen Ton nicht beeindrucken. Im Gegenteil – er verstand ihn als eine Einladung, weiterzusprechen. »Bevor der Krieg alles verändert hat, war es selbstverständlich, dass der

246

Geburtsort jedem Menschen seine Begabung verleiht.«
Er klang dabei wie ein erzählender Fluss, der mich mit
sich fort spülte. »Aber dann verschwand die Magie.
Erst aus den Menschen. Dann aus den Orten.«

Seine Erklärung stimmte mich nachdenklich. Die
Vorstellung, dass Magie einst in jedem Menschen
selbstverständlich gewesen sein sollte, erschien mir zu
fantastisch. Trotzdem war da etwas in seiner Erzäh-
lung. Eine Überzeugung, die tief verwurzelt war, ließ
mich glauben, dass er die Wahrheit sprach. Schließlich
war der Beweis gerade erst mit mir in Kontakt getreten.

»Und heute?«

»Heute gibt es nur noch sehr wenige, die Magie besitzen«, antwortete er und drehte leicht den Kopf, sodass ich seinen kantigen Kiefer sehen konnte. »Die
meisten von uns in der Gruppe hatten Glück. Wir sind
mit unseren Kräften geboren worden. Du, Rebecca,
scheinst auch mit Kräften hiergekommen zu sein. Ob
du willst oder nicht.«

»Das ist eigentlich unmöglich.« Ich richtete mich erneut auf. »Ich wurde in Deutschland geboren. Ich habe
eine Familie, eine Geburtsurkunde, Fotos von mir als
Kind! Wenn ich von hier stammen sollte, wer bin ich
dann? Nichts in meiner Welt hat mit Magie zu tun. Für
das alles muss es einen anderen Grund geben.«, brachte
ich emotionsgeladen hervor.

Knocks blieb locker, denn er schien meine Reaktion
erwartet zu haben. »Vielleicht hat der Kristall etwas geweckt, das schon immer da war«, sagte er schulterzu-
ckend, ohne seine Gelassenheit zu verlieren. »Oder

vielleicht hat er dir etwas Neues gegeben. Was denkst du?«

Ich öffnete den Mund, um zu antworten, aber Worte kamen mir nicht über die Lippen. Stattdessen schloss ich die Augen und ließ die Erlebnisse der vergangenen Tage und Wochen Revue passieren. Es war nicht der Kristall, der das Summen in mir ausgelöst hatte. Ich erinnerte mich deutlich daran, dass ich es schon zuvor gespürt hatte – bei der Reiseplanung, bei der Wanderung auf den *Old Man of Storr.*

»Es war schon vorher da«, gab ich flüsternd zu. »Noch bevor ich den Kristall berührt habe.«

Unser Gespräch verstummte, und für eine Weile hörte man nur das Klappern der Hufen und das gelegentliche Schnaufen der Pferde. Die ersten Anzeichen von Zivilisation tauchten am Horizont auf. Eine sanfte Brise wehte mir um die Nase, und ich fühlte eine seltsame Mischung aus Erleichterung und Wehmut.

»Wir kommen bald nach Dorkra«, informierte Byron uns und durchbrach damit meine Betrachtungen. »Bereitet euch vor.«

Knocks nickte und brummte glücklich, scheinbar sein Ziel klar vor den Augen.

Ich hingegen konnte mich nicht ganz von den Gedanken lösen, die an meinem Verstand zerrten.

Der Wald, die Mohnblumen, die Wärme in mir – das alles war wie ein Mosaik, dessen vollständiges Bild ich noch nicht sehen konnte.

Sobald das erste Häuserdach in der Ferne zu sehen war, spürte ich wehmütig, dass ich noch lange nicht am

Ende meiner Reise war.

KAPITEL 13
Das letzte Mitglied

Die Nacht hatte die Stadt längst in ihren Bann gezogen, doch Dorkra lebte weiter. Die massiven Mauern, dunkel und unregelmäßig wie das verwitterte Gesicht eines alten Kriegers, erhoben sich vor uns. Fackeln warfen flackernde Schatten auf die steinernen Wände, und das Eisen der mächtigen Tore schimmerte im Licht, gezeichnet von Rost und der Last vieler Jahrhunderte. Trotz meiner warmen Jacke schüttelte es mich kurz – ob von der Kälte oder der Ehrfurcht, wusste ich nicht.

Am Tor standen zwei Wächter, ihre schweren Lederrüstungen glänzten matt im Feuerschein. Die Lanzen hielten sie locker in den Händen, doch ihre Augen waren wachsam, ihre Blicke scharf. Sobald sie uns sahen, hellten sich ihre Mienen auf.

»Knochenbrecher!«, rief einer von ihnen und hob die Hand zum Gruß. Knocks' Gesicht öffnete sich zu einem breiten Grinsen, und er erwiderte den Gruß mit einem lauten Lachen. Die Männer traten beiseite, ihre Haltung von Respekt geprägt. Es war offensichtlich: Knocks genoss in Dorkra eine besondere Stellung.

Innerhalb der Mauern empfing uns eine geschäftige Welt. Die Straßen aus unebenem Kopfsteinpflaster glänzten im Licht eiserner Laternen, die in regelmäßigen Abständen aufgestellt waren. Händler packten ihre Stände zusammen, während die letzten Käufer hastig Münzen gegen Waren tauschten. Große Karren, beladen mit Säcken und Kisten, wurden von schwitzenden Arbeitern zu den Lagern am Stadtrand geschoben. Die Luft war erfüllt von den Geräuschen des späten Handels: das dumpfe Rollen von Wagenrädern, das Poltern von Holzfässern und das Rufen der Händler.

»Dorkra ist das Herz des Binnenhandels«, erklärte Knocks leise, fast ehrfürchtig, während wir die belebten Straßen entlanggingen. »Alles, was du dir vorstellen kannst, geht hier durch – Getreide, Kräuter, Werkzeuge, Stoffe. Es gibt keinen Hafen wie in Portera, aber dafür gibt es hier die besten Handelsrouten des Landes.«

Er deutete auf einen Mann, der gerade Fässer auf einen Karren hob. »Siehst du das? Wahrscheinlich Wein aus den südlichen Tälern. Und dort drüben? Kräuter aus den Hochlanden von Lusora.«

Ich schaute mich um, fasziniert von der Lebendigkeit dieser Stadt. Die Fenster der Handwerkerläden waren noch erleuchtet, und ich konnte die Schatten der Menschen sehen, die aussahen, als würden sie bis spät in die Nacht arbeiteten wollen. Der Duft von frisch gebackenem Brot zog aus einer Bäckerei durch die Straßen und mischte sich mit den Geräuschen, die aus einer nahegelegenen Kneipe drangen.

Knocks blieb stehen und zeigte auf eine schmale Gasse. »Da hinten, das ist meine Gasse. Das Haus am Ende – da bin ich aufgewachsen.« Seine Züge wurden für einen Moment weich, beinahe nostalgisch.

»Warum gehen wir nicht dorthin?«, erkundigte ich mich neugierig. Knocks schüttelte jedoch nur den Kopf und lachte. »Meine Mutter würde uns zu Tode füttern. Und glaub mir, das willst du nicht erleben. Außerdem ... das Haus ist nicht groß genug für uns alle.«

Sein Lachen war so ansteckend, dass ich nicht anders konnte, als mitzulachen.

Schließlich erreichten wir eine Taverne. Von außen wirkte sie unscheinbar, doch die Geräuschkulisse verriet, dass hier das Leben der Nacht pulsierte. Gelächter, Stimmen und das Klirren von Gläsern drangen heraus. Der Duft von gebratenem Fleisch mischte sich mit einem süßlichen Aroma – vermutlich Apfelwein.

Ein Stallbursche kam eilig herbei, als die anderen abstiegen, und ich spürte jetzt deutlich, wie steif meine Beine waren. Der lange Ritt hatte mich völlig zermürbt. Mit letzter Kraft hielt ich mich aufrecht, ehe ich unsicher vom Pferd glitt. Knocks bemerkte es sofort und legte eine stützende Hand an meine Hüfte.

»Alles gut?«, fragte er, sein Ton ehrlich besorgt.

»Ja, ich komme klar«, murmelte ich, lehnte mich einen Moment an ihn, bevor ich mich wieder aufrichtete.

Meine Aufmerksamkeit glitt kurz zu Devon, doch ich wandte mich rasch wieder ab. Dennoch breitete sich eine unangenehme Wärme in meinem Gesicht aus. Ich löste mich eilig von Knocks.

Sobald wir die Taverne betraten, erstarben die Gespräche augenblicklich. Jede Bewegung erstarrte und sämtliche Augenpaare waren auf uns gerichtet. Dann zerriss ein lautes Grölen die gespannte Stille: »Knocks! Knochenbrecher, du alter Gauner! Willkommen daheim!«

Die Atmosphäre kippte, und die Umgebung erfüllte sich mit Gelächter und ausgelassenen Stimmen. Knocks schritt breit grinsend auf den Mann zu, der ihn begrüßt hatte, und sie umarmten sich wie alte Freunde. Mit einem Krug Bier in der Hand kehrte Knocks zu uns zurück.

Wir fanden einen runden Tisch in einer Ecke, und kurz darauf kam eine Bedienung zu uns. Sie nahm unsere Bestellungen so schnell auf, dass wir sie kaum aussprechen konnten: Schweinegulasch mit Kartoffeln und Bier für die meisten, und Knocks bestand zusätzlich auf eine Flasche Quittenschnaps.

Beim Essen wurde die Stimmung entspannter. Die Gespräche wurden lebhafter, das Lachen herzlicher. Knocks teilte Anekdoten aus seiner Kindheit, die uns alle amüsierten, während Kirk immer wieder neckende Bemerkungen einwarf, die Knocks mit einem breiten Grinsen quittierte.

Ich bemerkte, dass Devon zunehmend stiller wurde. Sein Blick wanderte immer wieder zur Tür, scheinbar in Erwartung von etwas oder jemandem. Er nippte nur gelegentlich an seinem Bier, und die Spannung in seiner Körperhaltung war unübersehbar.

Kurz darauf öffnete sich die Tür erneut, und Devon riss ruckartig den Kopf herum. Seine Haltung straffte sich, und seine Augen fixierten die eintretende Person. Der Raum schien für einen Moment den Atem anzuhalten, da etwas in der Luft lag, das alle anderen Gespräche übertönte.

Als der Eingang der Taverne aufschwang, verstummten die Gespräche abrupt. Alle Köpfe drehten sich wie von einer unsichtbaren Kraft gezogen zur Tür.

Im flackernden Licht der Laternen stand sie – eine große, imposante Gestalt, deren Art zu stehen mich unwillkürlich an jemanden erinnerte. Es war die gleiche lässige Selbstverständlichkeit, die ich bei Devon bemerkt hatte. Aber ich schob den Gedanken beiseite – immerhin konnten solche Ähnlichkeiten Zufall sein.

Ihr breiter Hut, tief ins Gesicht gezogen, verdeckte fast vollständig ihre Züge, ließ jedoch genug erkennen, um die Fantasie anzuregen – die markanten Linien eines festen Kinns, ein Hauch von Schatten, der die hohe Wangenpartie betonte, und Augen, die unter dem Rand des Huts aufblitzten.

Dunkles Leder schmiegte sich eng an ihre muskulösen Beine, robust und gezeichnet von einem Leben voller Bewegung. Ein breiter Gürtel mit bunten Perlen, die bei jeder Bewegung leise klirrten, verlieh ihrer praktischen Erscheinung eine individuelle Note. Eine lose, graue Bluse war in den Hosenbund gesteckt, der Stoff leicht zerknittert und an den Ärmeln bis zu den Ellbogen hochgekrempelt. Die Bluse war schlicht, ohne

unnötige Verzierungen, doch die Art, wie sie fiel, betonte ihre kräftige, doch geschmeidige Figur.

Über der Bluse trug sie einen schweren, langen Mantel aus dickem, wettergegerbtem Stoff. Er hatte die abgenutzte Eleganz eines Kleidungsstücks, das viele Stürme und unzählige Reisen überlebt hatte. Die Taschen waren ausgebeult, und der Stoff war an einigen Stellen so abgetragen, dass man die Mühen und Strapazen eines rastlosen Lebens erahnen konnte.

Unter dem Hut fielen dicke, braune Haare hervor, zu einem praktischen Zopf geflochten, der bis zu ihrer Hüfte reichte. Einzelne Strähnen hatten sich daraus gelöst und kräuselten sich um ihren Hals, gezeichnet von der Wildheit des Lebens, das sie führte.

Devon sprang auf, als wäre er eine gespannte Feder, die plötzlich losgelassen wurde. Seine Bewegungen waren ungestüm, aber in der Art, wie er ihren Namen rief – »Darina!« – lag mehr als bloße Freude. Es war Vertrautheit, eine Nähe, die über Kameradschaft hinausging.

Darina hob den Kopf, und bei seinem Ruf veränderten sich ihre Züge wie von Zauberhand. Die Strenge verschwand, und ein strahlendes Lächeln breitete sich auf ihrem Gesicht aus. Ihre Augen leuchteten, und sie trat in einer fließenden Bewegung auf ihn zu.

»Devon, du alter Sturkopf«, rief sie, ihre überraschend rauchige Stimme voller Wärme. Im nächsten Moment lag sie in seinen Armen.

Devon hob sie mühelos hoch, drehte sie im Kreis, während ihr Lachen – wild, ungezähmt und ansteckend

255

– die Taverne erfüllte. Ihr Zopf flog in wilden Bewegungen umher, die bunten Perlen an ihrem Gürtel klirrten wie eine lebendige Melodie. Die Gäste klatschten, prosteten einander zu und lachten mit, als wäre diese Begegnung ein Teil ihres eigenen Festes. Ihre Umarmung war innig, fast selbstverständlich, und für einen Moment schienen sie eine Welt zu teilen, die niemand sonst betreten konnte.

Ich konnte nicht anders und beobachtete sie. Es war unmöglich, den Blick von Darina und ihrer Ausstrahlung abzuwenden. Ein leises, unangenehmes Gefühl keimte in mir auf. Ein Knoten bildete sich in meiner Brust – ein unwillkommener Stich, irgendwo zwischen Eifersucht und Unsicherheit. Ich wusste, es war lächerlich, aber ich konnte es nicht abschütteln – besonders in dem Augenblick, in dem ich Devons Gesicht sah: weich und voller Freude.

Mir bot sich ein Bild, das ihn wie einen anderen Menschen wirken ließ. Die Männer begrüßten Darina nacheinander. Ihre Herzlichkeit spiegelte ihre Bedeutung für die Gruppe wider.

»Darina! Du bist genauso unverschämt wie immer!«, brummte Knocks, dabei klang sein kräftiges Schulterklopfen fast wie ein Schlag gegen eine Trommel. Darina lachte und umarmte ihn ebenso herzlich.

»Und du bist immer noch zu laut, Knocks«, erwiderte sie neckend.

Kirk folgte mit einem respektvollen Nicken und einem breiten Grinsen. »Du hast uns gefehlt, Darina.

Ohne dich ist das Leben in dieser Gruppe einfach zu langweilig«, meinte er halb im Scherz.

Darina stieß ihm spielerisch mit der Faust gegen die Schulter. »Dann hast du wenigstens nichts Dummes angestellt, während ich weg war«, konterte sie mit einem schelmischen Lächeln.

Sobald Byron vortrat, veränderte sich die Stimmung. Darina musterte ihn mit einem Blick, der schwer und prüfend war. Er hielt stand, seine Haltung unnachgiebig. »Byron«, hauchte sie leise und legte eine Hand auf seine Schulter. »Gut, dass du da bist.«

Sie klang warm, aber in ihrem Ton schwang etwas mit – ein unausgesprochener Vorwurf, ein Schatten aus der Vergangenheit.

Byron nickte langsam, seine Augen dunkel und nachdenklich. »Es ist gut, dich wiederzusehen«, antwortete er.

Zwischen ihnen schien kurz die Zeit stillzustehen.

Devon hatte Darina keine Sekunde aus den Augen gelassen. Sobald sie sich ihm wieder zuwandte, flüsterte er etwas, das nur für sie bestimmt war. Sie nickte, legte wie selbstverständlich die Hand auf seinen Arm, und die beiden tauschten dabei leise Worte aus.

»Darina gehört zu uns«, erklärte Devon und wandte sich mir zu. »Sie ist mehr als nur ein Kamerad. Ohne sie wären wir nicht das, was wir heute sind.«

Seine Erklärung war einfach, aber schwer von Bedeutung. Sie trug den unausgesprochenen Respekt und die Loyalität, die Darina offenbar in allen weckte.

257

Sie sah mich an – prüfend, unerbittlich, als würde sie hinter meine Fassade blicken und jede Unsicherheit aufdecken können, aber ich ließ es nicht zu.

Byron unterbrach unser stummes Duell.

»Rebecca, das ist Darina – unser wertvollstes Mitglied«, stellte er sie zwinkernd vor. »Darina, das ist Rebecca. Der Grund, warum wir diese Reise überhaupt angetreten haben.«

Darinas Augen verengten sich, und kurz huschte Enttäuschung über ihr Gesicht. Dann trat sie näher, nahm sich Zeit, ihren Hut vom Kopf zu ziehen, und enthüllte ihr markantes Gesicht. Auf der linken Seite trug sie einen Sidecut, die glatt rasierte Haut schimmerte matt im Kerzenlicht.

»Wunderbar«, meinte sie spöttisch und verzog die Lippen zu einem schiefen Lächeln. »Eine weibliche Begabte, endlich. Jetzt steht unserer Rückkehr nichts mehr im Weg.«

Sie klang zwar freundlich, doch in ihrem Blick lag eine Herausforderung, die mich verunsicherte.

Ich öffnete den Mund, um etwas zu erwidern, aber Byron trat zwischen uns. Warnend schaute er uns beide abwechselnd an. »Leider hat sich Rebecca entschieden, nicht bei uns zu bleiben. Sie möchte zurück zu ihrer Welt, und ihre Entscheidung respektieren wir.«

Darinas Gesicht erstarrte. Für einige Sekunden herrschte absolute Stille, bevor ihre Augen sich vor Wut weiteten. »Was hast du gerade gesagt?«, knirschte sie gefährlich leise. »Sie tut was?«

»Wir eskortieren sie zurück«, erklärte Byron mit bewundernswerter Gelassenheit. »Das war der Deal.«

»Der Deal?!« Darina explodierte förmlich. Ihr Groll hallte durch die Taverne wie ein Donnerschlag. Alle Gespräche verstummten, und jeder im Raum wandte sich ihr zu. »Monatelang suchen wir nach ihr – *alle* von uns! Ich habe mich wochenlang allein durch diesen verfluchten Wald geschlagen, mein Leben riskiert – und jetzt will sie einfach nach Hause?!«

Ich hob abwehrend die Hände. »Moment mal«, versuchte ich mich zu verteidigen, aber Darinas tödlicher Blick ließ mich verstummen.

»Du weißt anscheinend nicht, was auf dem Spiel steht, oder?«, fauchte sie mich an. »Wir führen Krieg! Menschen sterben oder verschwinden einfach, und du willst dich verdrücken?«

»Pass mal auf«, schoss ich zurück, meine Stimme zitterte vor aufgestautem Ärger. »Ich habe mit eurem Krieg nichts am Hut, auch wenn es mir leid tut, was euer Welt passiert. Ich will aber zurück zu meiner Familie!«

Darina machte einen Schritt auf mich zu, ihr ganzer Körper eine Mischung aus Zorn und Verzweiflung. »Familie? Du denkst, deine kleine Familie hat Vorrang?«

»STOP!«, schnauzte Byron, der Befehl in seinen Worten ließ die Luft erzittern.

Darina hielt inne, ihr Blick bohrte sich noch immer in mich, sagte jedoch nichts mehr. Byron stellte sich direkt vor sie, seine Augen fest in die ihren gerichtet.

»Beruhig dich, Darina«, sagte er mit Nachdruck. »Wir können uns Streitigkeiten jetzt nicht leisten. Setz dich hin, iss etwas und hör erstmal zu.«

Darina zögerte, ehe sie sich schwer auf einen Stuhl sinken ließ. Ihre Bewegungen waren abgehackt, ihre Haltung starr vor unterdrücktem Ärger.

Byron wandte sich an mich und wurde wieder sanft. »Rebecca, bitte lass dich nicht von ihr provozieren. Ich werde ihr alles erklären.«

Ich nickte stumm und setzte mich ebenfalls, die angespannte Stille war nahezu greifbar.

Byron begann leise, aber eindringlich mit Darina zu sprechen. Ich konnte ihre Worte nicht verstehen, doch Darinas verschränkte Arme und der stechende Blick, der immer wieder in meine Richtung wanderte, verrieten, dass sie nicht bereit war, so schnell nachzugeben.

Der Rest der Taverne hatte den Zwischenfall inzwischen hinter sich gelassen. Das Gelächter und der Klang klirrender Krüge kehrten zurück, scheinbar unberührt von dem, was geschehen war.

Für mich hingegen war der Augenblick der Ruhe durch Darina zerstört. Der zerbrechliche Hauch von Normalität, den ich mir heute Abend aufgebaut hatte, war durch ihren Ausbruch verschwunden. Vor wenigen Minuten hatte ich mich fast wie ein Teil der Gruppe gefühlt. Jetzt war ich wieder die Fremde.

Ich nahm den Schnaps, den Knocks mir wortlos hingestellt hatte, und kippte ihn in einem Zug herunter. Der Alkohol brannte wie flüssiges Feuer in meiner Kehle, doch anstatt meinen Ärger zu mildern, heizte er

das brodelnde Gefühl in meiner Brust nur noch an. Darina und Devon – wie perfekt sie sich ergänzten, wie nahtlos sie miteinander harmonierten.

Mit einem entschlossenen Ruck stand ich auf. Der Stuhl rutschte laut über die Dielen, und einige Köpfe drehten sich in meine Richtung.

»Wo willst du denn hin?«, fragte Kirk, die Neugierde in seinem Ton war kaum zu überhören. Seine Augenbrauen waren skeptisch hochgezogen.

»Ins Bett«, murmelte ich, ohne seinen Blick zu erwidern. Ich war müde und hatte keine Lust, mich weiter zu erklären. Meine Gedanken waren zu laut, mein Ärger zu präsent. Ich wollte nur weg.

»Weißt du überhaupt, wo die Unterkunft ist?«, rief Kirk belustigt hinter mir her, während ich mich bereits zur Tür bewegte. Ich blieb kurz stehen, drehte mich halb um und schüttelte den Kopf. Natürlich hatte ich keine Ahnung.

Zu meiner Überraschung war es nicht Kirk, der sich erhob, sondern Devon. Lautlos schob er sich an Kirk vorbei.

»Ich bring sie hin«, erklärte er in einem Ton, der keine Diskussion zuließ, und bevor ich etwas erwidern konnte, war er bereits an mir vorbeigeschritten. Widerwillig folgte ich ihm, auch wenn seine Nähe mich irritierte.

Der Hinterausgang führte uns in einen verborgenen Innenhof, und ich blieb überrascht stehen.

Dichte grüne Ranken krochen wie lebendige Flüsse die steinernen Wände der umliegenden Gebäude

empor, ihre Blätter glitzerten im sanften Licht kleiner, befeuerter Laternen. Die Blüten, in strahlenden Farben wie Rubinrot, Goldgelb und Nachtblau, schienen im schwachen Glanz zu leuchten, als wären sie aus Edelsteinen gewebt.

Ein sichter Nachtwind brachte die Blätter zum Rascheln, und ihre sanfte Bewegung war wie ein Flüstern. Der Duft von frischem Moos und blühenden Blumen vermischte sich mit der kühlen Klarheit der Nacht und hüllte den Ort in eine Atmosphäre, die gleichzeitig entspannend und magisch war.

Devon bemerkte meine Reaktion und hielt inne.

»Hier sind alle darauf bedacht, die Natur zu bewahren. So gut es in einer Stadt eben geht«, erklärte er ruhig, geradezu weich. »Dorkra ist bekannt für diese Innenhöfe. Rückzugsorte für die Bewohner, fernab vom Trubel der Straßen.«

Ich nickte bedächtig und ließ meine Augen erneut über den Hof schweifen. Devon stand in meiner Nähe, nicht aufdringlich, aber nah genug, um seine Körperwärme spüren zu können.

Er führte mich weiter zu einem kleinen Gebäude, das von Pflanzen fast vollständig umwoben war. Ranken umschlangen die Fenster und bildeten ein dichtes Netz aus Grün, das das Haus wie ein Teil des Gartens erscheinen ließ.

»Hier«, forderte Devon mich freundlich auf, blieb vor der Tür stehen und hielt sie für mich auf.

»Danke«, murmelte ich und trat ein.

Drinnen war es kühl, die Luft war erfüllt von einem sanften Duft nach frischem Holz und Kräutern. Meine Finger glitten nervös über die Holzmaserung des Türrahmens, mein Blick schweifte durch den Flur.

Es war nur ein Hauch, kaum spürbar gewesen, aber er war da – zu nah, fast erschreckend intim. Devon hatte sich leicht nach vorne gebeugt, just in dem Moment, in dem ich an ihm vorbeiging. Es fühlte sich an, als hätte er an meinen Haaren geschnuppert. Meine Gedanken überschlugen sich.

Hat er das wirklich gerade getan? Oder habe ich mir das nur eingebildet?

Ich hielt inne, mein Atem stockte. Sollte ich mich umdrehen, etwas sagen und ihn zur Rede stellen? Etwas ließ mich zögern.

Devon trat hinter mir ein, schloss die Tür und ging an mir vorbei, direkt auf eine andere zu. Dann drehte er sich zu mir um. Seine Augen fixierten mich, in seinem Blick lag etwas Undefinierbares, das mich reizte und zugleich abschreckte. Ich konnte sehen, wie er den Atem anhielt, scheinbar abwägend, ob er etwas sagen sollte. Dann huschte ein verschmitztes Lächeln über seine Lippen – kaum mehr als eine Andeutung, doch genug, um mein Herz höher schlagen zu lassen. Wieso wurde ich bei ihm nur so nervös?

»Hier, dein Zimmer, Kleines«, bemerkte er sanft. Seine Stimme war leise, doch sie trug diese lässige Arroganz mit sich, die mich bereits in der Kneipe in Portera zur Weißglut getrieben hatte.

Und da war es wieder. Dieses Wort: *Kleines.*

Meine Hände ballten sich automatisch zu Fäusten, zwang mich jedoch zur Ruhe. Ich funkelte ihn aus verengten Augen an, schritt näher auf die geschlossene Zimmertür zu, dabei entkam mir unwillkürlich ein Schnauben.

»Ich bin nicht dein *Kleines*!«, fauchte ich, weil ich mich einfach nicht zurückhalten konnte.

Gerade als ich meine Hand nach dem Türgriff ausstreckte, bewegte sich Devon. Sein Fuß schob sich – beinahe beiläufig – in meinen Weg. Es war keine aggressive Geste, doch die Absicht dahinter war eindeutig.

Sein Blick ruhte auf mir, durchdringend und selbstsicher, während sich das Lächeln auf seinen Lippen vertiefte. Offenbar genoss er meinen Ärger.

In mir flammte ein heißer Stich auf – eine Mischung aus Wut und einem Gefühl, das ich nicht einzuordnen wusste.

»Bist du nicht?«, fragte er amüsiert, es schwang ein Hauch von Spott in seiner Stimme. Es war keine offene Provokation, sondern eine subtile Herausforderung – auf die ich leider sofort ansprang.

»Nein, bin ich nicht! Jetzt lass mich durch!«, zischte ich und griff entschlossen nach dem Türknauf. Meine Finger schlossen sich um das kalte Metall. Doch bevor ich ihn drehen konnte, verschwamm die Welt.

Als nächstes fühlte ich die raue Wand in meinem Rücken, gegen die ich gepresst wurde. Devon trat so nah an mich heran, dass sein Atem warm über meine Haut strich. Ich spürte die angespannte Energie seines

Körpers, als er seine Hände links und rechts neben meinem Kopf gegen die Wand legte und mir damit jeden möglichen Fluchtweg versperrte. Seine Haltung ließ keinen Zweifel daran, dass ich ihm nicht entkommen konnte.

Mein Herz raste in meiner Brust, laut und unkontrolliert, und die Luft zwischen uns schien dicker, schwerer – aufgeladen von etwas, das ich nicht greifen konnte.

»Devon, was soll der Scheiß?«, presste ich mühsam hervor. Meine Hände legten sich gegen seinen Brustkorb, spürten den dünnen Stoff seines Hemdes – doch mein halbherziger Versuch, ihn wegzuschieben, blieb erfolglos. Stattdessen spürte ich nur die Wärme, die von ihm ausging, und das schnelle Pochen seines Herzens. Er rührte sich nicht. Seine Wärme drang in meine Handflächen, und ein unangenehmes Kribbeln breitete sich in meinen Fingern aus.

Was passiert hier gerade?

»Du riechst so gut«, murmelte er rau und brüchig. Es klang wie ein Knurren, das tief aus seiner Brust kam.

Sein Gesicht näherte sich meinem. Ein Zittern erfasste mich, als seine Nase meine Haare streifte – eine Berührung, die seltsam zärtlich und doch unmissverständlich war.

»Was redest du?«, stieß ich stotternd hervor. Meine Gedanken überschlugen sich. »Ich bin seit Tagen unterwegs«, platzte es aus mir heraus, meine Stimme klang verzweifelt.

Ich versuchte, ihn mit meinem Starren aufzuhalten, wenn meine Hände es schon nicht konnten. Aber ich

sah das Glühen in seinen Augen, die so grün waren wie ein dichter Wald, durchsetzt mit goldenen Sprenkeln, die im flackernden Licht wie tanzende Flammen wirkten.

Sein Blick hielt mich fest, zog mich tiefer in einen Strudel, aus dem ich mich nicht lösen konnte.

Wieso fühlt sich das so gut an?

Und dann tat er es – langsam, als würde er mir die Möglichkeit geben, ihn aufzuhalten. Seine Lippen fanden die meinen. Der Kuss war drängend, wie eine Flutwelle, die alles mit sich riss.

Ich spürte die Stärke seiner Hände, die Wand hinter mir, die mich stützte. Meine Knie wurden weich. Mein Körper reagierte instinktiv. Meine Hände – diese Verräter – krallten sich in sein Hemd, suchten nach Halt. Meine Gedanken verloren sich in einem Nebel aus reiner Empfindung.

Jede Berührung seiner Lippen, jedes Zucken seiner Finger ließ Funken durch meinen Körper rasen – ein elektrisches Kribbeln, das meine Haut erhitzte.

Er packte mich an der Hüfte und zog mich näher an sich heran, jede Bewegung drängend, fordernd, als könnte er nicht genug bekommen.

Seine Finger fuhren sanft, aber bestimmt an meiner Taille entlang und hinterließen eine heiße Spur auf meiner Haut. Sie hatten einen Weg unter meine Jacke gefunden und ihre glühende Wärme brannten sich durch den dünnen Stoff meines Oberteiles.

Das war der Augenblick, der mich zurück in die Realität katapultierte. Die Scham schlug über mir zusammen wie eine Welle.

Meine Augen flogen auf, und der Raum kehrte zurück – die flackernden Schatten, der Duft von Holz und Kräutern, der Geschmack auf meinen Lippen. Ein durchdringender Alarm durchbrach das Chaos in meinem Kopf, und ich stieß ihn hastig von mir.

Mit schnellen Schritten stolperte ich an ihm vorbei und wischte mir über den Mund, in dem vergeblichen Versuch, das Passierte ungeschehen zu machen. Aber mein betrügerischer Körper schien sich an die Hitze seiner Berührung zu erinnern, die ich nicht so einfach abschütteln konnte.

»Wieso stößt du mich weg?«, fragte er leise.

Etwas ließ mich innehalten. Es war nicht nur eine bloße Frage. Ich konnte ein Stück Verletztheit aus ihr heraushören.

Ein bitteres Lachen entkam mir, ein Geräusch, das eher nach Hysterie klang.

»Warum ich wegrenne, Devon?« Ich bebte vor unterdrückten Emotionen. »Vielleicht, weil wir uns nicht ausstehen können und uns wie lange kennen? Gefühlt einen Tag? Oder weil Darina vorne in der Taverne auf dich wartet?«

Es war unfair, und ich wusste es. Immerhin gehörten immer zwei dazu. Zur Verteidigung brauchte ich jedoch etwas, das ihn von mir fernhielt – etwas, das die Barriere zwischen uns wieder aufbaute.

An der Zimmertür angekommen, schlossen sich meine zitternden Finger erneut um den Türknauf. Ich vermied jeglichen Blickkontakt. Devon bewegte sich schnell. Seine Hand schnappte nach meinem Arm - fest. Seine Finger fühlten sich an wie ein Schraubstock, der mich an Ort und Stelle hielt und mich zwang, ihm in die Augen zu schauen.

»Lass Darina da raus, okay?« Seine Stimme war ein düsteres Knurren, und in seinen Augen lag etwas Dunkles, Intensives.

Während ich zurückstarrte, schlich sich ein bitteres Lächeln auf meine Lippen, dann schüttelte ich den Kopf. »Du hast recht«, gab ich zurück, dabei vibrierte mein Körper vor mühsam gezügeltem Zorn. »Das ist deine Sache.«

Der Druck seiner Finger blieb stark, während seine Augen mich weiter mit kompromissloser Intensität fixierten – durchdringend, herausfordernd. Ich hielt ihm nicht mehr stand - wich ihm aus, indem ich auf seine Hand sah, die meinen Arm umklammerte. Es war nicht schmerzhaft, aber er machte unmissverständlich klar, dass ich keine Kontrolle hatte. Die Wahrheit, die ich kaum über die Lippen brachte, schmeckte bitter nach Geständnis. Meine Stimme wurde leiser, fast kraftlos vor Resignation: »Ich bin verheiratet.«

Sein Griff löste sich fast sofort, als hätte er sich verbrannt. Die Wärme wich von meinem Arm, ersetzt durch die kühle Luft im Flur. Reflexartig schaute ich ihm wieder ins Gesicht.

»Was?« Die Frage kam stockend über seine Lippen – fassungslos, als könnte er nicht glauben was er gerade gehört hatte. Seine Augen nach wie vor auf mein Gesicht geheftet, bohrend, fest entschlossen, mir eine Bestätigung zu entlocken. Ich wandte mich ab, weil mir schlichtweg der Mut fehlte, seine Reaktion zu sehen.

»Du hast mich verstanden«, sagte ich leise. Ohne eine Erwiderung von ihm zu abzuwarten, drehte ich mich weg, betrat mein Zimmer und warf die Tür hinter mir ins Schloss. Ich wusste, ich durfte keinen Augenblick länger zögern, durfte ihm keine weitere Möglichkeit geben, mich noch einmal zu konfrontieren – weder mit seinen Worten noch mit einem schockierten Ausdruck in seinem Gesicht.

Ich stand im Zimmer, mein Kopf war leer und doch dröhnte er von dem Chaos aus Gefühlen.

Mit einem dumpfen Aufprall sank ich gegen die geschlossene Tür. Mein Rücken presste sich schwer gegen das Holz, verzweifelt hoffend, dass es mir Halt gab, da meine Beine längst versagten.

»Rebecca, was zum Teufel hast du dir nur dabei gedacht?«, flüsterte ich mir selbst zu.

Es war so untypisch für mich. Ich war nicht der Mensch, der impulsiv handelte. Ich plante. Ich dachte nach. Ich kalkulierte Risiken. Und doch – heute hatte ich es getan. Einfach so. Ein Kurzschluss, der nicht zu mir passte.

Meine Hände krallten sich in den Stoff meiner Jacke, verzweifelt darum bemüht, die Unsicherheit und die Wut über mich selbst festzuhalten. Ich hatte mich

immer für vernünftig gehalten, für jemanden, der die Kontrolle behielt. Jetzt fühlte es sich an, als hätte ich sie aus den Händen gegeben.

Die Tränen brannten heiß in meinen Augenwinkeln, drängten unaufhaltsam nach vorn und drohten, sich ihren Weg über meine Wangen zu bahnen. Ich zwang mich, sie zurückzuhalten. Nicht jetzt. Nicht hier.

Ein lauter Schlag durchbrach die Stille, ließ die Tür trotz meines Gewichts vibrieren. Ich fuhr zusammen, die Luft blieb mir in der Kehle stecken, mein Körper gespannt wie eine scharf gezogene Saite.

Devons Faust. Die Erkenntnis schoss durch meinen Kopf.

Vorsichtig trat ich von der Tür zurück, meine Aufmerksamkeit auf das Holz geheftet, in dem vergeblichen Versuch, hindurchzusehen. Meine Hände zitterten leicht, während ich wartete. Wartete auf ein Geräusch, einen Schritt, oder irgendein anderes Zeichen.

Doch es kam nichts.

Die Stille dehnte sich erneut aus, bedrückend und schwer, und lastete stärker auf mir als der Schlag selbst.

KAPITEL 14
Dorkra

Noch immer leicht außer Atem stand ich verloren mitten im Raum. Meine Gedanken überschlugen sich, suchten nach einem klaren Faden, einer Antwort darauf, wie es so weit hatte kommen können. Ich ließ den Blick über die wenigen Möbel schweifen, in der vagen Hoffnung, darin etwas zu finden, das mir Halt gab oder Klarheit verschaffte. Stattdessen blieb nur die Frage: *Was jetzt?*

Wie sollte ich weitermachen, ohne den nächsten falschen Schritt zu tun? Was bedeutete das für David und mich?

Das Zimmer war schlicht, aber genau das brauchte ich jetzt. Keine Ablenkungen, keine Störungen. Nur ein kleiner Raum, in dem ich allein mit meinen Gefühlen war.

Das fahle Mondlicht fiel durch das schmale Fenster und zeichnete silbrige Muster auf den abgewetzten Holzboden. In einer Ecke stand ein Waschbecken, darüber ein einfacher Spiegel, dessen Oberfläche leicht beschlagen war. Auf dem kleinen Tisch daneben dampfte eine Schüssel mit heißem Wasser und der beruhigende

Duft von Kräutern erfüllte die Luft. Jemand hatte das für mich vorbereitet – eine freundliche Geste. Doch ich konnte mich nicht darauf konzentrieren, wer es gewesen sein mochte. Meine Gedanken kreisten um das, was gerade geschehen war.

Ich griff nach einem sauberen Lappen, tauchte ihn in das Wasser und drückte ihn aus. Der aufsteigende Dampf umhüllte mein Gesicht, ließ meine verspannten Muskeln ein wenig nachgeben.

Ich liebe David. Wieso hab ich das getan?

Langsam wusch ich den Schmutz, den Staub der vergangenen Tage und den Kuss von meiner Haut. Das warme Wasser fühlte sich wie ein heilender Balsam an, auch wenn ich wusste, dass es Dinge gab, die ich nicht abwaschen konnte. Mein schlechtes Gewissen gegenüber David zum Beispiel.

Ich kniff die Augen zusammen.

Wieder flackerte der Moment des Kusses vor meinem inneren Auge auf. Der Blick, diese Intensität – es ließ mich nicht los. Ich konnte mich nicht mehr daran erinnern, wann ich das letzte Mal so von der Leidenschaft mitgerissen wurde. Meine Gefühle wurden von Schuld ertränkt. Mir wurde schlecht. Wie konnte ich nur.

Devons Gesicht wandelte sich zu Davids. Es tauchte vor meinem geistigen Auge auf, so deutlich, dass es wehtat. Sein Lächeln, das ich einst für selbstverständlich gehalten hatte. Seine entspannte, verlässliche Art, die mir jetzt wie ein unerreichbarer Anker erschien.

Was bist du nur für eine Frau, Rebecca?

Ich atmete tief durch, versuchte, den Ruhepol in mir zu finden, doch die Gedanken blieben. Die Tränen, die hinter meinen Lidern brannten, waren beinahe schmerzlich, doch ich weigerte mich, sie fließen zu lassen. Stattdessen ließ ich das Wasser über meine Hände laufen und blickte in den beschlagenen Spiegel.

Das Gesicht, das mir entgegenschaute, war mir fremd. Müde Augen, blasse Haut – ich erkannte mich kaum.

»Reiß dich zusammen«, murmelte ich. Es gab keine Zeit für Selbstmitleid. Es ging nicht um mich. Es ging darum, nach Hause zu kommen. Zu David. Zu meinem Sohn. Sie brauchten mich. Und ich hatte ihnen versprochen, immer für sie da zu sein – in guten wie in schlechten Zeiten.

Das Bett war weicher, als ich erwartet hatte, die Decke warm und kuschelig. Trotz der Schwere in meiner Brust und dem Chaos in meinem Kopf schloss ich schnell meine Lider. Der Schlaf überkam mich unerwartet schnell, und zum ersten Mal seit Tagen war er traumlos. Friedlich.

Und endlich war die Welt um mich einfach … ruhig.

»Aufwachen, Prinzessin!«, trällerte eine viel zu fröhliche Stimme direkt an meinem Ohr.

Ich grummelte leise, zog die Decke höher und blinzelte gegen das hereinfallende Morgenlicht an.

Verschlafen öffnete ich ein Auge, und sofort tauchte Darinas Gesicht vor mir auf – viel zu nah, viel zu deutlich. Sie funkelte mir belustigt entgegen, und ihre Lippen verzogen sich zu einem Lächeln.

»Mensch, du siehst aus, als wärst du gestern von einem Wagen überrollt worden«, stellte sie trocken fest und lachte auf. Es war ein tiefes, kehliges Geräusch, das ihr ein selbstzufriedenes, fast spitzbübisches Aussehen verlieh.

Ich gähnte herzhaft, versuchte, die Reste des Schlafs abzuschütteln, und richtete mich auf. Sie schien wie ausgewechselt – die Anspannung, die gestern noch greifbar um sie gehangen hatte, war wie weggeweht.

Stattdessen wirkte sie freundlich und erholt, vollkommen erfrischt; womöglich durch eine Nacht voller Ruhe und Leichtigkeit.

Wenn sie wüsste, was gestern passiert ist … Der Gedanke traf mich wie ein Stich, und ein unangenehmer Druck baute sich in meiner Brust auf. Die mittlerweile vertraute Schuld kroch wieder an die Oberfläche und nagte an mir. Ich zwang mich, meine Gedanken auf das Hier und Jetzt zu richten.

»Da bist du ja endlich!« Darina stieß mir spielerisch gegen die Schulter. »Dein Schnarchen konnte man ja bis nach Portera hören.« Ihr Tonfall war spielerisch, aber ich spürte wie mein Gesicht augenblicklich rot anlief.

»Ich schnarche nicht!«, konterte ich schnell und schickte ihr einen müden, aber genervten Blick, um meine Verlegenheit zu überspielen.

Sie lachte nur lauter. »Doch, tust du. Aber mach dir keine Sorgen, ich sag's keinem weiter.« Ihr Grinsen war frech, und sie ließ sich auf die Bettkante fallen.

»Was willst du, Darina?«, fragte ich schließlich direkt. Die Schuld und Unsicherheit von gestern lasteten noch schwer auf mir. »Bist du wegen Devon hier?« Wenn sie mich zur Rede stellen wollte, dann sollte sie es einfach tun.

Sie winkte nur lässig ab. »Wegen Devon? Bitte. Der liegt nach seinem Rausch gestern vermutlich immer noch schnarchend in irgendeiner Ecke der Taverne.« Sie schüttelte den Kopf, ihre Stimme war amüsiert, als sei es das Normalste der Welt. »Ich habe Besseres zu tun, als mir um den Kerl den Kopf zu zerbrechen.«

Ich wollte ihr nicht glauben. Ihre gestrige Wut, ihre Spannungen – all das war zu deutlich gewesen. Allerdings sprach sie weiter, bevor ich etwas sagen konnte.

»Eigentlich bin ich hier, um mich zu entschuldigen.« Sie wurde ernster, und lehnte sich ein Stück vor. Ihre Augen suchten die meinen. »Ich war gestern … unfair zu dir. Ich hatte einen langen Tag und habe es an dir ausgelassen. Das war nicht in Ordnung.«

Ihre Einsicht überraschte mich, und ich wusste nicht, was ich sagen sollte. Sie fuhr fort, bevor ich reagieren konnte: »Aber ich dachte, ich mache es wieder gut.« Darina griff nach einem kleinen Beutel an ihrem Gürtel und zog zwei Gegenstände hervor.

Mit einem triumphierenden Ausdruck hielt sie mir eine Zahnbürste aus dunklem Holz und ein kleines

Glas mit grünlicher Paste entgegen. Der Duft von Kräutern war intensiv, aber angenehm.

»Byron hat mir erzählt, dass du kaum bis gar keine Habseligkeiten hast«, erklärte sie beiläufig. »Also dachte ich mir, du könntest das hier gebrauchen.«

Ihr Kommentar war beiläufig, aber traf mich tief. Diese kleine Geste war wie eine Brücke, ein stilles Angebot von Verständnis, wo ich es am wenigsten erwartet hatte.

Ich nahm die Zahnbürste und das Glas vorsichtig entgegen, behutsam und mit der Ehrfurcht wertvoller Geschenke.

»Danke,« brachte ich weich hervor. Ich räusperte mich und setzte ein unsicheres Lächeln auf. »Wirklich, Darina. Das bedeutet mir mehr, als du vielleicht denkst.«

Ohne zu zögern sprang ich auf und eilte zum Waschbecken. Der Duft der Kräuterpaste stieg in meine Nase, und das saubere Gefühl war ein kleiner Luxus, den ich seit meinem letzten Morgen auf dem Schiff nicht mehr genossen hatte. Ich hob die Augen und erst da wurde mir bewusst, dass ich noch immer in Unterwäsche vor Darina stand. Sie sah mich an – ein Lächeln auf den Lippen, als wäre es das Normalste der Welt.

»Freut mich, wenn ich dir einen Gefallen tun konnte. Nachdem du dich frisch gemacht hast, gehen wir in die Stadt und besorgen dir normale Kleidung«, sagte sie und lehnte sich lässig gegen die Wand.

»Aber ich will wieder Hosen«, nuschelte ich mit vollem Mund, und wusch mir das Gesicht mit Wasser.

Hier trugen alle Frauen – außer Darina – Kleider, und ich wollte unbedingt klarstellen, dass ich bei meiner Vorliebe für Hosen blieb.

Darinas Lachen erfüllte den Raum, warm und voller Leben. Doch das Leuchten in ihrem Gesicht verblasste schnell. Ihre Haltung wurde straffer, und ein dunkler Schimmer huschte über ihre Züge. Es klang fest, während sie sprach: »Ich habe vor zwei Tagen erfahren, dass Shadralis in unserer Nähe gesichtet wurden. Wir sollten bald weiterreisen.«

Diese Information machte mich stutzig.

Shadralis. Der Name allein klang wie ein bedrohliches Flüstern. Ein weiteres Mysterium in dieser gefährlichen Welt, die ich kaum begriff.

Ich wandte mich zu ihr um und wollte zögernd wissen: »Was … sind diese Shadralis?«

Darina deutete auf das Bett und ließ sich wieder auf die Kante sinken. »Setz dich.«

Verdutzt folgte ich ihrer Aufforderung, überrascht, dass sie sich hinter mich setzte und begann, meine Haare zu einem Zopf zu flechten. Ihre Hände waren geschickt, ihre Bewegungen schnell und rhythmisch, und obwohl ich mich anfangs unwohl fühlte, spürte ich, wie mich diese einfache Geste entspannte. Es war eine seltsame Intimität – unerwartet und gleichzeitig tröstlich.

»Die Shadralis sind unsere Feinde«, begann Darina schließlich leise mit ernster Miene. »Seit Jahrhunderten führen wir Krieg – die letzten Magischen gegen die Shadralis. Es ist ein Kampf um Macht und Überleben.

In allen Ländern gibt es immer wieder Unruhen. Sylvaterra wird aufgrund der wertvollen Handelsgüter als neutraler Boden betrachtet, und lebende Begabte gibt es hier keine mehr. Deshalb hast du bisher auf deiner Reise von unserem Krieg nichts mitbekommen. Aber je weiter wir Richtung Grenze reiten, desto höher ist auch das Risiko, Shadralis zu begegnen.«

Sie hielt kurz inne, offensichtlich, um sicherzustellen, dass ich zuhörte. »Die Shadralis sind keine Mythen, Rebecca.« Darina ließ den Blick in die Ferne gleiten, auf der Suche nach einem Punkt in ihren Erinnerungen, an dem sie ansetzen konnte. »Ich habe gesehen, wie sie ein ganzes Dorf ausgelöscht haben. Kein Geräusch, kein Schrei. Nur dicker Nebel. Die Leute hatten keine Ahnung. Ich erinnere mich an die Lichter in den Fenstern, an das Lachen der Kinder, die noch spät spielten. Und dann war da plötzlich … Stille. Keine Warnung, kein Chaos. Nur dieser Nebel, der alles verschlang.« Sie wurde mit jeder Silbe leiser, doch die Bilder, die sie beschrieb, waren lebendig und grausam.

Ich spürte die Tiefe der Geschichte, die sie nur andeutete, scheinbar mit der Absicht, mir bewusst nicht alles zu erzählen. Und trotzdem war das, was sie sagte, schon genug, um mir das Blut in den Adern gefrieren zu lassen. Es war mehr als ein Krieg – es war ein wahr gewordener Albtraum.

Sie fuhr fort. »Sie entführen, zerstören und wenn nichts mehr übrig ist, ziehen sie weiter. Frieden interessiert sie nicht. Sie wollen nur Macht, und egal wie viele wir töten, es kommen immer neue nach. Wenn du

278

nicht aufpasst, nehmen sie dir alles.« Ihre letzten Worte klangen fast persönlich, als hätte sie diesen Verlust selbst erlebt.

Ich wollte noch mehr fragen, wollte verstehen, was diese Shadralis wirklich waren, aber ich hielt mich zurück. Je tiefer ich in ihre Welt eintauchte, desto schwieriger würde es sein, wieder herauszukommen. Und ich durfte nicht vergessen, was mein Ziel war.

Darina löste sich von meinen Haaren und ließ den geflochtenen Zopf sanft auf meinen Rücken fallen.

»Los geht's,« forderte sie, stand auf und zwang sich zu einem entschlossenen Lächeln. »Zeit zum Einkaufen. Wir besorgen dir auch noch einen eigenen Kamm.«

»Nein, das ist nicht nötig«, lehnte ich schnell ab und schüttelte den Kopf. »Ich werde nicht lange genug hier sein, um ihn zu benutzen.«

Ich klang sicherer, als ich mich fühlte. Ich wollte nicht den Eindruck erwecken, als würde ich mich mit dieser Welt arrangieren.

Darina sah mich von oben herab an. In ihrem Blick lag keine Wut, nur Neugier und ein Hauch von Unverständnis. Schließlich verschränkte sie die Arme vor der Brust und fragte: »Warum bist du dir so sicher, dass du hier nicht hingehörst? Vielleicht war es kein Zufall, dass du zu uns gestoßen bist. Vielleicht bist du genau dort, wo du sein sollst.«

Ich zögerte. Ihre Frage traf mich unvorbereitet, und die Worte, die ich sagen wollte, blieben mir im Hals stecken. Dann atmete ich tief durch und begann zu

erklären: »Ich … es gibt Menschen, die auf mich warten und Jemanden, der mich braucht.« Ich wurde leiser, je weiter ich fortfuhr. »Mein Sohn, Anton. Er ist noch so klein, und er braucht seine Mutter. Ich habe ihm versprochen, immer für ihn da zu sein. Daher kann ich auf euch keine Rücksicht nehmen, er steht bei mir an erster Stelle!«

Darina hob überrascht die Augenbrauen. »Du hast einen Sohn?« Sie hörte sich nicht unfreundlich an, eher erstaunt. »Das erklärt einiges.«

Ich nickte und senkte den Blick. »Er ist einer der Gründe, warum ich zurück muss, warum ich einfach nicht hierbleiben kann. Egal, was ihr von mir wollt oder verlangt. Ich liebe ihn über alles, und ich habe schon genug Zeit verloren. « Ich hob den Kopf und sah sie an, fast flehend. »Ich weiß, dass es für euch schwer zu verstehen ist, aber ich bitte dich… respektier das. Ich kann ihn nicht einfach aufgeben.«

Darina schwieg, sie musterte mich eingehend. Anscheinend wog sie ihre Worte genau ab. Schlussendlich entspannte sie sich etwas, löste ihre verschränkten Arme und ließ sie sinken.

»Ich verstehe«, flüsterte sie, unerwartet sanft. »Ich weiß, wie es ist, jemanden zu haben, den man beschützen will. Den man nicht verlieren darf.«

In ihren Augen lag eine Tiefe, die ich nicht erwartet hatte. Darina lächelte schwach, eine Spur melancholisch.

»Weißt du, Rebecca, diese Welt… sie verlangt mehr, als sie gibt. Sie ist wunderbar, ja, aber auch gnadenlos.

Sie schuldet dir nichts. Alles, was du willst, alles, was du brauchst, wirst du dir nehmen müssen. Wenn du wirklich zu deinem Anton zurück willst, musst du bereit sein zu kämpfen – nicht nur mit deinen Händen, sondern mit deinem ganzen Wesen.«

Ihr Blick traf meinen, und für einen Moment schien sie durch mich hindurchzusehen. »Aber vielleicht hilft es dir, zu wissen: Du bist nicht allein. Ich werde tun, was nötig ist, um dir zu helfen. Solange ich es kann.«

Ich schluckte schwer und nickte. »Danke«, flüsterte ich, und meine Stimme brach. Es lag weit über dem, was ich je für möglich gehalten hatte, und überstieg alles, was ich ihr zugetraut hätte.

Darina zwang sich zu einem schiefen Grinsen, klopfte mir leicht auf die Schulter und drehte sich um. »Also, los jetzt«, forderte sie mich auf, diesmal mit etwas mehr Schwung. »Wir haben keine Zeit zu verlieren.«

Die Enge des Zimmers hatte mich geschützt, aber hier, zwischen den Menschenmengen und dem Lärm, fühlte ich mich ziemlich verloren.

Die Stadt lebte – laut und unbarmherzig. Enge Gassen schlängelten sich wie ein Labyrinth zwischen den alten, schiefen Gebäuden hindurch.

Der Duft von frisch gebackenem Brot vermischte sich mit aromatischen Gewürzen und dem herben

Geruch von Teer aus den Werkstätten. Über den Gassen flatterten bunte Tücher und Kleidung an Wäscheleinen – ein lebendiger Kontrast zur grauen Umgebung.

Am Marktplatz wurde der Trubel noch intensiver. Händler riefen lautstark ihre Waren aus, und Unterhaltungen verschmolzen zu einem hypnotischen Hintergrundrauschen. Menschen drängten sich um die Stände, feilschten, lachten und tauschten Neuigkeiten aus.

Es war das schlagende Herzstück der Stadt, und obwohl ich von der Energie überwältigt war, konnte ich die subtile Spannung in der Luft spüren.

»Was ist das?«, fragte ich und deutete auf eine seltsam geformte Frucht mit schuppiger Oberfläche.

Der Händler gluckste, seine Stimme tief, aber freundlich. »Das, meine Dame, ist eine Koboldfrucht. Gut für die Nerven und gegen Dämonen«, fügte er mit einem schalkhaften Augenzwinkern hinzu.

Ich konnte mir ein Schmunzeln nicht verkneifen und schüttelte den Kopf. Dämonen und Früchte – absurd, aber irgendwie passte es zu dieser verrückten Welt.

Vielleicht waren es die Shadralis, von denen Darina gesprochen hatte, oder vielleicht war es nur mein eigener Argwohn, aber ich blieb sicherheitshalber immer dicht hinter ihr.

Die Stadt war ein Wirbel aus Farben, Gerüchen und Stimmen, und ich fühlte mich wie ein Fremdkörper inmitten dieses pulsierenden Lebens.

Darina holte mich aus meinen Gedanken zurück: »Beeindruckend, oder?« Sie sah über ihre Schulter zu mir, während sie an einem Stand mit Lederwaren einen Gürtel hochhielt.

»Ja«, gab ich ehrlich zu. »Es ist… viel.«

Sie grinste. »Das ist Dorkra. Der Markt ist das Herz der Stadt. Hier passiert alles – Geschäfte, Neuigkeiten und, na ja, manchmal auch ein bisschen Ärger.«

Sie wurde ernster, und ihre Augen wanderten prüfend über die Menge, in der sie scheinbar etwas suchte – oder jemanden.

Ich folgte ihr durch die Massen, doch mein Blick schweifte immer wieder neugierig umher. Wir steuerten auf eine kleine Schneiderei zu, deren schlichte Fassade ich fast übersehen hätte.

Das Chaos des Marktplatzes wich einer angenehmen Ruhe, als wir die Schwelle des Ladens überschritten. Der Duft von Lavendel und Stoff erfüllte die Luft, ein seltsamer Kontrast zu dem Trubel draußen.

Eine Schneiderin, konzentriert auf ihre aktuelle Arbeit, schaute auf, nachdem wir den Raum betreten hatten. Darina sprach mit ihr, ihre Worte knapp und bestimmt, ihre Haltung ließ dennoch keinen Zweifel daran, dass sie genau wusste, was sie wollte.

Nach einem kurzen Austausch verschwand die Schneiderin in den hinteren Bereich des Ladens und kam mit einer robusten Hose, einer schlichten Bluse und einem Korsett zurück.

»Das wurde bestellt, aber nie abgeholt. Vielleicht passt es dir«, sagte sie und hielt die Sachen hoch.

Ich musterte die Kleidungsstücke skeptisch. »Das Korsett sieht aus wie ein Foltergerät«, brummte ich, und beäugte die engen Schnüre kritisch.

Darina schmunzelte und schwenkte die Arme in meine Richtung. »Vertrau mir, du wirst es mögen.« Ihr Tonfall war beinahe spöttisch, und bevor ich protestieren konnte, drückte sie mir die Kleidung in die Hand und deutete mit dem Kopf zur Umkleidekabine.

»Natürlich«, murmelte ich ergeben. Irgendwo in ihrem Lächeln lag eine Zuversicht, die mich zumindest dazu brachte, es auszuprobieren.

Die Umkleidekabine war so eng, dass ich beim Umdrehen beinahe gegen die Wand stieß. Die Hose war viel zu weit, hing wie ein Sack an meinen Hüften, und das Korsett schnürte mir die Luft ab. Nach einigen erfolglosen Versuchen, es selbst zu binden, trat ich einen Schritt zurück und betrachtete mich im Spiegel. Die Hose schlackerte lose an meinen Beinen, während das Korsett sich so eng um meinen Brustkorb spannte, dass jeder Atemzug zur Qual wurde. Ich sah aus wie eine Mischung aus einem Kind, das sich in Erwachsenenkleidung verirrt hatte, und einem mittelalterlichen Ritter, der noch nicht ganz in seine Rüstung passte.

»Großartig«, meinte ich trocken und verdrehte die Augen.

Die Schneiderin trat hinter mich, ihre Bewegungen kontrolliert und geübt.

»Das wird schon«, sagte sie mit einer Bestimmtheit, die jede Diskussion im Keim erstickte. Mit geschickten

Händen zog sie die Schnüre zurecht und prüfte die Hose. »Es muss alles ein wenig angepasst werden, aber das kriegen wir hin.« Ihre Hände flogen über die Nähte, und ich beobachtete sie im Spiegel, beeindruckt von der Selbstverständlichkeit, mit der sie arbeitete.

Sie reichte mir die schlichte Bluse, die überraschend weich war, sowie einen schweren, robusten Mantel. Bei einem Blick in den Spiegel wirkte das Bild auf einmal nicht mehr so lächerlich. Der Mantel verlieh mir etwas Bodenständiges, und zum ersten Mal sah ich nicht aus wie eine Fremde, die in eine Theaterkulisse gestolpert war. Vielleicht war das ein erster Schritt in Richtung Tarnung – oder Anpassung.

»Gut.« Die Schneiderin nickte zufrieden, sichtlich überzeugt vom Ergebnis. Sie steckte die Hosenbeine mit Nadeln ab, markierte die Taille und nuschelte leise vor sich hin, offenbar in Gedanken an die zukünftige Aufgabe. »Die Änderungen sind einfach. Ihr könnt es morgen abholen.«

Erleichtert zog ich mich wieder um und war froh, aus dem engen Korsett zu kommen. Darina legte den vereinbarten Betrag auf den Tisch, verabschiedete sich mit einem knappen Nicken und verließ den Raum. Die Schneiderin sah uns mit einem geschäftsmäßigen Lächeln nach.

»So«, sagte Darina, als wir wieder auf die Straße traten. »Jetzt bist du so gut wie gerüstet. Nur ein bisschen Geduld, und du siehst nicht mehr aus wie ein Fremdkörper in unserer Welt.« Sie grinste, aber etwas in ihrem Ton ließ mich innehalten.

Ich zog den Mantel enger um mich und blickte sie an. »Ich bin immer noch ein Fremdkörper, Darina«, entgegnete ich leiser, aber deutlich. Die Fremde fühlte sich wie eine zweite Haut an, unangenehm und kalt, egal wie gut die Klamotten passten. »Die Kleidung wird das nicht besser machen.«

Darina blieb stehen und musterte mich mit einem Blick, der schwer zu deuten war. Ihre Schultern sanken, und sie seufzte.

»Vielleicht«, meinte sie schließlich, »aber es hilft, nicht aufzufallen. Und manchmal ist das der einzige Weg, zu überleben.«

Ihre Worte klangen resigniert, und ich fragte mich, wie viel davon auf eigenen Erfahrungen basierte.

Wir gingen tiefer in den Markt hinein, wo das geschäftige Treiben uns umhüllte. Händler priesen lautstark ihre Waren an, Menschen drängten sich an den Ständen, und die Luft war erfüllt von exotischen Gewürzen, dem Aroma von gebratenem Fleisch und frisch gebackenem Brot. Ich wollte mich in dem geschäftigen Treiben verlieren, doch ein unterschwelliges Unbehagen hielt mich gefangen.

Darina wirkte unbeeindruckt. Mit Präzision griff sie nach Vorräten, prüfte Früchte und verhandelte geschickt mit den Händlern. Dann jedoch fiel mir etwas auf. Es war nur eine Kleinigkeit – eine subtile Veränderung in ihrer Haltung. Ihre Schultern waren angespannt, ihre Bewegungen routiniert, aber nicht mehr so fließend. Und ihre Augen… sie huschten immer wieder

zur Seite, scheinbar auf der Suche nach etwas. Oder jemandem.

»Wohin geht es für euch, nachdem ihr mich zurückgebracht habt?«, wollte ich wissen und versuchte dabei, beiläufig zu klingen, obwohl meine Neugier nicht zu überhören war.

Darina hielt in ihrer Bewegung inne und warf mir einen kurzen Blick zu, der etwas in mir zum Schweigen brachte. »Zu unserem Hauptstützpunkt«, antwortete sie schließlich neutral. Allerdings spürte ich die Lücke zwischen ihrer Erklärung – das, was sie nicht aussprach. Es war eine Sekunde des Zögerns, die mich alarmierte. Bevor ich nachhaken konnte, wandte sie sich abrupt wieder den Vorräten zu. Dabei ließ sich ihre Unruhe nicht mehr verbergen. Ihre Schultern waren leicht nach vorne gezogen, und ihre Augen musterten immer häufiger die Menge mit wachsamem Ernst.

Ein Prickeln lief über meinen Rücken, und ich fing an, die Umgebung um uns herum genauer zu betrachten. Ich folgte Darinas Blick und spürte plötzlich ihre Hand, die meinen Arm packte. Ihr Griff war fest, beinahe schmerzhaft, und ihre Züge waren hart, als ich sie ansah.

»Bleib ganz locker«, raunte sie mir verstohlen zu. Ich verspannte mich. »Schau nicht hin. Wir werden beobachtet«, fügte sie hinzu – ihr Ton war eindringlich, aber leise genug, dass er im Lärm des Marktes unterging. Ihre deutliche Besorgnis ließ mein Herz schneller schlagen. Ich zwang mich, nicht aufgeregt

287

umherzublicken, sondern versuchte, die Anspannung in meiner Brust zu kontrollieren.

»Von wem?«, flüsterte ich bebend vor innerer Unruhe.

Darina zog mich zu einem Obststand, wo sie begann, mit dem Händler zu verhandeln. Sie klang entspannt, beiläufig, doch ihre Augen blieben in ständiger Bewegung, suchten die Menge ab. »Ich bin nicht sicher, aber ich glaube, es ist ein Shadralis.«

Mein Herz setzte einen Schlag aus, und eine eisige Welle schoss durch meinen Körper. Shadralis – das Wort schien die Welt um mich herum dunkler zu machen.

»Warum… warum sind sie hier?«, meine Stimme bebte, während ich versuchte, sie so fest wie möglich zu halten.

Darina bezahlte den Händler und griff nach einem Korb mit Äpfeln. »Es ist sehr ungewöhnlich, dass sie sich tagsüber in die Stadt wagen«, gab sie zurück und zog mich dabei hastig von der Straße weg. »Das bedeutet, dass sie etwas – oder jemanden – suchen.«

Mein Inneres verkrampfte sich, als hätte jemand Eiswasser durch meine Adern gepumpt.

»Uns?«, wagte ich zu fragen, doch Darina reagierte nicht. Stattdessen führte sie mich in eine Seitengasse, weit weg von der Menschenmenge.

»Wir müssen zurück zur Taverne. Sofort«, forderte sie knapp und entschlossen. Ohne zu zögern, packte sie meinen Arm und zog mich mit einem Ruck weiter durch die engen, labyrinthartigen Straßen der Stadt.

Jede Gasse, die wir durchquerten, fühlte sich dunkler an, jeder Schatten tiefer. Die Geräusche des Marktes verblassten, und in den leeren Seitengassen hallten unsere Schritte unheilvoll wider.

Jeder entfernte Klang – das Lachen eines Kindes, das Bellen eines Hundes – ließ mich zusammenzucken.

»Was sind diese Shadralis? Sind sie nur Nebel?«, wollte ich wissen, während wir weiterliefen.

Darina warf mir einen kurzen Blick zu. »Ein magischer Feind, den du besser nicht unterschätzen solltest«, antwortete sie mir. »Sie sind mehr als Nebel und Schatten. Sie sind geübte Kämpfer – unaufhaltsam, lautlos. Wenn sie dich ins Visier nehmen, lassen sie nicht locker. Entweder du oder sie.«

Mein Magen zog sich zusammen, und ich hatte das Gefühl, dass unsichtbare Augen uns aus jeder Ecke heraus beobachteten. Ich drehte mich um, konnte aber niemanden entdecken. Allerdings machte es das nur noch schlimmer.

»Sind wir… sicher?«, flüsterte ich atemlos, obwohl ich die Antwort bereits kannte.

»Noch nicht«, stellte Darina knapp klar. Sie zog mich in eine weitere schmale Gasse und beschleunigte ihre Schritte. »Aber wir werden es sein, wenn wir zurück sind. Halte durch.«

Kaum hatten wir die schwere Holztür der Taverne erreicht, stieß Darina sie mit Schwung auf. Der Gastraum war leer. Die Stille dort war genauso bedrückend wie die Enge der Gassen. Der Geruch von abgestandenem Bier und kaltem Rauch hing schwer in der Luft,

aber wir hielten uns nicht lange auf. Ohne ein Wort durchquerten wir ihn und traten durch den Hinterausgang ins Freie.

Die Sonne schien in den Innenhof und es war trügerisch warm - für einen Augenblick wünschte ich mir, dass diese Wärme auch die Anspannung in meiner Brust vertreiben könnte. Doch der Druck blieb.

Kirk und Fin waren in einen intensiven Trainingskampf vertieft, ihre Abläufe präzise und fließend wie ein choreografierter Tanz. Sie attackierten sich und wichen aus, schienen einander zu lesen und auf jeden Schlag eine passende Antwort zu finden.

Der Schweiß auf ihren muskulösen Oberkörpern glänzte in der Sonne, und ich musste zugeben, dass sie beeindruckend waren. Es war ein Schauspiel aus Kraft und Taktik, bei dem jeder Schlag und jede Bewegung eine Geschichte erzählte.

Byron stand mit verschränkten Armen daneben und überwachte das Training mit Adleraugen.

»Kirk, besserer Stand! Du bist zu wackelig! Und Fin, wenn du den linken Haken so ausführst, bist du tot, bevor du zuschlägst!« Seine Befehle waren knapp und zielgerichtet, aber nicht unfreundlich, während seine Augen unablässig an den beiden hafteten. Am Rand des Hofes saß Knocks auf einer groben Holzbank und schärfte einen Dolch mit einem kleinen Schleifstein. Die Klinge blitzte bedrohlich in der Sonne auf, und seine Konzentration schien unerschütterlich – bis er uns bemerkte. Sein breites, schiefes Grinsen erschien so schnell, dass ich kurz dachte, er hätte uns erwartet.

»Na, wer kommt denn da? Rebecca, was hast du mit Devon angestellt, dass er sich so gehen lässt?« Es klang spöttisch, aber nicht böse. Trotzdem spürte ich, wie meine Wangen heiß wurden.

»Lass es, Knocks«, unterbrach Darina scharf, ihre Aufforderung ließ keinen Widerspruch zu. »Wir haben größere Probleme. Auf dem Markt haben wir einen Shadralis gesehen.«

Die Aussage ließ die Atmosphäre im Hof augenblicklich kippen. Kirk und Fin hielten mitten in ihrer Bewegung inne, Byron ließ die Arme sinken, und selbst Knocks' Grinsen verschwand.

»Ein Shadralis?«, fragte Byron mit einem tiefen Grollen.

Darina nickte. »Er hat uns beobachtet. Es war eindeutig. Und wenn sie sich mitten am Tag hierherwagen, dann bedeutet das nichts Gutes.«

»Das bedeutet, dass sie uns gefunden haben«, murmelte Fin, seine Stirn in tiefe Falten gelegt. »Wenn sie so nah dran sind, dann wissen sie wahrscheinlich, wo wir uns aufhalten.«

Kirk stieß einen leisen Fluch aus, trat wütend gegen einen Übungspfahl, der dabei hörbar knackte. »Verdammt«, zischte er. »Wir müssen sofort handeln. Wenn sie uns gefunden haben, ist Verstärkung nicht weit.«

»Ruhig, alle«, unterbrach Byron durchdringend. Er hob die Hand, um die aufkommende Panik zu stoppen. »Wir wissen noch nichts Konkretes. Darina, bist du sicher, dass es ein Shadralis war? Es könnte auch ein einfacher Spion gewesen sein.«

Darina schüttelte energisch den Kopf. »Nein. Diese Bewegungen – wie er sich unauffällig durch die Menge geschlängelt hat, immer in den Schatten blieb – das war kein gewöhnlicher Spion. Es war definitiv ein Shadralis. Die Art, wie es sich bewegte, fast zu fließend, als wäre es selbst ein Teil der Schatten. Das war kein Spion.«

Byron schwieg und ließ seine Augen nachdenklich über jeden von uns gleiten. Schließlich ruhten sie auf mir, bohrte sich tief in meine, als wolle er das herauslesen, was ich zu verbergen suchte.

»Das heißt, sie folgen uns«, stellte Byron fest. »Die Frage ist: Warum? Es muss einen Grund geben, warum sie ausgerechnet hier auftauchen. Die Wahrscheinlichkeit, dass sie erst in Portera erscheinen war größer gewesen. Wir waren mit allen magischen Aktivitäten vorsichtig.«

Ich hielt den Atem an - wusste, was er dachte, auch wenn er es nicht aussprach.

Sie sind wegen mir hier.

»Wir müssen wachsam bleiben«, fuhr Byron fort. »Hier werden sie nicht angreifen. Wir befinden uns auf neutralem Boden, und die Shadralis riskieren keinen Konflikt mit Dorkra. Das bedeutet jedoch nicht, dass wir sicher sind. Ab jetzt verlässt niemand mehr allein die Taverne. Und morgen früh brechen wir auf.«

Seine Stimme hallte in meinem Kopf nach wie ein unerwünschtes Echo. Jeder von ihnen war in Gefahr, und dass alles wegen mir. Die Schuld nagte an mir, ein schlechtes Gewissen, das sich nicht abschütteln ließ.

Byron unterbrach meine Gedanken mit einer direkten Frage: »Kannst du dich im Notfall verteidigen?«

Ich blinzelte überrascht. »Äh, nein. Ich habe ein wenig mit Pfeil und Bogen geübt, doch das war eher ein Freizeitspaß aus meiner Kindheit. Ich habe mich noch nie wirklich verteidigen müssen«, antwortete ich wahrheitsgemäß, da Lügen in dem Zusammenhang definitiv keinen Sinn ergab.

Byron nickte. »Das habe ich schon vermutet. Du siehst nicht besonders konditioniert aus.« Seine Worte waren sachlich, ohne jeglichen Spott. Er stellte einfach fest, was offensichtlich war.

Anstatt mich beleidigt zu fühlen, nickte ich lediglich. »Stimmt«, gab ich zu. »Aus eurer Sicht habe ich ein ziemlich behütetes Leben geführt. Gefahren dieser Art waren nie etwas, worüber ich mir Sorgen machen musste.« Ein bitteres Lächeln huschte über meine Lippen. »Ein Fehler, der mich jetzt teuer zu stehen kommen könnte.«

Knocks, der bisher still auf seiner Bank gesessen und seinem Dolch den letzten Schliff verpasst hatte, stand auf. Mit einer lässigen Bewegung schwang er die Klinge in der Hand, so mühelos, dass sie wie ein Spielzeug wirkte. »Ich kann dir zeigen, wie man mit einem Messer umgeht«, bot er mir an und hielt mir die Klinge hin. Sie blitzte im Sonnenlicht, scharf und bedrohlich.

Ich zögerte, aber dann nickte ich. »Danke, Knocks«, nahm ich ehrlich erfreut an. Wenn ich in dieser Welt überleben wollte, musste ich jede Hilfe annehmen, die ich bekommen konnte.

Byron legte Knocks die Hand auf die Schulter. »Gute Idee. Ihr beide bleibt hier und übt. Zeig ihr das Nötigste. Wenn es ernst wird, sollte sie zumindest eine Chance haben.« Dann wandte er sich an Kirk und Fin. »Ihr kommt mit mir. Wir sehen uns in der Stadt um. Vielleicht finden wir Hinweise oder können den Spuren des Shadralis folgen.«

Er hielt inne und wandte sich zu Darina, die abseits stand und ihre Augen prüfend über die Mauern des Innenhofs wandern ließ. Sie wirkte, als erwarte sie jeden Moment einen Angriff. »Darina, geh zu Devon. Ich will ihn nüchtern und kampfbereit sehen – und zwar so schnell wie möglich. Wir treffen uns heute Abend wieder hier.« Damit drehte er sich um und verließ mit Kirk und Fin den Innenhof.

Darina verdrehte die Augen und stemmte die Hände in die Hüften. »Warum muss ich mich immer um ihn kümmern?«, fragte sie gereizt. Doch in ihrer Stimme lag eine Mischung aus Frustration und Zuneigung, die mir seltsam vertraut vorkam. Es war dieselbe Tonlage, die Devon anschlug, wenn er von ihr sprach – eine Kombination aus Respekt und dem leichten Spott, den nur jemand äußern konnte, der die andere Person in- und auswendig kannte. »Fin ist viel entspannter und kann am besten Feuer löschen. Zwischen Devon und mir eskaliert es jedes Mal, wenn er einen Kater hat.«

Ein Funken von Sympathie blitzte in ihren Augen auf, während sie das sagte. Man konnte sofort erkennen, dass sie etwas mehr für ihn empfand.

Knocks lachte leise und rieb sich den Nacken. »Weil du seine Schwester bist«, wies er mit einem schiefen Grinsen hin. »Du kannst ihn am besten beruhigen.«

Schwester. Es dauerte eine ganze Weile, bis das Gesagte überhaupt in meinem Kopf ankam. Eine Erkenntnis, die alles veränderte – und doch nichts.

Devon war Darinas Bruder. Hätte ich das vorher gewusst, hätte ich mich anders verhalten? Wahrscheinlich nicht. Es erklärte so vieles an ihm, aber es warf eine Frage auf: Wieso hatte er nichts gesagt?

»Schwester?«, platzte es aus mir heraus, bevor ich darüber nachdenken konnte. Verwirrt ruckte mein Kopf hoch, und ich starrte Darina an, als hätte sie sich in eine völlig andere Person verwandelt. »Ihr seid Geschwister?!«

Darina verzog das Gesicht, offensichtlich überzeugt, dass ich etwas ausgesprochen Dämliches gefragt hatte.

»Ja, Devon ist mein älterer Bruder«, stellte sie knapp klar. Ihre Reaktion machte deutlich, dass sie diese Information bereits zum hundertsten Mal wiederholte. In ihrer Stimme schwang ein ungewohnter Klang mit – ein Hauch von Stolz, den sie selbst möglicherweise gar nicht wahrnahm.

Dieser blieb in meinem Kopf hängen. Ich sah genauer hin und erkannte, dass die Ähnlichkeit zwischen ihnen eigentlich unverkennbar war: die gleichen braunen Haare, die in der Sonne kupferfarben schimmerten, die markanten grünen Augen, die sogar den gleichen Ausdruck von spöttischer Belustigung annahmen.

Jetzt, wo ich es wusste, konnte ich nicht glauben, dass es mir entgangen war.

»Oh, okay. Cool«, stieß ich hervor und biss mir auf die Zunge.

Cool? Wirklich?

Darinas Augenbraue hob sich langsam. Ein Hauch von Vergnügen mischte sich in ihre erschöpfte Miene, bevor sie sich umdrehte und Richtung Zimmer verschwand. Offenbar war das Gespräch für sie beendet.

Die Hitze kroch in meine Wangen, und ich senkte verlegen den Blick. Das Bild von Devon schlich sich unaufgefordert in meinen Kopf, und ich spürte den schalen Geschmack der Schuld, der nicht weichen wollte. Ich hatte die Grenze überschritten. Er hatte nicht, wie angenommen, jemanden betrogen. Ich hatte voreilige Schlüsse gezogen. Die Verantwortung dafür lag ganz allein bei mir, und jetzt musste ich mit den Folgen leben. Keine Ahnung, wie ich David überhaupt etwas hiervon erklären sollte – geschweige denn das, was zwischen Devon und mir passiert war.

»Komm, wir fangen an«, forderte Knocks direkt und unerbittlich. Er stand jetzt vor mir, den Dolch in seiner Hand, die Klinge blitzte im Sonnenlicht wie eine stumme Warnung. Seine Mimik war ernst, aber nicht unfreundlich.

»Wir haben nicht viel Zeit, und du musst zumindest die Grundlagen beherrschen, falls es ernst wird.«

Ich nickte zögerlich, drängte die Selbstvorwürfe in die hinterste Ecke meines Kopfes und folgte ihm in die Mitte des Hofes.

Knocks hielt mir den Dolch hin, den Griff auf mich gerichtet. »Erster Tipp: Halte ihn immer am Griff. Niemals an der Klinge – egal, wie hektisch es wird. Ein Fehler, und du verletzt dich selbst, bevor der Gegner dich überhaupt berührt.«

Ich nahm den Dolch mit zitternden Fingern entgegen. Er war schwerer, als ich erwartet hatte, und lag kalt in meiner Hand. Meine Handflächen wurden sofort feucht, und ich wischte sie hastig an meiner Hose ab.

»Zweiter Tipp«, erklärte Knocks, während er in eine stabile Position glitt. Seine Füße standen schulterbreit auseinander, die Knie leicht gebeugt. »Deine Haltung ist entscheidend. Steifheit ist dein Feind. Bleib locker, aber stabil. Gewicht auf die Fußballen, bereit, in jede Richtung auszuweichen.«

Ich versuchte, ihn zu imitieren, doch meine Beine fühlten sich linkisch an, meine Schultern waren verkrampft.

»Nicht schlecht für den Anfang«, lobte Knocks mit einem kurzen Nicken. »Das kommt mit der Zeit. Jetzt: Angriff. Halte die Klinge nach unten. Ein Stich von unten nach oben ist schwerer abzuwehren und trifft oft vitalere Stellen.«

Mein Griff war schwach, und ich drehte das Messer so, dass die Klinge nach unten zeigte. Es war klein, unauffällig in meiner Hand, und dennoch war es gefährlich, wenn ich es richtig einsetzte. Knocks trat einen Schritt näher. »Konzentrier dich. Ich zeige dir einen einfachen Angriff. Beobachte genau und weiche seitlich aus – nicht nach hinten.«

Er führte das Messer in einer kontrollierten Bewegung auf meine Seite zu. Ich wich instinktiv zurück, und er schüttelte den Kopf. »Nein. So wirst du verlieren. Seitlich ausweichen, Rebecca. Immer seitlich.«

Er fasste nach meiner Hand und führte sie, bis ich den Ablauf verinnerlichte. Sein Griff war fest, aber geduldig. »Spürst du das? Du leitest die Klinge ab und bringst dich aus der Schusslinie. Fester Halt, aber nicht verkrampfen.«

Dann stellte er sich hinter mich, seine Hände um meine, und führte meine Bewegung. Der Dolch war jetzt weniger einschüchternd, mehr ein Werkzeug, als eine Waffe. »Mit dem ganzen Arm, nicht aus dem Handgelenk. Sonst verlierst du die Kontrolle.«

Er ließ los, und ich fühlte mich unsicher, aber zumindest entschlossener. »Noch einmal«, forderte Knocks mich auf. »Und schneller.«

Mein Atem ging flacher, als er erneut angriff. Ich lenkte die Klinge seitlich ab, sprang zur Seite, das Messer in der Hand. Mein Puls raste, aber ein Funken Stolz flammte darin auf. Ich hatte es geschafft.

»Besser«, kommentierte Knocks, sein Blick prüfend. »Aber es braucht Zeit. Dein Muskelgedächtnis muss das verinnerlichen. Bis dahin: Bleib klug. Sei schnell. Sei bereit, Risiken einzugehen.«

Ich wischte mir den Schweiß von der Stirn, nickte und fühlte das Gewicht des Dolches in meiner Hand. Es war schwer, aber nicht mehr ganz so fremd.

Es war ein Anfang.

KAPITEL 15
Magie

»Ich kann nicht mehr«, schnaufte ich nach einer gefühlten Ewigkeit. Mein Atem kam stoßweise, und meine Lunge brannte. Mein Herz hämmerte wild gegen meinen Brustkorb, und der Schweiß lief mir in Strömen den Rücken hinunter. Meine Jeans – aktuell ein unbequemes Überbleibsel aus meiner alten Welt – klebte wie eine zweite Haut an meinen Beinen, und mein durchnässter Zopf haftete unangenehm im Nacken. Ich fühlte mich wie ein nasser Lappen, der nur noch auf den Boden fallen wollte.

Knocks hingegen stand da, als wäre nichts gewesen. Kein Schweißtropfen glänzte auf seiner Stirn, sein Atem war gleichmäßig, und sein breites, belustigtes Grinsen zog sich über sein Gesicht. Es war das Grinsen, dass ich gerade zu hassen lernte.

»Das wird ein langer Weg, bis du eine Kämpferin bist«, bemerkte er trocken und triefte dabei vor Gleichgültigkeit. Als wäre ich ein untrainiertes Kind, das nicht einmal die Grundlagen beherrschte.

Wut schoss durch meinen Körper, heiß und elektrisierend. »Ich werde keine Kämpferin!«, fauchte ich. »Ich gehe wieder nach Hause!«

Es war keine Erklärung, sondern ein verzweifeltes Gebet an mich selbst, ein krampfhaftes Festhalten an der Realität, die ich zurückgelassen hatte. Abrupt drehte ich mich von ihm weg. Für mich war das Training beendet. Sollte er doch allein weiter üben. Ich wollte einfach nur weg.

»Gibt's hier so etwas wie eine Dusche? Oder eine Badewanne?«, rief ich gereizt und wischte mir den Schweiß von der Stirn. »Ich muss aus diesen Klamotten raus!«

Im nächsten Augenblick wurde ich grob von hinten gepackt. Der Angriff kam so überraschend, dass ich einen erstickten Laut von mir gab. Ein massiver Oberarm legte sich wie ein Schraubstock um meinen Hals, und ich schnappte panisch nach Luft, klammerte mich mit beiden Händen an den Arm, in der Hoffnung, ihn lockern zu können. Doch die Umklammerung wurde nur fester, stahlhart und unerbittlich.

»Knocks, lass mich los!« Ich keuchte, mein Atem nur noch ein schwaches Röcheln. Er ignorierte mich, zog mich an seinen muskulösen Oberkörper und nahm mir mühelos das Messer aus der Hand, dass ich bis dahin immer noch umklammert hielt. Seine Arme verschoben sich – einer umklammerte meine Kehle, während der andere meinen Brustkorb zusammendrückte. Ein schmerzhafter Druck auf meine Rippen schnürte mir die Luft endgültig ab.

»Wende deinem Gegner niemals den Rücken zu«, brummte er mir belehrend ins Ohr. »Eine sehr wichtige Lektion, kleines Mäuschen.«

Sein Atem kitzelte meinen Nacken, doch es war der unerträgliche Druck, der mich fast in den Wahnsinn trieb. Es fühlte sich an, als könnte er mich mit einem einzigen Ruck zerquetschen.

Der Griff wurde fester, und ich zappelte, schlug wild mit den Fäusten gegen seinen Arm, aber selbst gegen einen Stein hätte ich höhere Erfolgschancen gehabt.

»Was tust du nun?«, fragte er unheilvoll, beinahe sanft. »Wenn du weiter zappelst, verlierst du den letzten Rest deiner Kraft. Wenn du aufhörst, dich zu wehren, werde ich dich zerbrechen.«

Panik durchflutete mich, ein kalter, alles verschlingender Strom, der meinen Verstand lähmte. Ich war hilflos. Gefangen wie ein Tier in einer Falle. Mein Atem wurde flacher, meine Bewegungen langsamer, mein Blickfeld kleiner, während die Angst meine Muskeln erstarren ließ.

»Knocks, was soll das?«, hörte ich Darina wütend, nahezu schockiert, sagen.

»Wir trainieren nur«, erklärte Knocks gelassen, offensichtlich überzeugt, mir einfach nur eine Lektion erteilen zu wollen. Seine Umklammerung blieb eisern, und meine Kraft verließ mich. Die Welt um mich herum begann zu verschwimmen, und schwarze Punkte tanzten vor meinen Augen. Er hob mich hoch, und ich spürte, wie ich den Boden unter meinen Füßen verlor. Hilflos strampelte ich mit den Beinen, doch es war

vergeblich. Die Luft wurde immer knapper – und ich glaubte für einen Sekundenbruchteil, dass sei das Ende.

Doch dann brach aus den tiefsten Winkeln meines Bewusstseins etwas hervor. Eine Wut, heiß und alles verzehrend. Sie explodierte in mir, ein Schrei der Verzweiflung, der mir über die Lippen kam, bevor ich ihn selbst realisierte.

Ich spürte wie Knocks' Griff nachließ.

»Was zur Hölle?«, stieß er hervor. Zum ersten Mal klang er nicht mehr überlegen, sondern verwirrt.

Eine Energie schwoll um mich herum an, die Luft vibrierte, Funken tanzten, dann entlud sich eine Macht mit donnernder Wucht: Eine dicke Efeuranke schoss aus dem Boden neben uns hervor, als hätte die Erde selbst auf meinen Schrei reagiert.

Die Ranke wickelte sich mit einer Geschwindigkeit um Knocks Handgelenk, die ich kaum wahrnehmen konnte. Mit einer ungeheuren Kraft zog sie ihn von mir weg, und ich fiel schwer auf alle viere. Hustend und keuchend versuchte ich, Luft zu holen. Mein Körper bebte, Tränen liefen mir über die Wangen, und ich tastete nach dem Boden, um mich abzustützen und aufzurichten.

Ich schaffte es endlich den Kopf zu heben und erblickte eine surreale Szene: Knocks, der sonst unerschütterliche Fels unserer Gruppe, war von zwei dicken Efeuranken gefesselt. Sie hatten sich um seine Handgelenke und seinen Oberkörper gewunden – die eine kam von der efeubewachsenen Hauswand, die andere direkt aus der Wiese. Die Kraft in den Pflanzen

war sichtbar, und trotz seiner Muskelmasse konnte Knocks sich nicht befreien. Sein ganzer Körper war angespannt. Adern traten an seinem Hals hervor, aber die Ranken hielten ihn in einem eisernen Griff. Halb kniend, halb stehend sah er aus wie ein gefangener Krieger – eine stolze, unbezwingbare Haltung, obwohl er offensichtlich in der Falle saß. Meine Gedanken setzten sich schwerfällig in Bewegung.

Hat Knocks gerade versucht mich umzubringen?

Ich hustete erneut.

»Darina! Devon!«, keuchte ich schwach, aber voller Dringlichkeit.

Ich drehte mich um und sah sie am Rand des Hofes stehen. Darina hatte eine Hand vor den Mund geschlagen, ihre Augen waren weit aufgerissen, und sie starrte mich an, als hätte ich mich in ein Monster verwandelt. Ich verstand es nicht, immerhin wurde ich gerade angegriffen! Devon hingegen kniete sich hin, legte die Hände auf den Boden und schien hochkonzentriert zu sein. Irritiert schaute ich ihn an.

»Was… passiert hier?«, flüsterte Darina erstickt und ungläubig.

Ich stand da, leise keuchend, meine Lunge brannte noch immer. Mein Blick fiel auf das Messer, das ich im Kampf hatte fallen lassen. Es lag glitzernd im Gras, unschuldig, und schien mit der gerade erlebten Gewalt nichts zu tun zu haben. Ohne lange nachzudenken, schnappte ich es mir und ging auf Knocks zu. Doch bevor ich ihn erreichte, hörte ich Darina hinter mir.

»Rebecca, tu das nicht!«, rief sie mir schrill entgegen, voller Panik. Ich hielt inne. Das Messer in meiner Hand fühlte sich jetzt schwer an, viel schwerer, als es war. Dachte sie etwa, ich wollte mich an Knocks rächen?

»Ich soll ihm nicht helfen?«, fassungslos schaute ich sie an und drehte mich zu ihr um. Meine Augen suchten die ihren, suchten nach einer Erklärung. Ihre Aufmerksamkeit war nicht auf mich gerichtet, sondern auf die Ranken, die sich immer noch um Knocks wanden.

Devon war mittlerweile aufgestanden und sah mich an – sein Gesicht eine Mischung aus Neugier, Vorsicht und etwas, das wie ein Hauch von Respekt wirkte.

»Lass ihn einfach los, Becca«, forderte Devon leise, aber eindringlich.

»Was redest du da?«, fauchte ich und schaute zwischen ihnen hin und her. Knocks hatte inzwischen aufgehört, gegen die Ranken anzukämpfen. Stattdessen stand er reglos da, mit einem Grinsen so unverschämt wie immer. Allerdings war noch etwas anderes darin zu erkennen – Stolz.

»Gut gemacht, Mäuschen«, er schnalzte anerkennend mit der Zunge, seine Stimme schwer vor süffisanter Belustigung. »Du hast dich erfolgreich vor mir gerettet.«

»Wie bitte?« Ich schüttelte den Kopf, unfähig, es zu begreifen.

»Bevor Devon mich mit seinen Feuerbällen befreit und dabei meine besten Klamotten in Asche verwandelt«, begann Knocks, wobei er mit dem Kopf auf

Devon deutete, »versuch doch einfach mal selbst, die Ranken zurückzuziehen.«

Ich starrte ihn an, mein Mund war trocken, und meine Gedanken liefen ins Leere. »Das war ich?«, flüsterte ich erstaunt.

Knocks nickte. »Genau. Versuch, dich auf sie zu konzentrieren. Stell dir vor, wie sie sich lösen. Keine Panik. Du kannst das.«

Ich war wie betäubt, aber nickte mechanisch - wusste nicht, ob ich ihm glaubte, aber ich wusste, dass ich es versuchen musste.

Meine Finger umklammerten das Messer immer noch, also ließ ich es fallen. Ich atmete tief ein und richtete meinen Blick auf die Ranken. Sie bewegten sich noch leicht, wie lebendige Wesen. Ihre saftigen, grünen Stränge schimmerten im Licht, und zwischen den Blättern leuchteten kleine weiße Blüten auf. Sie sahen harmlos aus, fast schön, doch ich spürte, dass von ihnen eine eigenartige Energie ausging.

Ich schloss die Augen, versuchte, meine Nerven zu entspannen. Da war wieder dieses Summen tief in mir. Ein Vibrieren, das sich nur schwach bemerkbar machte – wie ein Echo des Zorns, der mich zuvor durchflutet hatte. Vorsichtig tastete ich nach diesem Gefühl, als wäre es ein zerbrechlicher Faden, den ich festhalten musste, ohne ihn zu zerreißen.

»Stell dir vor, wie die Ranken sich lösen«, hörte ich Knocks dieses Mal ermutigend. »Du kannst das.«

Also stellte ich mir vor, wie sie ihre Spannung verloren und von Knocks zurückwichen. Konzentrierte

305

mich auf einen unsichtbaren Punkt. Erst passierte gar nichts, und ich wollte schon aufgeben, als sich etwas veränderte. Die Luft um mich herum lud sich auf, wie vor einem Sturm. Die Blätter raschelten, und dann, fast widerwillig, begannen die Ranken, sich zu lösen.

Die ineinander verflochtenen Stränge gaben nach und zogen sich langsam zurück. Die Blüten schlossen sich, und die Ranken glitten in die Erde zurück und verschwanden spurlos. Knocks rieb sich die Handgelenke, sein breites Grinsen war zurück, doch diesmal lag eine Wärme darin, die ich nicht erwartet hatte.

»Gut gemacht.« Seine Worte sollten trösten, aber in meinem Kopf hallten sie unaufhörlich nach, als würden sie sich in meinen Gedanken verhaken.

Gut gemacht? Habe ich das wirklich? Oder war es nur ein Reflex gewesen, ein roher, unkontrollierter Instinkt, der sich ohne mein Zutun entfesselt hatte?

Und trotzdem – gut gemacht? Gut für wen? Für mich? Oder nur für sie? Für ihre Zwecke? Für ihren Krieg? Ein nützliches Werkzeug, das jetzt funktioniert? Ein Rädchen, das sich jetzt so dreht, wie sie es wollten?

Ein dumpfes Unbehagen kroch durch meine Glieder, erst sachte, dann stärker, wie eine kalte Strömung, die mich von innen nach außen durchdrang. Es setzte sich in meinen Fingern fest, in meiner Brust – ein unangenehmes Kribbeln, das nicht von außen kam, sondern von meinen Zweifeln, die sich beharrlich in mir einnisteten: *Ist das überhaupt mein Instinkt gewesen? Oder schon längst ihr Wille?*

Trotz allem rückten meine Zweifel vorerst in den Hintergrund, denn ich hatte etwas bewiesen. Mir selbst. Wenn ich in dieser Welt gefangen war, dann würde ich meinen eigenen Weg finden können. Ich würde überleben. Aber dafür musste ich stärker werden. Ich musste lernen, es zu verstehen.

Knocks war inzwischen bei mir angekommen und nahm mich unvermittelt in den Arm. Es war nicht angsteinflößend oder erdrückend, sondern auch warm, beinahe beschützend. Ich spürte die Stärke wie eine Umarmung, doch sie war nicht bedrohlich, eher beruhigend.

»Das war keine kleine Sache, die du gerade gemacht hast«, meinte Knocks ungewohnt ernst. »Da steckt mehr in dir, als du ahnst. Vielleicht wird es Zeit, dass du anfängst, daran zu glauben.«

Ich nickte stumm, unfähig, etwas zu erwidern. Meine Hände zitterten nach wie vor, und mein Kopf drohte zu zerreißen, aber tief in mir flackerte ein kleiner Funken Stolz auf.

Als Knocks mich losließ, taumelte ich leicht, immer noch von dem Erlebten überwältigt.

»Sorry, dass ich so grob war«, fügte er mit einem schiefen Grinsen hinzu, das trotz der Entschuldigung nichts von seiner Selbstzufriedenheit verlor. »Aber ich wollte eine Reaktion aus dir herauskitzeln. Hat ja wunderbar funktioniert.« Er klopfte sich selbst theatralisch auf die Schulter, scheinbar überzeugt davon, gerade ein Meisterwerk vollbracht zu haben.

»Du Idiot!«, entfuhr es mir, bevor ich es zurückhalten konnte. Mein Körper bebte vor aufgestauter Wut und Erschöpfung, und bevor ich darüber nachdenken konnte, schlug ich ihm kurzerhand mit der Faust gegen den Bauch. Ein leises *Autsch* entwich mir, aber ich biss die Zähne zusammen und versuchte, den Schmerz zu ignorieren. Knocks riss die Augen auf, ehe er in schallendes Gelächter ausbrach.

»Hast du das gesehen, Devon?«, rief er grinsend. »Sie schlägt schon kräftiger zu!«

Devon und Darina traten jetzt näher heran.

Darinas Anspannung löste sich zusehends. Ihre Schultern lockerten sich, und ein erleichtertes Lächeln breitete sich auf ihrem Gesicht aus.

»Mann, Rebecca, du hast mir echt eine Scheißangst eingejagt«, stieß sie erleichtert hervor, und ich konnte erkennen, wie sie tief durchatmete. »Ich dachte wirklich kurz, du willst Knocks abstechen.«

»Moment mal«, protestierte ich und hob abwehrend die Hände. »Ich würde ihm doch niemals etwas antun!«

Knocks lachte noch lauter, klopfte mir freundschaftlich auf die Schulter und zwinkerte mir zu. »Ich hab dir doch gesagt, ich mag dich. Auch von meiner Seite bestand zu keiner Zeit eine Gefahr für dich.«

Ich atmete tief ein, versuchte, meine wirbelnden Gedanken zu ordnen, und sah in die Runde. »Wartet mal! Habt ihr die gleichen Kräfte wie ich?«, fragte ich zögernd.

Darina schüttelte den Kopf. »Nicht so wie du«, gestand sie ehrfürchtig. Devon verschränkte die Arme

vor der Brust. Sein Blick bohrte sich in mich, offenbar bemüht, ein Rätsel zu lösen. Ich vermied den direkten Blickkontakt.

Knocks schaute Darina kurz an, diese zuckt mit den Achseln. Er übernahm das Wort: »Nicht diese Art von Magie, nein. Jeder trägt unterschiedliche in sich. Dass du anscheinend ein Kind aus Sylvaterra bist, habe ich bereits vermutet. Das haben mir deine Blumen im Wald verraten. Es sieht aus, als ziehst du deine Kraft direkt aus dem Boden.«

Er hob die Handfläche, die nach unten zeigte, und ich beobachtete fasziniert, wie sie leicht zu vibrieren begann. Es sah aus, als würde die Luft um seine Hand dichter werden. Die kleinen Steinchen auf der Wiese zitterten, hoben sich vom Boden und schwebten in Richtung seiner Hand.

»Du bist also ein... Steinmagnet?«, stellte ich ungläubig fest, ein unerwartetes Lachen entfuhr mir.

Knocks grinste und ließ die Hand sinken. Die Steinchen fielen augenblicklich wieder zu Boden, offenbar durch die Schwerkraft zurückgerufen.

»Geht das auch mit größeren Steinen?«, hakte ich neugierig nach.

»Ja«, bestätigte er ernst. »Aber alles hat seinen Preis. Je mehr Gewicht oder Energie ich kontrolliere, desto schneller ermüde ich. Meine Magie ist kraftvoll, aber ich halte nicht lange durch.« Er hielt inne, sein Blick wurde nachdenklich. »Allerdings... in letzter Zeit scheint sich meine Ausdauer zu verbessern.«

Darina hob die Hände und winkte ab. »Egal, Knocks. Du bist hiermit abgelöst. Rebecca hat gerade ihre erste magische Lektion gemeistert – und das war beeindruckend! Ich meine, sie sieht nicht mal erschöpft aus.«

Ich machte eine schnelle Bestandsaufnahme. Meine Muskeln waren zwar schwer und ein Muskelkater kündigte sich schon an, aber überraschenderweise fühlte ich mich… gut. Tatsächlich sogar eher energiegeladen, als hätte die Magie mir Kraft gegeben, anstatt sie mir zu entziehen.

»Nein«, sagte ich ehrlich, »mir geht's wirklich gut. Nur Muskelkater vom Training.«

»Na, wenn das so ist«, rief Knocks und lachte, »dann reicht das für heute mit dem Training. Ich habe meinen Job erfüllt.« Er wandte sich an Darina, die die Szene mit einem verschmitzten Lächeln verfolgte. »Bring sie in die Baderäume, Darina. Sie hat sich ein heißes Bad verdient.«

Darina grinste mich an, ein verschwörerisches Lächeln auf den Lippen. »Komm schon, Rebecca«, sagte sie und griff nach meinem Arm. »Zeit, die Heldin des Tages zu verwöhnen.«

Ich ließ mich von ihr mitziehen, meine Gedanken noch immer in einem Wirbel aus dem, was gerade geschehen war. Wir steuerten die Baderäume an, und mein Blick schweifte zurück zum Efeu an der Hauswand. Die Blätter bewegten sich jetzt sachte im Wind, friedlich und unschuldig, als wäre nichts geschehen.

»Ahhhh, fantastisch!« entfuhr es mir, während ich mich sachte in die wunderbar heiße Wanne sinken ließ. Die Wärme schmiegte sich an mich, während zarter Dampf in sanften Schwaden aufstieg. Mein Kopf lehnte entspannt am Rand, meine Muskeln lösten sich, doch in meinem Inneren blieb die Unruhe bestehen.

Ich dachte an die Ranken, wie sie aus dem Boden geschossen waren. Es war erschreckend – und befreiend. Diese Kraft gehörte zu mir. Und vielleicht war sie genau das, was ich brauchte, um mich durch diese Welt zu kämpfen. Um zu überleben und wieder nach Hause zu kommen. Auf einmal fühlte ich mich nicht mehr machtlos in dem ganzen Chaos um mich herum. Jetzt musste ich nur lernen, damit umzugehen.

Träge ließ ich meinen Blick durch den Raum schweifen. Die Wände waren mit groben Steinfliesen ausgekleidet, die das Bad sowohl rustikal als auch gemütlich wirken ließen. Warmes Licht von Öllampen tanzte an den Wänden und reflektierte sanft auf der Wasseroberfläche.

In einer Ecke stand ein hölzerner Eimer, aus dem noch immer ein dünner Strahl dampfenden Wassers rann – die letzte Spur des frischen Aufgusses, der meine Wanne in ein kleines, dampfendes Paradies verwandelte. Keine Gespräche, kein störendes Getrappel von anderen Gästen. Das einzige Geräusch war das leise Plätschern, wenn ich meine Hand sanft durch die Oberfläche gleiten ließ.

Ich atmete tief ein, ließ den Kopf noch tiefer ins Wasser gleiten, sodass nur noch mein Gesicht herausragte, und schloss die Augen. Es war einer dieser seltenen Augenblicke, in denen ich wirklich das Gefühl hatte, dass die Zeit stillstand. Die Wärme umhüllte mich wie ein Mantel aus reiner Gelassenheit. Nach den Strapazen des Tages – und besonders nach dem Vorfall mit dem Passierten– war das hier nicht nur ein Luxus. Es war eine Notwendigkeit.

Meine Finger fühlten sich inzwischen schrumpelig an, und meine Haut war so weich, dass sie empfindlich wurde. Widerwillig richtete ich mich auf und griff nach der Seife, die in einem kleinen Tonkrug am Wannenrand stand. Mit jedem Tropfen, der an mir hinunterlief, fühlte ich mich leichter, reiner. Ich hatte das Gefühl, all das hinter mir lassen zu können.

Als ich aus der Wanne stieg, war das kühle Steinpflaster unter meinen Füßen ein sanfter Schock nach der wohltuenden Hitze. Ich griff nach einem großen, flauschigen Handtuch, das auf einem Hocker neben der Wanne lag, und wickelte es fest um mich.

Neben der Badewanne stand ein kleiner Wäschekorb, in den ich die schmutzige Kleidung legte, die ich zuvor abgestreift hatte. Ich seufzte und dachte daran, dass ich die Sachen jetzt von Hand waschen musste. Der Moment der Ruhe währte nie lange.

Ich hob ihn hoch, ging ins angrenzende Waschzimmer und warf alles in einen bereitstehenden Zuber mit Seifenwasser. Meine Hände arbeiteten mechanisch, rieben den Stoff gegen das Waschbrett. Meine Gedanken

schweiften ab und blieben bei den Ereignissen des Tages hängen: Knocks' Training, der Shadralis auf dem Markt, die hitzigen Diskussionen – all das lastete auf mir wie eine unsichtbare Bürde.

Die nassen Kleidungsstücke hängte ich schließlich auf eine Leine, die an der Decke befestigt war. Dabei lauschte ich.

Die Geräusche, die aus dem Männerbad drangen, zogen meine Aufmerksamkeit auf sich. Gedämpft, aber deutlich genug, um die Spannung darin zu spüren. Ich schlich aus dem Waschraum in den Flur.

»…hättest du sehen sollen«, hörte ich Devon ehrfurchtsvoll erklären.

»Das brauche ich nicht!« Byrons Stimme war scharf und laut. Es überraschte mich. Byron, der sonst so beherrscht war, klang aufgebracht, fast wütend. »Jeder im Umkreis von hundert Meilen wird es gespürt haben! Was hast du dir dabei gedacht, Knocks so weit gehen zu lassen? Ihre Magie zu provozieren? Darina hätte mindestens einschreiten müssen!«

Meine Stirn legte sich in Falten. Sie sprachen über mich. Ein beklemmendes Gefühl schlich sich in meine Mitte, als würde sich dort etwas zusammenziehen. Ich wusste, dass ich nicht lauschen sollte, doch meine Füße weigerten sich, sich zu rühren. Statt mich abzuwenden, bewegte ich mich lautlos näher heran und lehnte mich an die kühle Steinwand neben der angelehnten Tür.

»Jetzt wissen die Shadralis, dass eine Begabte hier ist. Sie werden kommen.«

Diese Erkenntnis traf mich wie ein Schlag: Sie wussten jetzt also von meiner Magie, und sie war offenbar eine Bedrohung für die gesamte Gruppe.

»Darina und ich sind erst dazugestoßen, als es zu spät war«, verteidigte sich Devon angespannt. »Sie konnte nichts mehr tun.«

Die Diskussion wurde unterbrochen, diesmal durch Kirk. »Beim ersten Ausbruch...«

»Zweiten! Der im Wald war der erste, wenn auch nur schwach«, unterbrach Fin.

»Dann eben der zweite Ausbruch!« Kirk klang genervt. »Wenn das tatsächlich stimmt, dann kann sie noch verdammt stark werden – und uns im Krieg helfen. Wir müssen sie unbedingt trainieren.«

Mein Atem stockte. Sie sprachen über mich, wie über eine Waffe. Brennende Wut regte sich in mir, heiß und unangenehm. Ich wollte protestieren, wollte da rein und sie anschreien, dass ich keine Marionette in ihrem Krieg war.

Byron sprach wieder, dieses Mal hörte er sich kalt an. »Wir können auf keinen Fall hierbleiben. Wir müssen morgen in aller Frühe abreisen. Die Situation hat sich deutlich verschärft und wir werden in Rubus schon viel zu lange erwartet.«

Rubus? War das ihr Stützpunkt? Sie planten, mich einfach mitzunehmen, ohne zu fragen. Ich war kein Gegenstand, den sie nach Belieben bewegen konnten. Der Gedanke, keine Kontrolle über mein Schicksal zu haben, ließ mich erzittern.

»Morgen nehmen wir sie mit. Wenn sie merkt, dass wir sie nicht zurückbringen, wird sie sich fügen.«

Dann zerschlug Devon die angespannte Diskussion mit einem einzigen Satz. »Sie ist verheiratet!« Seine Worte hallten im Raum wider, und ich hörte den Zorn darin. »Sie hat einen Ehemann, der auf sie wartet! Wahrscheinlich dreht er gerade jeden Stein um, um sie zu finden! Zumindest würde ich das tun.«

Schweigen. Das leise Tropfen von Wasser war das Einzige, das diese beklemmende Ruhe störte. Ich hielt den Atem an, meine Hände klammerten sich fester um mein Handtuch.

Schließlich murmelte Kirk, fast enttäuscht: »Wieso trägt sie keinen Ring? So ein Mist, sie wär's vielleicht gewesen!«

Ein lautes Platschen ertönte, gefolgt von dumpfen Schlägen. Ich hörte die heftigen Bewegungen und fragte mich unwillkürlich, ob Kirk für seine Worte gerade geschlagen wurde.

»Lasst den Mist!«, fuhr Byron sie an. »Das alles ändert nichts! Der Plan steht. Wir reiten morgen früh los!«

Seine Aussage schlug wie ein Hammer ein. Meine Beine fühlten sich schwer an, als hätte jemand Gewichte an ihnen befestigt. Gedanken wirbelten durch meinen Kopf wie ein tobender Sturm. *Sie haben entschieden. Über mich. Ohne mich.* Meine Brust zog sich schmerzhaft zusammen. *Einfach so. Ich bin nicht mehr als ein Gegenstand für sie, ein Gepäckstück, das man achtlos mitnimmt, egal, ob es will oder nicht. Kein Wort, keine Wahl. Wie können sie das tun? Wie können sie es wagen?*

Das Handtuch, das mich eben noch tröstlich gewärmt hatte, fühlte sich nun an wie eine durchlöcherte Rüstung, die meine Angst nicht zurückhalten konnte.

Ohne nachzudenken wandte ich mich um, meine Füße bewegten sich wie von allein. Ich schlich den Flur entlang, jeder Schritt ein Kampf gegen die aufsteigende Taubheit, die meine Glieder erfasste. Das leise Stampfen meiner nackten Füße auf dem Steinboden schien viel zu laut in der drückenden Stille.

Morgen früh. Sie wollten mich mitnehmen. Ohne meine Zustimmung.

Ein Feuer entfachte tief in meiner Brust – ein gefährliches Gemisch aus Zorn, Angst und einer aufkeimenden Entschlossenheit, die ich kaum erkannte. Sie sahen in mir nur eine Marionette, ein Werkzeug für ihren Krieg. Doch sie täuschten sich. Ich war keine Gefangene ihrer Welt, kein Opfer ihrer Pläne. Das Feuer, das sie geweckt hatten, würde brennen – nicht für sie, sondern für mich. Wenn ich kämpfen musste, dann würde ich meine eigenen Schlachten wählen.

Endlich sah ich alles klar. Meine Gedanken waren scharf wie ein Messer. Ich musste einen Plan schmieden – und zwar sofort.

Was hatte ich? Was brauchte ich? Wie würde ich sie ablenken?

Meine Gedanken wanderten instinktiv zu den nassen Kleidungsstücken im Waschraum. Das Handtuch würde nicht reichen. Ich musste mich vorbereiten, bevor die Nacht vorbei war.

Diese fremde Welt ließ mir keine Wahl. Jede Tür, die ich suchte, war verschlossen. Wenn ich zurückkehren wollte, musste ich kämpfen – nicht, weil ich es wollte, sondern weil es keine andere Möglichkeit gab. Und wenn ich kämpfen musste, dann verdammt noch mal auf meine Weise.

KAPITEL 16
Der Feind

Mit entschlossenen Schritten stürmte ich den Flur entlang, meine Fäuste immer noch fest geballt.

Dann gehe ich eben ohne dieses verlogene Pack, dachte ich.

Ich erreichte mein Zimmer und riss die Tür mit solcher Wucht auf, dass die Scharniere protestierend knarrten. Sie krachte hinter mir ins Schloss, und das Echo hallte durch den leeren Flur. Kurz blieb ich stehen, atmete schwer und ließ meinen Blick durch das dunkle Zimmer schweifen. Das schwache Flackern einer Straßenlaterne fiel durch das kleine Fenster und warf blasse Streifen auf den Boden. Mein Rucksack lehnte an der Wand – ein stummer Zeuge meiner verlorenen Freiheit, meiner fremden Existenz in dieser Welt.

Ich lief mit angespannten Schultern zum Bett. Ein wilder Strudel aus Emotionen und ungeordneten Gedanken. Ein Sturm, der mit unaufhaltsamer Wucht gegen meine innere Fassung hämmerte und jeden klaren Funken zerschlug. »Konzentrier dich, Rebecca«, zischte ich leise und biss mir kurz auf die Unterlippe. »Pack deine Sachen und verschwinde einfach.«

Die Stille wurde nur durchbrochen vom rauen Rhythmus meines viel zu lauten Atems. Meine Hände öffneten und schlossen sich immer wieder, um die Anspannung zu lösen. Ich sah zur Lampe auf dem Nachttisch hinüber. »Licht.«

Meine zitternden Finger griffen nach der kleinen Schachtel Streichhölzer. Die Bewegung war fahrig, und eines der Hölzer rutschte mir aus der Hand. Ich zog ein weiteres heraus und strich es an. Das Zündholz entfachte eine winzige Flamme; ein unruhiges, flackerndes Licht, das über meine zitternden Hände tanzte und unstete Schatten an die Wände warf. Ich beugte mich hastig vor, entzündete den Docht der Lampe und richtete mich wieder auf. Die plötzliche Helligkeit brannte in meinen Augen, aber noch bevor ich blinzeln konnte, prallte ich gegen etwas – oder jemanden.

Der Zusammenstoß war wie ein Schock, der durch meinen Körper schoss; ein Gefühl, eine unsichtbare Barriere zu durchbrechen. Meine Knie wurden weich, und reflexartig griffen meine Hände nach Halt. Sie krallten sich in groben Stoff, der sich kühl und fest unter meiner Berührung anfühlte. Darunter spürte ich harte Muskeln, angespannt wie ein Fels, der sich meinem Gewicht widersetzte.

Eine Stimme ertönte in der Dunkelheit. Tief. Kehlig. Mit einem Hauch von Belustigung, der meinen Schock nur noch verstärkte.

»Nanana, nicht so stürmisch.«

Ich ließ den Stoff abrupt los, als hätte ich mich an ihm verbrannt, und stolperte rückwärts. Meine nackten

Füße rutschten auf dem Boden, und für den Bruchteil einer Sekunde verlor ich das Gleichgewicht. Gerade noch rechtzeitig fing ich mich wieder.

Die Lampe flackerte auf, getrieben von der spürbaren Spannung im Raum. Der schwache Lichtschein reichte aus, um die Silhouette des Mannes vor mir zu erkennen.

Er war groß. Viel größer als ich, und er trug eine lange, schwarze Kutte. Die Kapuze verbarg seine Züge, ließ jedoch genug Licht auf die scharfen Kanten seines Kiefers und den Schatten seiner Lippen fallen. Es war allerdings nicht sein Aussehen, das mich lähmte – es war die Aura, die ihn umgab. Schwer. Erdrückend.

»Wer bist du?«, presste ich hervor. Mein Herz raste, kalter Schweiß brach auf meiner Stirn aus, und meine Finger krampften sich um das Handtuch.

Er sagte nichts. Seine Kapuze verbarg zwar sein Gesicht, doch ich konnte fühlen, wie er mich musterte – sein verdeckter Blick bohrte sich in meine Haut, grub sich in meine Gedanken.

Er setzte sich in Bewegung, begann mich zu umkreisen, seine Gang fließend, lautlos.

»Ja, das ist die große Frage, nicht wahr?«, reagierte er schließlich, nur mit einem rauen Flüstern, das zwischen Spott und etwas Bedrohlicherem schwankte. Seine Worte schienen in der Luft zu hängen, schwer wie Blei. Meine Finger zogen am Handtuch, ein unbewusster Versuch, einen Schutzschild gegen diesen fremden Mann zu errichten. Nervös zuckte mein Blick zur Tür,

aber sie stand zwischen ihm und mir und entfiel als Fluchtmöglichkeit.

Er hielt kurz inne, während sein Mantel leise nachraschelte, dann ließ er sich mit lässiger Selbstverständlichkeit auf den einzigen Stuhl im Raum sinken – direkt neben meinem Bett. Seine Bewegungen waren gelassen, und dennoch füllten sie das Zimmer mit einer unheimlichen Energie. Er lehnte sich nach vorne, stützte die Ellenbogen auf die Knie, und ließ die Kapuze leicht zur Seite rutschen. Ein Hauch von Licht fiel über seine Wangenknochen, gerade genug, um den Ansatz eines lächelnden Mundes zu enthüllen.

»Ich, Rebecca,« begann er, jedes Wort mit einer seltsamen Betonung wie ein Urteil aussprechend, »bin der Feind.«

Er breitete die Arme aus – eine theatralische Geste, als würde er einen Vorhang öffnen. Das schwache Licht der Lampe warf bizarre, lebendig aussehende Schatten auf seine Gestalt.

Mein Atem stockte, und die feinen Härchen in meinem Nacken stellten sich auf. Jede Zelle meines Körpers schrie, ich solle weglaufen, doch meine Beine gehorchten mir nicht.

»Was willst du von mir?«, presse ich mühsam hervor. Ich klang schwach und in diesem Moment hasste ich mich dafür.

»Was ich will?« Er lehnte sich zurück, neigte den Kopf leicht zur anderen Seite; ein Ausdruck nachdenklicher Abwägung. »Was *du* willst, ist doch die Frage. Einen Weg nach Hause? Sicherheit? Freiheit? Oder mehr

Macht?« Er ließ jede Silbe mit beinahe genüsslicher Langsamkeit fallen, was mich noch nervöser machte. »All das wirst du hier nicht finden.«

Ein eisiger Kloß wuchs in meinem Magen, schwer und unerbittlich. Während ich mit trockenem Hals schluckte, fragte ich mich, woher er etwas über mich wissen konnte.

Weiß er vielleicht, wie ich zurückkomme?

Irgendwas an ihm kam mir bekannt vor, aber die Erinnerung erreichte mein verschrecktes Gehirn nicht.

Ich muss hier raus, dachte ich, aber der Raum wurde immer enger. Seine bloße Anwesenheit schien die Wände zusammenzudrücken und mir den Atem zu rauben.

»Und bei dir kann ich all das finden? Ich glaube kaum!«, brachte ich schließlich hervor. Es klang zwar hohl, aber den Trotz konnte ich mir nicht verkneifen.

Er sagte nichts, doch das Amüsement, das von ihm ausging, war fast greifbar. Mit einer bedrohlichen, beinahe eleganten Gelassenheit erhob er sich und trat zum Fenster, um hinauszublicken.

»Du hast keine Ahnung, worauf du dich wirklich eingelassen hast, Rebecca«, meinte er. »Aber keine Sorge … das wirst du alles noch erfahren.«

Wenn ich ihn wie Knocks mit den Ranken fesseln kann, habe ich eventuell eine Chance auf Flucht, schoss es mir durch den Kopf. Ich kniff die Augen zu, zwang mich, nach dem Summen zu suchen – dem Hauch von Magie, der zuvor durch mich geströmt war. Doch da war nichts. Nur Leere. Ein kaltes, unheimliches Nichts. Die

Verbindung war vollkommen abgeschnitten. Ich konnte meine Magie hier nicht wirken.

»Du kannst sie nicht in meinem Schatten aktivieren«, stellte er mit einem Tonfall klar, der zwischen Spott und Mitleid schwankte. »Die Erde kommt nicht gegen meinen Schatten an. Also spare dir weitere Versuche.«

Seine Aussage hing in der Luft wie ein unausweichliches Urteil. Er ließ sich mit einer entspannten Bewegung abermals auf dem kleinen, wackeligen Stuhl nieder, aber die Pose war alles andere als entspannt. Er wirkte wie ein König, der über sein Reich herrschte — ein unangefochtener Tyrann, der wusste, dass er die Kontrolle hatte.

»Du bist sicher nicht nur zum Reden hier, wenn du mein Feind bist«, entgegnete ich widerwillig. Dabei versuchte ich, mehr Mut in meine Stimme zu legen.

»Ich habe nicht gesagt, dass ich *dein* Feind bin, Rebecca. Oder wünschst du dir, dass ich es werde?« Es klang wie eine Herausforderung, allerdings ließ er mir keine Zeit, um darauf zu reagieren. »Aber du hast recht: Ich bin nicht hier, um zu plaudern. Vielleicht kannst du erraten, warum ich in deinem Zimmer bin, Rebecca?«

Der Gedanke nach Hilfe zu schreien, blitzte kurz auf, doch ich wusste instinktiv, dass es zwecklos war. Kein Laut würde die Schatten durchdringen, die er mitgebracht hatte.

Was will er von mir?, überlegte ich irritiert. *Ist er wie die anderen? Bereit, mich für seine eigenen Zwecke zu benutzen, mich zu manipulieren, mich auszunutzen? Oder steckt etwas anderes dahinter? Vielleicht sieht er in mir eine Bedrohung. Oder*

will er mich loswerden, bevor ich ihm gefährlich werden kann? Aber warum? Was glaubt er zu wissen, was ich selbst nicht einmal verstehe?

Ich schüttelte den Kopf in dem Versuch, mich zu konzentrieren, antwortete jedoch auf seine Frage: »Du hast uns heute in der Stadt beobachtet und bist jetzt hier, um mich zu töten?« Die Worte brannten in meiner Kehle, während ich seinen reglosen Umriss betrachtete.

Dann blinzelte ich ungläubig. Sein Körper löste sich vor meinen Augen auf. Die klaren Konturen verschwammen, zerflossen wie Tinte im Wasser, bis nichts als ein flimmernder Schatten übrig blieb. Er war verschwunden, aufgesogen von der Dunkelheit des Raumes.

Ehe ich die Leere vor mir begreifen konnte, war er wieder da – plötzlich, lautlos, und so nah, dass sein kalter Hauch meine Haut streifte.

Ein keuchendes Geräusch entrang sich meiner Kehle, und ich wich unwillkürlich zurück. Meine Beine bewegten sich wie von selbst, bis mein Rücken hart gegen die Wand prallte. Der Stoß jagte einen weiteren Adrenalinschub durch meinen Körper, aber ich konnte meinen Blick nicht von ihm lösen. Sein Gesicht war nur noch einen Hauch von mir entfernt.

»Nein, natürlich nicht«, sagte er leise, fast sanft. Er hob eine behandschuhte Hand, um seine Fingerspitzen quälend langsam über meinen nackten Arm streichen zu lassen. Die Berührung war kaum spürbar, und trotzdem jagte sie mir Angst ein. Ich zuckte zurück.

»Nein, ich will dich nicht töten«, fuhr er fort.

Ich schluckte schwer, versuchte, hinter die Dunkelheit seiner Kapuze zu blicken.

»Was dann?«, flüsterte ich widerwillig.

Er löste sich von mir, verschwand lautlos im Schatten und saß wieder auf dem Stuhl, regungslos und entspannt.

»Mein Vater sammelt magisch Begabte«, erklärte er mir, als wäre es eine Nebensächlichkeit. »Er hat sie zum Fressen gerne, musst du wissen.«

Nicht die Aussage selbst, sondern die Art, wie er sie sagte, machte es noch verstörender. Kein Zögern, kein Anzeichen, dass er scherzte.

»Wortwörtlich?«, brachte ich tonlos hervor, unfähig, mich von ihm abzuwenden. Meine überhitzten Handflächen presste ich gegen den kalten Stein der Wand, versuchte mich damit zu erden.

Ein dunkles Lachen erfüllte den Raum; ein Laut, der sich in meine Knochen grub.

»Was denkst du, Rebecca?«

Ich hörte nur noch ein flüsterndes Echo. Unter der Kapuze blitzten zwei kleine Lichtpunkte auf.

»Das heißt, du willst mich mitnehmen und ihm zum Fraß vorwerfen?«, fragte ich. Ungewollt schwang mehr Gereiztheit in meiner Stimme mit. Der Zorn hatte meine Angst für einen Moment überlagert. Der Fremde ließ sich davon allerdings nicht beirren.

Stattdessen hallte sein raues Lachen erneut durch das Zimmer. »Ich war auf der Suche nach der Quelle der

Magie«, erzählte er. »Und vor ein paar Tagen fand ich dann überraschenderweise dich.«

Ein beklemmendes Gefühl schnürte mir die Kehle zu.

»Ich bin mir … unschlüssig.« Die letzten Worte rollten über seine Zunge, als würde er sie genüsslich auskosten – nicht für sich, sondern allein für meine Verwirrung. In seiner Stimme gab es keine Unsicherheit. Nur kaltes, berechnendes Amüsement, ein grausames Spiel, dessen Regeln allein er kannte.

Kurz herrschte konzentriertes Schweigen zwischen uns, dann traf mich die Erkenntnis wie ein Schlag. »Du warst der Mann in der Kneipe in Portera, nicht wahr? Du warst auch im Wald. Du verfolgst mich von Anfang an und beobachtest mich schon eine ganze Weile.«

Ich zwang mich, die aufsteigende Panik niederzuringen, doch sie lauerte in meinem Brustkorb, bereit, mich zu übermannen.

Was für ein Spiel spielt er mit mir?

»Ich spürte sofort, dass du nicht wie die anderen Begabten bist«, bestätigte er meinen Vorwurf. In seiner Stimme schwang Ehrfurcht mit, wie bei der Beschreibung eines seltenen Artefakts. »Du bist anders. Deine Magie ist äußerst interessant. Vielleicht habe ich noch andere Pläne mit dir. Mal sehen.«

Er lehnte sich vor, und trotz der Entfernung spürte ich den Hauch seines kalten Atems.

Meine Gedanken rasten.

Wer oder was ist er? Ist er überhaupt menschlich?

»Und mir erschien es einfach der passende Moment, mich vorzustellen«, fuhr er ungerührt fort.

Ich straffte meine Schultern, als ich es verstand und ohne weiter darüber nachzudenken, konfrontierte ich ihn direkt damit: »Ich weiß, was du bist – Shadralis!«

Meine Antwort war schärfer, als beabsichtigt. Vielleicht war es ein Reflex. Oder die letzte verzweifelte Hoffnung, etwas Kontrolle über die Situation zurückzugewinnen.

Kaum hatte ich die Worte über meine Lippen gebracht, verschwamm die Welt. Kein Windstoß kündigte ihn an, kein Geräusch verriet seine Bewegung. Er war einfach da.

Diesmal hielt er allerdings eine schmale, tödlich wirkende Klinge in der Hand. Das kalte Metall ruhte an meiner Kehle. Die Berührung brannte wie Eis, ein stechendes Brennen, das meine Nervenbahnen zum Leben erweckte.

Die Spitze der Klinge durchbrach mit einem scharfen, stechenden Schmerz meine zarte Haut – nur ein winziger Schnitt, doch er war real und gegenwärtig. Zischend sog ich die Luft ein.

Ich spürte, wie Blut meinen Hals hinablief, heiß und fremd, und mein Körper versteifte sich wie ein Reh im Visier eines Jägers. Meine Brust hob und senkte sich hektisch.

Er hob seinen behandschuhten Zeigefinger, strich über das Blut an meinem Hals – genüsslich, wie über eine rare Kostbarkeit. Ohne sich von mir abzuwenden, führte er den Finger an seine Lippen, leckte ihn ab.

Angewidert verzog ich das Gesicht. Durch das fla-ckernde Licht konnte ich sehen, wie sich sein Mund zu einem spöttischen Lächeln verzog.

»Du solltest mehr Angst vor mir haben, Rebecca«, brummte er leise – eine Drohung, die wie ein dunkles Versprechen klang. »Aber das macht nichts. Die wirst du noch bekommen.«

Er hielt inne, das Messer drehte sich spielerisch, fast beiläufig, über meine Haut. Die Spitze hinterließ ein kaltes Kribbeln; eine Warnung, die keiner weiteren Worte bedurfte.

»Shadralis?«, wiederholte er mit einem Hauch von Spott. »Ich bin kein Sklave der Schatten. Ich bin der Schatten selbst. Mein Name ist Cole.«

»Ist mir ein Vergnügen?«, flüsterte ich.

Das Messer lag noch immer an meiner Kehle, als ich die Hand hob, um seine Kapuze zurückzuziehen. Be-vor ich den Stoff erreichen konnte, spürte ich seine verhüllten Finger auf meinem Handgelenk. Sie packten mich fest, aber nicht brutal. Sein Griff war kontrolliert, doch etwas an der Art, wie er mich hielt, war beinahe intim. Selbst durch das Material spürte ich die kalte Eindringlichkeit seiner Berührung.

»Dafür ist es noch zu früh«, hielt er mich sanft zu-rück. Es schwang eine unheilvolle Vorfreude mit, eine Mischung aus Kontrolle und Versprechen. Dann ließ er mich los, seine Finger glitten einen Herzschlag lang über meine Haut, bevor sie sich endgültig zurückzo-gen. Gleichzeitig zog er das Messer von meiner Kehle weg. Die kalte Klinge glitt hinab zu meinem Dekolleté,

streifte die empfindliche Haut und brachte mein Herz zum Rasen. Ein unwillkürliches Zittern durchfuhr mich – ein Gefühl, das über reine Angst hinausging, bevor er die Waffe schließlich entfernte und nur das Echo seiner Berührung zurückblieb.

Ein Klopfen an der Tür durchbrach die angespannte Situation, und die Veränderung in der Luft war physisch spürbar. Cole wich zurück, so blitzschnell, dass ich nicht sagen konnte, ob er wirklich dort gewesen war. Dann öffnete sich die Tür, und das Licht aus dem Flur fiel herein, vertrieb die Schatten, die sich um mich gelegt hatten.

»Hey, wieso stehst du hier im Halbdunkeln herum? Mach dir doch mehr Lichter an!«, trällerte Darina fröhlich und entspannt, als wäre nichts geschehen. Sie trat mit ihrer typischen Nonchalance ein, die Perlen an ihrem Gürtel klirrten leise, während sie sich im Raum umsah. Sie hielt meine Kleidung in den Händen.

Der abrupte Wechsel der Situation ließ mich benommen zurück.

Ich stieß mich von der Wand ab. Ihr Auftritt war wie ein Eimer kaltes Wasser, der mich aus meiner Erstarrung riss. »Darina«, begann ich unsicher. Mein Blick huschte an die Stelle zurück, an der Cole gerade noch gestanden hatte. Aber da war nichts mehr. Der Schatten, der eben noch lebendig gewesen war, hatte sich einfach aufgelöst. Ich tastete nach meiner Wunde.

Was zum Teufel hatte sein ganzer Auftritt für einen Zweck?

Darina bemerkte meine Anspannung. Sie musterte mich eingehend und entdeckte schließlich das Blut an

meinem Hals. Darina stockte. Ihre entspannte Miene war Besorgnis gewichen.

Soll ich ihr von Cole erzählen?

»Alles in Ordnung?« Sie trat näher. Nun fiel ihr Blick auf einen weiteren kleinen Blutfleck, der meine Fingerspitzen benetzte.

Ihre Augen weiteten sich. »Was ist das?«, fragte sie mich und klang dabei, als würde sie zwischen Sorge und einem Anflug von Misstrauen schwanken.

Ich konnte nicht antworten. Mit Mühe zwang ich mich, die Hand von meiner Verletzung zu nehmen, und wischte das Blut schnell an meinem Handtuch ab. Es war nicht der richtige Zeitpunkt für die Wahrheit, immerhin verheimlichten sie mir auch einiges.

»Ja, alles in Ordnung«, brachte ich schließlich hervor, vielleicht etwas zu abgehackt. »Ich hab mich nur gekratzt.«

Darinas Stirn legte sich in tiefe Falten.

»Gekratzt?« Ihre Augen verrieten, dass sie mir nicht ganz glaubte. Ihr prüfender Blick blieb dabei an meinem Hals haften. Mein Atem wurde automatisch flacher.

Sie streckte die Hand aus, vermutlich um meine Wunde zu untersuchen.

Instinktiv trat ich einen Schritt zurück, und meine Hand flog reflexartig zu meinem Hals, als wollte ich die Stelle schützen.

Darina verharrte in ihrer Bewegung, ich sah, wie sich ihre Lippen zu einer schmalen Linie zusammenzog.

»Dann sei nächstes Mal bitte etwas vorsichtiger«, sagte sie etwas kühler. Es war offensichtlich, dass sie mir nicht glaubte, doch sie ließ das Thema fallen.

Nach einer kurzen Pause streckte sie mir meine Kleidung entgegen, die sie geholt hatte.

»Danke,« murmelte ich, froh, dass damit das Gespräch beendet war.

Darina musterte mich erneut eindringlich, dann zuckte sie leicht mit den Schultern. »Na gut, wenn es dir gut geht, ist ja alles in Ordnung.«

Aber ich konnte ihr die Zweifel ansehen, die Art, wie sie mich weiterhin beobachtete, als würde sie darauf warten, dass ich doch noch etwas erwidere.

Meine Hand wanderte unwillkürlich zurück an meinen Hals, wo das Blut mittlerweile getrocknet war. Die Haut war empfindlich, die Stelle brannte leicht. Cole hatte mich nicht verletzt – nicht wirklich –, aber die Botschaft, die er hinterlassen hatte, war unmissverständlich.

Das hier war erst der Anfang.

Cole - der eindeutig ein Shadralis war oder zumindest zu ihnen gehörte - und Darina hatten meinen Fluchtplan durchkreuzt. Meine Wut, die zuvor wie ein Feuer in mir gewütet hatte, fühlte sich inzwischen bedeutungslos angesichts seines unheimlichen Besuchs an.

Darina ließ mich keine Sekunde aus den Augen, wie ein Wachhund. Sie wich nicht mehr von meiner Seite.

Gemeinsam gingen wir zum Abendessen in die Taverne. Der vertraute Duft von gebratenem Fleisch und frisch gebackenem Brot hing in der Luft und untermalte die gemütliche Atmosphäre. Unser Tisch vom Vorabend war bereits gedeckt, und die anderen warteten offenbar nur noch auf uns. Teller mit dampfendem Wildschweinbraten, knusprigen Kartoffeln und goldbraunen Brotlaiben standen bereit, dazu Karaffen mit Bier und Apfelwein. Es sah aus wie ein Festmahl, doch mein Appetit hielt sich in Grenzen.

Als ich näher trat, spürte ich Devons Aufmerksamkeit auf mir. Sein intensiver Blick ließ mir keine Ruhe, und ich versuchte krampfhaft, Abstand zu halten.

Ich suchte mir einen Platz so weit wie möglich von ihm entfernt und vermied jeden direkten Kontakt. Die Anziehungskraft zwischen uns war ohnehin schon problematisch genug, und nach allem, was heute passiert war, wollte ich keine weiteren Verwicklungen riskieren.

Nach dem Gespräch, das ich belauscht hatte, fiel es mir schwer, überhaupt jemandem in die Augen zu sehen, ohne gleich wieder wütend zu werden. Die Runde wirkte ausgelassen, scherzte und lachte, aber ich hielt mich bewusst im Hintergrund.

Verdammt, ich brauche einen Plan. Mein Kopf arbeitete fieberhaft, während meine Gabel ziellos über den Teller kratzte. Ich tat so, als würde ich essen, aber in

Wirklichkeit war ich ganz woanders – bei dem einzigen Gedanken, der zählte: *Wie komme ich hier weg?*

Ich musste eine Möglichkeit finden, mich von der Gruppe zu lösen. Unauffällig, aber schnell. Ich konnte nicht ewig hierbleiben, nicht als jemand, der dazugehörte.

Mein Blick schweifte ins Leere. *Und wenn es kein Portal gibt?* Der Gedanke schnürte mir die Kehle zu, aber ich verdrängte ihn sofort wieder. *Denk praktisch, Rebecca. Handle. Falls es existierte* – und ich klammerte mich verzweifelt an diese Hoffnung –, *dann liegt es vielleicht genau dort, wo ich aufgewacht war. Im Wald.* Konzentriert fixierte ich den alten, aufgekratzten Tisch, an dem wir saßen.

Also gut. Ich muss dorthin zurück. Irgendwie.

Dafür brauchte ich allerdings mindestens eine Karte – und einen Orientierungspunkt, der mir zeigte, wohin ich gehen musste.

Vielleicht kann der Wirt mir helfen. Sobald ich wusste, in welche Richtung ich musste, könnte ich meinen Rucksack holen und mich ungesehen zu den Ställen schleichen, wo unser Proviant und die Pferde waren.

Doch der Gedanke an Cole und die anderen Shadralis ließ mich nicht los. *Sie beherrschen die Dunkelheit. Sie verschmelzen mit den Schatten, werden eins mit ihnen.* Jede Nacht war ihr Verbündeter – und mein größter Feind. Es wäre Wahnsinn, im vermeintlichen Schutz der Dunkelheit zu fliehen.

Nein. Ich muss warten. Erst wenn das erste Morgenlicht die Schatten vertrieb, hatte ich eine Chance.

»Woher kommt der Schnitt?«, unterbrach Fin meine Überlegungen. Sein Blick ruhte direkt auf meinem Hals. Fin war viel zu neugierig, und seine Fähigkeit, die Wahrheit zu erkennen, machte eine Lüge unmöglich. Panik stieg in mir auf, und ich tastete instinktiv nach der Stelle. Die dünne Schorfschicht fühlte sich rau unter meinen Fingern an. Ein klares Zeichen, dass meine Wunde ungewöhnlich schnell verheilte.

Um Zeit zu gewinnen, wich ich seiner Frage aus. »Heilen wir *Begabten* schneller?« Ich lenkte das Gespräch gezielt in eine andere Richtung, in der Hoffnung, seine Aufmerksamkeit umzulenken.

Knocks, der neben mir saß, nickte eifrig. Ein schelmisches Lächeln spielte auf seinen Lippen.

»Ja, so ist es!«, er lachte und hob sein Glas an, sichtlich erfreut über meine Bemerkung. Der stechende Geruch von Quitte stieg mir in die Nase. Ich runzelte die Stirn und fragte mich, wie viel er heute schon getrunken hatte. Knocks bemerkte meinen Blick und grinste nur noch breiter. »Prost, auf uns alle!«, er ließ seine Stimme über die Runde schallen, bevor er einen großen Schluck nahm.

Dankbar für die Ablenkung, beschloss ich, das Thema noch weiter von mir wegzulenken. »Wie war's bei deiner Mama, Knocks?«, wollte ich mit einem gezwungenen Lächeln wissen.

Knocks' Gesichtsausdruck veränderte sich schlagartig. Seine Züge wurden weich, und sein massiger Körper wirkte fast zerbrechlich. »Es war klasse«, sagte er, ehrfürchtig. »Sie hat meinen Lieblingskuchen

gebacken, mit extra viel Apfelmus. Ich habe uns ein paar Stücke eingepackt, den musst du morgen probieren!« Er strahlte vor Stolz, und ich konnte nicht anders, als ebenfalls zu lächeln. Knocks übertrieb es zwar gerne, aber mir fiel auf, dass ich ihn inzwischen ins Herz geschlossen hatte. Seine fröhliche Art war eine erfrischende Abwechslung. Es tat mir leid, dass ich diese Freundschaft, die gerade erst im Begriff war zu wachsen, hinter mir lassen musste. Ich schüttelte über meine Gedanken den Kopf.

»Wann geht es morgen los?« Ich zwang mich zu einem neutralen Ton, entschlossen, das Gespräch weiter vom ursprünglichen Thema abzulenken. Ein angespanntes Schweigen folgte, bevor Byron sich räusperte und das Wort ergriff.

»Sobald die Sonne aufgeht, reiten wir los. Also esst auf und ab ins Bett.« Erklärte er sachlich, aber in mir löste seine Ankündigung eine Welle von Frustration aus. Das bedeutete, dass mein Fluchtversuch im Morgengrauen unmöglich war. Sie hatten alles durchgeplant, und ich hatte noch keinen Ausweg gefunden – zumindest vorerst.

Ich atmete tief durch, hielt meine Aufmerksamkeit auf meinen Teller gerichtet und kaute bedacht. Die Gespräche um mich herum wurden wieder lebhafter, aber ich zog mich innerlich immer weiter zurück. Während die anderen lachten und tranken, spukten die gleichen Fragen durch meinen Kopf: *Was, wenn das meine letzte Nacht in dieser Welt ist? Was, wenn meine Magie bleibt, wenn*

ich zurückkehre? Oder noch schlimmer: Was, wenn sie mich ver-
ändert hat und ich nicht mehr dieselbe bin?

Doch bei all diesen Sorgen schob sich ein anderer Gedanke eisern in den Vordergrund. Die Vorstellung, dass ich bald mein Kind wiedersehen und in den Armen halten würde, verdrängte alles andere. Mit dieser Hoffnung im Hinterkopf legte ich mich später schließlich ins Bett. Trotz all der Ängste und Zweifel schlief ich sofort ein, getragen von der Hoffnung, dass ich bald wieder zu Anton zurückkehren würde.

KAPITEL 17
Shadralis

Noch bevor das Morgengrauen den Himmel berührte, riss mich mein eigener wilder Herzschlag aus dem Schlaf. Die Dunkelheit hing noch schwer im Raum, die Schatten klebten an den Möbeln wie dichte Schleier, die die Nacht noch festhielten.

Suchend schaute ich mich um, bis mein Blick auf den Stuhl in der Ecke fiel – der Stuhl, auf dem Cole letzte Nacht gesessen hatte. Für einen schwindelerregenden Augenblick dachte ich, seinen Umriss wieder dort zu sehen, wie ein Schemen im Zwielicht.

Mein Atem stockte. Mein Körper erstarrte.

Ich tastete nach dem Licht neben meinem Bett. Meine Finger zitterten leicht, als ich die Flamme entzündete, die das Zimmer in ein schwaches, warmes Licht tauchte. Der Stuhl war leer. Das flaue Gefühl in meinem Magen hielt sich dennoch hartnäckig.

Ich durfte mir keine Zeit für Angst lassen. Mit einem Ruck warf ich die Decke beiseite und sprang aus dem Bett. Der Plan musste jetzt greifen, bevor die anderen aufwachten. Eilig schlüpfte ich in meine Kleidung und packte meinen Rucksack. Alles, was irgendwie nützlich

sein könnte, flog hinein: meine wenigen Habseligkeiten, das geklaute Brot vom gestrigen Abendessen, die frisch gefüllte Wasserflasche. Es war nicht viel, aber ich hatte keine andere Wahl.

Den Rucksack sicher auf den Schultern und den Kristall nah an meinem Herzen verstaut, öffnete ich die Tür und trat hinaus in die kühle Morgenluft. Der Himmel lag noch in Dunkelheit, doch am Horizont zeichnete sich ein blasser Lichtstreifen ab – der schüchterne Beginn eines neuen Tages. Die Ruhe um mich war fast tröstlich, nur unterbrochen vom sanften Rascheln der Blätter im Wind und dem gelegentlichen Ruf eines Vogels.

Ich atmete tief ein. Die frische, klare Luft füllte meine Lunge, und für einen Augenblick fühlte ich mich ruhig. Aber ich wusste, dass ich keine Zeit verschwenden durfte. Mit schnellen Schritten machte ich mich auf den Weg zur Taverne.

Zu meiner Erleichterung war der Wirt bereits wach. Hinter der Theke räumte er die Überreste vom Vorabend zusammen, und der süßlich-bittere Geruch von abgestandenem Bier und kaltem Rauch hing noch überall.

»Guten Morgen«, grüßte ich so locker wie möglich und versuchte, meine Nervosität zu unterdrücken. »Haben Sie vielleicht eine Landkarte?«

Er sah mich mit scharfen Augen an, als wolle er mich versuchen zu durchschauen. Nach einem kurzen Moment nickte er jedoch und führte mich in einen Nebenraum. An der Wand hing eine riesige, detaillierte Karte,

338

die fast den gesamten Raum einnahm. Der erste Eindruck war überwältigend – die feinen Linien, die winzigen Schriftzüge, die verwobenen Flüsse und Bergketten. Es ging über alles hinaus, was ich erwartet hatte.

Ich trat näher heran, mein Blick wanderte suchend über das aufwendig gestaltete Pergament. Dorkra war nur ein kleiner Punkt in der Nähe der Küste, unbedeutend im Vergleich zu den großen Städten, die weiter im Landesinneren lagen. Ich suchte weiter, folgte den handgemalten Straßen, bis ich endlich Portera, direkt am Meer, entdeckte. Zwischen Dorkra und Portera war ein kleines Symbol für ein Dorf eingezeichnet – das musste Teds Zuhause sein. Mein Herz machte einen kleinen Sprung. Endlich hatte ich einen Anhaltspunkt.

Mit einem Kugelschreiber aus meinem Rucksack zeichnete ich schnell eine Miniaturkarte auf meinen Arm, improvisiert und unordentlich, aber besser als nichts. Die Linien waren schief, doch sie würden mir zumindest die nötige Orientierung geben.

Bei meiner Rückkehr in die Taverne sah ich Byron, der mit dem Wirt abrechnete. Sein Blick traf meinen, und ein schiefes Lächeln breitete sich auf seinem Gesicht aus. »Guten Morgen. Es ist selten, dass jemand so früh mit mir wach ist.«

Ich zuckte mit den Schultern und zwang ein Lächeln auf mein Gesicht. »Ich konnte nicht länger schlafen – vor Aufregung.« Das war zumindest nicht gelogen.

Gemeinsam gingen wir zu den Stallungen, wo die klare Morgenluft nach Heu und Leder duftete. Der süßliche Geruch von Pferdeschweiß mischte sich mit

der feuchten Frische des Morgens. Die ersten Sonnenstrahlen stahlen sich über die Dächer der Taverne und warfen ein goldenes Licht auf das alte, aus dunklem Holz gezimmerte Gebäude.

Byron schob die schwere Stalltür mit einem Knarzen auf, und der Innenraum offenbarte eine wohlgeordnete Szenerie: saubere Boxen, ordentlich aufgeschichtetes Heu, und die glänzenden Felle der Pferde, die im Lichtschein von ein paar Laternen matt leuchteten. Die Tiere waren groß und stark, mit ausgeprägten Schultern und muskulösen Beinen. Ihre Augen blitzten wachsam. Sie beobachteten uns aufmerksam.

»Das hier ist Feuersturm«, sagte Byron und führte mich zu einem beeindruckend dunkelgrauen Hengst. Der Name passte perfekt. Seine Mähne war lang und pechschwarz, und seine Muskeln bewegten sich geschmeidig unter dem glänzenden Fell, als er leicht den Kopf schüttelte. »Er ist einer der kräftigsten und ausdauerndsten in der Gruppe. Er gehört Darina.«

Ich trat vorsichtig näher und spürte den warmen Atem des Hengstes auf meiner Hand, als ich mich traute, ihn zu streicheln. Seine Nüstern zuckten leicht, und ich lächelte, überwältigt von der Eleganz dieses Tieres.

Byron griff nach einem Sattel, der über einer Stange hing, und zeigte mir, wie man ihn befestigte.

»Der Sattel muss genau hier sitzen, knapp hinter den Schultern«, erklärte er, während er die Position des Sattels überprüfte. »Wenn er zu weit vorne liegt, schränkt

das die Bewegung ein. Zu weit hinten, und du schadest dem Pferd.« Routiniert zog er die Gurte fest.

Ich folgte seinen Anweisungen und versuchte, es ihm nachzumachen. Es war mühsamer, als es den Anschein hatte, und mehrmals verlor ich den Gurt aus der Hand, was das Pferd mit einem unwilligen Schnauben quittierte. Byron lachte leise. »Nicht schlecht für den ersten Versuch. Zieh den Gurt fester, sonst bleibt er nicht an Ort und Stelle.«

Nach ein paar Versuchen saß der Sattel endlich richtig, und ich spürte eine kleine Welle des Stolzes in mir aufsteigen. *Ich habe es geschafft – ganz allein. Ohne fremde Hilfe, ohne korrigierende Stimmen. Nur ich, mein Verstand und meine Hände, die sicherer arbeiteten, als ich es je erwartet hätte.*

Hier lernte ich so viel Neues. Dinge, die ich mir früher nicht einmal zugetraut hätte. Und überraschenderweise war ich stolz auf mich – öfter, als ich es zu Hause seit langer Zeit gewesen war.

Es fühlt sich gut an. Nicht, weil es perfekt ist, sondern weil es mein Erfolg ist.

»Ich glaube, ich könnte das irgendwann sogar alleine hinbekommen«, stellte ich fest und warf ihm ein leichtes Lächeln zu. Byron nickte anerkennend, aber seine nachdenklichen Augen ließen erkennen, dass ihn etwas umtrieb.

Er räusperte sich und überprüfte die Schnallen eines weiteren Sattels. »Rebecca, wegen unserer Reise heute…« Dabei klang er ungewohnt schwer, und die

Bewegung meiner Hand, die immer noch auf dem Fell eines braunen Wallachs lagen, kamen zum Stillstand.

Wird er es mir jetzt sagen? Die Wahrheit über ihre tatsächlichen Pläne für mich?

Byron zog den Gurt fester, bevor er weitersprach. »Ich will ehrlich zu dir sein,« meinte er offen. Sein Blick blieb stur auf den Sattel gerichtet, als wolle er vermeiden, mir in die Augen zu sehen. »Wir werden alles tun, um deinen Rückweg zu finden, aber … ich möchte nicht, dass du dir allzu große Hoffnungen machst. Es ist möglich, dass wir… dass es nicht gelingt.«

»Und was dann?«

Byron stoppte, sein Griff fest um den Gurt, seine Schultern leicht gesenkt. »Dann musst du einen Weg finden, in dieser Welt zu überleben«, seine Worte klangen eindringlich, getragen von einer Last, die sich nicht einfach abstreifen ließ.

Das Tor zum Stall öffnete sich, und der Rest der Gruppe betrat lautstark redend die Stallung.

Knocks war der Erste, der zu uns kam, seine breiten Schultern warfen einen langen Schatten über die Stallgasse.

»Seid ihr zwei etwa schon fertig? Na, das nenne ich Einsatz!«, rief er mit einem typischen Grinsen.

Darina kam auf mich zu, ihr Lächeln warm wie immer, als könnte sie meine Anspannung nicht sehen. »Darf ich bei dir mitreiten?«, fragte ich.

Sie zögerte kurz, antwortete dann mit einem Zwinkern und tätschelte mir die Schulter. »Natürlich.«

Mit ihrer Hilfe schwang ich mich auf das Pferd, wobei ich ein Stöhnen unterdrückte, weil meine Muskeln von der gestrigen Anstrengung noch schmerzten.

Gemeinsam schlossen wir uns der Gruppe an, die sich bereits in Bewegung setzte.

Die Sonnenstrahlen brachen durch die Wolken und tauchten die Landschaft in ein weiches, goldenes Licht, als wir Dorkra hinter uns ließen. Es war ein Bild friedlicher Schönheit, doch in meinem Inneren brodelte die Unruhe.

Der Weg war lang, und die rhythmischen Schritte der Pferde wirbelten feinen Staub auf, der in der Morgenluft schwebte. Ich spürte, wie er sich in meine Kleidung und Haare setzte, der stetige Takt der Hufe und das gelegentliche Rascheln der Blätter waren die einzige Begleitung. Nach einer Weile wagte ich, das Schweigen zwischen mir und Darina zu brechen.

»Wie weit ist es von hier bis nach Portera?«, fragte ich und rieb mir unbewusst den schmerzenden Nacken. Mein Körper war erschöpft. Jeder Muskel erinnerte an einen überstandenen Kampf. Ich war einfach überhaupt nichts gewohnt.

Darina ließ ihren Blick über die Umgebung schweifen, als könnte sie die Antwort in den Hügeln und Bäumen vor uns finden.

»Etwa anderthalb Tagesritte«, erklärte sie nachdenklich. »Mehr oder weniger. Je nach Größe der Gruppe und wie oft wir Pausen machen.«

»Das klingt endlos«, stöhnte ich. Meine Oberschenkel brannten von der ständigen Reibung, und ich war

mir sicher, dass ich morgen Blasen haben würde. Ich biss die Zähne zusammen und versuchte, mich abzulenken, während die Landschaft monoton an uns vorbeizog – endlose Reihen alter Bäume, deren moosbedeckte Stämme von der Zeit gezeichnet waren.

»Was ist deine Begabung?«, fragte ich und warf ihr einen neugierigen Blick zu.

Darina lächelte, und ein verschmitztes Funkeln blitzte in ihren Augen auf, wie eine heimliche Vorfreude, die sie kaum verbergen konnte. »Warte nur«, meinte sie spielerisch, und hob ihre Hand in einer eleganten Bewegung gen Himmel. Ihre Finger schienen für einen Augenblick in der Luft zu verharren, wie die einer Künstlerin, die den ersten Pinselstrich eines Gemäldes ankündigte.

Zunächst geschah nichts. Dann jedoch begann an ihren Fingerspitzen ein schimmernder Schein zu flackern – ein zarter Hauch von Rot, der rasch an Intensität gewann. Der Lichtschimmer breitete sich aus, wanderte hinab zu ihrer Handfläche, bis schließlich ihre gesamte Hand in einem glühenden, rötlich-goldenen Strahlen aufging. Es sah aus wie geschmolzenes Metall, frisch aus der Esse, glühend vor Energie und Kraft.

Die Hitze, die von ihrer Hand ausging, war deutlich spürbar – eine flirrende Welle, die die Atmosphäre zwischen uns zum Tanzen brachte, lebendig und pulsierend.

»Ich werde extrem heiß«, erklärte Darina mit einer beinahe beiläufigen Nüchternheit. Mit einer übertriebenen Geste legte sie ihren glühenden Zeigefinger auf

ihre ausgestreckte Zunge. Ein scharfes Zischen erklang, begleitet von einer kleinen Dampfwolke, die wie ein flüchtiger Schleier über ihrem Gesicht aufstieg.

»Und gleichzeitig bin ich komplett hitzeresistent«, fügte sie, mit einem breiten Schmunzeln im Gesicht, hinzu. Es war ein triumphales, fast schelmisches Grinsen.

Meine Augen weiteten sich, und ich starrte sie an, unfähig, die Mischung aus Erstaunen und Faszination zu verbergen. »Das ist ja unglaublich!«, rief ich ein bisschen zu laut. Ein freies, ehrliches Lachen brach aus mir heraus, gespeist von der Ehrfurcht über ihre Fähigkeit.

»Das ist echt beeindruckend«, setzte ich schmunzelnd nach. Meine Bewunderung war deutlich, und ein Teil von mir fragte sich, wie es wohl sein musste, eine solche Macht mit so viel Kontrolle und Leichtigkeit zu beherrschen.

Darina zuckte mit den Schultern, ihr Gesichtsausdruck wurde ernster.

»Es geht«, kommentierte sie mit einem Hauch von Selbstironie. »Ich bin nicht besonders stark. Meine Kraft ist eher für den Nahkampf geeignet. Ich kann Waffen erhitzen, Angreifer verbrennen oder … Wäsche trocknen – letzteres übrigens häufiger, als mir lieb ist. Aber wer mich berührt, ohne es zu dürfen, kann sich auf ein paar hübsche Brandblasen gefasst machen.«

Ich musste erneut lachen, fasziniert von ihrer Offenheit. »Das ist in meinen Augen ziemlich außergewöhnlich. Du kannst im Kampf sicher einiges damit

ausrichten.« Der Gedanke an brennende Waffen oder Gegner, die schreiend zurückweichen, während ihre Haut Blasen wirft, war gleichermaßen faszinierend wie beängstigend. »Für mich klingt das ziemlich mächtig«, gab ich zu.

Darina zuckte mit den Schultern. Stolz huschte über ihr Gesicht. »Mächtig genug, um die meisten Gegner auf Abstand zu halten«, erklärte sie. »Aber wenn du wirklich etwas Effektives sehen willst, dann schau dir Devon an. Seine Feuerbälle sind deutlich beeindruckender. Die können eine ganze Gruppe zurückdrängen.« Bei der Erwähnung seines Namens schwang ein Hauch von Bewunderung in ihrer Stimme mit. »Aber«, fügte sie hinzu, »die meisten Shadralis schaffen es leider, ihnen auszuweichen.«

Ich folgte ihrer Augenbewegung zu Devon, der ein Stück weiter vorne ritt. Er sah vollkommen in sich gekehrt aus, sein konzentrierter Ausdruck auf den Pfad gerichtet, als könnte er allein durch seine Aufmerksamkeit den Weg freihalten. Die Anspielungen auf seine Begabung, die ich immer wieder gehört hatte, flammten in meinem Kopf auf. »Devon und ich stammen beide aus Pyrolis, einem Wüstenland. Es besteht hauptsächlich aus Sand, Steppe und Kraterlandschaften.« Man konnte die Wärme und Verbundenheit spüren, die sie zu ihrer Heimat empfand. »Dort ist auch der Stützpunkt, von dem wir schon gesprochen hatten.«

Mein Blick wanderte zu Fin und Kirk, die Seite an Seite ritten. Die Zwillinge waren wie jeweils ein Spiegelbild des anderen; von ihren markanten

Gesichtszügen bis hin zu ihren hellen Augen, die an das Schimmern von Wassertropfen in der Sonne erinnerten. »Dann kommen Kirk und Fin aus einem anderen Land?«, schlussfolgerte ich laut.

Darina grinste breit und nickte in die Richtung der beiden. »Genau! Sie kommen aus Lusora. Fin hat die Fähigkeit der Klarheit – er kann jede Lüge entlarven, so wie Byron Magie orten kann. Das ist ziemlich nützlich, vor allem in der Gruppe. Außerdem kann er Wasser in Bewegung setzen.« Sie sprach voller Bewunderung, und ihre Aufmerksamkeit blieb an Fin hängen, als hätte sie ihn gerade erst entdeckt.

Ich zog eine Augenbraue hoch und schmunzelte. »Dir wird wohl gerade auch etwas anderes klar«, neckte ich sie sanft.

Darina errötete augenblicklich; ihre Wangen färbten sich rosa – ein starker Kontrast zu der Bräune, die sie von den vielen Tagen unter der Sonne hatte. Sie schnaubte leise und winkte ab, aber ihr Lächeln verriet, dass sie sich ertappt fühlte. »Ach ja, meine Schwärmerei ist nichts Neues«, gab sie zu. »Fin ist einfach… na ja, Fin eben. Aber vergiss das schnell wieder.«

Ich lachte leise und sah zurück zu den Zwillingen. Sie waren in ein angeregtes Gespräch vertieft, doch ich bemerkte, dass Fin kurz in unsere Richtung schaute. Ein winziges, verschmitztes Lächeln spielte um seine Lippen, vielleicht hatte er jedes Wort unseres Gesprächs gehört – bei seiner Fähigkeit, Lügen zu entlarven und Wahrheiten zu erspüren, keine unmögliche Vorstellung.

»Ich glaube, er weiß es längst«, flüsterte ich Darina zu.

Sie stöhnte leise, warf mir einen gequälten Blick zu und schüttelte den Kopf.

»Natürlich weiß er es. Er weiß fast alles.« Trotz ihrer Worte grinste sie, auch wenn sie versuchte, ihre Verlegenheit zu überspielen.

Ich schaute weiter zu Byron. Seine Haltung war geradezu majestätisch – aufrecht, die Zügel locker in der Hand. Seine Augen ruhten auf einem Punkt in der Ferne; auf etwas, das sich unserer Sicht entzog. Sein Ausdruck war konzentriert, grüblerisch.

Er strahlt etwas aus… etwas Starkes und Stabiles, dachte ich. Anders als die anderen wirkte Byron nicht wie jemand, der seine Magie zur Schau stellte. Das ließ ihn umso rätselhafter erscheinen.

Ich erinnerte mich an die Erklärungen von Byron über die Länder: Sylvaterra, Lusora, Brevalis, Pyrolis und Zenova. Devon und Darina gehörten nach Pyrolis, Fin und Kirk waren aus Lusora. Wo kam Byron her? Und ich? Ich war offenbar aus Sylvaterra, wenn man Knocks' Aussage glauben konnte. *Falls das tatsächlich stimmt, wie bin ich dann auf die Erde gelangt?*

Darina bemerkte meinen fragenden Ausdruck und seufzte leise. »Byron hat nie gesagt, aus welchem Land er kommt«, erklärte sie scheinbar entspannt, aber ihre Augen spiegelten eine tiefere Traurigkeit wider. »Er redet nicht darüber, und wir fragen nicht nach. Es gehört sich nicht.«

348

»Warum redet er nicht darüber?«, fragte ich, nachdem die restliche Gruppe außer Hörweite war. Meine Stimme war kaum mehr als ein Flüstern. Ich hatte das Gefühl, ein Geheimnis zu berühren, das nicht für meine Ohren bestimmt war. »Welche Kräfte hat er denn?«

Darina warf einen unsicheren Blick in Byrons Richtung. Ihre Antwort kam erst nach kurzem Zögern. »Außer seiner Fähigkeit hat er keine Kräfte mehr«, sagte sie schließlich. »Sie sind – wie bei so vielen – einfach verschwunden. Wir unterscheiden zwischen Fähigkeiten und Begabungen. In der Regel hat man beides, eine Begabung, die aus der Kraft des Landes gezogen wird und eine Fähigkeit, die dem Geist innewohnt.« Sie sagte das überlegt, mit hörbarer Sorgfalt in ihrer Stimme. »Das mit Byron ist eine längere Geschichte«, fügte sie hinzu und sah mich ernst an. »Und es ist nicht meine Geschichte. Byron muss selbst entscheiden, wen und wann er sie erzählt.«

Die Schwere ihrer Erklärung ließ mich verstummen. Ich nickte langsam und richtete mich wieder auf den Weg vor uns. Ich wusste, dass es noch so vieles gab, dass ich nicht verstand – Geheimnisse, die die Gruppe umgaben wie ein dichter Nebel. Aber als Gast stand es mir nicht zu mehr zu erfahren.

Die Stunden vergingen, und meine Erschöpfung wuchs mit jedem Schritt des Pferdes. Die Landschaft hatte sich verändert: Der Wald war lichter geworden, und die Bäume wichen einer hügeligen Ebene. Die Monotonie der Bewegung zermürbte mich. Jeder Tritt des

Pferdes schickte eine Welle aus Schmerzen durch meinen Körper. Meine Beine fühlten sich an wie aus Gummi, meine Schultern und Oberschenkel brannten, und selbst der kühle Wind, der über mein Gesicht strich, konnte mich nicht wachrütteln.

Byron war der Erste, der meine Verfassung bemerkte. Ohne ein Wort zu sagen, hob er die Hand und brachte die Gruppe zum Stehen. Er gab den anderen ein Zeichen, seine Züge fest und entschlossen. »Wir schlagen hier unser Nachtlager auf«, verkündete er knapp.

Ich wollte helfen, wirklich. Nachdem die anderen abstiegen und sich um die Pferde kümmerten, zwang ich mich, ebenfalls aus dem Sattel zu gleiten. Doch sobald meine Füße den Boden berührten, gaben meine Beine nach. Ein starker Arm hielt mich fest, bevor ich stürzte.

»Vorsicht«, entgegnete Byron mit einem Hauch von Besorgnis. Seine Hände stützten mich, und für eine Sekunde fühlte ich mich sicher und gleichzeitig schrecklich schwach. Kirk ging mit einem genervten Kopfschütteln an uns vorbei.

»Ich komme klar«, meinte ich und schüttelte seinen Arm ab. Die Welle der Frustration, die in mir aufstieg, war überwältigend.

Byron sagte nichts, doch sein durchdringender Blick traf meinen. Es war kein Vorwurf darin, nur Verständnis. Und vielleicht ein Hauch von Mitleid. Aber genau das machte es schlimmer.

Ich biss die Zähne zusammen und zwang mich, aufrecht zu stehen. Die Gruppe hatte begonnen, ein

Lagerfeuer zu bauen, und ich stolperte in ihre Richtung, um zu unterstützen. Meine Hände zitterten so sehr, dass ich kaum die trockenen Äste zusammenhalten konnte.

Knocks bemerkte es und schob mich mit einem breiten Grinsen zur Seite. »Setz dich, Rebecca. Lass uns das machen. Du wirst nicht viel nützen, wenn du dir die Finger brichst.«

Eine Erwiderung lag mir auf der Zunge, doch die Erschöpfung siegte. Stattdessen ließ ich mich einfach auf den Boden sinken und beobachtete, wie die anderen das Lager aufbauten. Die Pferde grasten friedlich neben dem provisorischen Zaun, ihre Bewegungen ruhig und gleichmäßig. Ihre mächtigen Körper schimmerten im letzten Licht der untergehenden Sonne, und ich fragte mich, wie sie diese Strapazen jeden Tag ertrugen.

Das Lager nahm Form an, jeder Handgriff wirkte vertraut und eingespielt. Kirk kümmerte sich um die Versorgung der Tiere. Devon bat Fin, ihm mit den Fackeln zu helfen. Statt nur ein einfaches Lagerfeuer zu entzünden, stellten sie mindestens dreißig Fackeln sorgfältig im Kreis um uns herum auf. Ein klarer Unterschied zum letzten Lager.

Ich beobachtete neugierig, wie Devon in die Mitte des Lagers trat und Darina stumm ein Zeichen gab, das sie nickend bestätigte. Er hob die Arme, die Handflächen nach oben gerichtet, und ich spürte, wie sich die Luft um ihn veränderte. Etwas Unerklärliches lag in seinem Ausdruck – ein intensives Glühen, das mir beinahe den Atem raubte.

Es begann mit einem kaum wahrnehmbaren Flackern, einem winzigen Funken, der auf seinen Handflächen tanzte. Klein und zerbrechlich, wie ein Funkenflug bei einem Lagerfeuer, doch schon im nächsten Moment zeigte sich die Energie. Zunächst Miniaturfeuerkugeln, kaum größer als Murmeln, wuchsen träge heran. Zuerst langsam, dann immer schneller. Sie pulsierten in einem lebendigen Rhythmus, durchdrungen von einer inneren Kraft, die mit jedem Schlag mächtiger wurde.

Die Flammenkugeln wurden größer und heller, bis sie die Größe von Orangen erreichten. Ihr Licht spiegelte sich in Devons konzentrierten Augen wider, die wie das Feuer selbst funkelten. Die Luft um ihn herum begann zu flimmern. Die Feuerkugeln schienen sich ihrer selbst bewusst zu sein. Sie schwebten leicht auf und ab, als warteten sie nur darauf, ihre Aufgabe zu erfüllen.

Mit beeindruckender Präzision schleuderte er die Feuerbälle in Richtung der Fackeln. Jede Kugel landete punktgenau und entzündete das Öl in einem einzigen, synchronen Flackern. Das letzte landete in der Mitte des vorbereiteten Lagerfeuers, das sofort in hellem, knisterndem Licht aufging.

Ein Schauer lief mir über den Rücken, und ich rieb unwillkürlich meine Arme, um die Gänsehaut zu vertreiben.

»Warum so viele Fackeln?«, fragte ich und versuchte, die Anspannung aus meinen Armen zu massieren.

»Wir wollen vermeiden, dass wir in unseren Kreis auch nur einen Schatten werfen«, erklärte Devon. Seine Züge blieben ernst, während er an mir vorbeiging. »Das Letzte, was wir wollen, ist, den Shadralis eine Einladung zu schicken, ohne es zu bemerken.«

Niemand widersprach Devon. Die leuchtenden Fackeln waren kein Zeichen von Sicherheit – sie waren ein verzweifelter Versuch, das Unvermeidliche abzuwehren.

Fin bereitete das Abendessen am Lagerfeuer vor. Darina hockte sich neben ihn und würzte einen kleinen, bereits ausgenommenen Hasen. Der Duft von frischen Kräutern und Gewürzen erfüllte bald die Luft, eine kurze Ablenkung von der allgegenwärtigen Anspannung. Die Sonne war inzwischen hinter den Bäumen verschwunden und es wurde schlagartig dunkler.

»Ich habe deine neuen Kleider auf die Karre gelegt«, sagte Darina beiläufig und reichte Fin das Fleisch, das er über dem Feuer aufspießte.

Überrascht sah ich sie an. »Oh, danke«, murmelte ich verlegen. An die hatte ich schon gar nicht mehr gedacht. Sie muss die Kleidung noch am frühen Morgen abgeholt haben.

Darina blickte in den dunkler werdenden Himmel, ein schwerer Seufzer entwich ihren Lippen. Das Flackern der Fackeln spiegelte sich in ihren Augen wider, und kurz wirkte sie … verletzlich.

»Ich weiß nicht warum, aber seit gestern benimmst du dich komisch uns gegenüber. Es ist mir vor allem

353

beim Abendessen aufgefallen«, stellte sie leise fest. »Wieso?«

Ihre Frage löste in mir eine Flut von Gefühlen aus: Wut, Misstrauen, Schmerz. Wie konnte sie so tun, als wüsste sie nicht, was los war? Sie war doch Teil von Byrons Team. »Keine Ahnung, Darina«, fauchte ich, »sag du es mir!« Ungewollt hatte meine Stimme eine schärfere Note angenommen.

Die Lautstärke meiner Worte ließ die anderen innehalten. Knocks, der gerade mal wieder sein Messer schärfte, ließ es klirrend auf den Boden fallen und sah mich erstaunt an. »Was meinst du damit, Mäuschen?« Sein Tonfall war sanft – und das machte mich nur noch wütender.

»Nenn mich nicht so!«, schnauzte ich und stand auf. Ich starrte in die Runde, suchte die Gesichter nach einer Spur von Reue oder Scham ab. »Ihr wisst alle genau, was ich meine. Kirk, Byron, was ist der Plan? Bringt ihr mich zu meinem Portal, oder habt ihr mich die ganze Zeit belogen?«

Kirk, wich meinen Augen aus. Er warf einen hilfesuchenden Blick zu Byron, dessen Gesicht zu einer harten Maske erstarrte. »Antwortet mir!«, drängte ich und trat einen Schritt nach vorn.

»Das reicht, Rebecca!«, forderte Byron scharf. Der innere Konflikt war ihm anzusehen. »Du verstehst das nicht!«

»Oh, ich verstehe sehr wohl!«, schrie ich jetzt. »Was auf dem Spiel steht, seid nicht nur ihr, sondern auch

354

ich! Mein Leben! Und ihr entscheidet darüber, als hätte ich nichts damit zu tun.«

Darina legte Fin eine Hand auf die Schulter, doch auch sie wirkte verunsichert. Es war Byron, der schließlich das Schweigen brach.

»Das Leben meiner Leute steht ebenfalls auf dem Spiel.« Ich sah die Spannung in seiner Haltung, die er zu verbergen versuchte. »Dein Portal ist wichtig, aber … es gibt Dinge, die du nicht weißt. Wir tragen Verantwortung – und die beginnt und endet nicht bei dir.«

Meine Augen wanderten über die Gesichter der anderen, doch sie hielten meinem Blick nicht stand. Stattdessen lenkten sie sich mit belanglosen Handgriffen ab, als könnten sie sich damit aus der Verantwortung stehlen. Mit jeder Sekunde kroch die Enttäuschung tiefer in meine Brust, kalt und schwer wie ein Stein. Ich wandte mich ab, unfähig, die Leere und den Verrat in ihren Augen zu ertragen. Vielleicht war es nicht fair, aber ich fühlte mich von allen betrogen.

Ein Heulen durchschnitt die Nacht. Es war kein normales, nichts, was ich je gehört hatte. Es war tief, urzeitlich und vibrierte durch den Boden bis in meine Knochen. Die Kälte zog an, kroch mir direkt unter die Haut.

»War das ein Wolf?« Meine Stimme zitterte, und ich hasste, wie schwach ich klang. Die Frage entfuhr meinen Lippen, bevor mir bewusst wurde, dass ich die Antwort darauf nicht hören wollte.

Die Gruppe reagierte wie auf ein stummes Kommando. Hände griffen nach Schwertern und Äxten.

Das metallische Zischen von Klingen, die aus Scheiden gezogen wurden, schnitt durch die Luft. Die Gestalt des Kampfes formte sich wie eine uralte Melodie, die in ihren Knochen verankert war. Hier war keine Angst, nur Entschlossenheit, kalt wie Stahl. Der Ernst der Situation ließ keinen Zweifel: Das war keine unbekannte Bedrohung.

Dann kam der Nebel.

Er rollte nicht einfach heran – er wurde geboren, aus den tiefsten Schatten heraus, eine Kreatur aus Dunkelheit und Schrecken.

Schwer und bedrohlich kroch er über den Boden; eine zähe, schwarze Masse, die an vergossenes Blut erinnerte, dickflüssig und erbarmungslos. Er war keine bloße Erscheinung, kein flüchtiger Nebel. Er war eine Entität, die sich in die Realität fraß, sie verzerrte und ihre Lebendigkeit erstickte.

Binnen eines Augenblicks hatte er unser Lager eingekreist – ein dunkler, pulsierender Wall, der jede Hoffnung auf Flucht zerschmetterte. Das Feuer in der Mitte des Lagers kämpfte verzweifelt. Seine Flammen zuckten schwach, ein jämmerlicher Kontrast zu der alles verschlingenden Schwärze. Der Nebel bewegte sich in wabernden Wellen, die die Luft zu atmen schienen. Er kroch an den Bäumen empor, tastete sich an den Stämmen entlang und erreichte schließlich die Wipfel, wo er den Himmel mit dichten Wirbeln verdunkelte.

Er lauerte. Wartete.

Die Fackeln am Rand des Kreises flackerten wild, als würden auch sie Angst verspüren. Ihr Licht prallte

kraftlos gegen die Dunkelheit, wie ein kleiner Funken, der in der Unendlichkeit verging. Jeder Aufstieg eines Glühens wurde augenblicklich verschluckt, ein klares Zeichen dafür, dass dieser Nebel mehr war – er war hungrig, intelligent, bösartig.

Dann – ein Laut, ein Bruch in der bedrückenden Stille.

»Hier, fang!« Knocks' Stimme war hart und drängend, und im nächsten Moment blitzte ein silberner Schein durch die finstere Masse.

Das Messer, das er geworfen hatte, traf meine erhobene Handfläche mit einem harten, kalten Schlag. Die Berührung des Metalls war ein stechender Schock, der mich zurück in die Realität riss. Es war nicht einfache eine Waffe, es war eine Botschaft – eine greifbare Drohung, ein unmissverständliches Versprechen: Überleben oder untergehen.

Meine Finger schlossen sich instinktiv um den Griff. Das hier war kein Test, keine Probe. Das war Wirklichkeit – und sie war unerbittlich.

Der Nebel begann sich zu regen. Unaufhaltsam begann er, Formen zu schaffen, die zuerst flüchtig und ungreifbar waren. Dann wurden sie dichter, massiver – Schemen, die sich aus der Dunkelheit erhoben, abnorm und schrecklich in ihrer Erscheinung.

Ihre Silhouetten waren eine groteske Nachahmung des Menschlichen, geformt in einem fehlgeschlagenen Versuch, wie Menschen zu erscheinen. Ihre Bewegungen waren unstet und fließend. Ihre Umrisse verschwammen, als könnten sie keine vollständig feste

Gestalt halten. Die Kutten, die sie zu tragen schienen, flossen träge wie schwarzes, dickes Wasser an ihnen herab, das bei jeder Bewegung glitzernde Tropfen abwarf, die sich sofort in der Dunkelheit auflösten.

Ich spürte ihr Starren – kalt und unerbittlich. Sie bohrten sich direkt in meine Seele. Ich wollte rennen, schreien, irgendetwas tun, aber meine Beine waren wie festgewachsen. Mein Körper gehorchte mir nicht mehr, war wie eingefroren. Angst hatte mich im Griff, und sie war erbarmungslos.

Die Gruppe um mich herum blieb nicht untätig. Ihre Gelassenheit war trügerisch, eine dünne Fassade, die nur von der Dringlichkeit ihrer Haltung gestützt wurde.

Byron stand mit gezogenem Schwert vor mir, eine unerschütterliche Mauer aus Stahl und Entschlossenheit. Sein Stand war stabil, jeder Muskel seines Körpers angespannt und bereit zuzuschlagen.

Seine Augen waren starr auf die sich formenden Schatten gerichtet, sein Blick fokussiert und wachsam.

Devon kniete neben den flackernden Fackeln, seine Finger leicht gespreizt, während er das Feuer mit seiner Magie lenkte. Sein Gesicht war eine Maske aus purer Konzentration. Keine Angst, keine Zweifel – nur ein brennender Fokus, der seine Augen glühen ließ. Die Flammen, die vor wenigen Augenblicken noch schwach und zögerlich gewesen waren, loderten erneut kräftig auf, wild und ungestüm, als antworteten sie auf seine stillen Befehle. Das Feuer kämpfte gegen die

unbändige Schwärze des Nebels, stemmte sich mit aller Kraft dagegen, um nicht verschlungen zu werden.

Und ich? Ich stand da, das Messer, das Knocks mir zugeworfen hatte, fest umklammert, meine Finger verkrampft und meine Hände zittrig. Es war keine Waffe für mich, nur ein kaltes, schweres Stück Metall.

Ich spürte den Schweiß auf meiner Stirn, den Kloß in meinem Hals, der sich weigerte, kleiner zu werden. Gedanken jagten chaotisch durch meinen Kopf, aber keiner blieb lange genug, um ihn zu greifen. Ein unaufhaltsames Pochen, das in meiner Brust dröhnte, kündigte meine Panik an.

Dann erklang eine Stimme. Keine normale, sondern ein Ton, der die Welt selbst zu zerbrechen schien. Sie hallte durch die Schwärze, füllte nicht nur die Luft, sondern auch meinen Geist.

»Byron, alter Freund.«

Die Worte trugen eine unheilvolle Vertrautheit, eine Macht, die die Dunkelheit noch dichter zu machen schien.

Einer der Schatten trat vor, seine Statur groß, übermenschlich – eine dunkle Säule aus Furcht und Kraft. Die Atmosphäre um ihn herum vibrierte, als würden selbst die Elemente vor ihm zurückweichen. Neben ihm trat ein Wolf aus der Schwärze.

Dieses Wesen war keine Kreatur aus Fleisch und Blut – es war ein Albtraum, der real geworden war. Sein Fell bestand aus lebendigen Schatten, die in pulsierenden Wellen über seinen muskulösen Körper flossen und nicht nur die Finsternis widerspiegelten, sondern selbst

359

ein Teil von ihr war. Seine gelben Augen glühten wie brennende Kohlen, und in seinen Iriden lag ein Hunger, der weit über das Physische hinausging. Jedes Knurren, das aus seiner Kehle erklang, war tief, durchdringend – ein Echo, das mir in meine Knochen fuhr und die Erde unter meinen Füßen vibrieren ließ.

Ich klammerte mich an das Messer und versuchte, die Kälte zu ignorieren, die von der Klinge auszugehen schien.

Wir waren umzingelt und Flucht war unmöglich.

»Draven«, murmelte Byron, sein Schwert erhoben. Er sprach den Namen leise, und doch hatte er ein Gewicht, das die Atmosphäre noch schwerer machte.

Draven trat näher. Seine Bewegungen waren fließend und zugleich unnatürlich, als würde er nicht wirklich den Boden berühren. Obwohl sein Gesicht in Schatten gehüllt war, schien das Lächeln, das sich darauf abzeichnete, die Nacht selbst zu verhöhnen. Es war zu breit, zu still, wie ein Riss, der sich durch die Realität zog.

»Nur die Ruhe, Byron«, sagte er mit einem spöttischen Unterton, fast beiläufig, und doch von einer Schärfe geprägt, die wie ein Messer durch die Nacht schnitt. »Ich bin nicht wegen euch hier. Ihr seid unwichtig.«

Seine Kapuze – oder das, was wie sein Blick wirkte – glitt über die Gruppe, bevor er an mir hängen blieb. Ich war mir sicher, dass alle mein Herz schlagen hören konnten.

»Wir wollen sie.«

Seine langgliedrige, verhüllte Hand hob sich, und sein Finger deutete direkt auf mich. Der Augenblick dehnte sich, und die Zeit selbst schien stillzustehen. Sogar das leise Knistern der Flammen verstummte, als würde die Welt erkennen, dass dies ein Wendepunkt war.

Niemand sprach. Keiner wagte es.

Dravens Hand blieb ausgestreckt. Sein Schatten vermischte sich mit dem Nebel, der ihn umgab. »Lasst sie zu uns kommen, und wir verschwinden. Keiner muss heute Nacht sterben.«

Er ließ die Worte wirken und schien die Schwere seines Angebots zu genießen. Dann, wie aus tiefster Dunkelheit selbst, hallte ein unmenschliches Lachen. Es kam aus allen Richtungen gleichzeitig, ein höhnischer Klang, der meine Knie zittern ließ.

»Oder macht es euch schwer. Eure Wahl.«

Byron öffnete den Mund, aber bevor er sprechen konnte, stand Devon aus seiner knienden Position auf. Seine Bewegungen waren sicher, seine Haltung furchtlos. Sein Gesicht war wie aus Stein gemeißelt: »Nur über unsere Leichen!« Der Klang seiner Worte ließ selbst Draven kurz innehalten. Es war keine leere Drohung. Die Entschlossenheit in seiner Stimme war wie ein Funke, der die Gruppe zusammenschweißte, und zugleich erschreckte sie mich.

Warum riskiert er sein Leben – und das der anderen – für mich?

Meine Lippen formten Worte des Protests, doch kein Laut kam aus meiner Kehle.

Draven blieb reglos und nahm Devons klare Haltung mit einer Mischung aus Amüsement und Verachtung auf. Seine Hand senkte sich, ein unausweichliches Urteil in der Bewegung. Er sprach nun leiser, ein kaum hörbares Wispern, das dennoch wie eine unbarmherzige Drohung klang.

»Wie ihr wollt.« Mit einer beiläufigen Geste seiner verhüllten Hand setzte er die Räder des Unheils in Bewegung. »Tötet sie alle. Und bringt mir die Frau.«

Die Dunkelheit selbst erstarrte.

Dann brach das Chaos los.

Der riesige Wolf sprang vor, ein Knurren, das die Erde erbeben ließ, war sein Vorbote. Mit einer Schnelligkeit, die meinen Verstand überforderte, schoss er nach vorne, riss mit einem einzigen Satz mehrere Fackeln um. Ihre Flammen flackerten ein letztes Mal, bevor die Schatten sie verschlang – lautlos, gierig, wie ein Raubtier, das seine Beute umschlingt. Der Nebel stürzte sich auf uns, wie lebendige Kreaturen, die sich an unserer Angst labten.

Mein Blick wanderte panisch umher, während das Schlachtgetümmel losbrach. Ich blieb an Devon hängen, der sich am Rand des Geschehens gegen den riesigen Wolf behauptete. Seine Bewegungen waren unglaublich, eine perfekte Symbiose aus Geschwindigkeit und Präzision. Wie entfesselte Sterne schossen Feuerbälle aus seinen Händen, brannten gleißende Schneisen in die Finsternis. Die Hitze dieser Magie war selbst auf die Entfernung spürbar und ließ mein Gesicht prickeln.

Schreie, Stahl, Schatten – alles verschmolz zu einem schrecklichen Wirbel, der mich zu verschlingen drohte.

Und ich stand da, wie gelähmt. Mein Kopf schüttelte sich fast automatisch, als wollte ich das, was gerade geschah, aus meinen Gedanken vertreiben.

Mir entwich ein nervöses, nahezu hysterisches Lachen, das ich nicht unterdrücken konnte. Was zum Teufel war das hier? Wie konnte das real sein?

Ich zwang mich, nach den anderen zu schauen und wandte mich von Devon ab. Byron war inmitten des Tumults, und was ich sah, ließ mir das Blut in den Adern gefrieren. Seine Bewegungen waren brutal, sein Gesicht konzentriert und unerbittlich. Mit purer Kraft und einer beängstigenden Präzision hatte er bereits zwei Shadralis niedergestreckt. Seine Klinge war blutverschmiert, aber es war unübersehbar: Er wurde müde. Er würde diesen Zustand nicht mehr lange durchhalten können.

Knocks stand in seiner Nähe, eine Hand erhoben, und gestikulierte mit der anderen. Schweiß glänzte auf seiner Stirn, aber er ließ nicht nach. Mit einem Ruck schleuderte er rasiermesserscharfe Steine durch die Luft, die sich mit beeindruckender Wucht in die Shadralis bohrten. Ein dritter Kämpfer sackte zu Boden, sein Körper zerrissen von den Geschossen. Aber auch Knocks' Bewegungen wurden langsamer, seine Haltung unsicher. Sein Gesicht war bleich, und seine Brust hob und senkte sich in schnellen, erschöpften Zügen. Er hielt sich tapfer, dennoch wusste ich, dass es nur eine Frage der Zeit war, bis auch seine Kräfte

363

nachließen. Vor allem, weil immer weitere Shadralis nachrückten.

Darina kämpfte mit einem glühenden Messer, dessen Schneiden in einem feurigen Orange leuchtete, gegen einen vermummten Krieger, dessen Schwert im flackernden Licht des Lagerfeuers wie ein trügerischer Stern glitzerte. Jeder ihrer Hiebe war kraftvoll und präzise, ihre Stöße ein Tanz zwischen Angriff und Verteidigung. Funken flogen bei jedem Aufeinandertreffen der Klingen, ein grelles, unregelmäßiges Feuerwerk, das für Sekundenbruchteile die Schatten um sie herum verscheuchte. Schweiß glänzte auf Darinas Stirn, und ihre Augen funkelten vor Entschlossenheit. Sie hatte sich heute vorgenommen, nicht zu sterben. Ihr Atem war schwer, doch sie hielt stand, selbst als ihr Gegner mit beinahe unmenschlicher Geschwindigkeit auf sie einschlug.

Ein Fluch entfuhr ihr, nur knapp wich sie einem Hieb aus, der ihre Schulter um Millimeter verfehlte. Ihre Klinge beschrieb einen flammenden Bogen, bevor sie den Mantel ihres Gegners streifte. Mit einem wütenden Schrei trat sie vor, zwang ihn zurück und ließ keine Sekunde nach.

Meine Aufmerksamkeit wanderte weiter, gezwungen, das nächste Geschehen zu erfassen. Fin und Kirk standen Rücken an Rücken, ihre Silhouetten eine Einheit, die im Licht des Feuers wie ein einziger Kämpfer wirkte. Ihre Bewegungen waren so perfekt synchron, dass es schwer war, die beiden auseinanderzuhalten.

Jeder Schlag, jeder Block war im Einklang, ein präziser Rhythmus inmitten des chaotischen Schlachtfeldes.

Kirk warf einen schnellen Blick über seine Schulter und bemerkte einen weiteren Shadralis, der sich Fin näherte. Der Angreifer bewegte sich lautlos. Seine Waffe zielte auf Fins ungeschützten Hals. Kirks Hand schoss vor, ohne zu zögern, und berührte den Angreifer an der Brust — es war nur ein Hauch, fast eine beiläufige Geste. Was danach geschah, war so unwirklich, dass mein Verstand sich weigerte, es zu begreifen. Ich blinzelte, einmal, zweimal — als könnte ich die Realität damit beeinflussen.

Der Shadralis erstarrte. Sein Körper schien für einen Moment die Spannung eines Bogens anzunehmen, als würde eine unsichtbare Kraft ihn festhalten. Ein seltsames, kehliges Geräusch — wie ein Keuchen, das von weit her kam — entwich seiner Kapuze. Und dann begann er, in sich zu zerfallen.

Seine Gestalt sackte in sich zusammen, Haut und Stoff zerknitterten, brüchig wie verwittertes Papier, das unter der leichtesten Berührung auseinanderstob. Augenblicke später war nichts mehr von ihm übrig außer einer dunklen, krümeligen Spur auf dem Boden, die vom Wind fortgeweht wurde.

Ich stand wie versteinert da. Der Anblick raubte mir den Atem. Mein Körper zitterte unkontrolliert, als ich Kirk ansah. Seine Miene war kalt, und doch schimmerte etwas in seinen Augen. Waren das Schuldgefühle? Ich konnte es nicht genau sagen.

Ein lauter Schrei lenkte meine Aufmerksamkeit zurück zu Darina. Ihr Gegner hatte nach einem ihrer Schläge das Gleichgewicht verloren, war jedoch noch nicht besiegt. Seine Waffe schwang in einem verzweifelten Bogen auf sie zu, und ich sah, wie sie die Zähne zusammenbiss, um den Schlag zu blocken. Ihre glühende Klinge prallte mit solcher Wucht gegen sein Schwert, dass er zurücktaumelte, stolperte – und schließlich fiel. Darina zögerte nicht. Mit einem knappen, fast rituellen Schwung ließ sie ihre Klinge niederfahren, und der Kampf war vorbei.

FUCK. Meine Gedanken rasten. Was konnte ich tun? Die Shadralis bewegten sich wie lebendige Albträume, immer wieder versetzten sie Körperstellen oder alles in Nebelzustand und ich war mir nicht sicher, ob ein kleines Messer sie überhaupt verletzen konnte.

Mein Blick wanderte hektisch umher. Ich suchte verzweifelt nach einem Plan, einer Lösung, einem Ausweg. Aber nichts ergab Sinn. Alles schien sinnlos inmitten dieses Wahnsinns.

Wo ist Draven? Ich suchte ihn im Kampfgetümmel. *Da!*

Ich konnte gerade noch sehen, wie er erst rückwärts in den Wald trat, sich umdrehte und verschwand.

Der Anführer war abgehauen.

Wie ein Feigling, dachte ich voller bitterer Ironie. Natürlich ließ er seine Schergen die Drecksarbeit erledigen. Meine Wut keimte auf, heiß und bitter, doch sie wurde von einem neuen Schrecken überlagert.

Mehrere der Shadralis hatten ihre Aufmerksamkeit auf mich gerichtet. Ihre Bewegungen waren unnatürlich fließend, wie Wasser, das über Steine schwappte. Stumm bahnten sie sich einen Weg durch das Chaos, das uns umgab. Mit jeder Sekunde, in der ich es begriff, beschleunigte sich mein Herzschlag: Ich war ihr Ziel. Natürlich. Vermutlich war eine Prämie auf mich ausgesetzt.

Ich schluckte hart.

Sie glitten über den Boden mit einer unheimlichen Leichtigkeit, als hätte die Schwerkraft selbst vergessen, sie festzuhalten. Ihre lautlose Eleganz ließ die Zeit stillstehen, und für einen Augenblick war ich gefangen in ihrer makellosen Eleganz.

Ich zwang mich, den Blick abzuwenden. Jede meiner Regungen fühlte sich an wie ein Kampf gegen unsichtbare Fesseln, die mich unentrinnbar an sie banden. Ein Netz aus Angst und Faszination hielt mich gefangen. Ich wusste, wenn ich mich nicht befreien konnte, war es vorbei. Endgültig.

Ich schloss angespannt die Augen, suchte nach dem inzwischen vertrauten Summen in mir – jener geheimnisvollen Verbindung zur Erde, die mir schon einmal Kraft gegeben hatte, als ich sie am dringendsten brauchte.

Aber erneut war da nichts, wie bereits bei Cole.

Kein Summen. Keine Energie.

Etwas in mir war gefangen, gefesselt von etwas, dass ich nicht benennen konnte. Ich spürte eine Kälte, die mich von innen heraus lähmte, wie ein Schatten, der

sich in meine Gedanken geschlichen hatte. Ich biss die Zähne zusammen. Mein Verstand klammerte sich an die Hoffnung, dass es nur meine Angst war, die mich blockierte.

Oder etwas Fremdes war in mir – vielleicht waren es die Schatten, die mich umzingelten, die ihren Einfluss auf mich ausübten. Verzweifelt öffnete ich meine Augen.

Ein roher Instinkt übernahm die Kontrolle, verdrängte den lähmenden Nebel aus Zweifeln und Verwirrung. Ohne nachzudenken, ließ ich mich auf die Knie fallen. Die kalte, feuchte Erde nahm mich an, wie ein stummer Zeuge meines Zusammenbruchs. Der Schock der Kälte an meinen Knien brachte meine Gedanken kurz zum Stillstand.

Doch in dieser Leere formte sich keine Lösung, kein Plan.

Mein Messer, das ich bisher wie einen Talisman festgehalten hatte, wurde nun bedeutungslos. Mit einer hilflosen Geste rammte ich es in den Boden, wo es mit einem dumpfen Geräusch stecken blieb. Es fühlte sich an wie die endgültige Aufgabe.

Meine Hände legten sich flach auf die Erde. Es war keine bewusste Entscheidung, sondern ein Reflex, eine Handlung, geboren aus der letzten Hoffnung, die in mir flackerte.

Ich wusste nicht, was ich tat. Aber ich musste etwas tun.

In dem Moment, in dem meine Finger die feuchte Erde berührten, spürte ich es.

Zuerst war es nur ein kaum wahrnehmbarer Puls, leise und beständig, wie ein uralter Herzschlag.

Die Energie der Erde war da – tief unter der Oberfläche, lebendig, unverändert.

Der Kampf, das Chaos, die Schreie um mich herum – all das war für sie bedeutungslos. Ihre Neutralität war erdrückend, fast grausam. Für sie war ich nur ein Atemzug, ein kaum hörbares Echo in einer grenzenlosen Existenz.

Ein Teil von mir verstand: Ich konnte sie nicht zwingen, mir zu helfen. Sie war zu alt, zu groß, zu unnahbar.

Aber ich konnte sie bitten.

Meine Finger krallten sich in den Boden, die unter meinen Nägeln nachgab, und meine Stimme war nicht mehr als ein zitterndes Flüstern: »Bitte. Bitte, hilf mir. Beschütze uns. Beschütze meine Gefährten.«

Das letzte Wort ließ mich innehalten.

Gefährten? Waren sie das wirklich?

Ich spürte, wie sich die Erinnerungen an sie in meinen Geist schoben: Byron, der mir Halt gegeben hat, wenn ich keine Kraft hatte. Knocks, dessen trockener Humor mich zum Lächeln bringt. Devon, der sich immer wieder insgeheim Sorgen um mich macht, mich beschützt. Darina, die nach unserer ersten Begegnung versuchte, mir eine echte Freundin zu sein.

Ja, sie waren meine Gefährten, meine Verbündeten!

Und ich wollte nicht, dass sie starben.

Die Erde musste das verstehen!

Ich ließ das Summen, das in mir aufstieg, wachsen. Es war wie ein zögernder Fluss, der sich seinen Weg

durch Blockaden suchte. Langsam öffnete sich etwas in mir – ein Kanal, der Energie in mich hinein und durch mich hindurch leitete. Der Lärm um mich herum verblasste: das Klirren der Schwerter, das Knallen von Magie, das dumpfe Aufprallen von Körpern.

Der Nebel, der sich mir immer weiter näherte.

Es gab nur noch die Erde und mich. Ein seltsamer Frieden legte sich über mich – trügerisch, denn tief in meinem Inneren wusste ich, dass etwas erwachte. Etwas, das mich beschützte.

Die Erde unter meinen Händen begann zu zittern, kaum spürbar zuerst, dann stärker. Ein tiefes Grollen breitete sich aus, wie das erste Beben vor einem Sturm.

Die Luft wurde dichter, schwerer, von einer uralten Macht durchzogen. Die Bäume stöhnten unter dem unsichtbaren Druck, ein langgezogenes Knarren endete in einem krachenden Splittern. Wurzeln brachen aus der Erde hervor. Die knirschenden Geräusche von zerberstendem Holz hallten um mich herum wider. Erde rieselte auf mich herab. Markerschütterndes Kreischen zerriss die Luft, nur um abrupt in verzerrte Laute überzugehen. Gleichzeitig zerfetzte etwas mit einem hässlichen, reißenden Geräusch. Ein grausames Zusammenspiel aus zerrissenem Stoff und aufgeschlitztem Fleisch. Knochen krachten dumpf und endgültig. Ein widerwärtiges Brechen, das sich tief in mein Mark fraß. Der metallische Geruch von Blut stieg mir in die Nase, bleiern, rostig. Er durchtränkte die Luft mit einer feuchten Schwere, die mich würgen ließ.

Ich hielt meinen Fokus fest auf die Erde gerichtet, unfähig zu bezeugen, was ich getan hatte. Erst mit dem Einsetzen absoluter Stille wagte ich es, mich zu lösen.

Ich wünschte, ich hätte es nicht getan.

Die letzten Shadralis lagen reglos am Boden. Aus ihren Körpern ragten Speere aus Holz, scharf und unregelmäßig, als wären es Wurzeln, die sich durch ihre Brust gearbeitet hatten. Sie pulsierten, lebendig, gerade erst zur Ruhe gekommen. Die Erde hatte auf meine Bitte reagiert – sie hatte geantwortet.

Mein Magen drehte sich um, denn die Erkenntnis traf mich: Ich hatte sie getötet. Nicht mit meinen Händen, aber mit meinen Kräften, mit meinem Willen. Diese Speere, diese Wurzeln – sie waren mein Werk.

Ich richtete mich auf. Meine Beine fühlten sich an, als wären sie aus Gummi. In meinem Kopf herrschte Leere. Das Summen war verschwunden, und es hatte eine schmerzhafte Klarheit hinterlassen. Eine klaffende Wunde in meinem Inneren.

Ich sah zu Byron, der sich schwer atmend auf sein Schwert lehnte, seine Miene vor Schmerz verzerrt, aber ohne sichtbare Verletzungen. Knocks war auf die Knie gesunken, seine Hände zitterten, während er sich abstützte. Darina lief langsam zu ihm, um ihm aufzuhelfen. Kirk und Fin schauten sich an und klopften sich kurz auf die Schulter.

Devon kam auf mich zu, seine Schritte schwer, sein Gesicht aschfahl.

»Geht es dir gut?«, fragte er, packte meine Schultern und zwang mich, ihn anzusehen.

Meine Kehle war trocken, mein Geist ein einziges Chaos. Ich wollte *nein* sagen, wollte alles erklären. Doch meine Lippen formten nur: »Ja. Es geht mir gut. Danke.«

Sein Blick war skeptisch, aber bevor er etwas erwidern konnte, wurde die Welt um mich herum dunkel. Meine Beine gaben nach, und eine tiefe, warme Schwärze nahm mich auf.

KAPITEL 18
Die Suche

D umpf drangen Geräusche zu mir durch, verwaschen und verzogen, als kämen sie aus weiter Ferne.

»Sie hat zu viel und zu schnell Magie gewirkt. Anders kann es nicht sein. Sie ist völlig kraftlos!« Die Unruhe der Person riss mich aus der Tiefe.

»Schwachsinn!« Eine weibliche Stimme, Darina.

»Sie steht unter Schock! Sie hat getötet. Sie war total unschuldig, bevor sie in unsere Welt geworfen wurde. Wahrscheinlich sieht sie nicht alle Tage Leichen. Der Anblick der toten Menschen, die sie verursacht hat, war einfach zu viel, ihr Deppen!«

Ja. Das ist Darina, dachte ich benommen. Ihr Zorn brannte durch die Benommenheit in meinem Kopf, wie ein heller Lichtstrahl durch dunkle Wolken.

»Aber sie wacht nicht mehr auf! Seit fast zehn Stunden hat sie keinen Muskel mehr bewegt!«

Die Panik, die aus Knocks sprach, war nicht zu überhören. Ich stellte mir vor, wie er mit Gesten seinen Unmut zeigte.

»Gebt ihr Zeit«, antwortete Byron mit einer Autorität, die jede Diskussion beendete. Er war der Anker, der mich langsam zurück in die Wirklichkeit zog.

Stück für Stück wich das taube Gefühl. Das Erste, was ich bewusst wahrnahm, war das rhythmische Schaukeln. Weiche Decken umhüllten mich, und ein gedämpftes Klappern erfüllte die Luft. Hufschläge.

Mit einem Kraftaufwand, der sich wie das Besteigen eines Berges anfühlte, öffnete ich die Augen. Sofort bereute ich es. Das Licht war grell und unerträglich. Ein stechender Schmerz schoss durch meinen Kopf. Ich presste die Augen zu Schlitzen zusammen und zwang mich dennoch, meinen Kopf leicht zu heben und mich umzusehen. Irgendwie wurde es hier zur Regelmäßigkeit, dass ich ohnmächtig wurde.

Die Reiter neben der Karre erregten meine Aufmerksamkeit. Kirk und Fin flankierten mich. Einer auf jeder Seite. Hinter mir ritten Knocks und Devon, ihre Augen wachsam. Vorne lenkte Darina die Kutsche. Byron bildete mit seinem gewaltigen Pferd die Vorhut.

Die Formation war kein Zufall. Sie hatten mich in die Mitte genommen, mich geschützt, wie den wertvollsten Teil ihres Trosses. Dieses Bewusstsein war seltsam tröstlich. Ein Funken Wärme durchzog mich, wie ein kleiner Lichtschein in einer dunklen Nacht.

Doch dieser Moment war nur von kurzer Dauer.

Die Bilder kehrten zurück. Die Shadralis, ihre leblosen Augen, ihre toten Körper. Blut. Ihre Gesichter. Das Wissen, dass ich dafür verantwortlich war.

Ein eiserner Knoten formte sich in meinem Magen. Übelkeit stieg in mir auf, unausweichlich wie eine Welle, die auf das Ufer zurollte.

»Darina, halt das Pferd an!« Meine eigene Stimme überraschte mich. Sie war lauter als erwartet. »Sonst kotz ich auf die Vorräte!«

Darinas Fluchen war nicht zu überhören. Mit einem heftigen Ruck hielt die Karre an. Mühsam kämpfte ich mich aus den Decken und kletterte heraus. Meine Beine waren weich wie Pudding, und ich musste mich erst an der Kante der Karre festhalten, um nicht zu stürzen. Schließlich stolperte ich in den Wald, weg von den Blicken der anderen.

Kaum außer Sichtweite, übergab ich mich. Mit jedem Würgen schien nicht nur der Inhalt meines Magens, sondern auch die Schuld, die Verzweiflung und die erdrückende Last der letzten Stunden aus mir zu weichen. Je länger es dauerte, desto klarer wurde mir, dass dieser Druck nicht einfach verschwinden würde. Er blieb, schwer und unerbittlich, tief in meiner Brust.

Als die Übelkeit endlich abebbte, lehnte ich mich keuchend gegen einen Baumstamm. Die raue Struktur der Rinde grub sich in meine Haut, unverkennbar echt und beständig. Ein fester Halt in einer Welt, die sich nur noch surreal für mich anfühlte. Meine Kehle brannte, und ich konnte das Salz meiner eigenen Tränen schmecken.

Ich habe getötet.

Hinter mir vernahm ich gedämpft die Unterhaltungen der anderen. Sie waren da, doch ich konnte noch nicht zu ihnen zurückkehren. Nicht jetzt.

Ich schloss die Augen, ließ die Kühle des Waldes auf mich wirken und konzentrierte mich darauf, meinen Atem zu beruhigen. Die Schuld und die Erinnerungen würden bleiben – das wusste ich. Aber ich war noch hier. Irgendwie würde es weitergehen.

Ich setzte meine Beine wieder in Bewegung, trat aus dem Wald und sah die Gruppe vor mir. Sie waren von ihren Pferden abgestiegen und standen in einer lockeren Runde zusammen. Ihre Gespräche verstummten sofort, als sie mich bemerkten, und ihre Aufmerksamkeit wandte sich mir zu – voller Sorge, aber auch mit einer geduldigen Erwartung.

Für einen Augenblick blieb ich stehen und musterte sie eindringlich. Niemand schien verletzt zu sein. Der Kampf, der mich innerlich schwer gezeichnet hatte, hatte an ihnen keine sichtbaren Spuren hinterlassen. Eine Welle der Erleichterung durchflutete mich, und der Druck auf meiner Brust löste sich.

Doch fast sofort merkte ich, wie sich eine warme Röte in mein Gesicht schlich. Ich kratzte mich verlegen am Hinterkopf und murmelte: »Sorry, es ging nicht anders.«

Darina war die Erste, die reagierte. Ohne ein Wort zu sagen, trat sie auf mich zu und zog mich in eine feste Umarmung. Sie war nicht zurückhaltend oder vorsichtig. Ihre Arme boten Halt und Trost. Ein stiller Versuch, meine inneren Brüche zusammenzuhalten. Ihre

Nähe war beruhigend, und ihre Worte noch mehr: »Es ist okay, Rebecca. Wir verstehen das. Wir haben alle bereits ein erstes Mal in so einer Situation gesteckt. Jeder verarbeitet es anders.«

Ihre Stimme war warm und aufrichtig und ich spürte, dass sie es ernst meinte. Ihre Arme schlossen sich noch fester um mich, wie ein stilles Versprechen. Es war, als würde etwas in mir kurz zur Ruhe kommen, als würde der Druck auf meine erschöpften Gedanken für einen Atemzug nachlassen.

Ich ließ mich in diese Geste der Nähe sinken, sog die tröstliche Wärme in mich auf und nickte stumm. Nach einer Weile löste sie sich von mir, hielt mich jedoch eine Armlänge auf Abstand, damit sie mir direkt in die Augen sehen konnte. Ihr Gesicht war ernst, aber nicht kalt. Sie sprach langsam, als wolle sie sicherstellen, dass jedes ihrer Worte bei mir ankam.

»Wir sind fast bei Portera. Wenn du zurück nach Hause willst, wäre jetzt der beste Zeitpunkt, uns zu sagen, wo wir dich hinbringen sollen.«

Ich runzelte die Stirn, weil ich es erst nicht begreifen konnte. »Ihr bringt mich zurück?«, erkundigte ich mich verwirrt. »Ich… ich dachte, ihr würdet mich nicht zum Portal bringen. Ich habe das Gespräch im Bad gehört.«

Mein Blick wanderte zu Byron, der während unseres Gesprächs nähergekommen war und jetzt neben Darina stand.

Seine Augenbrauen zogen sich kurz zusammen, bevor ein Ausdruck des Verstehens über sein Gesicht huschte.

»Ah, deswegen also der Aufruhr vor dem Angriff«, murmelte er mehr zu sich selbst. Er sah mich an. »Wenn du die ganze Unterhaltung gehört hast, dann auch den Teil, in dem ich gesagt habe, dass wir bei unserem Plan bleiben.«

Ich zögerte. Die Erinnerung daran war verschwommen, wie durch eine neblige Scheibe betrachtet.

»Und der Plan war nicht, mich zu eurem Stützpunkt zu bringen?«, wollte ich unsicher wissen, suchte in seinen Augen nach der Wahrheit.

Byron schüttelte den Kopf, langsam, aber mit Nachdruck. »Nein«, sagte er mit fester Stimme. »Der Plan war immer, dich in Sicherheit zu bringen.«

Ein Kloß bildete sich in meiner Kehle, und ich merkte, wie die Spannung, die ich die ganze Zeit mit mir herumgeschleppt hatte, nachließ.

»Oh Mann«, entfuhr es mir. »Das tut mir wirklich leid. Vor allem, wie ich euch angeschnauzt habe ...«

Byron lächelte leicht. Es war ein seltenes, fast scheues Lächeln, das seine ernsten Züge weicher machte. »Wir haben schon Schlimmeres gehört, keine Sorge.«

Darina lachte leise, und selbst die anderen – Kirk, Fin und Knocks – ließen ihre Mienen etwas lockerer werden. Devon nickte mir sogar aufmunternd zu, als wollte er sagen: Es ist wirklich in Ordnung.

Knocks, der inzwischen zu uns getreten war, klopfte mir mit einem breiten Grinsen auf die Schulter – allerdings so fest, dass ich leicht ins Schwanken geriet.

»Kein Problem, Mäuschen«, sagte er lässig, mit diesem typisch übertriebenen Selbstbewusstsein, das ihn ausmachte. »Also, wohin geht's jetzt?«

Ich stieß einen Seufzer aus und löste mich endgültig von Darina. Mit einer Mischung aus Stolz und Zweckmäßigkeit krempelte ich meinen Jackenärmel hoch, um die selbstgemalte Karte auf meinem Arm zu zeigen. Die Tinte war an einigen Stellen verschmiert, vor allem entlang der Linien, wo Schweiß und Reibung ihre Spuren hinterlassen hatten. Aber die wichtigsten Markierungen und Punkte waren noch lesbar – jedenfalls für mich.

Die anderen drängten sich um mich, ihre Blicke neugierig auf mein improvisiertes Kunstwerk gerichtet. Kirk, der neben mir stand, zog die Augenbrauen hoch und schnaubte laut. »Oh Mann, mit Talent bist du ja echt nicht gesegnet. Zumindest nicht fürs Zeichnen. Oder fürs Kämpfen«, fügte er mit einem frechen Grinsen hinzu, das nur er so perfekt hinbekam.

Ich schnappte entrüstet nach Luft, funkelte ihn an und stemmte die andere Hand in die Hüften. »Hey! Mal du doch mit einer Hand auf deinen eigenen weichen Arm! Außerdem war das unter absoluten Stressbedingungen!« Ich streckte ihm die Zunge heraus, wobei ich mir selbst ein Grinsen nicht verkneifen konnte.

Kirk lachte laut, offenbar zufrieden mit meiner Reaktion. Demonstrativ legte er die Hand auf seinen Oberarm und spannte seine Muskeln übertrieben an.

»Hier ist gar nichts weich!«, prahlte er und flexte dabei, was die anderen – selbst Devon – erneut zum Lachen brachte.

Ich verdrehte die Augen, diesmal theatralisch, und seufzte genervt. »Ja, ja, Muskelprotz. Können wir uns jetzt wieder darauf konzentrieren, dass wir in einen Wald voller Shadralis und anderer gefährlicher Sachen unterwegs sind?«

Darina stellte sich wieder an meine Seite, eindeutig nachdenklich.

»Also, Rebecca«, begann sie leise, aber mit Nachdruck, »wohin führt uns diese Karte? Und bist du dir sicher, dass es der richtige Weg ist?«

Ich nickte, meine Augen auf meinen Arm gerichtet, während mein Finger eine grob gezeichnete Linie entlangfuhr, die zu einem Kreis führte, den ich markiert hatte.

»Hier entlang«, sagte ich, mit einer Stimme, die Sicherheit ausstrahlte, obwohl ich mich innerlich nicht so fühlte. »Es sollte uns direkt zur Lichtung bringen, wo ich ursprünglich in diese Welt gekommen bin. Wenn das Portal noch offen ist, dann... dann kann ich von dort aus nach Hause.«

Die Gruppe schaute stumm auf die Karte, und die Stille wog schwerer als die zuvor geäußerten Worte. Ich sah die unausgesprochenen Gedanken in ihren Blicken, die Mischung aus Glauben und Unsicherheit.

Devon trat schließlich vor und griff nach meinem Arm. Wahrscheinlich, um ihn höherzuhalten, damit er die verschmierte Karte besser lesen konnte. Seine

Finger umfassten mein Handgelenk – ein beruhigender Kontrast zu der Spannung, die sich in der Luft aufgebaut hatte. Die Berührung löste etwas Unerwartetes in mir aus. Sein Daumen strich beiläufig über die empfindliche Stelle an meinem Handgelenk, und ein warmes Kribbeln breitete sich über meinen Arm aus. Mein Herz schlug schneller, und meine Gedanken zerstreuten sich, bevor ich sie wieder unter Kontrolle bringen konnte. Ich biss mir auf die Unterlippe und räusperte mich verlegen.

Wieso reagiere ich nur so auf ihn?

»Okay, ich weiß ungefähr, wo das sein könnte«, meldete sich Fin, wie immer konzentriert. Diese nüchterne Feststellung war genau das, was ich brauchte, um mich zu sammeln. Erleichtert entzog ich Devon meinen Arm, meine Finger strichen unbewusst über die Stelle, die er gerade noch berührt hatte, um das Kribbeln zu vertreiben.

Byron, der bisher still geblieben war, übernahm das Kommando. »Alles klar, dann los!«, rief er. Seine Augen funkelten entschlossen, und sein Gesichtsausdruck machte deutlich, dass es keine Zeit zum Zögern gab. »Ich will vor Einbruch der Nacht in Portera sein. Auf noch eine Begegnung mit den Shadralis kann ich verzichten.«

Seine Ansage verlieh der Gruppe eine neue Dynamik. Darina nickte ihm zu und schwang sich geschickt auf ihr Pferd, und Knocks begann kurz darauf, die Vorräte zu überprüfen. Kirk half Fin dabei, die Pferde zu beruhigen, die laut schnaubten und mit den Hufen

scharrten. Selbst Devon trat einen Schritt zurück und beobachtete die Umgebung mit einer Wachsamkeit, die mir zeigte, dass die Leichtigkeit von vorhin jetzt einer konzentrierten Ernsthaftigkeit gewichen war.

Während die anderen sich in Bewegung setzten, blieb ich einen Moment länger stehen. Mein Blick wanderte von der verschmierten Karte auf meinem Arm hinauf in den Wald vor uns. Die Bäume standen dicht beieinander. Ihre knorrigen Äste griffen wie Finger ineinander, und das fahle Licht, das durch die Baumkronen fiel, ließ die Szenerie noch unwirklicher erscheinen. Der Weg war klar, zumindest laut der Karte. Aber die Unsicherheit darüber, was uns erwarten würde, ließ mich frösteln.

Ich atmete tief ein, zog die Ärmel wieder herunter und meine Jacke enger um mich, in der stillen Hoffnung, die Nervosität loszuwerden. Eine Mischung aus Entschlossenheit und Unruhe ergriff mich, bevor ich mich zu den anderen gesellte. Die Lichtung und das Portal lagen irgendwo dort draußen, und obwohl ich wusste, dass der Weg zurück nach Hause alles andere als einfach werden würde, fühlte ich mich bereit, es wenigstens zu versuchen.

Wir ritten nicht mehr weit, bevor Byron die Gruppe abrupt zum Anhalten brachte. Der schmale Pfad vor uns löste ein Flattern in meiner Brust aus. Ich erkannte

ihn. Erinnerungen an meinen Weg mit Ted stiegen in mir auf, lebendig wie ein Echo aus der Vergangenheit. Mein Atem beschleunigte sich unwillkürlich, und ich musste mich zwingen, ruhig zu bleiben.

Ich sprang hinter Darina vom Pferd und war insgeheim glücklich, dass ich diesmal nicht wie ein nasser Sack landete. Es war eine Kleinigkeit, aber in diesem Moment fühlte es sich wie ein Erfolg an.

Aufmerksam ließ ich meinen Blick über den Boden gleiten, und da waren sie: die kleinen Steine mit den eingeritzten Markierungen, die mir damals wie eine merkwürdige Orientierungshilfe erschienen waren.

Ich kniete mich hin und sah einen besonders auffälligen Stein an, der mir vertraut vorkam. Als ich die Linien mit den Fingern nachfuhr, keimte Hoffnung in mir auf. Wir waren auf dem richtigen Weg.

»Wir müssen von hier aus in den Wald hinein«, sagte ich und richtete mich wieder auf. Ich zeigte auf eine Stelle, wo der Pfad in den dichten Wald führte.

Byron folgte meinem Blick. Seine Augen verengten sich, und sein Gesicht zeigte Unbehagen. Er schien die Umgebung sorgfältig unter die Lupe zu nehmen.

Knocks, der mit seinem gewohnt unbekümmerten Elan von seinem Pferd abgestiegen war, tätschelte den Hals seines Tieres, bevor er sich uns zuwandte.

»Ich kenne die Gegend hier ziemlich gut«, erklärte er fast beiläufig. Ein Hauch von Stolz war herauszuhören. »Vor dem Krieg hat hier ein Steinriese gelebt. Er hat den Wald durchstreift und die Wege beschützt. Aber der ist schon lange verschwunden.«

»Du meinst genauso verschwunden wie die Kobolde?«, fragte ich sarkastisch und starrte ihm provokant entgegen.

Knocks grinste breit, zuckte die Schultern und erwiderte in seinem typischen Ton: »Kobolde, Steinriesen, wer weiß? Vielleicht ist hier ja noch was ganz anderes unterwegs.«

Bevor ich reagieren konnte, unterbrach Byron das Geplänkel.

»Rebecca hat recht.«, meinte er mit einem Hauch von Besorgnis, den er nicht ganz verbergen konnte. »Wir müssen vorsichtig sein. Dieser Wald…«

Er musterte diesen, als versuche er, die Schatten in deren Tiefe zu lesen. »… ich weiß nicht, inwieweit sich hier alles verändert hat. Es liegt eigenartige Magie in der Luft, und ich nehme stark an, nicht alles davon ist uns freundlich gesinnt.«

Mit einem geschmeidigen Schwung stieg er von seinem Pferd ab, befestigte die Zügel an einem Baum und nickte den anderen zu, damit sie es ihm gleichtaten.

»Wir laufen geschlossen«, ordnete Byron an. Er sah kurz zu mir. »Rebecca kommt in die Mitte. Sicher ist sicher.«

Ich schluckte hart. Seine Worte klangen rational, aber sie fühlten sich an wie eine Erinnerung daran, dass ich das schwächste Glied in der Kette war. Bevor ich etwas entgegnen konnte, hörte ich Kirks tiefe Stimme hinter mir.

»Seit gestern bin ich mir nicht mehr sicher, ob sie das nötig hat.« Er sprach leise, eher beiläufig, trotzdem traf

meine ohnehin gereizten Nerven. Die Bilder der Shadralis brachen wie eine Flutwelle über mich herein - toten Augen, verzerrte Gesichter, die ich ausgelöscht hatte. Mein Magen verkrampfte sich, und ich musste mich zwingen, tief durchzuatmen, um nicht erneut die Kontrolle über ihn zu verlieren.

Darina trat näher und legte eine Hand auf meine Schulter. Ihr Griff war fest, und ihre Augen blickten mich mit einer Mischung aus Ernst und Wärme an.

»Hey«, flüsterte sie, nur für mich hörbar. »Wir alle haben Dinge gesehen, die wir uns wünschen, vergessen zu können. Aber du bist hier. Du stehst noch. Das zählt.«

Ich nickte schwach, immer noch unfähig, die richtige Erwiderung zu finden. Die sanfte Entschlossenheit in ihrem Blick reichte allerdings aus, um mich zu erden.

Byron, der uns aufmerksam beobachtet hatte, räusperte sich und unterbrach damit das Schweigen, dass zwischen uns hing. »Okay«, sagte er mit der klaren Autorität, die ihn auszeichnete. »Wir gehen los. Alle wachsam bleiben.« Dann zog er fließend sein Schwert.

Mit mechanischer Präzision überprüften sie ihre Waffen, bevor sie sich in einer Formation aufstellten, die mich in der Mitte hielt. Die Gruppe setzte sich achtsam in Gang, ihre Schritte leise und vorsichtig. Ich folgte ihnen. Jeder Schritt wurde zur Anstrengung, ließ es mir jedoch nicht anmerken. Der schmale Pfad vor uns wurde von dichten Bäumen flankiert, und die Schatten verdichteten sich um uns, als würde der Wald selbst unsere Schritte verfolgen. Jeder knackende Ast,

jedes Rascheln ließ mich zusammenzucken. Ich zwang mich, nach vorn zu blicken und meine Gedanken auf die Lichtung und das Portal zu richten. Es wartete irgendwo da draußen – es musste einfach so sein.

Wo zuvor der Pfad von spärlichem Licht erleuchtet war, lagen jetzt tiefe Schatten. Die Geräusche des Waldes – das Zwitschern der Vögel, das entfernte Rascheln von Blättern – verklangen.

Nach einer Weile blitzte etwas Helles zwischen den Bäumen auf. Ein schwacher Lichtreflex, kaum vorhanden, aber gerade stark genug, um meine Aufmerksamkeit zu erregen.

»Da vorne«, flüsterte ich. »Ich glaube, das ist es.«

Die Gruppe erstarrte, wie von einer unsichtbaren Schwelle aufgehalten. Die Anspannung war greifbar, und meine Sinne waren überreizt. Ich rechnete jede Sekunde damit, eine gespenstische Melodie oder einen beängstigenden Laut zu hören, aber alles blieb still. Der Wald schien uns lediglich geduldig zu beobachten.

Nach einem Marsch, der sich wie eine Ewigkeit anfühlte, erreichten wir die Lichtung. Sie tauchte aus dem dichten Wald auf, als hätte sie nur auf uns gewartet. Mein Herz machte einen Sprung, und ein unerwarteter Anflug von Freude durchflutete mich.

»Wir sind auf dem richtigen Weg!«, rief ich. Die Erleichterung, endlich etwas Vertrautes zu sehen, belebte meine müden Glieder. Ich klatschte in die Hände, obwohl der pochende Schmerz der Anstrengung dabei nicht zu ignorieren war.

Die Lichtung war genauso, wie ich sie in Erinnerung hatte. Die Bäume standen in einem weiten Kreis, die Mitte war frei und von weichem, grünem Gras und umgefallenen Bäumen bedeckt. Etwas fühlte sich dennoch anders an. Es war ein vages Gefühl, schwer zu fassen, aber es kratzte an meinem Unterbewusstsein.

Meine Augen wanderten suchend über die vertrauten Konturen des Ortes. Jedes Detail schien bedeutungsvoll. Jeder Schatten ein mögliches Geheimnis. Ich drehte mich konzentriert im Kreis, prüfte jeden Winkel, bis ich eine Richtung entdeckte, die mir ebenfalls bekannt vorkam. Mit einer Entschlossenheit, die ich nur halb fühlte, hob ich den Arm und deutete darauf.

»Wir müssen hier lang«, sagte ich fester, als ich es fühlte. Tief in mir nagte ein Zweifel: War dies wirklich der richtige Weg? Was, wenn ich einen Fehler machte?

Die anderen folgten meinem Blick, ihre Gesichter zeigten keinen Widerspruch. Ihr stilles Vertrauen gab mir Kraft. Mit einem stummen Nicken setzte ich mich wieder in Bewegung, und die Gruppe folgte mir wie eine Einheit.

Der Boden unter uns gewann allmählich an Steigung, ohne dass wir es sofort bemerkten. Der weiche Waldboden wich immer mehr dunklen Steinen, und die Vegetation wurde dichter, die Schatten tiefer.

Die Spannung in mir wuchs, bis ich schließlich stehen blieb und suchend den Kopf drehte. »Hier müsste es irgendwo sein«, stellte ich fest, ohne wirklich davon auszugehen, dass es jemand hörte.

»Bist du dir sicher?«, fragte Devon. Sein Blick wanderte durch die Bäume, als suche er nach einer Bestätigung, die ich ihm nicht geben konnte.

Ich nickte langsam. »Ja... soweit ich es beurteilen kann.« Selbst in meinen Gedanken klang das Wort *beurteilen* unsicher. Was, wenn ich falsch lag? Was, wenn wir hier draußen waren, weil ich einen entscheidenden Hinweis nicht richtig gedeutet hatte?

Knocks' unterbrach meine inneren Zweifel. »Das ist interessant«, er fixierte eine Stelle tiefer im Wald, wo die Bäume dichter zusammenstanden. Ohne Zögern zeigte er darauf. »Nur ein paar Meter weiter, und wir kommen zum Zuhause des Riesen Oyidin.«

Ich folgte seiner Geste und suchte angestrengt nach etwas, das die anderen nicht bemerkten. Aber vor uns erstreckte sich nichts als endlose Baumreihen – ein dunkler, undurchdringlicher Wall aus Stämmen und Blättern, der wie eine lebendige Barriere wirkte. Die Schatten lagen schwer über dem Unterholz, und der Forst selbst schien ein stummer Wächter zu sein, der seine Geheimnisse eifersüchtig bewahrte.

»Der Riese?«, fragte ich schließlich.

Knocks nickte nachdenklich, und in seinen Augen lag ein Funken von Neugier, gepaart mit einer Spur Humor. »Das Zuhause des Riesen Oyidin«, wiederholte er, die Worte selbst ein einziges Rätsel.

»Und inwiefern soll uns das hier weiterhelfen?«, schnauzte ihn Devon an. Seine Miene spiegelte Ungeduld wider, die Spannung der letzten Stunden schien ihm schwer auf den Schultern zu lasten. »Was sollen

wir mit einem alten, verschwundenen Riesen anfangen?«

Knocks zuckte nur entspannt mit den Schultern, als wäre es das Selbstverständlichste der Welt.

»Na ja, nehmen wir mal an – rein hypothetisch – der Riese ist wie die Kobolde wieder da. Dann wird er am ehesten wissen, ob und wo es in seinem Vorgarten Portale in eine andere Welt gibt.«

Ich hielt inne und überlegte. Das hörte sich tatsächlich logisch an. Wer, wenn nicht ein Wesen, das hier lebte, könnte etwas über Portale wissen? Doch dann spürte ich Darinas Blick auf mir.

»Du willst jetzt tatsächlich zu einem Steinriesen gehen?«, warf sie ungehalten ein. »Wenn wir ihn treffen sollten, was dann? Darauf hoffen, dass er uns nicht einfach zermatscht? Wir wissen doch gar nicht, ob er überhaupt Besuch mag.«

Das letzte Wort betonte sie dabei stark.

Ich hatte keine Antwort darauf. Darinas Bedenken waren nicht unbegründet. Der Gedanke, sich einem riesigen Steinwesen zu nähern, das in alten Legenden als bedrohlich beschrieben wird, war keineswegs beruhigend.

Knocks rieb sich nachdenklich über seinen Dreitagebart.

»Also, Oyidin ist ziemlich nett. Zumindest in meiner Erinnerung«, stellte Knocks klar. »Ziemlich einsam, aber nett.«

In seiner Erinnerung? Er tat gerade so, als hätte er den Riesen persönlich getroffen. Das ergab keinen

Sinn, wenn der Riese seit Jahrhunderten verschwunden sein sollte. Ein steinerner Koloss, der nur noch in den Erzählungen der Alten lebte – wie konnte Knocks davon sprechen, als wäre es ein alter Bekannter?

»Ich bin dafür, dass wir es versuchen«, meinte Fin nachdenklich. Seine Worte hallten durch die Gruppe. »Es könnte unsere einzige Möglichkeit auf einen weiteren Hinweis sein.«

Devon fluchte leise, nickte dann jedoch ergeben. »Meinetwegen.«

Byron, der bisher geschwiegen hatte, trat vor und schaute mich an. »Ich glaube, es ist die einzige Möglichkeit für dich, dein Portal zu finden. Wenn wir damit scheitern sollten, geht unsere Reise weiter nach Pyrolis. Also, was meinst du?«

Ich überlegte. Byron hatte recht. Ich hatte keine Ahnung, wie wir das Portal ab hier ausfindig machen könnten. Ohne irgendeinen Hinweis suchten wir blind in einem endlosen Wald. Doch die Vorstellung, die anderen weiterhin in Gefahr zu bringen, schnürte mir die Kehle zu. Ich schloss die Augen, holte tief Luft und sprach mit so viel Entschlossenheit, wie ich aufbringen konnte: »Knocks, du zeigst mir, wo ich langgehen muss, und dann trennen sich unsere Wege.«

»Auf gar keinen Fall!«, mischte Devon sich augenblicklich wütend ein. Er sprach laut, und sein Gesicht rötete sich geradezu vor Zorn.

Wieso genau muss er dabei so sexy aussehen?, schoss es mir unwillkürlich durch den Kopf.

390

Darina schüttelte ebenfalls entschieden den Kopf. Ihre Augen funkelten mit einer Intensität, die keinen Widerspruch duldete. »Wir kommen mit dir«, sagte sie, und die anderen nickten zustimmend. Sogar Kirk, der sich sonst lieber im Hintergrund hielt, sah mich sicher an.

Ich schaute von einem Gesicht zum nächsten. Etwas in ihrem Blick ließ keinen Zweifel zu – und es berührte mich mehr, als mir lieb war. Sie hatten ihre Entscheidung getroffen, und nichts, was ich sagte, würde sie davon abbringen.

»Ich werde nicht zulassen, dass ich euch weiter in Gefahr bringe«, sprach ich mit leiser, aber unnachgiebiger Kraft, jedes Wort ein stilles Versprechen. Es fühlte sich an wie die einzige Entschuldigung, die ich ihnen geben konnte.

Knocks lachte laut auf, ein heiseres Geräusch. »Mäuschen, das ist aber nicht deine Entscheidung! Wir ziehen das jetzt gemeinsam durch.«

Byron ging an mir vorbei und setzte mit festen Schritten in die Richtung, die Knocks angedeutet hatte, den Weg fort. »Das sehen wir alle so. Also los, verschwenden wir nicht unnötig Tageslicht. Besuchen wir den Riesen.«

Die Gruppe hatte sich erneut um mich herum formiert, wie ein schützender Ring. Es war gut zu wissen, dass ich in ihrer Mitte war – so sicher, wie man es in einem Wald sein konnte, der von Legenden, alten Mythen und magischen Wesen nur so wimmelte.

KAPITEL 19
Der Hügel

Der Weg vor uns wurde steiler und der Boden unter meinen Füßen zunehmend fester. Die Bäume schlossen sich wie eine Kathedrale über uns zusammen, ihre ineinandergreifenden Äste bildeten eine dunkle Kuppel, die nur spärlich Licht hindurchließ.

Knocks übernahm die Führung, holte Byron ein und steuerte zielsicher in die richtige Richtung. Er schien genau zu wissen, wohin er ging, auch wenn er uns nicht viel darüber verriet.

Seine Bestimmtheit war ansteckend. Obwohl die Zweifel in meinem Kopf nicht verstummten, war ich erleichtert, dass ich den Weg nicht allein gehen musste.

Mal ehrlich: Wer würde nicht lieber in einer Gruppe nach einem Riesen suchen als ganz allein? Aber es war nicht nur die Sicherheit in Zahlen. Es war auch die Faszination, die in mir brodelte.

Ein Riese. Ein Wesen, das in Geschichten lebte und vielleicht real sein könnte. Was, wenn wir ihn tatsächlich fänden?

Der Weg wurde beschwerlicher. Die dichten Bäume, die uns zuvor Schutz und Schatten gespendet hatten,

wurden lichter, und das Moos unter unseren Füßen wich einem Boden, der von kantigen Steinen übersät war. Jeder Schritt fühlte sich an wie ein Kampf gegen eine unsichtbare Kraft. Der Boden war rutschig und nachgiebig, eine ständige Herausforderung. Doch wir kämpften uns weiter voran.

Wir traten hinaus auf eine offene Fläche. Die Lichtung erstreckte sich vor uns, und ich hielt unwillkürlich den Atem an. Der Übergang war abrupt, fast unnatürlich. Der steile, steinige Pfad, den wir mühsam erklommen hatten, führte uns auf eine flache, weitläufige Ebene. Das Gras, das hier wuchs, war dunkel, beinahe schwarz, und hob sich vom restlichen Grün des Waldes ab.

Etwa hundert Meter vor uns, in der Mitte der Lichtung, ragten zwei uralte Bäume empor. Ihre silbernen Stämme schimmerten im fahlen Licht, und ihre knorrigen Äste wirkten wie Finger, die nach etwas Unsichtbarem griffen. Ich betrachtete sie genauer. Sie waren grotesk und seltsam geformt, beinahe menschlich in ihrer Haltung.

Knocks steuerte direkt auf sie zu, sein Fokus auf die Bäume gerichtet. »Na, da ist er doch.«

Ich kniff die Augen zusammen und betrachtete sie ebenfalls eingehender. Sie waren ungleichmäßig: Der eine war dürr, seine kleinen, kahlen Äste ragten in alle Richtungen. Der andere war massiver, sein Stamm breit und von Rissen überzogen. Auch er war gezeichnet. Seine einst starken Äste waren nur noch abgebrochene Stümpfe, die gen Himmel ragten. Er stand so

schief, als könnte er jeden Moment unter seinem eigenen Gewicht zusammenbrechen, vom Leben gebeugt und gebrochen.

Die beiden Bäume wuchsen auf einem seltsamen Hügel, der von kleinen, scharfen Steinen durchsetzt war, die wie zerbrochene Scherben in alle Richtungen wiesen.

»Was ist das hier?«, murmelte ich leise. Die Stille auf der Lichtung war unwirklich, und meine Worte klangen unnatürlich laut in meinen eigenen Ohren.

»Das Zuhause des Riesen«, antwortete Knocks, ohne den Blick von den Bäumen abzuwenden. Seine Stimme barg eine selbstverständliche Sicherheit, als wäre dies eine unumstößliche Tatsache. Doch was für ihn klar schien, war für uns alle ein Rätsel.

»Siehst du etwas, das wir nicht sehen?«, fragte Byron mit nüchternem Ton, aber in seinen Worten lag ein Hauch von Vorsicht. Knocks zuckte nur leicht mit den Schultern, bevor er sich in Gang setzte. Mit jedem Schritt wurde er sicherer, getragen von der Gewissheit seines Handelns.

Kurz vor den Bäumen blieb er stehen, drehte sich zu uns um und hob eine Hand, als wollte er uns Einhalt gebieten. »Bleibt besser hier«, sagte er, während sein Blick über den Hügel glitt. »Wenn er das ist, weiß ich nicht, wie er liegt.«

»Wie er liegt?« Das klang merkwürdig. Ich wollte weiterfragen, aber Knocks hatte sich bereits wieder umgedreht und setzte seinen Weg unbeirrt fort. Er bewegte sich ruhig und zielstrebig, wie jemand, der diese

Situation schon dutzende Male durchlebt hatte und den nichts mehr überraschen konnte.

Uns hingegen war nichts daran vertraut. Wir blieben zurück und starrten ihm nach. Unsere Verwirrung unausgesprochen, aber offensichtlich. Selbst Byron, der sonst keine Miene verzog, wirkte unsicher. Der Wald um uns schien in dieser Stille fast den Atem anzuhalten.

Knocks blieb schließlich vor dem Hügel stehen. Er hob den Kopf, ließ seinen Blick kurz zum Himmel wandern und sah dann zu uns zurück und kratzte sich kurz den Nacken – beinahe wirkte es, als würde er sich schämen.

Und dann... begann er zu hüpfen. Es war kein gezieltes, rhythmisches Hüpfen, sondern ein wildes Umherstampfen, das mehr einem bizarren Tanz glich als einer koordinierten Bewegung. Er sprang in die Luft, seine Arme ruderten wild umher, und er drehte sich immer wieder im Kreis um den Hügel.

Wir starrten ihn an, vollkommen perplex.

Die Szene war so absurd, dass mir ein unwillkürliches Lachen entfuhr. Ich versuchte, es zu unterdrücken, aber Kirk, der hinter mir stand, brach ebenfalls in schallendes Gelächter aus. Es war ansteckend, und bald konnte ich nicht mehr an mich halten. Nach und nach stimmten die anderen ein. Die Spannung der letzten Stunden fiel von uns ab, und wir lachten; lachten so sehr, dass uns die Tränen kamen.

Knocks, der inzwischen zum neunten Mal um den Hügel hüpfte – ja, ich hatte mitgezählt –, blieb jetzt stehen. Er atmete schwer, als hätte er einen

anstrengenden Lauf hinter sich gebracht, und sah uns mit einem übertriebenen Grinsen an.

»Na, wie war ich?«, fragte er mit einem Augenzwinkern.

»Großartig«, japste Kirk, während er sich noch immer den Bauch hielt. »Ich glaube, ich werde dich für den nächsten Tanzwettbewerb anmelden.«

Doch bevor wir uns wieder beruhigen konnten, passierte es. Zuerst war es kaum wahrnehmbar – ein leichtes Vibrieren unter unseren Füßen. Dann wurde es stärker. Der Boden bebte, erst sanft, dann so heftig, dass ich instinktiv auf die Knie fiel.

Mein Herz raste, und für einen Moment schien die Welt unter mir auseinanderzubrechen.

»Was ist das?!«, schrie Darina mit vor Panik weit aufgerissenen Augen. Ich sah zu ihr hinüber, wollte etwas sagen, aber die Worte blieben mir im Hals stecken. Das Zittern wurde zu einem gewaltigen Schütteln, und der Boden unter uns schien lebendig zu werden. Der Hügel, der so fest und unberührt vor uns gestanden hatte, begann zu reißen. Ein schmaler Spalt erschien an der Oberfläche. Er wuchs rasch, breitete sich wie ein Riss in einem alten Glas aus, unaufhaltsam, präzise, und er kam immer näher.

»Zurück!«, rief Byron uns zu. Ich versuchte, mich zu erheben, meine Beine zu bewegen, während der Boden unter mir wankte wie ein Schiff auf stürmischer See. Immer wieder rutschten meine Hände ab, und ich fiel erneut auf die Knie. Es fühlte sich an, als hätte die Erde

selbst beschlossen, sich aufzulehnen – gegen was auch immer … oder wen auch immer.

Ein tiefes, durchdringendes Stöhnen erhob sich, wie das Brüllen eines uralten Wesens. Es vibrierte durch die Luft, durch meine Knochen, ließ meinen Schädel pulsieren und meine Ohren schmerzen. Ich presste meine Hände darauf, doch das Geräusch drang nicht nur von außen zu uns, sondern aus der Erde selbst, wie ein Brüllen aus den Tiefen.

»Was war das?«, schrie Devon voller Wut, aber die Panik in seinen Augen war nicht zu übersehen. Er versuchte verzweifelt, einen Halt zu finden, während der Boden unter uns unaufhörlich bebte. Knocks hingegen… lachte. Es war kein fröhliches Lachen, sondern eines, das mehr an Wahnsinn erinnerte, an den Rand des Verstandes. Er hielt sich mit einer Hand an einem langen Dolch fest, den er in den Boden gerammt hatte.

»Na, der Riese!«, rief er, als wäre das die einzige logische Erklärung.

Vor mir öffnete sich der Spalt weiter, klaffte wie eine Wunde, die nicht heilen wollte. Er war mittlerweile gut zwei Meter breit und faustgroße Steine schossen aus ihm hervor. Sie flogen mit einem unheimlichen Zischen in alle Richtungen, bewegt von einer unsichtbaren Kraft.

Ich warf meine Arme über den Kopf, ein reflexartiger Schutz, der unnütz gegen die Gefahr war. Die Steine prasselten wie Geschosse auf den Boden, ließen überall Staub aufwirbeln. Das Dröhnen in meinen Ohren war überwältigend, der Druck in meinem Kopf so

stark, dass ich befürchtete, er könnte jeden Augenblick zerspringen.

Dann, so wie es begonnen hatte, hörte der Steinregen auf. Für einen Moment herrschte eine unheimliche Stille.

»Was zur Hölle! Wieso hast du uns nicht vorgewarnt, Knocks?«, schrie Devon. Er überschlug sich fast vor Wut. Knocks drehte sich langsam zu ihm um, sein Gesicht war verschwitzt, aber seine Augen leuchteten, als hätte er etwas Erstaunliches gesehen.

»Was hätte das geändert?«, rief er mit einem Grinsen, das die Grenze zwischen Übermut und Wahnsinn nur noch undeutlicher machte.

Doch bevor jemand darauf reagieren konnte, rollte ein weiteres Beben durch die Erde – diesmal so heftig, dass ich den Eindruck hatte, sie würde tatsächlich auseinanderbrechen. Der Boden unter meinen Füßen schwankte, und ein ohrenbetäubendes Knirschen erfüllte die Luft. Der Spalt vor uns öffnete sich immer weiter, und dann geschah es: *Sie* erschien.

Eine gigantische Hand stieg aus der Dunkelheit empor. Sie war so gewaltig, dass sie jede Vorstellungskraft sprengte. Was ich sah, war unvorstellbar. Sie war unfassbar groß und sah wie etwas aus, das aus einem anderen Zeitalter stammte. Aus einer Zeit, in der Götter und Titanen über die Welt wandelten.

Ihre Oberfläche war rau und rissig, als wäre sie ein Teil der Erde selbst, geformt aus jahrtausendealtem Gestein, überzogen mit Moos und Schmutz. Zwischen den tiefen Rillen glitzerten Wassertropfen, die wie

Feuchtigkeit aus den Tiefen der Erde aussahen. Ihre Finger, dick und massiv wie uralte Säulen, reckten sich in die Höhe – es wirkte wie ein Versuch, den Himmel zu packen und herunterzureißen.

Ein ohrenbetäubendes Stöhnen folgte, tief und vibrierend. Die Hand begann, sich zu bewegen. Langsam, unerbittlich, zielgerichtet – direkt auf mich zu.

»Rebecca!« Devon war voller Panik, laut genug, um durch den Lärm zu dringen, aber ich konnte nicht reagieren. Meine Beine fühlten sich an, als wären sie im Boden verwurzelt. Mein Körper zitterte unter der Wucht der Situation. Alles um mich herum verschwamm – der Horizont, der Himmel, die Bäume. Das Einzige, was in meinem Blickfeld blieb, war diese riesige Hand.

Ich schrie, ein verzweifelter, panischer Laut, der aus den Tiefen meiner Seele kam. Selbst dieser verhallte in der Umgebung, verschluckt von der Dunkelheit und dem grollenden Dröhnen, das alle anderen Geräusche erstickte.

Ich wollte wegrennen, doch meine Beine gehorchten mir nicht.

Die Hand senkte sich weiter. Ihre dicken Finger streckten sich, und ihr Schatten überzog alles um mich herum. Für eine Sekunde verdunkelte sich die Welt, als hätte mich diese unfassbare Macht bereits verschlungen.

Mein Atem stockte, und ich schloss die Augen, bereit, das Unvermeidliche zu akzeptieren.

Das war's. Es ist vorbei.

Dann – erklang ein ohrenbetäubender Knall. Eine Druckwelle schoss aus der Richtung der Hand, so kraftvoll, dass ich das Gefühl hatte, von einer unsichtbaren Faust getroffen zu werden. Ich wurde hochgeschleudert, mein Körper flog wie eine Puppe durch die Luft, völlig hilflos. Der Aufprall war brutal. Ich landete hart, und ein stechender Schmerz jagte durch meinen Körper. Alles war ein Wirbel aus Staub, Erde und Lärm. Kurz wusste ich nicht einmal mehr, wo oben und unten war.

Keuchend und hustend lag ich da, die Hände in die Erde gepresst, um mich zu stabilisieren. Meine Lunge brannte, jeder Atemzug war eine Qual. Mein Kopf dröhnte wie ein geschlagener Gong, und es dauerte einige Sekunden, bis sich der Schleier vor meinen Augen lichtete.

Als ich aufblickte, sah ich sie – zwei riesige Finger, die wie steinerne Mauern neben mir emporragten. Sie reichten mir bis zur Brust. Sie waren so groß, dass sie mich fast vollständig abschirmten. Erst jetzt begriff ich, wo ich gelandet war: direkt zwischen diesen kolossalen Fingern. Es war ein Wunder, dass ich nicht zerquetscht worden war. Ein schier unglaublicher Zufall.

Noch mal Glück gehabt..., dachte ich benommen und tastete nach einem Halt. Mit zitternden Knien rappelte ich mich auf und schaute zu meinen Freunden. Über die massiven Finger hinweg konnte ich sie erkennen, erst kaum mehr als verschwommene Silhouetten im aufgewirbelten Staub. Ihre Blicke hingen an mir, und als der Staub sich legte, offenbarte sich in ihren

Gesichtern eine Mischung aus Schock, Erleichterung und fassungslosem Staunen.

Ich hob meine Hand und winkte zögernd.

»Ich lebe noch! Mir geht's gut!«, rief ich heiser. Trotzdem schien meine Botschaft anzukommen. Darina schlug sich geschockt die Hand vor den Mund.

Doch meine eigene Erleichterung währte nicht lange.

Mit einem weiteren tiefen Knirschen begann sich die Hand zu bewegen. Sie zog sich schwerfällig, wie eine uralte Maschine, die nach Jahrhunderten des Stillstands wieder in Gang gesetzt wurde, von mir weg. Der Boden unter mir vibrierte erneut, und ich spürte das dumpfe Zittern durch meine Füße. Die Finger, die mich gerade noch umgeben hatten, sanken schwer in den Boden, und mit einem gewaltigen Ruck brach der Arm der Hand weiter aus dem Boden hervor. Ein massiges Gebilde, dick wie ein uralter Baumstamm, das sich aus dem Erdreich erhob. Seine Oberfläche war zerklüftet, wie die steinernen Klippen einer Küste, die Jahrhunderte den Wellen getrotzt hatten. Erde rieselte von ihm herab wie Sand durch eine geborstene Sanduhr. Die Spuren der Zeit hatten sich tief in ihn eingegraben – zerklüftete Linien, überzogen von einem weichen Teppich aus Moos, als wäre dieser Arm ein Fragment einer längst vergessenen Epoche.

Dann kam die Schulter. Sie erhob sich aus dem Boden wie ein gewaltiger Hügel, breit und überwältigend, so riesig, dass sie die umliegende Landschaft dominierte. Der Boden erbebte unter ihrer schieren Masse, und die Bäume in der Nähe ächzten, als ihre Wurzeln

sich lösten. Mit jedem Zentimeter, den diese Kreatur sich erhob, schien die Welt schwerer zu atmen.

Und schließlich – der Kopf.

Er tauchte träge aus der Tiefe auf. Zuerst nur ein Kloß aus Felsen, dann eine gewaltige Form, die alles überragte. Der Hügel, den wir zuvor für ein natürliches Gebilde gehalten hatten, war sein Schädel. Die toten Bäume, die auf seiner Oberfläche wuchsen, waren keine Relikte, sondern ein Teil von ihm. Ihre knorrigen Äste ragten aus den Seiten seines Kopfes wie ein groteskes Geweih, und ihre Wurzeln zogen sich wie ein dichter, ungezähmter Bart um seinen massiven Hals. Dunkles, dichtes Gras bedeckte seinen Schädel wie ein haarähnliches Geflecht, das sich im Wind leicht bewegte. Aus den Rissen und Spalten seines steinernen Antlitzes krochen kleine Lebewesen – Käfer, Würmer, kleine Schlangen –, die scheinbar in seiner uralten Oberfläche Schutz gefunden hatten. Mein Körper war gefangen in unsichtbaren Fesseln, selbst das Blinzeln schien unmöglich.

Er war größer, als ich es mir jemals hätte vorstellen können.

Der Riese gähnte. Ein tiefes, donnerndes Geräusch, das wie das Brechen eines ganzen Gebirges klang, erfüllte die Luft. Sein Atem fegte wie ein Sturm über uns hinweg, so kraftvoll, dass ich mich ducken musste, um nicht umgerissen zu werden. Es war ein Sturm aus Wärme und Kälte zugleich, durchdrungen von einem modrigen, erdigen Geruch, der mir die Kehle zuschnürte.

Bedächtig öffneten sich seine Augen. Zwei gigantische Krater, tief und glühend, wie Lava, die in der Dunkelheit schimmerte. Sie waren voller Ruhe, aber nicht von der Art, die entspannend war. Es war eine uralte, unberührbare Ruhe, die mir zeigte, wie unbedeutend ich in seiner Wahrnehmung war.

Sein Blick war nicht bedrohlich. Er war gleichgültig. Er nahm uns scheinbar kaum wahr, wie Staubkörner, die zufällig in seiner Nähe schwebten.

Der Boden unter meinen Füßen vibrierte unaufhörlich, ein dumpfer, tiefer Puls, der sich durch meinen Körper zog. Ich wich zurück, stolperte über lose Steine und prallte mit dem Rücken gegen einen Felsen.

Panik stieg in mir auf. Der Gedanke, dieser sei vielleicht ein Teil dieses Wesens, durchzuckte mich. Doch der Stein blieb regungslos, und ich drückte mich dagegen, in dem Gefühl, er könnte mich vor dem Giganten schützen.

Der Riese richtete sich weiter auf, seine Bewegungen träge, getrieben von einer Schwerkraft aus einem anderen Universum. Jede seiner Gesten war ein Spektakel. Wurzeln und Steine brachen aus seinem Körper, rieselten zu Boden, als ließe die Erde ihn nur widerwillig gehen. Der Wald um ihn herum schwankte wie ein Schiff in rauer See, und ich hörte das Knacken von Bäumen, die unter der Last des bebenden Bodens fielen.

Schließlich saß er da, aufrecht und mächtig, wie eine uralte Statue, die lebendig geworden war. Seine gewaltige Brust hob und senkte sich. Jedes seiner Atemzüge

war ein tiefes, brummendes Grollen, das durch die Luft vibrierte.

»Ahhhh, der Schlaf hat guuuuutgetan!« Seine Stimme war ein Erdbeben aus Klang. Die Worte knallten über seine steinernen Lippen, zogen den Wind mit sich, und der Boden bebte erneut unter ihrem Klang. Ich presste die Hände auf meine Ohren, doch selbst so konnte ich die Lautstärke in meinem Körper spüren. Es war nicht nur ein Geräusch; es war eine Welle aus Macht, die alles durchdrang.

Sein gewaltiger Kiefer öffnete sich zu einem weiteren Gähnen, und dann spuckte er aus. Ein schleimiger Klumpen flog durch die Luft und landete mit einem widerlichen Platschen auf der Lichtung. Der Gestank war überwältigend – eine Mischung aus Verwesung und nassem Holz.

Knocks, der wie immer keine Gelegenheit ausließ, die Stimmung aufzulockern, rief trocken: »Sieht aus wie ein Skelett.«

Ich starrte ihn entsetzt an. War das wirklich der Moment für einen Witz? Doch Knocks hob nur die Schultern, ein Hauch von Resignation in seinen Augen.

Der Riese griff mit einer gewaltigen Hand in seinen Mund und zog etwas heraus – eine winzige, skelettierte Hand, die zwischen seinen Fingern wie ein Zahnstocher wirkte.

»Ooooh, der muss sich verlauuuuufen haben!«, brüllte er. Sein Gelächter glich einem donnernden Beben, das den Boden erschütterte und mein Herz fast zum Stillstand brachte.

Ich presste meine Hände fest auf meine Ohren, während der Klang durch die Luft rollte wie eine Flutwelle.

Dann verstummte Oyidin. Sein Blick fiel auf uns – zwei glühende Krater, die eine unsichtbare Last mit sich trugen. Er sah nicht nur; er durchdrang uns. In seinem Blick war die Zeit selbst gefangen. Vergangenheit, Gegenwart und Zukunft stürzten unter dem Gewicht seiner Augen ineinander.

Sein massiger Kopf neigte sich leicht, das Knacken seiner steinernen Bewegungen durchbrach die Stille wie ein ferner Donnerschlag.

»Wiiiiieeee schöööön! Besuuuuuucher!« Die Laute zogen sich in die Länge, ein tiefes, melodisches Dröhnen, das durch die Erde und die Luft vibrierte. Es war keine einfache Feststellung. Es war eine Mischung aus Amüsement, Neugier und einer überwältigenden Macht.

Meine Knie gaben nach, als hätte der Klang allein die Kraft, mich zu Boden zu zwingen. Mein Atem stockte, und in meinem Kopf pochte ein einziger, wiederkehrender Gedanke: *Wir sind ihm völlig ausgeliefert.*

Oyidin hob seine massive Hand. Die Linien auf ihrer Oberfläche, tief und unregelmäßig, wie Flüsse die sich durch die Landschaft seiner steinernen Haut zogen. Seine Hand kam auf uns zu, und er begann, mit Daumen und Zeigefinger in die Luft zu greifen. Er schien etwas zu prüfen oder zu messen. Sein Blick wanderte zwischen uns hin und her, bevor er an Knocks hängen blieb.

»Dich kenne ich doch! Kleiner Knochenjunge…« Seine Worte vibrierten, ein Brummen, das tief in meinem Brustkorb widerhallte. »Du bist gröööoßer geworden… für deine Aaaaaart.«

Knocks, der trotz der gewaltigen Präsenz Oyidins sein freches Grinsen nicht ablegen konnte, reckte den Kopf und streckte sich leicht, als wolle er die Herausforderung annehmen.

»Ja, Oyidin. Und du bist… uralt geblieben. Es tut gut, dich zu sehen.« Erwiderte er mutig, aber ich erkannte einen Hauch von Anspannung in seinen Augen.

Oyidin kratzte sich mit seiner riesigen Hand an der bemoosten Bartwurzel. Dabei rieselten kleine Brocken aus Moos und Stein zu Boden. Seine Aufmerksamkeit wanderte über Knocks hinweg. »Was führt dich zu mir, Knochenbrecher?«

Knocks nickte in meine Richtung, und mein Herz setzte kurz vor Schreck aus. »Sie ist der Grund. Rebecca kommt aus einer anderen Welt. Wir glauben, sie wurde durch ein Portal in deiner Nähe hergebracht.«

Der Riese hielt inne, und sein Blick folgte Knocks' Nicken. Sein Kopf drehte sich mit einem unangenehm lauten Knacken, und die Luft schien sich mit ihm zu bewegen. Lavaaugen trafen mich, und ich spürte, wie ein unsichtbarer Schatten meinen Körper durchdrang.

Er schien jede Facette meiner Existenz zu erfassen. Seine Augen – tief wie Krater, durchzogen von einem geheimnisvollen Glimmen. In ihnen lag keine Feindseligkeit, aber auch keine Wärme.

Mein Herz raste so heftig, dass ich dachte, es würde meinen Brustkorb sprengen. Instinktiv senkte ich das Gesicht, in dem Versuch, der Wucht seines unergründlichen Blicks zu entkommen. Doch Oyidin sprach nicht.

Stattdessen erhob er erneut seine gewaltige Hand, langsam und bedächtig, wie ein Berg, der sich in Bewegung setzte. Sie legte sich flach, mit dem Rücken nach unten, auf den Boden. Die Erde bebte unter ihrem Gewicht. Die Welt schien sich unter dem Druck zu verformen.

»Steig auuuuf, Rebecca«, dröhnte er. Es war keine Bitte. Es war ein Befehl, eine unausweichliche Aufforderung, durchdrungen von der Autorität eines Wesens, das älter war als unsere Vorstellungskraft.

Ich zögerte, meine Beine fühlten sich an wie Blei. Aber da war auch ein brennender Drang, mehr zu erfahren, Antworten zu finden.

Vorsichtig trat ich vor, jede Bewegung ein Kampf gegen die Schwere meiner Angst. Seine Hand lag vor mir wie ein Fels, jede Linie und Rille in ihrer Oberfläche tief und unermesslich groß. Ich legte meine Hand auf einen seiner Finger. Zu meiner Überraschung war er warm – nicht kalt und leblos, wie ich erwartet hatte, sondern lebendig. Ich spürte eine subtile, rhythmische Vibration, als strömte ein uralter Puls durch den Stein.

Ein Gedanke schoss mir durch den Kopf: *Ist er ein Wesen aus Fleisch und Blut? Oder etwas, das weit darüber hinausgeht?*

Ich schluckte schwer, sammelte all meinen Mut und begann, an seiner Hand hochzuklettern. Seine Haut war eine seltsame Mischung aus glatt und rau; die Grate und Linien bildeten eine natürliche Treppe. Jeder Schritt fühlte sich an wie eine kleine Überwindung, doch die Sehnsucht nach Antworten – und nach meinem Sohn – gab mir die Kraft, weiterzumachen.

Oyidin hob mich empor, so sanft, dass die Bewegung kaum eine Erschütterung verursachte. Schließlich hielt er mich vor eines seiner gigantischen Augen. Ich fühlte mich klein, verletzlich und doch irgendwie… bedeutend.

»Es gibt kein Pooooortal, Rebecca. Gab es nooooooch nie.« Seine Worte rollten schwer über mich hinweg, wie ein Fels, der in einen See geworfen wurde. Die Wahrheit dieser Aussage ließ die Welt um mich herum wackeln.

»Wie soll ich dann hierher gelangt sein?«, wollte ich voller Verzweiflung von ihm wissen. Aber Oyidin schwieg.

Dann erinnerte ich mich. Der Kristall.

Mit bebenden Händen zog ich ihn aus meiner Jacke hervor, ein letzter Funken Hoffnung, der in seinen klaren Facetten glomm. »Hat er mich hierhergebracht? Kann er mich wieder zurückbringen?« Ich hielt dem Riesen den Kristall entgegen, dabei zitterte meine Hand stark. Ich konnte es aber nicht unterdrücken.

Oyidin betrachtete den Kristall flüchtig, fast gleichgültig, bevor er antwortete: »Nein, kaaaaaann er nicht.

Weil seine Kräfte in dir sind. Es ist jetzt nur noch das, was es ist – ein Kristaaaaaaall.«

Seine Worte trafen mich wie ein Hammerschlag. Die Hoffnung, die ich in diesen Stein gesetzt hatte, zerbrach wie Glas, und die Scherben schienen sich tief in meine Seele zu graben. Ich drückte den Kristall an meine Brust, in der Hoffnung, ihn dadurch wieder zum Leben zu erwecken. Die Bedeutung hallte in mir nach, schwer und unausweichlich.

Mein Atem wurde flach, mein Blick verschwamm vor aufkommenden Tränen. »Aber… wie kann ich sonst wieder nach Hause zu meinem Sohn kommen?«, presste ich hervor.

Die Worte fühlten sich fremd an, als wären sie nicht wirklich meine. Die Frage hing unbeantwortet in der Luft, ein schweres Schweigen legte sich über uns.

Oyidin verharrte regungslos, sein massiver Körper wie eine steinerne Statue. Schließlich seufzte er – ein tiefes, donnerndes Geräusch, das die Erde unter uns erzittern ließ. Sein Atem war schwer, träge, wie das Rauschen eines Gletschers, der sich nach Jahrhunderten zu bewegen beginnt.

»Es gibt weitere«, brummte er schließlich, seine Stimme wie das Grollen eines fernen Sturms. »Du könntest versuuuuuchen, sie zu finden. Vielleicht bringen sie dich zu deinem Sooooohn zurück.«

Es war nicht die Antwort, die ich suchte, und doch hielt ich mich an ihr fest wie an einem zerbrechlichen Ast über einem Abgrund. Meine Tränen flossen jetzt ungehindert, heiß und unaufhaltsam. War das wirklich

alles? Sollte ich meinen Sohn nur noch in Erinnerungen und Träumen halten können? Sollte ich ihn nie wieder in die Arme schließen dürfen?

Doch bevor die Verzweiflung mich vollständig überwältigen konnte, flackerte ein kleiner, beharrlicher Funken Hoffnung in mir auf. Es war wie ein zartes Licht, das inmitten des Schattens pulsierte.

»Wenn du es nicht weißt… weiß es dann jemand anderes?« Beinahe erwartete ich keine Antwort, und doch nickte Oyidin, seine riesigen Augen, die tief in meine Seele blickten.

»Ich kaaaannte eine Hexe in Pyrolis«, sagte er, seine Worte klangen wie ein Echo, das aus den Tiefen der Zeit kam. »Sie lebte an der Grenze von Zenoooova. Einst nannte sie sich Gwynn.«

Der Name war wie ein Leuchtfeuer in meinem Herzen. Keine Garantie, kein Versprechen, aber eine Richtung. Ein Ziel.

»Danke«, flüsterte ich. Die Tränen liefen noch immer, aber sie waren nicht mehr wie ein Strom der Verzweiflung, sondern wie das sanfte Abfließen einer Last, die ich nicht länger tragen musste.

Oyidin musterte mich weiterhin, sein Blick schwer und durchdringend. Es fühlte sich an, als würde er mich lesen, jede Faser meines Seins, jede unausgesprochene Frage. Träge bewegte er mich mit seiner riesigen Hand und setzte mich behutsam zurück auf die Erde. Die Bewegung war so sanft, dass ich sie kaum spürte, doch ich spürte den Druck der Realität, der mich zurück auf festes Land holte.

Ohne einen Abschied an uns, verschmolzen seine massiven Gliedmaßen wieder mit der Umgebung, die Erde um ihn herum zog sich zurück. Doch bevor sein Gesicht vollständig verschwand, sprach er erneut, und seine Worte schienen schwerer als zuvor.

»Dass du deinen Sooooohn wiedersehen willst, verstehe ich«, sagte er, jede Silbe rollte ruhig und bedacht. »Aber wenn du doooch zu Hause bist, verstehe ich dein Heimweh nicht.«

Die Worte ließen nur noch weitere Fragen zurück.

Zu Hause? Bin ich zu Hause? Was meint er damit?

Die Gedanken waren wie ein Schatten, der sich tief in meinem Geist niederließ. Ich wollte ihm widersprechen, wollte sagen, dass er sich irrte. Aber die Worte kamen nicht. Alles, was ich herausbrachte, war ein leises, brüchiges: »Ich verstehe nicht, was du meinst.«

Oyidins wurzelumrankte Lippen verzogen sich, seine Bewegungen schwerfällig wie ein Berg, der sich gegen den Boden stemmt.

»Wenn du es nicht verstehst«, brummte er, seine Stimme voller Resignation, »wie sollte ich es daaaaann?«

Er ließ seine Augenlider sinken, und sein ganzer Körper verschmolz mit der Erde. Die Felsen und Wurzeln, die ihn formten, schienen ihn bereitwillig zurückzunehmen, nie wirklich vollkommen getrennt von der Erde. Wieder ein vollständiger Teil des Waldes.

Ich stand da, wie erstarrt. Seine Worte hallten in mir nach, wie ein Echo, das nicht verklingen wollte.

Ich wandte mich nachdenklich den anderen zu. Knocks stand etwas abseits, die Arme locker verschränkt, den Kopf leicht geneigt, wartend auf mein nächstes Vorgehen. In seinem Blick lag eine seltsame Mischung aus Geduld und Sorge. Die anderen standen dahinter, angespannt, aber nicht abweisend.

Ich lief zu ihnen hinüber, meine Schritte zögernd. Den Kristall stopfte ich in mein Oberteil zurück, während meine Gedanken weiter kreisten. Der Kloß in meinem Magen wuchs mit jedem Schritt, aber ich zwang mich, aufzusehen.

»Tja«, begann ich, ein schwaches Lächeln auf den Lippen, »sieht so aus, als bleibe ich euch noch ein wenig erhalten. Vorausgesetzt, dass ihr mich mitnehmen würdet.«

Byron kam näher zu mir. »Du bist willkommen, an unserer Seite zu reiten,« sagte er fest, aber warm. Es war keine bloße Zustimmung, sondern eine echte Einladung.

Knocks trat mit einem breiten Grinsen vor. »Und wer soll denn sonst aufpassen, dass ich mich benehme?« Er zog mich in eine Umarmung, die stärker war, als ich erwartet hatte, und klopfte mir auf die Schulter. »Jetzt komm erstmal mit. Wir machen einen Plan. Aber eins ist sicher: Wir kriegen das hin. Alle zusammen.«

Die Gruppe nickte, und trotz der Schwere in meinem Herzen konnte ich nicht anders, als leicht zu lächeln. Ich war auf jeden Fall nicht alleine. Das konnte ich nun klar erkennen. Zusammen machten wir uns auf den

Weg zurück, die Schatten des Waldes um uns, die Erinnerung an Oyidins Worte wie ein stiller Begleiter, der
mich weiter vorwärtsbringen würde.

Tief in meinem Inneren war ich mir sicher: Das Ziel
war noch lange nicht erreicht.

ENDE

414

DANKSAGUNG

Mein Debüt liegt in deinen Händen und du hast es bis zum Ende gelesen. Dafür möchte ich dir von Herzen danken! Du hast Rebecca auf ihrer Reise begleitet, mit ihr gelitten, gehofft und gekämpft. Es bedeutet mir unglaublich viel, dass du diesen Weg mit ihr gegangen bist.

Doch das Buch, das du gerade beendet hast, ist nicht nur mein Werk allein. Viele wundervolle Menschen haben dazu beigetragen, dass es genauso geworden ist, wie es heute vor dir liegt.

Mein besonderer Dank gilt Sebastian Gründer, dem absolut ersten Leser von Rebeccas Reise. Dein ehrliches Feedback, deine wertvollen Anmerkungen und deine Unterstützung haben mir Kraft und Mut gegeben weiterzumachen. Ohne dich wäre dieses Buch nicht dasselbe. Ich hoffe sehr, bald auch deine eigene kreative Arbeit in den Händen halten zu dürfen und freue mich auf weiteren gemeinsamen Austausch!

Natürlich danke ich auch allen anderen Testleser*innen, die geholfen haben!

Ein riesiges Dankeschön geht auch an Irene Pöttler, die als Coverdesignerin jede noch so detailverliebte

Idee von mir geduldig umgesetzt hat. Deine Arbeit verleiht Rebeccas Geschichte das Gesicht, das sie verdient.

Nicht zuletzt möchte ich mich bei allen Followern auf meinen Social-Media-Plattformen bedanken! Ihr habt mir mit euren Antworten, Ratschlägen und Ideen geholfen, wenn ich feststeckte, und mir gezeigt, dass ich mit meinen Fragen und Unsicherheiten nicht allein bin. Ohne euch wäre ich völlig planlos an dieses Abenteuer herangegangen – danke für eure Unterstützung!

Doch dies ist nicht das Ende.

Freut euch auf den zweiten Teil: Rebeccas Reise – Der Weg der Erkenntnis, mit noch mehr Abenteuern, Herausforderungen und Enthüllungen. Ich kann es kaum erwarten, euch wieder mit auf die Reise zu nehmen!

Von Herzen,
Joe Hanna Schwarz

REBECCAS REISE
Weg der Erkenntnis

Erscheinungsdatum – Dezember 2025

Leseprobe

Vorwort

Schließe deine Augen und lass los – von absolut allem, was du kennst. Vergiss dein Zuhause, die lauten Städte, die vertrauten Sterne am Himmel.

Stell dir eine Welt vor, die mit jedem Atemzug anders wird, in der die Luft vor Magie vibriert und der Boden unter deinen Füßen zu leben scheint. Länder, in der Geheimnisse wie unsichtbare Fäden alles durchziehen – spürbar, unergründlich und niemals bereit, ihre volle Wahrheit preiszugeben.

Ich habe nicht darum gebeten, hier zu sein.

Oder darum gebeten, Antworten suchen zu müssen, die ich nicht verstehe, mir gewünscht mit Kräften zu kämpfen, die mich ebenso retten wie zerstören können.

Es wird kein leichter Weg sein. Uns werden Gefahren begegnen die uns zerstören wollen und wir werden Entscheidungen treffen, die uns an unsere Grenzen treiben. Wir werden nicht immer die richtigen Wege gehen - doch es sind genau diese, die uns formen werden.

Und vielleicht wirst du, genauso wie ich, Dinge sehen, die nicht nur diese Welt verändern, sondern auch dich selbst verändern werden.

Wagst du es, mit mir weiterzugehen?

Deine Becca